Querverlag

Malou Berlin

Zeit bis Mitternacht

Roman

Alle Charaktere, Schauplätze und Handlungen dieses Romans sind frei erfunden. Ähnlichkeiten mit lebenden und toten Personen sind unbeabsichtigt.

Erste Auflage März 2006

Umschlag und grafische Realisierung von Sergio Vitale unter Verwendung einer Fotografie von getty images.

Druck und Weiterverarbeitung: Druckhaus Köthen
ISBN 3-89656-128-6
Printed in Germany

Bitte fordern Sie unser Gesamtverzeichnis an:
Querverlag GmbH, Akazienstraße 25, D-10823 Berlin
http://www.querverlag.de

Prolog

„Wer war denn deine größte Liebe?"

Das hört sich an, als könne ich bereits auf ein langes, bewegtes Leben zurückblicken. Dabei habe ich die eine oder andere große Liebe sicher noch vor mir. Aber Klara hält Mitte vierzig für ein erfahrenes Alter. Sie hat mich heute in ihre Wohnung eingeladen, die sie kürzlich mit ihrer ersten großen Liebe bezogen hat. Es schmeichelt mir, wenn sie mich nach meinen Erfahrungen fragt.

„Rate mal."

„Magdalena", stellt Klara fest. Ich nicke. Natürlich weiß sie es. Schließlich haben wir viele Jahre zusammengelebt. Sie, ich und ihr Vater Michael, mit dem ich seit meiner Kindheit eng befreundet bin, zeitweise dazu noch die eine oder andere Mitbewohnerin. Die dickbauchige blaue Kanne, aus der sie mir jetzt Tee nachschenkt, stand früher immer auf dem Küchentisch unserer Wohngemeinschaft.

„Weiß Magdalena das eigentlich auch?" fragt Klara und umschließt mit ihren Fingern den kleinen tropfenförmigen Rubin, der an einer silbernen Kette ihren Hals schmückt.

„Ich glaube nicht. Wir reden nur selten von früher."

„Du solltest es ihr sagen." Klara lehnt sich vor und sieht mich beschwörend an. Ich muss lächeln. Mit diesem Blick hat sie es als kleines Mädchen immer wieder geschafft, Süßigkeiten von mir zu bekommen. Obwohl ich mir dadurch Ärger mit ihren Eltern einhandelte.

„Und warum?" frage ich.

„Einfach, weil es wunderschön ist, das gesagt zu bekommen!" Klaras Augen leuchten. Sie mag Magdalena sehr gern. Sie hat sie schon immer gemocht.

„Ja", antworte ich nach einer Weile, „vielleicht mache ich das. Vielleicht."

Damals hat es kein Vielleicht in mir gegeben. Ich wollte Magdalena. Ich wollte sie ganz. Nichts konnte mich daran hindern. Auch nicht die Mauer, die unsere Stadt teilte. Ich habe alle Visa mit den vielen Stempeln aufgehoben. Hier, in der Schublade, bei den Fotos, den Briefen und meinen alten Tagebüchern. Das älteste Visum ist auf den 23. März 1987 datiert.

1.

Die Menschen auf der Straße erscheinen mir gelassener als im Westen. Auch die wenigen Autos bewegen sich in einer für mich ungewohnten Ruhe. Ich beobachte, wie ein Autofahrer sogar anhält, noch während die Ampel auf Gelb umspringt. Ich drehe mich zu ihm um. Weder flucht er, noch klopft er mit den Fingern aufs Lenkrad. Er sieht nicht einmal genervt aus. Er sitzt einfach da und wartet. Der Zweitaktgeruch erinnert mich an die Aufregung, die ich als Jugendliche bei meinem ersten Moped empfunden habe. Auch jetzt bin ich aufgeregt. Ich besuche zum ersten Mal dieses Land, das nur wenige Straßenzüge von meiner Wohnung entfernt beginnt. Meine Mitbewohnerin Renate, die hier gelebt hat und vorerst nicht mehr zu Besuch kommen darf, hat mir den Weg vor einer knappen Stunde noch einmal eindringlich erklärt.

Dimitroffstraße.

Die Namen an den Türschildern sind in dem düsteren Treppenhaus nur schwer zu entziffern. Die ausgetretenen Stufen knarren unter meinen Stiefeln. Es riecht so alt und modrig wie in Kreuzberger und Schöneberger Treppenhäusern auch. Ich klingele sofort, denn einen Augenblick später würde ich mich nicht mehr trauen. Schritte auf Holzdielen. Die Tür wird mit einem Ruck weit aufgerissen. Eine große, stattliche Frau sieht mich an. Um sie herum tanzen Staubteilchen im hellen Sonnenlicht. Auch ihre krausen roten Haare bewegen sich im Luftzug um ihren Kopf und ihre breiten Schultern. Wie kleine züngelnde Flammen. Feuerfrau. Mir fällt ein, dass ich gar keine Vorstellung hatte, wie sie wohl aussehen mag.

„Willst du zu mir?"

Eine samtige Stimme, tief und klar.

„Ja." Ein heiseres Krächzen. „Das heißt, wenn du Magdalena bist."

Sie nickt langsam. Renate hat mir nicht gesagt, wie schön sie ist. Magdalena sieht mich fragend an.

„Ich heiße Franka. Ich habe deine Adresse von Renate. Ich soll dir Grüße von ihr bestellen."

„Von Renate?" Magdalena zieht erstaunt die Augenbrauen hoch. Ihre verhaltene Reaktion verunsichert mich noch mehr. „Du kennst sie von drüben?"

Ich nicke.

„Wie geht es ihr?"

„Gut."

Ihr ernster Blick ruht lange auf mir. Sehr lange. Ich kann nicht erkennen, was sich dahinter verbirgt. Dann ein kurzes Funkeln in ihren Augen. Und noch eins.

„Möchtest du hereinkommen?"

Ich gewöhne mich rasch an die Lichtflut in ihrem Zimmer. Gleich neben der Tür steht ein altes Klavier aus dunklem Holz. Ich kann es nicht lassen, kurz mit der Handfläche über den Tastendeckel zu streichen. Es fühlt sich an wie mein eigenes Klavier, das noch im Haus meiner Eltern steht. Mein Herz pocht schneller. Ich folge Magdalena zwischen den auf dem Boden liegenden Bücherstapeln zu einer Sitzecke. Der kleine Tisch ist mit Zeitungen, handbeschriebenen Blättern und einem Schachspiel bedeckt. Anstatt eine der üblichen Erklärungen für die Unordnung abzugeben, stellt Magdalena mit ruhigen Bewegungen ein großes altes Radio vom Sofa auf den Boden und räumt den Sessel frei.

„Nimm Platz. Möchtest du einen Kaffee?"

Kaffee? Ich dachte, in der DDR gibt es keinen Kaffee. Hat mich nicht neulich erst meine alte Nachbarin gebeten, für ihr Weihnachtspaket nach drüben Kaffee einzukaufen? Oder ist das auch nur eines dieser Vorurteile? Ich wage nicht zu fragen.

„Ja, ein Kaffee wäre jetzt gut."

Magdalena balanciert das Schachbrett mit den hölzernen Figuren vorsichtig auf einen Bücherstapel, schiebt die Blätter zusammen und legt sie auf das Radio.

„Mit Milch und Zucker?"

„Ja bitte."

Ich höre, wie Magdalena in der Küche Wasser in einen Teekessel laufen lässt, und bin froh über diese kleine Pause. Es passiert mir immer wieder, dass ich mich in außergewöhnliche Situationen begebe, denen ich dann nicht gewachsen bin. Für jede Frau wäre es schwierig, sich, so wie ich, als Motorradmechanikerin zu behaupten. Mit meinem mageren Selbstbewusstsein war das geradezu verwegen. Aber ich bin hartnäckig geblieben und habe mich ganz langsam durchgebissen.

Jetzt bin ich also in einem anderen Land, sechs Kilometer von meiner Wohngemeinschaft entfernt, in der Wohnung einer etwa gleichaltrigen Frau und fühle mich ziemlich fehl am Platz. Doch auch das kann sich ändern.

Diese Möbel könnten auch in meinem Zimmer stehen. Ein großes Bücherregal, ein Hochbett, ein weinrot gestrichener alter Kleiderschrank. Was ist anders? Solche Faltjalousien aus Pappe gibt es bei uns nicht. Auch hängen in unseren Wohnungen drüben Bilder an den Wänden, die man meistens schon einmal irgendwo gesehen hat. Anders das große Aquarell über Magdalenas Sofa. Es berührt meine Sehnsucht, vielleicht die Sehnsucht aller Großstädter: ein geöffnetes Fenster und dahinter eine weite, menschenleere

Seenlandschaft. Auch die fünf oder sechs Fotografien an der Wand gegenüber gefallen mir sehr. Die Portraits in Schwarz-Weiß zeigen Frauen verschiedenen Alters. Eine davon sieht Magdalena sehr ähnlich, vielleicht ist es ihre Schwester.

Etwas fehlt hier, was es in West-Berlin in jeder mir bekannten Wohnung gibt. Dann fällt es mir ein: eine große Grünpflanze, eine Palme beispielsweise. Magdalena hat lediglich zwei kleine Töpfe mit Zyperngras auf dem Fensterbrett stehen.

Der Teekessel pfeift. Magdalena kommt herein und stellt zwei große Tassen mit Setzkaffee auf den Tisch. Sie lässt sich auf dem Sofa nieder, und wieder ruht ihr ernster Blick auf mir. Dunkelgrüne Augen.

„Ich bin zum ersten Mal in der DDR", beginne ich verlegen. „Es interessiert mich, wie die Menschen hier leben. Vor kurzem habe ich Renate kennen gelernt. Durch sie habe ich dann einiges über das Leben in der DDR erfahren ..."

„Aus der Sicht einer, die sie hinter sich gelassen hat." Magdalena bekommt einen spöttischen Zug um die Mundwinkel.

„Ja. Ich soll dir ausrichten, dass sie sich Sorgen um dich macht. Sie meint, es sei gar nicht deine Art, dass du ihre Briefe nicht beantwortest."

Magdalena weicht etwas zurück und hebt bedauernd ihre Schultern. „So viele Freunde von mir sind ausgereist, dass ich unmöglich den Kontakt halten kann. Das geht ja nur über Briefe, wie du sicher weißt. Ein bis zwei Jahre gehen immer ins Land, bis die Ausgereisten wieder zu Besuch kommen dürfen, bei einer Ausreise aus politischen Gründen wie bei Renate dauert es oft noch viel länger. Ich habe es satt, mich ständig mit dem Westen auseinander zu setzen. Ich habe mich entschieden, in der DDR zu leben, und muss daher schauen, wie ich hier zurechtkomme."

Darauf weiß ich nichts zu antworten. Es ist für mich selten einfach, mit Fremden in ein entspanntes Gespräch zu kommen. Und mit Magdalena erscheint es mir nun fast aussichtslos. Ich schaue sie schweigend an. Ihr Gesichtsausdruck wird weicher, vielleicht spürt sie meine Ratlosigkeit.

„Aber trotzdem interessiert es mich, wie es ihr geht und was sie so macht." Auch ihre Stimme klingt jetzt nachgiebig.

„Es geht ihr gut." Ich bemühe mich ebenfalls um einen lockeren Tonfall. „Sie ist ganz viel unterwegs, will überall dabei sein und sich alles anschauen. Außerdem hat sie einen Job in einem Altenheim."

„In einem Altenheim? Als was?" fragt Magdalena verblüfft.

„Als Nachtwache. Wieso?"

„Na ja, sie ist ja Ökonom."

„Sie ist froh, dass sie überhaupt erst einmal eine Arbeit gefunden hat", erwidere ich, „aber sie hält Augen und Ohren offen, ob sich etwas Anderes findet."

Magdalena nickt. Ich nippe an meinem Kaffee. Er schmeckt anders als der im Westen. Erdiger und ein bisschen angebrannt.

„Woher kennt ihr euch eigentlich?" fragt Magdalena.

„Renate und ich haben vor ein paar Wochen beide an einem Yoga-Kurs teilgenommen. Sie hat in einer Pause erzählt, dass sie auf Wohnungssuche ist, und bei uns war gerade ein Zimmer frei. Sie ist dann gleich bei uns eingezogen."

„Schön. Das ist wirklich schön", meint Magdalena zufrieden. „Sie hat sich schon seit langem gewünscht, nicht mehr alleine zu wohnen. Du weißt sicher, dass das hier ganz schwierig ist, weil einem als Ledigem nur eine Einraumwohnung zusteht. Wie groß ist denn eure Kommune?"

Ein glucksendes Lachen will sich aus meiner Kehle befreien. Ich schlucke es tapfer herunter. Niemals hätte ich unsere Wohngemeinschaft als Kommune bezeichnet. Und genauso wenig hätte ich gedacht, dass der Sprachgebrauch in Ost und West so unterschiedlich ist.

„Wir haben eine Vier-Zimmer-Altbauwohnung. Ich wohne schon seit über fünf Jahren dort, zusammen mit Michael. Das ist ein ganz alter Freund von mir, wir waren früher Nachbarskinder. Seine Tochter ist fast vier und wohnt eine Woche bei uns, eine bei Anna, ihrer Mutter."

„Das ist überschaubar", stellt Magdalena fest. Sie blickt eine Zeit lang still auf ihre kräftige Hand, die auf dem dunkelbraunen, groben Stoff der Sofalehne ruht. Nur die Spitze ihres Zeigefingers umkreist ununterbrochen einen der Polsternägel. Ich wünschte, ich könnte jetzt einfach etwas Witziges erzählen, die Situation mit einer charmanten Anekdote auflockern. Aber mir fällt überhaupt nichts ein.

Dann sieht mir Magdalena wieder direkt in die Augen. „Was weißt du von der DDR?" In ihrem Blick glaube ich etwas Lauerndes zu erkennen, so als wollte sie genau sehen und sich gleichzeitig schützen.

„Ach, vor allem Plattheiten", winke ich verlegen ab. Ich will sie nicht mit meinen alten Vorurteilen verletzen. Ich bin hier, um mit offenem Herzen ganz neu zu schauen. „Weißt du, ich bin erst vor fünf Jahren nach Berlin gezogen. Vorher habe ich in einer schwäbischen Kleinstadt gelebt. Da spricht man heute noch von der ‚Ostzone'. Und jedes Politikverständnis links von Franz Josef Strauß gilt als kommunistisch unterwandert." Es entspannt mich, die Vorurteile anderer so weit von mir zu weisen.

„Erzähle." Magdalena beugt sich vor, ihre Neugier überwiegt. „Na los. Was für Plattheiten?"

„Na ja." Ich überlege einen Moment. „Den meisten Westdeutschen werden zuerst die holprigen Transitstraßen einfallen. Und die preußischen Grenzer. Darüber können sie ewig herziehen."

„Was noch?" fragt Magdalena mit herausforderndem Blick.

„Militärparaden. Häuser, die ausnahmslos grau sind", antworte ich nun ohne zu zögern.

„Weiter!" Magdalenas Augen funkeln vergnügt. Sie lächelt mich zum ersten Mal an. Neben ihrem Mundwinkel bildet sich ein Grübchen. Ihr Lächeln wirkt dadurch etwas schief. Und entzückend.

„Es gibt keine Bananen und keinen Kaffee. Die Technik ist auf dem Stand der fünfziger Jahre. Und manche meinen, die DDR sei das langweiligste Land der Erde."

Magdalena wirft ihren Kopf in den Nacken und bricht in ein schallendes Lachen aus. Ich lache verhalten mit.

„Es ist in der Tat äußerst langweilig hier", klagt sie mit ironischem Unterton. „Ich leide sehr unter den holprigen Straßen und den grauen Häusern. Und darunter, dass mich keine bunten Plakatwände darauf hinweisen, welcher Doseneintopf mich glücklich macht."

„Die Werbung im Westen ist wirklich furchtbar. Und nervtötend und dumm."

„Na, die Losungen der Partei sind auch nicht gerade geistreich", grinst Magdalena.

Einige der Spruchbänder habe ich schon gesehen: *Von der Sowjetunion lernen heißt siegen lernen* und *Den Sozialismus aufbauen*. „Aber sie sind klar und einfach und direkt, das finde ich gut. Entweder nimmt man sie an oder man lässt es eben bleiben. Die Werbung im Westen dagegen schleicht ins Unterbewusstsein und wir nehmen es nicht einmal wahr."

„Ja, das stimmt schon", meint sie. Es gefällt mir, wie sie mich über den Rand der Kaffeetasse ansieht. Ihr Blick ruht wieder lange auf mir, so lange, bis ich lachen muss.

„Was denn?" frage ich. „Was denkst du?"

Magdalena gibt mir ein kleines Lächeln zurück, wobei ihre geraden, weißen Zähne kurz aufblitzen.

„Ich dachte gerade, dass ich es vielleicht doch spannend finde, mich meinen Vorurteilen zu stellen. Eines hast du bereits aufgebrochen. Nämlich jenes, dass Westler kalt und distanziert sind."

„Das freut mich. Und welche Vorurteile hast du sonst noch?" Plötzlich fällt es mir leicht, ihr Fragen zu stellen. Magdalena überlegt auch nicht lange.

„Wessis sind oberflächlich, arrogant und egoistisch", antwortet sie vergnügt.

„Weiter!"

„Der Westen hinkt um hundert Jahre der gesellschaftlichen Entwicklung hinterher, mit seinem Papst und der katholischen Kirche."

Eine überraschende Sichtweise. Die Begegnung mit Magdalena verspricht, meinen Horizont zu erweitern.

„Und was noch?"

Magdalena denkt kurz nach und lacht dann wieder: „Die West-Berliner Lesben tragen Lederjacken und dunkle Jeans und haben einen Einheitshaarschnitt." Sie beugt sich vor und streicht mir kräftig durch die Haare. „Aber dieses Vorurteil hast du ja bestätigt."

Einen Augenblick lang ist sie so nahe, dass ich den Duft ihres Körpers riechen kann. Ich mag ihn. Ihre Hand hinterlässt eine glühende Stelle auf meinem Kopf.

„Woher willst du denn wissen, dass ich eine bin?" frage ich und versuche ein charmantes Lächeln.

Magdalena lehnt sich zurück und wendet ihren Blick ab. „Ich hab mir das einfach so gedacht", murmelt sie verlegen.

„Stimmt ja auch." Ich betrachte eingehend die Kuppe meines Daumens und besinne mich lieber darauf, weshalb ich eigentlich hier bin. Der Anfang meines Versuches, den Sozialismus lebensnah zu begreifen, ist mir doch recht gut gelungen.

„Ich glaube, wir beide könnten eine ganze Menge voneinander lernen", schlage ich ihr vor und versuche dabei, einen möglichst sachlichen Tonfall zu halten. „Wir könnten diesen ganzen Vorurteilen unsere Neugier und unsere Offenheit entgegensetzen. Wir könnten Trennendes aufbrechen und schauen, was bleibt."

„Ja", antwortet Magdalena nach einem kurzen Nachdenken.

Wir sehen uns ernst und fest in die Augen, und das ist beinahe wie ein feierlicher Schwur.

„Sie hat mich auf den Mund geküsst!" summt es während der Grenzkontrolle in meinem Kopf. Ein kleiner, schüchterner Abschiedskuss. Zugleich auch ein verwegener Kuss, denn schließlich kennt mich Magdalena erst seit ein paar Stunden. „Sie hat mich auf den Mund geküsst", flüstere ich meinem Fahrrad zu, das im Lichtschein der ersten westlichen Straßenlaterne auf mich wartet. Das dünne Eis einer Pfütze zerknirscht unter meinem Vorderrad. „Sie hat mich auf den Mund geküsst!" rufe ich der mageren Katze zu, die erschrocken hinter die Mülltonnen flüchtet. Ich werde es der ganzen Welt erzählen. Zuerst einmal Michael. Er fragt sich bestimmt schon, wo ich bleibe. Ich fahre zwischen den alten, gusseisernen Trägern der Hochbahn entlang. Ein Zug donnert heran und braust einige Meter über mir hinweg. „Sie hat mich auf den Mund geküsst!" schreie ich gegen ihn an. Ich muss über mich lachen. Schon lange habe ich mich nicht mehr so gefreut.

Die Mauerstadt mit ihren kühlen, unverbindlichen Menschen ist mir schon lange zu eng geworden. Ich brauche mehr Licht und Weite und neue Begegnungen mit anderen Leuten. Das habe ich heute bekommen, und Magdalenas Kuss hat noch mehr versprochen.

Eine Melodie kommt mir in den Sinn. Wie heißt dieser Text von Udo Lindenberg? Ach ja: *Hinterm Horizont geht's weiter.* Singend fahre ich einen hohen Bordstein hinunter, ein Autofahrer hupt empört. Egal. Wann hatte ich schon einmal eine solche Aufbruchsstimmung? Damals, als ich aus meinem Elternhaus ausgezogen bin, nur mit zwei Gepäcktaschen auf dem alten Fahrrad. Und als ich ein paar Jahre später den Bauernhof und die biologisch angelegten Gemüsebeete hinter mir gelassen habe und nach Berlin gefahren bin, weil mir eine große, attraktive Frau mit ganz kurzen, nach oben gebürsteten Haaren erzählt hat, in Berlin gäbe es viele aufregende Frauen. Lesben, schloss ich daraus. Nur dieses Wort selbst mochte ich nicht.

Übermütig ziehe ich den Lenker hoch und springe mit dem Fahrrad auf den Gehweg. Ich bremse scharf, steige ab und lege das Ringschloss um das Rahmenrohr und ein Kellergitter. Die schwere Haustür fällt dumpf ins Schloss. Ich schaue hoch zu unserem hell erleuchteten Küchenfenster. In Klaras Zimmer sind die Vorhänge bereits zugezogen. Auch Renates Zimmer ist dunkel, vermutlich ist sie bereits bei ihrem Nachtdienst. Aber Michael und ich werden den ganzen Abend in der Küche sitzen. Er wird alles ganz genau wissen wollen.

In all den Jahren haben Michael und ich immer wieder neue Gemeinsamkeiten entdeckt. Die Lust am Radfahren zum Beispiel, auch wenn ich mittlerweile bei den ersten Plusgraden meistens auf mein Motorrad umsteige. Und das Interesse an Politik. Und das kleine Café neben unserer Schule während des Chemieunterrichts.

Und Nadine. Sie kam aus Paris in unsere verschlafene Kleinstadt. Damals dachte ich nicht darüber nach, weshalb sie ein paar Tage lang im Dachbodenzimmer von Michaels Elternhaus wohnte, auch nicht, weshalb sie fließend deutsch sprach. Sie war einfach da und brachte mein Herz in Aufruhr. Und Michaels. An dem Nachmittag, als ich sie zum ersten Mal sah, hockten Michael und ich auf der Umrandung seines alten Sandkastens und überlegten, wie wir den Rest des heißen Tages verbringen sollten. Zum Spielen im Sandkasten waren wir schon viel zu groß.

„Bauen wir an unserem Baumhaus weiter", schlug ich vor.

Michael schüttelte unwirsch den Kopf. Er war schweigsamer als sonst, immer wieder streiften seine Blicke das kleine Dachfenster.

„Sollen wir mal zu ihr hochgehen?" fragte ich, nun neugierig geworden, was diese Fremde an sich haben mag, um meinen Freund so zu verändern.

„Wir können doch nicht zu ihr hochgehen!" Michael warf mir einen kurzen Blick zu, der mir zeigte, dass ich überhaupt nichts verstand. „Das ist kein Mädchen, das ist ... das ist eine Dame!"

In diesem Augenblick öffnete sich das Dachfenster. Ich konnte das Gesicht der Fremden nicht deutlich sehen, doch sie rief mit einer glockenhellen Stimme: „Michael, kannst du mir bitte helfen?"

Michael sprang auf und rannte den Gartenweg entlang, und erst auf der Treppe zum Dachboden hatte ich ihn eingeholt. Es wurde mit jeder Stufe stickiger und heißer, wir polterten den Weg zwischen abgestellten Möbeln und alten Koffern entlang. Die Tür öffnete sich, und da stand sie. Michael und ich hielten abrupt an. Sie trug nur ein ärmelloses Etwas aus schwarzem Satin, das ihr bis zu den Schenkeln reichte. Solche Kleidungsstücke kannte ich nicht. War es ein Unterkleid oder ein Nachthemd? Gewiss hatte die Fremde auch schöne Augen und ein nettes Lächeln, aber in diesem Moment sah ich nur diesen glänzenden, schwarzen Stoff um ihren runden Körper. Mir blieb fast die Luft weg.

„Oh, du hast noch jemanden mitgebracht?"

„Das ist Franka." Michaels Stimme klang blechern.

Die Fremde reichte mir die Hand. „Hallo, Franka, ich bin Nadine."

„Tag." Mehr brachte ich nicht heraus.

Nadine wendete sich wieder Michael zu. „Ich habe keinen Spiegel. Deine Mutter sagte, ich kann diesen hier in das Zimmer bringen." Sie zeigte auf eine zierliche alte Kommode, deren hintere Umrandung in den Rahmen eines hohen Spiegels überging. „Er ist zu schwer für mich. Kannst du mir bitte helfen?"

„Mein Kumpel und ich machen das schon", meinte Michael ritterlich.

Für mich war es nichts Ungewöhnliches, von Michael „Kumpel" genannt zu werden, aber Nadine lachte ein perlendes Lachen. Wir schleppten das Möbelstück in ihr Zimmer und taten so, als wäre es nicht schwer. Nadine stöckelte vor uns her und gab die Richtung an. „Noch ein wenig mehr zum Fenster. Ich brauche das Licht auf meinem Gesicht!" Wir rückten eifrig etwas mehr zur Seite und noch ein bisschen schräger. An Michaels ernstem Gesicht konnte ich erkennen, dass auch er sich sehr erwachsen fühlte. Schließlich stand die Kommode richtig. Nadine lachte ihr Spiegelbild zufrieden an. Sie drehte sich, ohne den Blick vom Spiegel zu nehmen, und nahm mit beiden Händen ihr dunkles, schulterlanges Haar hoch. Sie hielt inne, als würde sie für einen Fotografen posieren, und schien vergessen zu haben, dass Michael und ich nach wie vor rechts und links von der Kommode standen. Als sie ihre Haare wieder ausschüttelte und sich mit zusammengelegten Armen nach vorne beugte, wurden ihre ohnehin vollen Brüste so groß, dass sie sich aneinanderschmiegten. Nur halb verdeckt von der schmalen Spitzenborte des schwarzen Satins entstand eine tiefe Spalte. Mir stockte der Atem.

Plötzlich stellte sich Nadine ruckartig wieder gerade hin und musterte Michael, der einen glühend roten Kopf bekommen hatte. „Du bist kein kleiner Junge mehr", stellte sie ernsthaft fest. „Danke für die Hilfe."

„Bitte. Gern geschehen." Michael bewegte sich langsam in Richtung der Tür. „Komm", raunte er mir zu. Ich blieb wie angewurzelt stehen. Solange Nadine mich nicht auch wegschickte, konnte mich nichts auf der Welt von diesem Platz vertreiben. Nadine sah mich einen Augenblick lang verwundert an, sagte aber nichts. Sie nickte Michael freundlich zu, der zögernd die Tür hinter sich zuzog. Dann stellte sie eine Unmenge kleiner Tuben, Flakons und Dosen auf die Kommode. Sie rückte sich einen Stuhl heran und betupfte sorgfältig Gesicht, Hals und ihr Dekolleté mit einer weißen Creme. Dann klopfte sie so lange mit den Fingerspitzen auf die Haut, bis keine weiße Spur mehr zu sehen war. Ich dagegen habe Hautcreme immer zwischen den Handflächen verteilt und sie dann mit ein paar schnellen Bewegungen im Gesicht verrieben. Wenn ich mich überhaupt eingecremt habe. Nadine trug jetzt eine braune Creme auf, deren blumiger Duft bis zu mir zog. Dann bemalte sie ihre Augen mit einem dunklen Stift, wodurch sich ihr Gesicht völlig veränderte. Ich war hingerissen.

„Ich sehe schon, es wird nicht mehr lange dauern, bis du dich auch schminken wirst." Nadine lächelte zuerst mich und dann wieder ihr Spiegelbild an.

„Ich?" fragte ich verwirrt. Wozu denn das? Ich wollte nicht so sein wie sie, ich wollte doch ... ja, was wollte ich eigentlich?

„So interessiert, wie du mich beobachtest!" Sie lachte wieder perlend und betrachtete dann prüfend mein Gesicht. „Du hast fast schwarze Augen, die sind so ausdrucksvoll, dass du kaum Make-up brauchst. Höchstens ein wenig Eyeliner. Überhaupt wirst du sehr hübsch werden, wenn du das Beste aus deinem Typ machst. Deine Wangenknochen könntest du mit etwas Rouge betonen, soll ich es dir zeigen?"

„Nein", stammelte ich und hob abwehrend die Hände. „Ich ... ich schau Ihnen lieber zu."

„Wie du möchtest." Sie nahm lächelnd einen Lippenstift in ihre Hand und wendete sich wieder dem Spiegel zu.

Michael hockte auf der Umrandung des Sandkastens und warf kleine Holzstücke gegen den Stamm des Apfelbaums.

Als er mich kommen sah, sprang er auf. „Und? Was hat sie gesagt?"

„Alles Mögliche über Puder und so."

„Ich meine, über mich!" rief Michael ungeduldig. „Was hat sie über mich gesagt?"

„Über dich? Gar nichts."

Michael sank seufzend in sich zusammen. Ich setzte mich neben ihn.

„Hast du schon einmal so etwas Schönes gesehen?" flüsterte er nach einer Weile.

Ich wusste sofort, was er meinte, und schüttelte den Kopf. „Noch nie. Und weißt du was? Ich durfte den Reißverschluss von ihrem Kleid zumachen."

„Warum denn das?" Aus Michaels Augen sprang der blanke Neid.

„Der ist hinten. Da kommt sie nicht alleine dran."

„Wahnsinn! Vielleicht fragt sie nächstes Mal mich! Stell dir das vor! Welches Kleid war es denn?"

„Ein blaues."

Ich war nach wie vor verwirrt. Ich verstand nicht, weshalb mich Nadine in solche Unruhe versetzte, weshalb sie dieses Ziehen in meinem Bauch und das Herzklopfen auslöste. Es gab andere Mädchen und Frauen, denen ich nacheiferte, aber das war es bei Nadine ja gerade nicht.

„Hast du gesehen, dass sie keine Haare unter den Achseln hat wie die anderen Erwachsenen?" unterbrach Michael mein Grübeln.

„Ja", seufzte ich und sah sehnsüchtig zum Dachfenster hinauf.

„Ich glaube, du bist genau so verschossen wie ich", stellte Michael fest.

Ich starrte ihn an. Seine Augen waren so rund und blau wie immer, und doch lag eine andere Bestimmtheit darin.

„Ja", flüsterte ich verträumt. Plötzlich war es ganz klar und ganz einfach. Ich war verliebt. Michael und ich waren verliebt. In Nadine.

Wir lungerten dann, so oft wir konnten, am Sandkasten herum. Für den Fall, dass Nadine wieder unsere Hilfe benötigte. Aber nur Michael hat sie noch gesehen. Er hat mir geschworen, sie hätte ihm zugeblinzelt, an dem Abend, als sie sich von seiner Familie verabschiedet hatte. Ganz sicher war er sich dann aber doch nicht gewesen.

„Hallo, ich bin wieder da!" Ich hänge meine Jacke über eine andere an einen unserer überfüllten Garderobenhaken.

„Gott sei Dank." Michael öffnet leise die Flurtür. „Klara ist krank."

Nicht schon wieder. Mein Herz schrumpft. Ich folge Michael ins Kinderzimmer. Das kleine Mädchen liegt mit halb geschlossenen Augen im Bett. Ich setze mich auf den Boden und streichele ihr vorsichtig über die fiebrige Wange.

„Hallo, Klara."

Sie sieht mir kurz in die Augen und greift nach meiner Hand. Ich drücke sie sacht, doch sie erwidert den Druck nicht. Ich schaue zu Michael. Er hat dunkle Ringe unter den Augen, sein sorgenvolles Gesicht wirkt noch schmaler als gewöhnlich.

„Es hat heute Nacht schon angefangen?"

„Ja. Wieder mit Fieber und Erbrechen. Die Kinderärztin hat eine Angina diagnostiziert und Antibiotika verschrieben. Der Heilpraktiker ist noch eine halbe Stunde zu Hause. Bis dahin kann ich die Globuli in einer anderen Potenz abholen. Anna habe ich nicht erreicht. Zum Glück bist du gerade noch rechtzeitig gekommen."

„Dann geh jetzt los."

Er kniet sich vor das Kinderbett und macht seinen langen, schlaksigen Körper so klein, dass er sich fast auf Augenhöhe mit seiner Tochter befindet. Mit sanfter Stimme erklärt er ihr, wohin er geht und wann er wiederkommt. Klara nickt müde. Dann bin ich allein mit ihr.

Müde und immer noch aufgewühlt stehe ich am nächsten Morgen an meiner Werkbank. Doch dann fühle ich das kalte Metall in meinen Händen. Mit einer beinahe glatten Oberfläche, nur leichte Rillen von meinem Feilenstrich, kühler Stahl, gefühllos und beruhigend. Reißnadel, Anschlagwinkel, andere vertraute Werkzeuge. Ich lausche dem Schaben meiner Feile, jeder Strich ein wenig anders als der vorige, als der nächste, nicht sehr laut, doch laut genug, um das Gerede der Kollegen und Kunden überhören zu können und das Guten-Morgen-Gute-Laune-Geplärre aus dem Radio, so dass es keine Ablenkung mehr gibt für das Entstehen einer Rundung auf hartem, eckigem Stahl, für das Verfeinern seiner Oberfläche, für das Glätten, fast bis zum Streicheln. Das Metall ist durch meine Bearbeitung warm geworden und glänzt.

Klackernde Schritte im hinteren Teil der Werkstatt. Sie gehören nicht zu einem meiner Kollegen.

„Renate! Was machst du denn hier?"

„Ich weiß ja, dass du einen unangenehmen Chef hast." Meine Mitbewohnerin streicht sich nervös über ihren lässig frisierten Kopf. So blass, wie sie ist, hat sie bestimmt einen anstrengenden Nachtdienst hinter sich. „Aber ich will doch wissen, wie es gestern war. Erzähl doch ganz kurz."

„Magdalena geht es gut. Sie schreibt dir nicht mehr, weil ihr es zu viel ist, mit den ganzen Ausgereisten Kontakt zu halten. Aber ich soll dich herzlich von ihr grüßen."

Ich kann Renate die Enttäuschung ansehen, bevor sie sie tapfer herunterschluckt.

„Es geht so schnell." Sie lehnt sich an die Werkbank. Fast hätte ich sie daran gehindert. Mit ihrer frisch gewaschenen Levis und der hellroten Jacke passt sie nicht hierher. „Ich bin erst zehn Monate im Westen und verliere nun alles, was mir zu Hause noch wichtig war. Selbst meine Eltern, mit denen ich mich vor sechs Wochen in Prag getroffen habe, waren so seltsam fremd. Wie wir da in der Hotelbar saßen …"

Mit einer energischen Handbewegung wischt sie sich über die Augen und anscheinend auch ihre Traurigkeit beiseite. „Wie geht es Magdalena sonst so? Und ihrer Mutter? Weißt du etwas von Ulli oder von Teresa und Anke?"

„Renate, ich kann jetzt wirklich nicht in Ruhe reden. Der Chef ist nur kurz auf Probefahrt. Komm, ich bring dich noch zur Tür."

„Achtung, Warnung an alle", dröhnt Giovannis Bass zu uns herüber, „der Chef kommt zurück! Er erreicht soeben den Hof! Alle in Deckung!"

Ich zwinkere meinem liebsten Kollegen lächelnd zu, als wir an ihm vorbeigehen.

„Ich koche heute Abend. Wann hast du hier Schluss?" fragt Renate an der Werkstatttür.

„Um sechs. Bis dann."

Ich schaue ihr nach, wie sie an den geparkten Motorrädern vorbei durch den tristen Hinterhof geht, hochgewachsen, mit leicht gebeugtem Kopf und schmalen, nach vorne hängenden Schultern. Sie verschwindet in der Durchfahrt unter dem hundert Jahre alten Mietshaus.

Meine Werkbank. Ich messe die Längen und prüfe noch einmal die Radien. Ein Blick auf die Zeichnung. Kernlochdurchmesser vier Komma fünf. Nutzbare Gewindelänge sieben Millimeter. Klarheit. Ich lege den Messschieber zurück und halte das Stahlstück einen Augenblick lang in der Hand. Kühles Metall. Gefühllos und beruhigend.

Sieben Tage sind seit meinem Besuch bei Magdalena vergangen. Ich nehme einen Schluck aus meiner vollen Tasse. Der Kaffee ist bereits lau geworden. Die Tageszeitung liegt ausgebreitet vor mir auf meinem Futonbett, ich schiebe sie ungelesen beiseite und stütze meinen Kopf auf den anderen Arm. Seit sieben Tagen habe ich nichts von Magdalena gehört. Trotzdem ist sie mir ganz nah. Ihre großen Augen. Ihr bezauberndes Lächeln. Ihr üppiger Körper, an dem alles rund und weich wirkt. Ihre kraftvolle Weiblichkeit. Es sind oft füllige Frauen, die mich erotisch anziehen. Die ich schön finde. Wie Magdalena.

Jemand hat einmal gesagt, die meisten finden das an anderen schön, was sie selbst nicht haben. Das glaube ich nicht. Aber zugeben muss ich, dass Magdalena körperlich das Gegenteil von mir ist. Ich wirke eher androgyn. Magdalena hat lange, rote Locken, ich habe kurze, glatte, dunkle Haare. Während ihre Hautfarbe sehr hell ist, werde ich zumindest im Sommer häufig für eine Südländerin gehalten. Wohl auch wegen meiner fast schwarzen Augen. Magdalenas sind grün. Wie das Meer in der kleinen französischen Bucht, in der ich einmal einen ganzen Sommer verbracht habe.

Mein Kopf wird nun auch für das andere Handgelenk zu schwer. Ich drehe mich auf den Rücken und schiebe mir das große Kissen unter den Nacken. Vereinzelte, mäßig warme Sonnenstrahlen fallen durch das noch dürftige Blätterwerk der hochgewachsenen Birke in mein Zimmer herein. Sie erreichen es nur in den späten Vormittagsstunden und auch dann nur über den Umweg der gegenüberliegenden Fensterscheiben. Die kleinen Lichtkreise der Birke tanzen auf meinen hellen Jeans und den nackten Füßen. Fast unmerklich gleitet der Sonnenfleck weiter nach unten, verlässt Bauch und Beine, erreicht aber dafür schon die türkisfarbenen Fußbodendielen und klettert dann, seine Form verändernd, langsam die weiße Wand hinauf. Dort erhellt er den großen, mit Reißzwecken befestigten Schwarz-Weiß-Druck, zunächst nur die darauf abgebildeten Berge, dann auch den über ihnen kreisenden Raubvogel und schließlich die breiten Buchstaben am oberen Rand:

„Zahme Vögel singen von der Freiheit. Die wilden fliegen."

Ich möchte auch wieder einmal fliegen. Über meine engen Grenzen. Ach, Magdalena. Doch vernünftig, wie ich bin, gebe ich mich mit meinen Träumen zufrieden. Bis die nächste Frau kommt. Wieder nur zum Träumen. Ich bin eben ein zahmer Vogel.

Auf der Treppe sind Schritte zu hören, dann das Klappern eines Schlüsselbunds.

„Franka!", ruft Klara bereits im Flur. „Du hast eine Karte bekommen! Mit Bild!"

Ich springe auf und öffne meine Zimmertür. Klara winkt mit der Postkarte und hüpft mir entgegen, noch etwas blass und schmal. Aber sie hüpft wieder.

„Aus Ost-Berlin." Michael lächelt vielsagend und stellt seine Stiefel ins Schuhregal.

„Darf ich das Bild ausmalen?" krächzt Klara mit ihrer noch heiseren Stimme.

„Nun lass mich erst einmal lesen." Ich gehe in die Küche und setze mich an unseren Tisch vor dem hohen Fenster.

Franka, ich fand deinen Besuch sehr schön. Magst du übernächsten Sonnabend mit mir frühstücken? So gegen 12 Uhr? Liebe Grüße, Magdalena

Es kribbelt an meinem Nacken.

„Kann ich das Bild jetzt ausmalen?"

Ich drehe die Karte um. Eine Altberliner Hinterhofszene, gezeichnet von Heinrich Zille.

„Hol schon mal deine Stifte." Ich sehe zu Michael hoch, der eine Flasche Milch aus seinem Rucksack nimmt und sie in den Kühlschrank stellt. „Magdalena hat mich eingeladen. Vier Tage hat die Karte laut Poststempel gebraucht. Vier Tage für ungefähr sechs Kilometer! Ich muss gleich am Montag das Visum beantragen. Hoffentlich kriege ich es noch rechtzeitig. Ich möchte ihr etwas mitbringen, aber was?"

„Ich koche jetzt erst einmal einen Tee", grinst Michael und füllt unseren verbeulten Kessel mit Wasser, „für dich am besten Baldrian oder Kamille."

„Was könnte ich ihr bloß mitbringen?"

„Ein Päckchen Kaffee, Bananen und eine Dose Ananas, wie alle Wessis. Dann kannst du dich endlich mal so richtig groß und reich fühlen."

„Hör auf mit deinem Spott. Du weißt, dass ich genau so nicht sein will! Das macht es ja gerade so schwierig."

„Natürlich weiß ich das, entschuldige." Durch seine kleine Nickelbrille sieht er mich nun ernsthaft an, genau so wie damals, als er mit seinem Tretroller versehentlich meine Lehmburg angefahren hatte. „Kannst du Magdalena nicht einfach anrufen und sie fragen, ob du etwas mitbringen sollst?"

Ich schüttele den Kopf. „Sie hat kein Telefon. Privatanschlüsse gibt es selten in der DDR, hat sie mir gesagt, jedenfalls bei jüngeren Leuten. Und bei der Arbeit kann ich sie nicht anrufen, weil sie als Geheimnisträgerin eingestuft ist und keinen Westkontakt haben darf."

Michael stellt drei Tassen auf unseren schönen Holztisch. Er setzt sich und schiebt seinen Stuhl ganz nahe an die Tischkante heran, damit Klara noch zwischen seiner Stuhllehne und der Wand zu ihrem Kindersitz hindurchgehen kann. Unsere Küche ist eng, aber durch die abgezogenen Fußbodendielen und den alten hölzernen Küchenschrank sehr gemütlich.

„Was arbeitet sie denn?"

„Die genaue Berufsbezeichnung ist ‚Facharbeiter für Schreibtechnik'. Ja, ich musste auch lachen, als ich das gehört habe. Aber was glaubst du, wie sie gelacht hat, als ich ihr von meinem ‚Gesellenbrief' als Zweiradmechanikerin erzählt habe. Sie hat gemeint, das klingt so mittelalterlich. Stimmt ja auch, ist mir aber nie aufgefallen. Drüben heißt es einfach ‚Facharbeiterzeugnis.'"

Michael nickt zustimmend. „Und wo arbeitet sie?"

„Beim FDGB. Freier Deutscher Gewerkschaftsbund. Alle, die in solchen staatlichen Stellen arbeiten, dürfen keine Westkontakte haben. Ob sie nun Putzpersonal oder in führenden Positionen sind."

„Echt? Das wusste ich nicht."

„Soll ich noch einen Himmel drübermalen?" fragt Klara.

„Ja, am besten mit einer Sonne oder einem Regenbogen."

Michael schaut wieder zu mir. „Was nimmst du sonst so mit, wenn du von einer Freundin zum Frühstück eingeladen wirst? Und ihr den halben oder ganzen Tag miteinander verbringen wollt?"

„Eine Tüte Schrippen und eine Flasche Sekt." Ich muss lachen.

„Dann bring eine Tüte Schrippen und eine Flasche Sekt mit!"

„Stimmt. Das mache ich. Und fürs nächste Mal kann ich sie ja fragen." Plötzlich klingt alles ganz einfach. „Ach, was würde ich bloß ohne dich tun?"

Michael grinst zurück und wird dann wieder ernst. „Du hättest ein wesentlich ruhigeres und bequemeres Leben. Ich bin dir wirklich dankbar, dass ich gestern und vorgestern Abend zur Arbeit konnte und du auf Klara aufgepasst hast."

Obwohl ich mich über die Anerkennung freue, winke ich mit einer kurzen Handbewegung ab. Während es für Michael schwierig ist, die Balance zwischen Studium, Job und Kind zu finden, bedeutet es für mich keinen großen Aufwand, abends, wenn Klara schläft, zu Hause zu sein. Ich gehe sowieso gerne früh ins Bett.

„Franka, der Regenbogen passt nicht mehr hin!" Klara betrachtet stirnrunzelnd ihr Werk.

„Aber so sieht es auch wunderschön aus. Die Sonne lacht über das ganze Bild. Wollen wir es zu den anderen hängen?" Ich deute mit dem Kopf auf die Reihe buntgemalter Bilder, die die Wand über dem niedrigen Regal mit den Töpfen schmücken.

Klara zwängt sich an Michaels Stuhl vorbei. „Ich hol die Reißzwecken!"

Der Grenzer kontrolliert meine Papiere.

„Sie kommen als Tourist in unsere Hauptstadt?" fragt er in einem für meine Ohren ungewohnten Dialekt. Ob das Sächsisch ist?

„Ja."

„Sie haben hier niemanden angegeben, den Sie besuchen wollen."

„Ja, das ist richtig. Ich will mir die Stadt anschauen."

Er zieht die Augenbrauen hoch und sieht mich streng an.

„Und mit der Flasche Sekt setzen Sie sich dann ganz alleine auf eine Parkbank und trinken sie leer?"

O Gott. Daran habe ich nicht gedacht. Ob das ein Grund sein kann, mich nicht einreisen zu lassen?

„Besuchen will ich zwar niemanden. Aber ich treffe mich mit jemandem, den ich letztes Mal kennen gelernt habe."

„Name? Adresse?"

„Robert. Nachname und Adresse weiß ich noch nicht."

„Dann fragen Sie ihn heute und tragen es dann hier ein."

Er zeigt mit einem Stift auf die Stelle und schiebt meine Papiere zu mir hin. „Wiedersehen."

„Auf Wiedersehen." Ich atme auf.

Um die Spannung loszuwerden, laufe ich ziellos eine Straße hinunter. Die Gehwege sind schmal, Zweitaktabgase und Motorengeknatter verfangen sich in der Straßenschlucht.

Eigentlich wollte ich für den Pflichtumtausch noch etwas einkaufen, einen kleinen Topf für Frühstückseier, vielleicht ein paar Schraubendreher. Doch ich kann überhaupt nicht an Einkaufen denken. Ich bin viel zu aufgeregt.

Magdalena öffnet ihre Wohnungstür so schwungvoll wie beim ersten Mal. Nur lächelt sie mich jetzt sofort an.

„Hallo, Franka."

„Hallo. Ich bin zu früh."

„Nur zwölf Minuten." Sie errötet ein wenig. Ich glaube, sie ist auch aufgeregt.

Beim Händeschütteln führt sie mich fast in den Flur. Sie bleibt neben mir stehen, als ich Schuhe und Jacke ausziehe.

Ihr Zimmer ist heute ordentlich aufgeräumt. Den kleinen Tisch zwischen Sofa und Sessel hat sie bereits gedeckt.

„Ich habe uns Sekt mitgebracht." Ich ziehe die Flasche aus meinem Rucksack.

Magdalena lacht ein tiefes, kehliges Lachen. „Sekt zum Frühstück? Ja, warum eigentlich nicht? Ich hole Gläser."

Der Korken knallt erschreckend heftig an die Decke; ich gieße mehr schäumenden Sekt über Magdalenas Finger als in die Gläser.

„Entschuldigung!" sage ich zerknirscht.

„Ist doch nicht schlimm", lacht Magdalena, „ich hol schnell einen Lappen."

Sie lässt sich den Lappen nicht aus der Hand nehmen und wischt auch die nassgewordenen Teller und den Tisch ab. „Setz dich mal hin und beruhige dich", bestimmt sie.

„Die Straßenbahn muss den Sekt richtig durchgeschüttelt haben. Und auch das ganze Auf- und Absetzen des Rucksacks."

Magdalena reicht mir ein Glas und setzt sich mir gegenüber. „Auf … ?" fragt sie und neigt ihren Kopf mit einem verführerischen Lächeln zur Seite.

„... uns“, ergänze ich.

Wir rücken Teller, Tassen und Butterdose etwas auseinander, um noch Platz für die Gläser zu finden.

„Nimm dir“, fordert mich Magdalena auf.

Ich bestreiche eine der kleinen, festen Schrippen, von denen Renate behauptet hat, sie schmecken viel besser als die aufgeblasenen West-Brötchen. Nur deshalb hatte ich doch keine mitgebracht. Die fruchtig-rote Marmelade kleckst auf das Brötchen. Ich beiße hinein. Renate hat Recht.

„Die Marmelade hat meine Mutter gekocht“, erzählt Magdalena.

Ich nicke anerkennend und mit vollen Backen.

„Wie war es am Grenzübergang?“ erkundigt sich Magdalena, als ich heruntergeschluckt habe.

„Ein bisschen schwierig. Wegen der Flasche Sekt wollten die wissen, wen ich besuche. Diesmal war es in Ordnung, aber ich brauche grundsätzlich eine Adresse, die ich in solchen Situationen angeben kann.“

„Meine geht ja nicht“, antwortet Magdalena nach kurzem Nachdenken. „Man braucht es meinen Chefs ja nicht auf die Nase zu binden, dass ich Westkontakte habe. Aber ich könnte dir Namen und Adresse von Ulli oder die meiner Mutter geben. Sie ist Rentner und hat nichts dagegen.“

„Und wer ist Ulli?“

„Meine liebste und älteste Freundin. Sie hat dieses Bild gemalt.“ Magdalena zeigt auf das große Aquarell über dem Sofa.

„Es ist wunderschön. Ich muss es mir immer wieder ansehen. Ich habe mich schon bei meinem letzten Besuch gefragt, wer das wohl gemalt hat.“

„Meine Freundin Ulli“, wiederholt Magdalena stolz, „sie konnte schon in der ersten Klasse gut malen. Wir sind im gleichen Ort aufgewachsen, in der Nähe von Königs Wusterhausen. Die Umgebung dort sieht so aus. Mit diesem Bild habe ich ein Stück Heimat mit nach Berlin gebracht. Ulli hat es mir zu meinem dreißigsten Geburtstag geschenkt. Ich habe mich so gefreut. Ich freue mich immer noch darüber."

„Das kann ich mir vorstellen", antworte ich, ohne den Blick von der Weite der Seenlandschaft zu wenden.

„Ulli hat Verwandte in West-Berlin, mit denen sie in engem Kontakt steht", fährt Magdalena nach einer Weile fort, „deshalb ist es für sie ganz bestimmt in Ordnung, wenn du sie angibst. Wir können nachher zu ihr rübergehen und sie fragen. Sie wohnt gleich um die Ecke."

„Gerne", antworte ich.

Magdalena krempelt die Ärmel nach oben, sorgfältig schlägt sie Kante auf Kante. Mir gefällt diese Achtsamkeit. Das Hemd mit dem asymmetrischen Paspelbesatz steht ihr sehr gut; sein Moosgrün passt zu ihrer hellen Haut und dem roten Haar. Keine meiner Freundinnen würde es sich trauen, so aus der Reihe zu tanzen, etwas derart Schönes, Besonderes anzuziehen. Und ich schon gar nicht.

„Du hast keinen großen Hunger", stellt sie fest und zeigt auf den gefüllten Brotkorb.

„Stimmt. Und du auch nicht."

Magdalena nickt und trinkt einen kleinen Schluck. Sie sieht mich über den Rand ihres Glases an. Ein langer, ruhiger Blick. Dunkelgrüne Augen, die mich in die Tiefe ziehen. Ich lasse es geschehen. Sie lässt ihr Glas sinken und gibt meinem Blick den Weg zu ihrem Mund frei. Sinnliche, schön gezeichnete Lippen, leicht geöffnet. Ihre Zungenspitze streicht kurz über ihre Zähne und verschwindet gleich wieder. Ich will diesen Mund küssen. Weich und sanft. Langsam beuge ich mich ein kleines Stück vor. Magdalena setzt sich ruckartig auf und lehnt sich zurück. Ach ja, wir wollten uns doch über den Alltag in den verschiedenen politischen Systemen austauschen. Ich sehe in Magdalenas Gesicht. Sie wirkt verlegen.

„Was mir gerade einfällt", sagt sie hastig, „ein Visum ist immer räumlich begrenzt. Das heißt, wenn du Ulli auf deinem Visum angibst, darfst du offiziell nach Berlin und nur nach Berlin einreisen. Wenn du dagegen meine Mutter angibst, gilt es nur für den Kreis Königs Wusterhausen, den Wohnort meiner Mutter."

„Gut", antworte ich, noch um Fassung bemüht. Mein Blick schweift durch das Zimmer, auf der Suche nach etwas Unverfänglichem.

„Du spielst auch Klavier?"

„Du auch?" Magdalena schaut überrascht hoch.

„Nicht mehr. Aber als Kind und Jugendliche war es mir ganz wichtig. Spielst du mir was vor?"

Magdalena geht zum Klavier und hebt den schweren Tastendeckel. Beinahe zärtlich streicht sie kurz über die Tasten und setzt sich dann auf den Klavierstuhl. Einen Augenblick hält sie inne, dann beginnt ihr Spiel. Schon bei den ersten weichen Tönen spüre ich, dass ich mich ihrem Zauber nicht entziehen kann. Magdalena sitzt ganz zentriert, ihre Arme scheinen sich aus ihren Schultern lösen zu können, ihre Hände, ihre Finger führen ein Eigenleben, zart und kräftig zugleich locken sie die Klänge aus dem dunklen Holzkasten. Magdalenas Oberkörper bewegt sich leicht nach vorne, wenn sie ihrem Spiel mehr Nachdruck verleiht. Dennoch sind es die leisen Töne, die mich berühren. Magdalenas Oberkörper findet dann wieder zu seiner Mitte zurück. Sie ist ganz in dieser ernsten Melodie versunken.

Das alte Klavier, das meine Oma mir überlassen hat, steht noch bei meinen Eltern. Niemand spielt mehr darauf. Wie gerne hätte ich es gehabt, für mich, für Klara. Ich habe es nicht bekommen.

Die letzten Töne klingen lange in mir nach. Magdalena sitzt ruhig auf ihrem Stuhl und dreht sich nicht zu mir herum. Ich betrachte ihr Profil, die hohe Stirn, ihre lange, gerade Nase, das energische Kinn. Sie streicht sich eine widerspenstige Locke hinter das Ohr. Dann lächelt sie zu mir herüber.

„Mendelssohn mochte ich als Kind immer am liebsten. Und du?"

„Mozart."

„Weißt du warum?"

„Mein Klavierlehrer hat mir seine Musik und auch sein Leben nahe gebracht. Wenn ich zu laut in die Tasten gedrückt habe, hat er mir zugeflüstert: ‚Franziska, das könntest du viel mozärtlicher spielen.'"

Magdalenas Lachen und ihr aufmerksamer Blick lassen mich weitererzählen.

„Seine Musik hat mich so berührt, und weil er angeblich das gleiche Lungenleiden hatte wie ich, habe ich mich mit ihm verwandt gefühlt. Ich wollte auch ein Wunderkind sein und wie er früh sterben."

„Du hast dir als Kind schon deinen Tod gewünscht?" fragt Magdalena verwundert.

„Ja. Es gab diesen Wunsch und gleichzeitig die Lebenslust. Und genau das habe ich in Mozarts Musik gefunden."

„Spiel etwas von ihm." Magdalena steht auf.

„Nein." Ich erschrecke ein wenig. „Das kann ich nicht mehr. Seit zwölf Jahren habe ich nicht mehr gespielt. Es ist vorbei."

Magdalena setzt sich wieder und betrachtet mich nachdenklich.

„Dann spiele ich Mozart für dich", meint sie mit sanfter Stimme, „wünsch dir was."

„Das Rondo", antworte ich und summe die ersten Takte.

Magdalena nickt, hält wieder einen Moment lang inne, dann perlen ihre Finger über die Tasten. Mein Herz öffnet sich. Nicht nur für ihr Klavierspiel.

Ein frischer Wind weht durch die Dimitroffstraße. Ich mag ihn. Er riecht nach Aufbruch. Leichtfüßig gehen wir die vier Stockwerke zu Ullis Wohnung hinauf. An der letzten Tür hängt ein kleiner Zettel mit Ullis Nachnamen, darunter ein mit bunter Pastellkreide bemaltes Blatt Papier. Darauf steht mit großen roten Buchstaben: *Meine Liebe den Frauen!*

„Du bist ja mutig", platzt es aus mir heraus, als die Frau mit dem blonden Strubbelhaar die Tür öffnet und mich verwirrt anblinzelt.

„Das ist Franka", lacht Magdalena und umarmt Ulli liebevoll.

„Hallo, Franka." Ulli gibt mir die Hand und sieht mich freundlich an, „kommt rein. Und warum bin ich mutig?"

„Wegen deinem Schild an der Tür. Ich weiß nicht, ob ich mich trauen würde. Na, und hier hätte ich es schon gar nicht erwartet."

„Ja", grinst Ulli, „Magdalena hat mir schon erzählt, dass du deinen Vorurteilen über den Osten auf der Spur bist. Wollt ihr etwas trinken?"

„Einen Kaffee." Magdalena setzt sich auf einen Küchenhocker und deutet mit einem Blick zu mir auf einen zweiten.

„Ich auch."

Ulli lässt Wasser in den Teekessel laufen und entzündet die Gasflamme auf dem Herd mit einem Streichholz.

„Ich habe noch keine wirklichen Nachteile durch meine Offenheit gehabt", meint Ulli. „Es gibt hier aber viele, die nicht dazu stehen können. Eine Freundin von mir spielt selbst ihrer Mutter ein Theater vor. Und das seit Jahren!"

„Ach, fang nun nicht wieder damit an", mault Magdalena, die sich sichtlich angesprochen fühlt. „Das ist bei mir eine völlig andere Situation."

„Und warum?"

„In dir sehen sowieso viele die verrückte Künstlerin, da hast du einfach mehr Freiheiten als ich beim FDBG. Und außerdem lebt deine Mutter nicht mehr auf dem Land."

„Deine Mutter ist eine gestandene Frau, und ich sage dir, sie wird es aushalten, eine lesbische Tochter zu haben. Wenn sie es nicht schon längst ahnt."

„Tut sie nicht." Magdalena seufzt und wendet sich mir zu. „Dieses Thema drängt Ulli mir jedes Mal auf."

„Jawoll", antwortet Ulli mit einem koboldhaften Grinsen, „und das werde ich so lange tun, bis du endlich zu dir selbst stehst!" Sie nimmt drei Tassen und eine Zuckerdose aus dem alten, sorgfältig abgeschliffenen Küchenschrank.

Ich betrachte das Plakat über dem Tisch. Ein Siebdruck, auf dem einige Frauen mit Doppeläxten einen Felsen zerschlagen, auf dem breitbeinig ein Mann steht. *Keine Macht für niemand* steht da in großen Buchstaben und am unteren Rand *AK homosexuelle Selbsthilfe. Lesben in der Kirche.*

„Das ist vom Arbeitskreis in der Gethsemane-Gemeinde, gleich hier um die Ecke, in der Stargarder Straße", erklärt Ulli, die meinen erstaunten Blick aufgefangen hat.

„Bist du gläubig?" frage ich vorsichtig.

„Nein, wieso?" Ulli wirkt etwas verblüfft.

„Weißt du, ich bin katholisch aufgewachsen und da waren solche Arbeitsgruppen unvorstellbar! Ich bin zwar mittlerweile aus der Kirche ausgetreten, aber ich habe nie gehört, dass sich da groß etwas geändert hat."

„Hier ist es anders", sagt Ulli bestimmt, „die evangelische Kirche stellt ganz verschiedenen Gruppen ihre Räume zur Verfügung, die sich sonst kaum oder gar nicht treffen können."

„Und du machst da mit?" Ich zeige mit dem Daumen auf das Plakat.

Ulli schüttelt den Kopf. „Ich bin da nur ganz am Rand mit dabei. Das liegt vor allem daran, dass ich abends arbeite. Na, und wegen meiner früheren Freundin, die ganz aktiv im Kreis ist. Ich brauche noch Abstand zu ihr." Ulli stellt die dampfenden Tassen auf den Tisch und setzt sich zu uns.

„Und Magdalena geht nur hin, wenn sie auf Beziehungssuche ist."

Magdalenas Gesicht wird feuerrot. „Das stimmt nicht! Das ist überhaupt nicht wahr!" faucht sie.

Ulli grinst und legt ihre Hand auf Magdalenas Arm. „Ich wollte dich bloß ärgern."

„Das ist dir gelungen." Magdalena lächelt ein wenig gefroren zurück. Die Farbe weicht wieder aus ihrem Gesicht. Nur noch die Wangen sind leicht gerötet. „Wir wollten fragen, ob Franka dich auf ihrem Visum als Besuchsadresse angeben kann."

„Ja, das geht." Ulli greift gleich nach einem Zettel und einem Stift und schreibt ihren Namen und ihre Adresse auf. „Ach, das Geburtsdatum brauchst du ja auch."

Sie reicht mir den Zettel.

„Du kannst meine Daten so oft angeben, wie du sie brauchst. Ich habe durch meine Oma und andere Verwandten sowieso ganz offiziell viel Westkontakte. Und als Garderobenfrau könnte ich dem kapitalistischen Ausland lediglich Kleidergrößen verraten."

„Du arbeitest als Garderobenfrau?"

„Ja. Schon, als ich noch studiert habe. Nach dem Abbruch habe ich damit weitergemacht. So habe ich genug Raum für das Malen. Wenn wir mehr Zeit haben, zeige ich dir meine Bilder. Heute muss ich noch ins Theater, in einer guten halben Stunde muss ich los."

„Ach, fast hätte ich es vergessen." Magdalena steht auf und holt ihre Tasche aus dem Flur. „In der Kaufhalle gab es gestern schöne Äpfel. Ich habe dir welche mitgebracht." Sie legt fünf rotwangige Äpfel auf den Tisch.

„Oh, klasse, danke." Ulli reibt sich einen an ihrem Hosenbein und beißt sofort hinein. „Möchtet ihr auch einen?"

„Danke, ich habe keinen Hunger." Ich trinke einen Schluck Kaffee. Heißt das jetzt, dass es Äpfel nur selten gibt? Oder ist es einfach eine besondere Sorte? Oder hat Magdalena gestern lediglich den Einkauf für Ulli übernommen? Ich wage nicht zu fragen.

„Im Westen gibt es Obst ja immer und alle Arten und in Hülle und Fülle", meint Ulli schmatzend. „Ich war bei Omas Fünfundsiebzigstem drüben."

„Ich erinnere mich auch noch an diese riesigen Pfirsiche, die auf der Schönhauser verkauft wurden." Magdalenas Augen glänzen. „Saftig und mit gelbem Fleisch!"

„Ach, du meinst das Tschernobyl-Obst." Ulli lacht und nimmt sich noch einen Apfel. „Ja, das weiß ich auch noch."

„Was heißt das, Tschernobyl-Obst?"

„Obst, das nach Tschernobyl wegen radioaktiver Belastung nicht in West-Berlin abgesetzt werden konnte. Ganze Lastwagen davon kamen dann zu uns", erklärt mir Magdalena.

„Das gibt es doch gar nicht!" platzt es entsetzt aus mir heraus.

„Ich hatte mir vorgenommen, nichts davon zu essen", erzählt Magdalena weiter, „aber die dufteten so gut und da dachte ich, ein einziger wird mir nicht so viel Schaden zufügen."

„Bei mir waren es sogar drei, in der Hoffnung, die westlichen Nachrichten hätten maßlos übertrieben. Wie bist du denn damit umgegangen, Franka?"

„Ich habe das sehr ernst genommen, hab genau darauf geachtet, was ich esse und trinke, die Straßenschuhe immer im Flur gelassen. Das mache ich heute noch so. Mit Klara waren wir erst wieder auf dem Spielplatz, als der Sand auf Druck der Elterninitiative komplett ausgetauscht worden war."

„Wirklich?"

Wir nippen alle nachdenklich an unserem Kaffee.

„Ich habe mir damals angewöhnt, Ost- und West-Nachrichten täglich miteinander zu vergleichen", meint Ulli, „und irgendwo dazwischen die Wahrheit herauszufiltern."

„Ich finde das so verwirrend und schwierig", wirft Magdalena ein, „manchmal wünsche ich mir ein Gespräch mit unseren Ausgereisten. Wie Renate oder Sylvia jetzt über das eine oder andere Thema denken."

„Oder Vera oder Bernd. Oder Roswitha und Ulf. Es sind so viele." Ulli blickt mir nun wieder direkt in die Augen. „Weißt du, dabei geht es nicht nur um Abschied. Auch das Leben hier ist anders, wenn man nie weiß, wer als nächstes geht. Wenn im Arbeitskreis etwas geplant wird, müssen alle zu Anfang sagen, ob sie einen Ausreiseantrag gestellt haben oder nicht. Damit bei der Aufgabenverteilung klar ist, wer sie vielleicht nicht zu Ende führen kann. Zumindest in den Kreisen, in denen ich mich bewege, ist dadurch eine ständige Unruhe und Unsicherheit. Und man traut sich ja kaum noch, jemanden lieb zu haben."

„Daran habe ich noch gar nicht gedacht." Meine Stimme ist auf einmal ganz leise.

„*Geh ich nun oder bleib ich nun …*", grölt Magdalena das alte Nina-Hagen-Lied in unsere Stille hinein, „*… irgendwie muss man was tun, geh ich nun oder bleib ich nun.*"

Ulli und ich lachen. Magdalena steht auf, geht um den Tisch zu Ulli und schaut ihr tief in die Augen: „Aber wir bleiben hier!"

Auch Ulli steht auf: „Ja. Wir bleiben hier." Sie nehmen sich in die Arme und halten sich lange fest.

„Nur jetzt muss ich gehen. Zur Arbeit nämlich", seufzt Ulli. „Was macht ihr heute noch?"

Magdalena fragt mich mit einem verlockenden Seitenblick. „Wie wäre es mit einem Dachspaziergang?"

Wir klettern durch die schmale Dachluke. Wie alle alten Berliner Häuserreihen haben auch diese nur kurze, ziegelgedeckte Schrägseiten und etwa zwanzig Meter breite Oberflächen. In dieser Gegend gibt es wenig kriegsbedingte Häuserlücken und auch nicht die darauf folgenden Neubauten. Da die Häuser alle miteinander verbunden sind, kann man auf den breiten Oberflächen lange spazieren gehen, bis zur nächsten Querstraße. Ganz still ist es hier oben. Nur der Wind pfeift um die backsteingemauerten Schornsteine. Der Himmel, den ich seit langem nur ausschnittsweise zu Gesicht bekommen habe, nur in den langen Streifen der Straßenzüge und den Rechtecken der Hinterhöfe, breitet sich nun in einer befreienden Weite über uns aus. Vor uns öffnet sich ein Meer von Flachdächern in verschiedenen Grautönen, unterbrochen von den Kronen einiger Bäume, die sich durch das Dunkel der Hinterhöfe ans Licht gekämpft haben. Zahllose Antennen bewegen sich leise im Wind. Magdalena und ich gehen in Richtung der Sonne, von der bald nur noch ein schmaler, rosaroter Streifen übrig bleibt. An den Nähten zwischen den Häusern können wir die verschiedenen Höhen durch die an den Mauern verdübelten Metallleitern überwinden, sehr vorsichtig klettern wir sie herauf oder herunter. Mit der Zeit fühle auch ich mich sicher hier oben, und wir beobachten bäuchlings vom Rand der Dächer aus das Straßengeschehen. Vor einer Eckkneipe ist Polterabend, doch wir hören das Klirren der Tassen und Teller nur ganz leise. Auch die wenigen Autos gleiten fast geräuschlos durch die Straßen, winzigem Spielzeug ähnlich. Mir gefällt die Vielfalt der Hinterhöfe, rechteckig und quadratisch, düster, kraterartig oder bunt, eine begrünte Oase der eine, ein verwahrloster Schuttplatz der nächste. In den Wohnungen gehen nach und nach die Lampen an. Aus vielen Fenstern scheint das blaue Licht des Fernsehapparats. Hier und dort werden Vorhänge zugezogen oder Jalousien heruntergelassen. Fast alle Wohnungen scheinen bewohnt zu sein, nur wenige kahle Räume ruhen sich hinter den Pappkartons zerbrochener Fensterscheiben aus.

„Pass auf, dass du nicht über die Antennenkabel stolperst", sagt Magdalena, „die sind in der Dämmerung schlecht zu sehen."

Der Abendwind bläst uns kräftig entgegen. Er bringt einen leichten Regen mit. Mir ist kalt. Der Frühling scheint in diesem Jahr noch einmal innezuhalten. Magdalena friert auch.

„Ich werde zu Hause gleich den Heißwasserboiler anschalten."

Zuerst duscht Magdalena. Nach erstaunlich kurzer Zeit kommt sie schon wieder in die Stube, in ein großes, schwarzes Badelaken gehüllt. „Du bist dran. Und wenn du dich beim Ausziehen nicht sonderlich beeilst, ist wieder genügend heißes Wasser im Boiler."

In der hinteren Ecke der Küche steht die Duschkabine. Meine Jeans ist so feucht geworden, dass sie sich nur mit leichtem Widerstand von der Haut lösen lässt. Ich lege sie über die Stuhllehne.

Das warme Wasser streicht sanft die Kälte und die Anspannung aus meinem Gesicht und meinem ganzen Körper. Die Pumpe brummt leise und saugt schlürfend das Wasser in den Abfluss. Mir kommt die Vorstellung in den Sinn, sie würde stets die gleiche Wassermenge vom Ablauf bis zum Brausenkopf in einem ewigen Kreislauf befördern. Ich muss darüber lachen. Und auch darüber, welch seltsame Gedanken ich manchmal habe.

Magdalena klopft an die Küchentür. „Ich hol mal deine Jeans raus, einverstanden?"

„Ja", rufe ich zurück, ohne mir darüber im Klaren zu sein, was sie eigentlich damit will. Das Wasser wird plötzlich kühler, ich stelle es ab. Das rubbelnde Handtuch auf meiner Haut fühlt sich gut an. Ich schlüpfe in Unterwäsche und ein rotes Shirt, das bis über meine Hüften reicht.

Magdalena sitzt auf ihrem Sofa, immer noch in das Badetuch gehüllt, die Beine angezogen und die Knie mit beiden Armen umschlungen. Ihre roten Locken sind bereits wieder trocken, wilder als sonst tanzen sie mit jeder ihrer Kopfbewegungen. Meine feuchten Jeans liegen neben ihren auf dem Kachelofen. Ich schiebe die Hosenbeine etwas auseinander und lehne mich zwischen sie an die wärmenden, glatten Kacheln.

„Möchtest du was von meinen Sachen anziehen, bis deine Jeans getrocknet ist?"

„Nein." Meine Stimme fühlt sich anders an als sonst, so als könnte sie meinen Körper von innen weiten. Auch der Klang ist tiefer und weicher. Magdalena sieht überrascht zu mir hoch. Ihre grünen Augen leuchten aus einer klaren inneren Ruhe.

„Hast du auch Lust auf klassische Musik?" fragt sie schließlich.

„Wenn es nicht wieder Dvořák sein muss. Was hast du denn sonst noch so?"

Magdalena gibt mir ein kleines Lächeln zurück und steht langsam auf. Sie hält das große Badetuch dabei über ihrer Brust zusammen, ihr rechtes Knie taucht auf und verschwindet gleich wieder in der Schwärze des Tuchs. Der Stoff ist anders als die Badetücher, die ich kenne, leichter und fließender. Magdalenas Körper zeichnet sich deutlich darunter ab, als sie zu ihrem Regal mit den Schallplatten geht. Ihre breiten Hüften bewegen sich langsam hin und her. Als Magdalena ihren Arm hebt, um eine Schallplatte herauszunehmen, verrutscht das Tuch und gibt eine kräftige Schulter frei. Magdalena zieht es nicht wieder hoch, sondern dreht nur den Kopf in meine Richtung.

„Beethovens Fünfte?"

„Ja. Gern."

Sie hält meinen Blick. Sie weiß, wie sehr sie mir gefällt. Und ich weiß nun, dass sie es genießt. Geschickt legt sie mit ihrer freien Hand die kleine Schallplatte vom Plattenteller in die Hülle zurück. Um die Langspielplatte aufzulegen, braucht sie auch ihre zweite Hand, das Tuch rutscht langsam die weiche Biegung ihres Rückens herunter. Ihre Haut, ganz weiß und glatt, Marmor ähnlich. In Hüfthöhe hält Magdalena das Tuch wieder fest. Sie stellt den Starthebel des Plattenspielers um, ohne die Geschwindigkeit einzustellen, und so beginnt die Symphonie nun in der schnelleren 45-Umdrehung. Verdutzt sehen wir uns an und brechen dann in ein lautes Gelächter aus. Magdalena bewegt sich vergnügt zur Musik und lässt ihren runden, nackten Busen wippen. Ihre Augen funkeln.

„He, das ist gut. Hör mal genau hin. Das ist wirklich gut!" Die Schnelligkeit nimmt der Symphonie ihre Schwere; sie lodert auf wie ein Feuer, in das wir trockenes Holz geben. Magdalena ist es, die das Holz hineinlegt, Magdalena, die Feuerfrau. Ihre Flammen ergreifen mich unerwartet heftig und im gleichen Augenblick beginnt auch mein Funkensprühen. Ohne den Blick von ihren Augen zu lösen, streife ich das rote Shirt über meinen Kopf. Ihr Tuch fällt lautlos auf den Teppich. Ein, zwei Schritte zu ihr, sie kommt mir entgegen. Dunkelgrüne Augen. Meine Finger an ihrer Stirn, in ihrem Gesicht, dem für mich vertrautesten Teil ihres Körpers, dann an ihrem Hals, an der zarten Haut zwischen ihren Brüsten. Ihr warmer Atem an meinem Hals. Ihre Lippen. Ihr Mund auf meinem. Frauenhände, Frauenkörper, ein Feuertanz. Ein Liebestanz, endlich. Rund und weich, alles an ihr, so wunderbar rund und weich, auf mir, unter mir, in mir. Endlos, hoffentlich.

Wir liegen auf dem Teppich, die Beine ineinander verschlungen, und Magdalena bewegt ihr Becken langsam, so ganz langsam, genießerisch, und sieht mir dabei in die Augen. Auch als sie mehr und mehr Lust bekommt, schaut sie mich immer wieder an. Ein glasklarer Speichelfaden läuft aus ihrem Mundwinkel, sie wischt ihn nicht ab. Sie traut sich, ganz da zu sein, mit ihrem Körper, ihrer weiten Seele. Und so traue ich mich auch.

Es gibt nichts mehr, was sich vor meine Sinne drängt. Und zwischen Magdalena und mich. Von irgendwoher kommen kleine, tiefe Laute. Ich glaube, tief in meinem Bauch die Weite des Himmels zu spüren. Unerwartet heftig zieht er sich zusammen, um gleich darauf zu explodieren. Dazu ein Wetterleuchten hinter meinen Augenlidern, in den Farben des Feuers, warm und grell.

Dann die Stille, in ihrer Vollkommenheit.

Wir liegen nebeneinander, jede auf der Seite, einander zugewandt. Dann zieht Magdalena das schwarze Tuch über uns. Mein Körper wird schwer.

„Verdammt, es ist schon elf vorbei!" Magdalenas Stimme klingt schrill. Ich strecke meinen Arm nach ihr aus, um sie zu beruhigen und wieder neben mir zu spüren. Doch sie springt auf und holt die Jeans vom Kachelofen.

„Beeil dich, ich bring dich noch zur Straßenbahn!"

Nur langsam sickert es in mein Bewusstsein, dass ich nun wirklich gehen muss. Mechanisch stehe ich auf, ziehe mich an, hole meinen Rucksack, meine Stiefel. Die Nacht ist kalt und klar, sie belebt meine Gedanken und macht mir deutlich, wie absurd es ist, Magdalena jetzt verlassen zu müssen.

Während wir auf die Bahn warten, wissen wir nicht, was wir uns nun sagen könnten. Ein verlegenes Lächeln aus unseren verschlafenen Gesichtern, die Hände tief in den Jackentaschen. Ein älteres Paar steht an der Haltestelle, leise plätschern ihre Worte zu uns herüber. Mit einem Quietschen zerreißt die Straßenbahn die Stille. Eine hölzerne Umarmung, mein Kuss misslingt und trifft nur den Kragen ihrer Jacke. Ein leises Tschüss, die hohe Stufe, mich blendet das helle Licht im Wageninnern, dann noch ein zaghaftes Winken. Das schrille Warnsignal erschreckt mich, die Türen knallen zu. Die ratternde Straßenbahn fährt mich durch leere, dürftig beleuchtete Straßen.

Plötzlich zucke ich zusammen: Wir haben keine neue Verabredung getroffen. Keinen Tag, keine Uhrzeit, woran ich mich festhalten könnte. Vier Tage braucht ein Brief, ein Antwortbrief genau so lange. Wie es jetzt Magdalena geht? Vielleicht braucht sie die neue Verabredung noch mehr als ich.

Die Straßenbahn hält hinter der Friedrichstraße. Der Grenzübergang ist leer. Die uniformierten, bewaffneten Männer kontrollieren mit ausdruckslosem Gesicht meine Papiere. Ich schlucke wütende Tränen herunter. Letzten Endes bestimmen die, wann, wo und wie lange Magdalena und ich zusammen sein können. Als ich die Kontrollen hinter mir habe, kann ich nicht mehr weinen.

Ich steige in den Zug und stelle mich neben die offene Tür. Wie immer bleibt er lange in diesem Bahnhof stehen. Ein Grenzer schiebt eine kleine, zweirädrige Karre, über deren Achse ein schräggestellter Spiegel angebracht ist, den Bahnsteig entlang. Unter jedem Waggon hält er mehrmals eine stark leuchtende Taschenlampe auf den Spiegel, um zu kontrollieren, ob sich nicht doch ein Republikflüchtling zwischen den Rädern an den Zug klammert. Ich habe diese Szene schon einige Male beobachtet. Heute schmerzt sie besonders.

Erst am Bahnhof Zoo fällt mir auf, dass ich in die falsche Bahn gestiegen bin. Ich steige aus und schlendere langsam zum Ku'damm, der voller Autos und Menschen ist, grell, aufdringlich und viel zu laut. Ach ja, *saturday night fever*. Der Nachtbus fährt gerade vor, als ich an der Haltestelle ankomme.

Sonntage beginnen in Kreuzberg sehr spät. Ich begegne kaum jemandem, als ich den Weg zur Post und wieder zurück gehe.

„Franka!" Klara springt bereits an der Wohnungstür an mir hoch. „Wo warst du?"

„Nicht so laut", flüstere ich und schiebe das Kind in die Küche. „Renate schläft doch noch. Sie hat heute Nacht gearbeitet."

„Wo warst du?" wiederholt Klara.

„Nur einen Brief zum Kasten bringen."

„Noch vor dem Frühstück?" wundert sich Michael. Er gießt das kochende Wasser in die gläserne Kaffeekanne.

Ein köstlicher Duft breitet sich in unserer kleinen Küche aus.

„Ja, ich wollte, dass Magdalena ihn so schnell wie möglich bekommt. Deshalb habe ich ihn an der Post eingesteckt. Dann müsste sie ihn Mittwoch, spätestens Donnerstag haben."

„Aha. Dann kann ich also davon ausgehen, dass eure Begegnung gestern schön war?"

„Es war wunderschön."

Michael sieht mich lange und mit einem Lächeln an. Sein jungenhaftes Gesicht wirkt noch weicher. Genau so hat er sich damals für mich gefreut, als ich den zweiten Preis beim Klavierwettbewerb gewonnen habe. Und als ich doch noch einen Hamster zu meinem zehnten Geburtstag bekam.

„Franka, bist du verknallt?" Klara starrt mich entgeistert an.

„Ich glaube schon."

„Warum?"

„Warum? Weil ... ach, das kann ich dir jetzt nicht erklären. Die Frau heißt Magdalena, und wenn du möchtest, kannst du sie einmal kennen lernen."

„Franka ist verknallt, Franka ist verknallt, Franka ist verknallt!" Klara hüpft laut singend in der Küche herum. Plötzlich hält sie inne und sieht mit entgeisterter Miene zu mir hoch: „Mit Knutschen?"

„Ja."

„Iiiih!" Klara verzieht das Gesicht.

„Wenn ich es eklig finden würde, würde ich es nicht tun. Es gefällt mir aber, Magdalena zu küssen."

Klara sieht mich nachdenklich an. Dann flüstert sie lächelnd: „Soll ich dir verraten, in wen ich verknallt bin?"

„Ja, das möchte ich gerne wissen."

„In Jean-Pierre." Es klingt feierlich.

„Und was gefällt dir an ihm?"

„Also, er lädt mich zu seinem Geburtstag ein. Und er hat ein cooles Feuerwehrauto. Ich darf immer damit spielen. Und er petzt nicht."

„Das hört sich gut an."

„Es kann losgehen." Michael legt die aufgebackenen Vollkornbrötchen in den schon etwas ausgefransten Brotkorb.

Klara stürmt zu ihrem Stuhl. „Ich will das mit Sonnenkörner! Mit Marmelade!"

Der alte Holztisch ist für unser ausgiebiges sonntägliches Frühstück gedeckt. Michael hat jeden Teller mit ein paar Bananenstückchen und schilfgrünen Kiwischeiben garniert. Zwei große Käse-Ecken, einen mit und einen ohne Löcher, ein Glas Himbeermarmelade, eines mit Honig. In der Mitte die Müslischüsseln und eine kleine Schale mit geschnittenem Obst. Der fruchtige Duft der klein geschnittenen Orangen und Äpfel überlagert nun den der Brötchen und des Kaffees. Es ist noch zu schwierig für meine eben erst erwachten Sinne, um mich zu entscheiden. Deshalb gieße ich mir erst einmal eine Tasse grünen Tee aus der dickbauchigen Kanne ein. Außerdem will ich die Gelegenheit genießen, ohne Unterbrechung mit Michael zu reden. Jetzt, da Klara ihr Brötchen kaut.

„Und, was hast du so erlebt?" frage ich ihn.

„Am Freitag hab ich es nicht in die Uni geschafft, obwohl ich unbedingt zu dem Seminar wollte. Aber ich musste ja am Abend vorher am Tresen arbeiten. Die Leute im *Ex* haben wieder mal kein Ende gefunden und noch ein Bier und noch eins, und da war ich erst um halb vier im Bett. Und das in diesem Qualm."

„Ja, ich hab gehört, wie du nach Hause gehustet kamst. Was war es denn für ein Seminar?"

„Weiß ich nicht." Michaels Ohren werden ganz rot. Er schaut verlegen aus dem Fenster.

„Hast du nicht gerade gesagt, du wolltest unbedingt zu diesem Seminar?"

„Ja, schon, aber nur, weil ich mich mit jemandem verabredet hatte, um ein Referat vorzubereiten. Wir wollten uns anhören, wie die anderen so ein Thema angehen."

„Mist. Und ihre Telefonnummer hast du nicht?"

„Nein." Michael lacht nun entspannt. „Und nun sehe ich sie frühestens am nächsten Freitag wieder."

„Ich will Tim nie wiedersehen", unterbricht uns Klara, die gerade ihren letzten Bissen heruntergeschluckt hat, „nie, nie mehr! Er ist nicht mehr mein Freund und ich spiele nie mehr mit ihm."

Michael wendet sich zu ihr. „Habt ihr euch gestritten?"

„Ich hab gar nicht gestritten. Tim hat angefangen. Weil seine Oma ein Kätzchen hat, ein ganz junges, mit schwarzem Fell, und immer nimmt es nur Tim auf den Arm und nie gibt er es mir!"

Dicke Tränen rollen über ihr unglückliches Gesicht. Michael nimmt sie in den Arm und singt ihr leise sein Trostlied vor. Klara klettert auf seinen Schoß. Ich nehme mir ein wenig goldgelben Akazienhonig aus dem Glas und lasse ihn in meine Tasse tropfen.

Natürlich platzt Klara wieder in unser Gespräch. Neulich habe ich Michael darauf angesprochen, ob es nicht an der Zeit wäre, ihr Grenzen zu setzen. „Sie ist noch nicht einmal vier", hat er empört erwidert, „und ich habe sie doch nur die Hälfte der Zeit." Das mag ja stimmen. Trotzdem finde ich diese geteilte Aufmerksamkeit anstrengend.

Während Michael und Klara ausdauernd besprechen, wie Klara mit dieser Situation umgehen könnte, trinke ich meine zweite Tasse Tee und esse ein Marmeladenbrötchen. Wie sich wohl mein Leben entwickelt hätte, wenn mein Vater mich nur halb so ernst genommen hätte? Ich wische den Gedanken rasch wieder weg. Klaras Tränen sind versiegt. „Ich sage ihm, dass es ganz, ganz wichtig ist, dass ich das Kätzchen auch auf den Arm nehmen darf", sagt sie und strahlt, „dann gibt er es mir bestimmt."

„Das kann ich mir gut vorstellen", stimmt Michael ihr zu. Wieder breitet sich diese Wärme in meinem Herzen aus, wie so oft, wenn ich die beiden miteinander beobachte.

Nach dem Frühstück holt Klara die Schachtel mit der bunten Knete aus ihrem Zimmer. Und während Michael und ich nun doch noch zum Erzählen kommen, entstehen viele blaue, rote und gelbe Schnecken auf unserem Küchentisch.

Wie häufig nach einer regenreichen Nacht zeigt nun der Morgen ein besonders schönes Gesicht. Die graublauen Wolken sorgen, einander jagend, für belebend reine Luft. Ich wische mir die wenigen Tropfen vom Visier meines Motorradhelmes. Der erste Tag in diesem Jahr, an dem ich bei der Fahrt zu meiner Arbeit nicht friere. Ich fahre geruhsam und genieße es, verschwenderisch mit meiner Zeit umzugehen. Denn gleich werde ich meine Zeit in kleine

Abschnitte zerhacken müssen, in Fünf-Minuten-Abstände, in so genannte Arbeitswerte. Für jeden Arbeitsschritt gibt es eine von der Firma genau vorgeschriebene Menge davon.

Der Chef reicht mir, nach einem mürrisch gemurmelten Gruß, einen Block mit meinem ersten Arbeitsauftrag für heute: eine große Inspektion an einer alten Boxer-BMW. 46 Arbeitswerte. Wie an jedem Montagmorgen habe ich meinen frisch gewaschenen Arbeitsoverall bereits an und hänge nur die Lederkombi in den Spind. Mein Kollege Giovanni öffnet pfeifend das große Tor. „Morgen, Franka, na, schönes Wochenende gehabt?"

„Ja! Und du?"

„War ein bisschen kurz. Aber: Zwei Jahre noch ..."

„... und dann wird nur noch zu Hause geschraubt!" vollende ich lachend den Satz, den ich schon oft von ihm gehört habe. Giovanni will sein Rentnerleben vor allem in der eigenen Garagenwerkstatt verbringen.

Während ich die Hebebühne auf meine Arbeitshöhe pumpe, stelle ich zufrieden fest, dass die BMW einen gepflegten Eindruck macht. Mit jeweils einem kraftvollen Ruck an meinen Schraubenschlüsseln öffne ich die Einfüll- und Ablassschrauben. Das noch warme Altöl fließt in die Plastikwanne, ein wenig auch über meine Fingerspitzen. Beim Abnehmen der Ventildeckel erreichen meine schmalen Finger selbst die kleinen Muttern zwischen den Kühlrippen. Ein Moment, den ich immer genieße. Giovanni und unser Lehrling müssen dafür einen Maulschlüssel in ihre großen Hände nehmen. Der noch verbliebene Ölfilm im Innern des Motors lässt die Kipphebel leicht schimmern. Schön sieht das aus. Seit meiner Kindheit liebe ich alles, was aus Metall ist und sich bewegt. Meine Hände tauschen die alten Öl- und Luftfilter gegen neue, reinigen die Schwimmerkammern der Vergaser, ersetzen die Chokedichtungen und ich staune darüber, wie selbstverständlich und geschickt sie das mittlerweile machen. Benzindämpfe steigen mir in die Nase, scharf begrenzen sie meine Nebenhöhlen bis hinauf in die Stirn. Ausatmen. Dann ist es wieder vorbei. Ich lege meine Hand auf die inzwischen kalt gewordenen Rippen eines Zylinders. Also kann ich jetzt das Axialspiel und die Ventile einstellen. Die verschieden feinen Stahlbleche der Fühlerlehre schiebe ich nacheinander zwischen Kipphebel und Ventilschaft und spüre am Widerstand, wann die Einstellung stimmt.

„Ist ja heute nicht gerade der Bär los", bemerkt Giovanni, der gerade an seiner Hebebühne ein Motorrad fixiert. „Ich mach mal das Radio an"

„Ja, mach mal."

Nacheinander fließen die neuen Öle in die Messbecher, dickflüssig und träge das für den Motor, honiggelb das Getriebeöl mit seinem würzigen Duft, wässrig und hell das Gabelöl. Ich schaue auf die Uhr, noch fünf Arbeitswerte, ich liege gut in der Zeit.

„Lass dich doch nicht so hetzen, Franka", meint Giovanni, „du musst dir deine Arbeitskraft für die nächsten dreißig Jahre einteilen. Mach nicht denselben Fehler wie ich."

„Hast ja Recht."

Ich löse den Sicherungsbolzen der Hebebühne. Die Hydraulik seufzt auf und lässt das Motorrad zur Erde zurückschweben.

„Stell dir vor, Giovanni, neulich habe ich zu Michael gesagt, dass das Essen in zwei Arbeitswerten fertig ist. So weit kann es kommen."

Giovanni lacht schallend, nimmt den Hörer des klingelnden Telefons und reicht ihn dann an mich weiter.

„Franka, hier ist Michael. Ich weiß, du willst nicht in der Werkstatt angerufen werden, aber du hast ein Telegramm bekommen."

„Ein Telegramm? Mach's auf!"

Ich höre das Reißen des Papiers, das Rascheln eines Zettels, dann wieder Michaels Stimme: „Sonnabend 12.00 Uhr, Übergang Friedrichstraße? Magdalena."

Mein Herz macht einen gewaltigen Sprung. „Das ist ja total schön!" rufe ich laut, ohne auf Giovannis verwunderten Blick zu reagieren. „Danke, dass du mir gleich Bescheid gesagt hast! Auf die Idee, ein Telegramm zu schreiben, bin ich gar nicht gekommen. Siehst du, wie lange es unterwegs war?"

Wieder raschelt das Papier.

„Ja, hier steht, dass es gestern um 11 Uhr 30 aufgegeben wurde. Es hat also 25 Stunden gebraucht."

„Na, immerhin. Bis heute Abend!"

„Tschüss."

„Du strahlst ja übers ganze Gesicht!" grinst Giovanni, „Hast wohl im Lotto gewonnen!"

„Besser, viel besser", flüstere ich, „eine Einladung!"

Giovanni zieht seine buschigen, grauen Augenbrauen hoch und wendet sich wieder seinem ausgebauten Getriebe und dem Propangasbrenner zu. Ich erledige die restlichen Handgriffe der Inspektion. Dann kommt der spannende Augenblick: Ich drehe den Schlüssel, das kurze Rattern des Anlassers, der Motor springt an. Ich lausche seinem Stampfen, er läuft schön rund, ein tiefer, bulliger Klang. Die Vibration überträgt sich auf den Werkstattboden und wird gleich, bei der Probefahrt, meinen Körper erfüllen. Ich blitze die Zündung ab und stecke mir einen kleinen Schraubendreher ein, um später, wenn der Motor warm ist, die Vergaser einzustellen. Das Gefühl von Macht breitet sich in mir aus. Ich beherrsche diese Maschine. Ich schwinge ein Bein über die Sitzbank, die Vibration des Motors versetzt mein Becken in prickelnde Aufruhr. Als ich langsam über den Hof fahre, kommt mir der Kunde der BMW entgegen. Er grüßt freundlich zurück, dann erkennt er sein eigenes Motorrad unter mir. Abrupt bleibt er stehen und wird blass. Im Rückspiegel sehe ich, wie er mir entsetzt nachblickt. Ich muss schmunzeln.

Friedrichstraße. Schon als ich aus der U-Bahn aussteige, schlägt mir dieser besondere Geruch entgegen. Nach warm gewordenem Metall und Bremsbelägen. Nach Osten, meint Renate. Sie mag diesen Geruch nicht. Ich schon.

Der Bahnsteig wird rasch enger, er füllt sich mit sehr vielen Menschen, die alle in die einzig mögliche Richtung laufen. Ich werde mitgetrieben. Wir eilen durch die langen, unterirdischen Gänge, als könnten sich die tiefen Decken im nächsten Augenblick noch mehr herabsenken, als könnte das gelbliche Licht bald ganz verblassen, als könnten sich die grauen Wände tatsächlich einander nähern. Meine Seitenblicke treffen auf Gesichter, die all ihre Sinne verschlossen haben, nur noch ein Starren nach vorne ist ihnen geblieben, auf ein Ziel, das sofort und verbissen erreicht werden muss.

Der Flur teilt sich, die Menschenmasse auch. Ein breiter Gang führt zur anderen Bahnlinie, ein weiterer zum S-Bahnhof nach oben, zu Licht und Luft. Ich folge mit einigen wenigen Menschen dem Schild „Einreise in die Deutsche Demokratische Republik". Ein Mann mit einer Einkaufstasche auf Rollen kommt mir entgegen, die Räder quietschen leise, hinter mir das Klackern von Absätzen in schnellen, kurzen Schritten.

Niemand spricht. Am Ende des langen Flurs stehen zwei Grenzer mit versteinerten Gesichtern. Nur ihre Augen bewegen sich ab und zu. Das ist er also, der Grenzübergang Friedrichstraße, der größte Berlins, ein unterirdisches Labyrinth aus Fluren, Treppen und Bahnsteigen, das Drehkreuz zwischen Ost und West, zwischen den beiden bedeutendsten politischen Systemen.

Eine alte Frau kommt zögernd auf mich zu. Ihr dunkler Mantel ist so abgetragen, dass der Stoff an manchen Stellen grünlich schimmert. Große, ängstlich wirkende Augen.

„Wo geht es denn nach West-Berlin?" fragt sie.

„Sie sind bereits in West-Berlin."

„Was?" Verwirrt zeigte sie auf das Schild an der gefliesten Wand, auf dem *Einreise* steht. „Ich bin schon zwei Mal ausgereist und wieder eingereist, aber immer bloß bei unseren Leuten. Seit über einer Stunde gehe ich jetzt durch diese beiden Hallen."

Ich begreife langsam. Die alte Frau ist immer dem Schild *Einreise* gefolgt, in der falschen Annahme, es handele sich nach den Ost-Kontrollen um die Einreise in den Westen. Dabei gibt es gar keine westlichen Einreisekontrollen. Dieser Bahnhof ist eine unterirdische westliche Insel in Ost-Berlin, die Mauer verläuft hier als unscheinbare Metallwand zwischen zwei Bahnsteigen.

„Sie können sich jetzt einfach in Ihre Bahn setzen. Wohin wollen Sie denn?" frage ich sie.

„Osloer Straße."

„Kommen Sie mit, ich zeige es Ihnen."

Auf dem richtigen Bahnsteig angekommen, nimmt sie meine Hand zwischen ihre beiden. Haut wie chinesisches Reispapier. Ihr Blick ist voller Erleichterung und Wärme. Mit frischer Kraft laufe ich den Weg zurück, durch die düsteren Flure, die breiten Treppen hoch, immer zwei Stufen auf einmal nehmend, der Boden unter meinen Füßen vibriert, eine U-Bahn naht, gleich werden wieder Menschen aus ihr herausquellen. Ich laufe an den versteinerten Grenzern vorbei.

In der Abfertigungshalle folge ich dem Schild „Bürger West-Berlin". Auch an den Schaltern für „Bürger anderer Staaten" und „Bürger BRD" stehen bereits mehrere Leute an. Nur dem Schild für „Diplomaten" folgt niemand. Der forschende Blick des Grenzers, das dreimalige Klacken des Stempels auf meine Papiere, Westgeld wird zu Ostmark, der Zollbeamte räumt meinen Rucksack aus und wieder ein, gibt ihn mir zurück. Ich atme auf, gehe durch die Absperrung, noch ein versteinerter Grenzer, dann fällt die schwere Tür hinter mir ins Schloss. Die Leute mit den angespannten Mienen, die hinter der Absperrung auf ihren West-Besuch warten, sehen erwartungsvoll auf. Gleich darauf starren sie wieder auf die Tür. Ich folge ihrem Blick. Auf dieser Seite hat die Tür keine Klinke.

Magdalena steht nicht dabei. Ich schaue auf meine Armbanduhr. Noch eine ganze Stunde bis zu unserer Verabredung. Um diese Zeit gibt es an diesem Grenzübergang also keine langen Wartezeiten. Ich schlendere durch die hohe, alte Bahnhofshalle. Die Frau dort auf der Bank sieht aus wie Magdalena. Ich stutze. Es ist Magdalena.

„Was machst du denn schon hier?" Lachend laufe ich auf sie zu.

Sie sieht überrascht von ihrem Buch hoch und steht auf. „Das könnte ich dich auch fragen!"

Ich will sie umarmen, doch sie schnappt nach meiner rechten Hand und schüttelt sie. Ich versuche sie zu lösen, um Magdalena endlich an mich zu drücken, um sie zu spüren, zu riechen.

„Ist alles gut gegangen bei den Grenzkontrollen?"

Sie will sich nicht von mir umarmen lassen. Die gemeinsame halbe Nacht muss für sie eine andere Bedeutung gehabt haben. Sie zeigt mir, dass wir Freundinnen sind, keine Liebenden. Mein Magen ballt sich zu einem festen, kleinen Knoten zusammen.

„Was nun?" Endlich lässt sie meine Hand los. „Zuerst ein Spaziergang oder gleich zu mir?"

„Gleich zu dir." Dort kann ich sie fragen.

„Ich bin mit Mutters Trabbi da." Magdalena grinst. „Und weil es hier keine Parkplätze gibt, habe ich einen Motorschaden vorgetäuscht."

Direkt neben dem Bahnhofsgebäude, hinter einem Halteverbotsschild, steht ein Trabant mit offener Motorhaube. Gerade in dem Moment nähern sich zwei Volkspolizisten.

„Ich habe immer Ärger mit dem Auto", ruft Magdalena ihnen zu. „Ein Fachmann hat mir geraten, den Motor abkühlen zu lassen, wenn er wieder einmal ausgegangen ist!" Sie legt ihre Handfläche vorsichtig auf den Motorblock. „Es könnte reichen", murmelt sie und strahlt die beiden an, „mal sehen, ob er jetzt anspringt."

Sie schließt die Motorhaube und zwängt sich hinter das Steuer, ich setze mich genau so schnell auf den Beifahrersitz. Der Motor springt knatternd an.

„Was für ein Glück!" ruft sie den beiden Volkspolizisten zu und winkt beim Davonfahren. Ich drehe mich zu ihnen herum, sehe in ein verdutztes Gesicht, doch der andere grinst. Ich muss auch lachen.

„Was hättest du gemacht, wenn ich erst zur verabredeten Zeit gekommen wäre?"

„Ab und zu nachgesehen, ob der Motor schon abgekühlt ist."

Diese Frau, die mich so verschmitzt anlächelt, wird mir doch nicht gleich mitteilen wollen, dass es eine einmalige Sache mit uns war. Ich will sie aber nicht im Straßenverkehr fragen. In ein paar Minuten sind wir bei ihr zu Hause.

Kaum ist die Wohnungstür ins Schloss gefallen, zieht Magdalena mich stürmisch zu sich heran und küsst mich.

„Warte!" Ich befreie mich ein wenig aus ihrer Umarmung. „Warum warst du denn vorhin am Bahnhof so zurückhaltend?"

„Ich mag das nicht in der Öffentlichkeit." Sie zieht mich wieder zu sich heran. Dann lieben wir uns. Noch im Flur.

Später kommt die Sonne zaghaft hinter den Wolken hervor und lockt uns zu einem Spaziergang ins Freie. Bereits im Hinterhof belebt die Frühlingsfrische meinen ohnehin beschwingten Körper. Ich möchte laufen, nur laufen, laufen, laufen, um nicht vor Glück davon zu schweben. Magdalena scheint es ähnlich zu gehen. Sie lacht viel. Ihr weiches Gesicht ist von der feuchten, kühlen Luft gerötet, ihre Bewegungen sind fließend. Sie sieht geliebt aus. Obwohl eine dicke Schicht von Kleidung ihren Körper nun wieder verhüllt, spüre ich ihn immer noch an meinem.

„Wenn du das nächste Mal kommst, fahren wir mal raus aus der Stadt. Wir könnten meine Mutter besuchen oder eine Radtour machen."

Gestern habe ich auf dem Mittelstreifen am Mehringdamm die ersten Tulpen gesehen. Doch dem Frühling ist die Mauerstadt zu eng. Sein lauer Wind bricht sich an Brandmauern und Fassadenwänden. Sein Vogelgezwitscher ist zu zart für Motorenlärm und Stimmengewirr. Wirklichen Frühling gibt es nur auf dem Land.

„Ich war schon viel zu lange nicht mehr draußen. Ich habe ganz große Lust dazu", antworte ich.

Eine Frau kommt uns winkend entgegen, mit einem großen Korb in der Hand.

„Ulli", stellt Magdalena erfreut fest.

Beim Näherkommen erkenne ich sie auch.

„Na, ihr beiden? Wohin geht ihr?"

„Hallo, Ulli", antwortet Magdalena, „wir wollten einfach ein wenig an die Sonne, solange sie noch scheint."

„Und du warst auf dem Markt?" frage ich.

„Auf dem Markt?" fragt Ulli verblüfft. „Nein, ich war im Volkspark. Wieso?"

Ich zeige auf die Blumentöpfe in ihrem Korb. „Wegen der Petersilie."

„Ach so." Ulli holt einen der Töpfe heraus und zeigt ihn uns mit bekümmerter Miene. „Schaut mal, sie wächst ganz schief. Obwohl sie auf dem Fensterbrett steht. Aber es gibt einfach zu wenig Tageslicht in meiner Hinterhofwohnung. Deshalb nehme ich sie manchmal mit an die Sonne."

Magdalenas Lachen platzt aus ihr heraus. Auch ich kann mich nicht mehr halten. „Du führst deine Petersilie spazieren?"

Ulli sieht überrascht auf. „Ja und?"

„Nichts", gluckst Magdalena, „manche Leute gehen mit ihren Hunden Gassi und du eben mit deiner Petersilie."

„Ich sehe schon, ihr habt kein Herz für Pflanzen", meint Ulli würdevoll und stellt den Blumentopf sorgsam in ihren Korb zurück. Dann grinst sie uns wieder an. „Ich muss los. Ich geh jetzt nach Hause, nachher bin ich mit meiner Mutter verabredet. Ohne Petersilie."

Ich muss schon wieder lachen. „Bis demnächst."

„Tschüss, Ulli."

Ulli winkt noch einmal freundlich und verschwindet dann mit ihrem leichten, hohen Gang in der nächsten Seitenstraße.

„Sie ist manchmal unfreiwillig komisch." Magdalena wischt sich eine Träne aus dem Augenwinkel. „Ich mag das so an ihr."

„Ja, ich habe den Eindruck, sie macht einfach das, was ihr in den Sinn kommt. und verschwendet keinen Gedanken daran, wie andere das machen würden oder was sie davon halten."

Wir gehen auf eine breite Straße zu.

„Wenn wir jetzt ein paar Stationen mit der Bahn fahren, könnten wir noch vor Einbruch der Dunkelheit durch den Volkspark spazieren. Magst du?"

„Nein, lass uns weiter durch die Straßen gehen. Ich will ja auch ein Gefühl für die Stadt kriegen."

Eine Schwere senkt sich auf uns herab.

„Ist es so anders als drüben?" fragt Magdalena leise.

Etwas in mir wehrt sich gegen diese Frage. Es gibt ein Hier und ein Drüben. Fast hätte ich es vergessen. Wir gehen nebeneinander her, den Blick auf den grauen Asphalt geheftet.

„Ja."

Magdalena steckt ihre Hände tief in die Taschen ihrer dunkelbraunen Jacke. „Wie anders?"

Wieder eine Frage, die mich verunsichert. Dabei finde ich diesen Gefühlsspagat zwischen Verliebtheit und Fremdheit schwierig genug.

„Es ist viel ruhiger hier, weniger Leute auf der Straße, aber vor allem viel weniger Autos. Parkende und fahrende." Ich halte inne. Das stimmt zwar, aber es ist nicht das, was es so anders macht. Ich versuche, Bilder von West-Berliner Straßen vor mir entstehen zu lassen. Es gelingt mir kaum. Die Straßen, in denen ich seit Jahren lebe, zeigen sich mir jetzt nur vage und verschwommen.

„Was sonst?" fragt Magdalena in meine Verblüffung hinein.

„An mehr kann ich mich nicht erinnern", antworte ich ihr nach einer Weile.

„Wie?" Sie sieht mich erstaunt an.

„Ich weiß es gerade wirklich nicht."

„Merkwürdig."

„Allerdings", stimme ich ihr zu. Die schmale, gerade Straße mit dem Kopfsteinpflaster vor mir, die hohen Bordsteine, die grau-braunen Häuserwände mit den großen Eingangstüren sind mir auf seltsame Art vertraut. Als wäre ich hier zu Hause. Ein kurzes Glück durchstreift mich.

„Ich kenne dich so wenig." Magdalenas Stimme klingt verhalten. „Und ich habe so viel Lust auf mehr. Heute Nacht musst du wieder gehen. Ich möchte, dass wir selbst entscheiden, ob wir nebeneinander einschlafen und morgen zusammen frühstücken."

Diese Worte vertreiben meine Verwirrung. „So geht es mir auch", antworte ich, „und deshalb habe ich mir für morgen ein zweites Visum besorgt. Wenn wir zusammen schlafen wollen, müsste ich kurz vor Mitternacht über die Grenze und dann gleich wieder einreisen."

„Das geht?" In Magdalenas Blick flammt ein wenig Hoffnung auf.

„Ich habe den Mann in der Visumsstelle gefragt. Er hat getan, als wäre das selbstverständlich."

Magdalena nimmt Anlauf und springt über eine Pfütze, viel höher und weiter als nötig. „Toll! Das fetzt!" Strahlend dreht sie sich zu mir um und reißt ungestüm ihre Arme hoch. In mein Gedächtnis brennt sich das Bild von ihrem Sprung ein, ihr Temperament darin, ihre Offenheit. Ich weiß bereits jetzt, ich werde es mir immer wieder anschauen.

„Du bist unglaublich", murmele ich mit einem Lächeln. Ich weiß nicht, ob sie mich gehört hat, aber fast hätte sie mich umarmt. Auf offener Straße. Doch dann hakt sie sich bei mir ein. „Wir können ja nachher etwas kochen. Ich hab zwar nicht viel zu Hause, aber es wird sich schon etwas daraus machen lassen."

„Einverstanden."

Wir biegen in die Schönhauser Allee ein, eine breite Geschäftsstraße, die kleinen Läden sind geschlossen. Es sind nur wenige Menschen unterwegs und noch weniger Autos. Es dämmert bereits.

„Für mich ist es aber schon ein merkwürdiges Gefühl, dass du so viel Geld ausgeben musst", meint Magdalena.

Mein Widerstand regt sich. Jetzt nicht auch noch das Geld. Es steht doch bereits genug zwischen uns. Aber ich sehe ein, dass wir es zumindest ansprechen müssen.

„Ich muss ja das Geld nur umtauschen. Du hebst es für mich auf und ich kann mir dann hier die Sachen kaufen, die ich sowieso brauche."

„Wenn es die dann gerade gibt", antwortet Magdalena trocken. Wir schlendern an den Schaufenstern vorbei. „Wenn du einmal vormittags oder unter der Woche kommst, werden wir hier einkaufen gehen. Und im *Centrum* am Alex."

„Schau mal, solche Tennissocken ziehe ich gerne an. Die kann ich immer gebrauchen." Ich zeige auf die Auslage im Schaufenster.

„Ich weiß nicht, ob es die gerade gibt", gibt Magdalena zu bedenken.

„Wieso nicht? Da liegen doch welche."

„Das ist Schaufensterware. Das heißt nicht, dass man sie auch kaufen kann."

„Ach." Ich weiß so wenig über das Leben in diesem Land.

„Wir könnten natürlich auch das Kochen sein lassen und jetzt schön essen gehen", schlägt Magdalena mit einem Blick auf das Restaurant an der Ecke vor.

Erst jetzt spüre ich meinen nagenden Hunger. Aber ich spüre ihn. Dieses Körpergefühl musste ich mir mühsam zurückerobern.

„Einverstanden."

Auf ihrer linken Wange bildet sich wieder das Grübchen, durch das ihr Gesichtsausdruck so anders wirkt, verwegen und hübsch zugleich. Magdalena öffnet die Kneipentür mit einem kräftigen Ruck. Ein geräumiger, heller Speisesaal empfängt uns mit Wärme und verlockendem Soßenduft. Ich will Magdalena zu dem einzigen freien Tisch folgen, doch sie bleibt so plötzlich stehen, dass ich ihr fast in die Hacken getreten wäre. Ein älterer Kellner nähert sich uns mit ausdruckslosem Gesicht. „Zwei Personen?"

„Ja."

Er führt uns zu einem Tisch, an dem bereits ein junges Paar sitzt. Die beiden sehen kurz von ihren Tellern auf und nicken uns ernst zu. Noch während wir uns setzen, erklärt uns der Kellner das heutige Angebot.

„Es gibt Kotelett mit Kartoffeln, Hühnerfrikassee mit Reis und Spinat mit Ei und Kartoffeln."

„Ich nehme das Frikassee. Und eine Brause", sagt Magdalena.

„Das Gleiche bitte für mich."

Obwohl es ziemlich voll ist, herrscht eine aufs Essen konzentrierte Ruhe. Das kalte Licht der Neonröhren an der hohen Decke verhindert jede Gemütlichkeit. Der junge Mann an unserem Tisch winkt dem Kellner zum Bezahlen, kaum dass seine Begleiterin das Besteck auf ihren leeren Teller zurückgelegt hat.

„Warum hat uns der Kellner nicht an den freien Tisch platziert?" frage ich Magdalena, nachdem die beiden gegangen sind.

„Falls gleich noch eine Truppe von vier Leuten kommt."

„Ach so."

„Weißt du", beginnt Magdalena mit gedämpfter Stimme und dreht ihr Glas mit der gelben Brause zwischen Daumen und Mittelfinger, „weißt du, es wäre für mich urst schwer, dich heute Nacht zum Grenzübergang zu begleiten, um zu warten, bis du wiederkommst. Und ob du wiederkommst."

„Daran habe ich noch gar nicht gedacht."

„Es kann ja immer sein, dass etwas mit den Papieren nicht stimmt und du nicht einreisen darfst."

„Ja, klar. Ich meine, ich habe nicht daran gedacht, dass du mich begleiten könntest. Ich fahre alleine."

Magdalena ist die Erleichterung anzusehen. Und doch ist in ihrem Lächeln auch etwas Verletzliches.

„Mir war aber nicht klar, dass es für dich so schwierig wäre", beginne ich vorsichtig.

„Ich hatte mich mit der Mauer ganz gut arrangiert. Aber jetzt wird es schwieriger. Es ist ja nicht so, dass ich von hier weg will. Überhaupt nicht. Ich bin hier verwurzelt, hier lebt meine Familie, hier habe ich meine Arbeit. Aber ich möchte mir den Westen einfach mal ansehen können. Ich möchte dich auch einmal besuchen. Diese Ohnmacht, die macht mich wütend. So richtig wütend."

Der Kellner kommt mit zwei dampfenden Tellern und stellt sie wortlos vor uns hin.

„Noch zwei Minuten und ich wäre vor Hunger gestorben." Magdalena greift nach dem Besteck. Sie betrachtet ihr Essen zufrieden und zieht den Duft genüsslich in die Nase. Dann erst kostet sie. „Hier gibt es wirklich das beste Frikassee", schwärmt sie. Als ich sie so herzhaft essen sehe, kommt auch mein Appetit zurück.

„Und? Hast du Lust, gleich nächsten Sonntag mit zu meiner Mutter zu fahren?" Magdalena will offensichtlich ein neues Thema anschneiden.

„Ja. Nur – wer bin ich dann eigentlich für deine Mutter? Einfach eine Bekannte?"

„Nein. Ich habe ihr schon von dir erzählt."

„Aber sie weiß nicht, dass wir eine Beziehung haben", hake ich nach.

„Nein." Magdalenas Gesichtszüge verhärten sich. „Und das soll sie auch nicht erfahren."

„Ja, aber wie soll ich mich denn verhalten?"

„Ganz normal", meint Magdalena leichthin.

„Weißt du, was für mich ganz normal ist?" Ich greife über den Tisch und zwicke sie zärtlich in die Wange.

„Lass das", faucht sie und funkelt mich wütend an. Blitzschnell schweift ihr Blick durch das Restaurant. Niemand beachtet uns. Magdalena lehnt sich zurück und sagt in versöhnlichem Tonfall: „Ich mag das einfach nicht in der Öffentlichkeit."

„Ich weiß." Der Seufzer kommt tief aus mir heraus. „Lass uns nächstes Wochenende lieber etwas anderes unternehmen. Ich weiß noch nicht, ob ich mich bei deiner Mutter wohlfühlen und gleichzeitig so verhalten kann, damit sie nicht die schreckliche Wahrheit über unsere Beziehung herausbekommt."

Magdalena sieht mich schweigend an. Als müsste sie sich zwischen Zurückweisung und Erleichterung entscheiden. Schließlich lächelt sie tapfer. „Einverstanden."

„Ich glaube, wir werden genug Zeit miteinander haben, dass ich deine Mutter noch in Ruhe kennen lernen kann."

„Ja." Auch ihre Stimme klingt zuversichtlich. „Ja, das glaube ich auch."

Sie winkt dem Kellner und zahlt ungeachtet meines Protests für mich mit.

„Und jetzt?" fragt sie mit einem verschmitzten Lächeln, und ihr Atem bildet weiße Wolken in der Dunkelheit, „zu dir oder zu mir?"

Ich lockere meinen Schal, den ich gerade erst umgebunden habe, doch die Enge in meinem Hals bleibt. „Zu dir."

Es sind nur wenige Menschen, die in dieser Samstagnacht von Ost nach West wollen. Vor mir schlurfen zwei Punks, ich überhole auch ein angeheitertes älteres Ehepaar auf dem Weg zu der verglasten Abfertigungshalle, die wegen der vielen Abschiede, die hier genommen werden müssen, auch „Tränenpalast" genannt wird.

Wenn alles gut geht, kann ich in einer halben Stunde wieder neben Magdalena im Bett liegen. Kurz vor Mitternacht verlasse ich die Halle für die Ausreiseabfertigung, um gleich an der anderen Seite wieder einzureisen. Doch schon auf dem düsteren Flur höre ich gedämpftes Stimmengewirr. Dutzende Menschen warten dichtgedrängt auf ihre Einreise. Beim Näherkommen erkenne ich, es sind Männer, ausschließlich Männer, die meisten mittleren Alters. Ich stelle mich hinten an. Der Mann vor mir zieht eine Dose Haarspray und eine kleine Flasche Parfum aus seiner Plastiktüte und zeigt sie seinem Nebenmann. „12 Mark 90 zusammen. Das rechnet sich doch." Sein Grinsen hat etwas Schmieriges. Fast alle haben Plastiktüten bei sich. Ich habe schon von den Bars munkeln hören, in denen Sextouristen ein- und ausgehen. Die Bezahlung erfolgt in Westwaren.

Punkt zwölf. Es kommt Bewegung in die Gruppe. Die Ersten laufen schnell los und verteilen sich auf die einzelnen Schalter; die anderen folgen rasch, auch ich. Alle Schalter sind geöffnet, am Nachmittag waren es nur gut die Hälfte. Ich stelle mich an der kürzesten Schlange an, nur vier Männer sind vor mir. Die Grenzer sitzen in ihren kleinen Verschlägen, als müssten sie von allen Seiten geschützt werden, auch von oben. Jetzt ist es ganz still in der großen Halle, nur das Scharren von Schuhsohlen und ab und zu ein Räuspern sind zu hören.

Eine schmalgliedrige Hand kommt unter der Glasscheibe hervor und winkt mich heran. Der Blick des Grenzers ist nicht mehr ganz so durchdringend, wie ich ihn die ersten Male empfunden habe. Er vergleicht lediglich die Linien meines Gesichts mit denen auf dem Passfoto. Dennoch bin ich aufgeregt. Wieder klackt der Stempel drei Mal auf das Visum, ich gehe weiter zum Zoll. Ein langer grauer Tisch, mein Vordermann packt gerade ein Deospray und eine Tube Gesichtscreme in seine Plastiktüte.

Meine Papiere werden kontrolliert, die beiden Geldscheine bekomme ich dieses Mal in einer kleinen Plastiktüte eingeschweißt. Dann kann ich gehen.

„Ich habe nicht wirklich glauben können, dass du kommst", sagt Magdalena leise.

„Ich auch nicht." Ich ziehe die Bettdecke noch weiter über ihre Schultern. „Es ist seltsam, dass diese Entscheidung nicht nur von uns abhängt."

Magdalena nickt. „Aber heute Nacht bist du bei mir." Sie küsst mich noch einmal ganz weich auf den Mund. Viele Küsse habe ich heute von ihr bekommen, sehr viele, und es sind mir immer noch nicht genug. „Schlaf schön." Sie schaltet die alte Schreibtischlampe aus, die neben ihre Matratze auf dem Hochbett steht, und kuschelt sich wieder an mich.

„Du auch."

Ihr Gesicht ist dem meinen ganz nahe, ich kann ihren Atem und die Wärme ihrer Haut spüren. Ihr Bein und ihr Arm entspannen sich auf meinem Körper, sie nehmen mich mit in ihre Schwere. Ich schließe die Augen. Keine Leuchtreklame, die durch meinen Vorhang blinkt. Kein Verkehrsrauschen, keine dumpfen Bässe aus der benachbarten Kneipe. Die Nacht ist hier so viel stiller.

2.

Michael stopft die zerrissene Girlande in die prall gefüllte Mülltüte und stellt sie zu den leeren Saftflaschen neben die Küchentür. „Ich bringe sie morgen früh runter", seufzt er und lässt sich auf einen Stuhl sinken. „Für heute reicht es mir. Ich frage mich, ob der Aufwand für so einen Kindergeburtstag in irgendeinem Verhältnis zu seinem Nutzen steht."

„Das frage ich mich auch", stimme ich ihm zu und greife nach dem Besen. „Als Luise und diese andere verwöhnte Göre herumgemeckert haben, weil es keine Pizza gab, ist mir beinahe der Geduldsfaden gerissen."

„Ich fand es trotzdem schön." Klaras Mutter Anna, die damit beschäftigt ist, angetrocknetes Ketchup, Brotkrümel und die klebrigen Reste eines Bonbons von unserem Küchentisch zu entfernen, lächelt versonnen. „Und wir hatten Glück, dass wir überhaupt noch auf den Spielplatz konnten. Natürlich war es anstrengend, die Kinder waren total aufgeregt, aber Klara hat sich so gefreut. Es wundert mich, dass sie jetzt so rasch eingeschlafen ist." Sie wendet sich an ihren ehemaligen Freund. „Micha, ich habe Sekt mitgebracht. Er ist kaltgestellt. Mach ihn doch schon mal auf."

Michael erhebt sich schwerfällig und geht zum Kühlschrank. „Es ist der gleiche, den wir nach der Geburt getrunken haben!" Das klingt überrascht.

Ich halte mit dem Fegen inne. Bitte nicht wieder dieses Thema.

„Der schmeckt mir eben am besten", erwidert Anna spitz und presst ihre Lippen zu einem schmalen Strich zusammen. „Micha, du weißt bestimmt noch, wie du damals diese ergreifende Rede über das Wunder der Geburt gehalten hast, über dieses so bewegende und einzigartige Erlebnis. Ich dagegen hätte es lieber gehabt, wenn Klara auf anderem Wege auf die Welt gekommen wäre. Es war scheußlich. Einfach nur scheußlich."

„Ich habe mich schon hundert Mal dafür entschuldigt", entgegnet Michael gereizt. „Während der Geburt hatte ich so viel Angst um dich und um das Baby, mir war vorher einfach nicht klar, wie nahe Geburt und Tod beieinander liegen. Dann war Klara da und alles ist gut gegangen, und ich war so erleichtert und glücklich, dass ich ohne Sinn und Verstand geredet habe, ohne an dich, an deine Erschöpfung, deine Schmerzen zu denken. Es hat mir später so Leid getan, es tut mir immer noch Leid. Ich hab ja auch die Konsequenzen getragen, schließlich hast du dich deshalb von mir getrennt."

Ich fege einen halben Keks und die letzten Konfetti auf das Kehrblech. Dann öffne ich das Fenster, um frische Luft in die Küche zu lassen.

„Doch nicht deshalb, das war nur der Auslöser", erklärt Anna unerwartet versöhnlich und mit einer Gelassenheit, die mich erstaunt aufschauen lässt. „Ich wollte nicht, dass wir Mama und Papa zueinander sagen, ich wollte nicht, dass Klara in einer überforderten, engen Zweierbeziehung aufwächst. Jetzt freue ich mich und kann ganz für sie da sein, wenn sie bei mir ist. Ich habe mein eigenes Leben, wenn sie bei euch ist. So ist es besser. Für Klara, für mich, und ich glaube, auch für dich."

Auch Michael ist verblüfft, dass Anna dem gewohnten Streitgespräch eine neue Wendung gegeben hat. Unschlüssig hält er die Flasche in der Hand. „Ja", meint er nachdenklich, „das stimmt."

Ich stelle den Handfeger und das Kehrblech zurück in den Schrank unter der Spüle. Mit einem lauten Knall fliegt der Sektkorken an die Decke und landet im abgewaschenen Geschirr auf der Spüle. Michael gießt den Sekt in die bereitstehenden Saftgläser. Eines reicht er Anna, dann füllt er das nächste mit Orangensaft auf und gibt es mir. Während er sein Glas feierlich hebt, lächelt er Anna und mir zu: „Auf Klara!"

„Auf unser vierjähriges Kind!"

„Auf Klara!"

Als wir uns an den Küchentisch setzen, spüre ich, wie mein leerer Magen gegen den kleinen Schluck Sekt rebelliert. „Wir haben vor lauter Aufregung ja gar nicht gegessen!" Ich springe auf und öffne mit flatternden Händen den Kühlschrank. „Ich mach uns ein paar Käsestullen. Habt ihr großen Hunger?"

„Jetzt, wo du es sagst." Michael dreht sich gemächlich auf seinem Stuhl um und nimmt das große Brotmesser aus der Besteckschublade.

„Für mich nicht, danke." Anna zündet sich mit fahrigen Bewegungen eine Zigarette an.

„Warum nicht? Du hast doch auch den ganzen Nachmittag nichts gegessen. Und jetzt ist es schon acht vorbei." Eigentlich weiß ich die Antwort: Anna will dünn sein. Sie ist bereits dünn, sehr dünn, aber es reicht ihr nicht.

„Hab halt keinen Hunger", murrt Anna. Sie hält ihre Zigarette so, dass der Rauch abziehen kann. „Fährst du heute Nacht noch rüber?"

„Ja." Mein Herz hüpft.

„Wie lange geht das nun schon mit dir und Magdalena?"

„Ein halbes Jahr." Ich belege die Käsebrote mit roten Paprikastreifen und etwas Kresse und stelle den Teller auf den

Küchentisch. Michael greift sich sofort ein Brot und beißt herzhaft hinein. Anna schielt verstohlen auf den Teller und wendet sich dann schnell wieder ihrem Glas zu.

„Wie weit bist du eigentlich mit deinen soziologischen Studien über den real existierenden Sozialismus?" erkundigt sie sich mit spöttischem Unterton.

„Nicht so besonders weit." Ich nehme mir grinsend ein Brot.

„Wenn du nur in der Wohnung deiner Liebsten herumlümmelst, erfährst du natürlich nicht sehr viel über die Lebensbedingungen der Werktätigen." Wenn Anna Hunger hat, wird sie bissig. Ihr unruhiger Blick streift die Käsebrote. Ich weiß nur zu gut, wie schwer sie gerade mit sich kämpft, und verkneife es mir deshalb, sie noch einmal zum Essen aufzufordern oder ihr etwas anderes anzubieten. Auch ich konnte als Jugendliche sehr wütend werden, wenn Mutter mein Lieblingsessen kochte und so meiner Sehnsucht nach Leichtigkeit Steine in den Weg legte. Anna zieht den Rauch tief in ihre Lungen und drückt dann sorgfältig die Zigarette im Aschenbecher aus.

„Ich habe aber zum Beispiel bereits mitgekriegt, dass in der DDR Prostitution und Pornografie tatsächlich die Ausnahme bedeuten", antworte ich ihr nach einer Weile, „und dass es wirklich kaum Obdachlosigkeit und extreme Armut gibt. Meinem Eindruck nach werden die materiellen Güter gerechter verteilt."

Anna zieht die Augenbrauen nach oben und verfolgt dann mit ihrem Blick, wie ich von meinem Brot abbeiße. „Und die so genannten Randgruppen?"

„Das ist so, wie Renate es beschrieben hat. Gerade letzte Woche hat mir eine Bekannte von Magdalena erzählt, dass sie mit einer eindeutigen Kontaktanzeige bei einer Tageszeitung abgeblitzt ist. *Suche lesbische Freundin* wurde angeblich wegen pornografischen Inhalts nicht gedruckt. Der Bekannten blieb nichts anderes übrig, als es zu verschlüsseln: *Suche lb. Freundin*. Das könnte auch ‚liebe Freundin' heißen, wird von den Lesben aber verstanden."

Das Käsebrot macht Anna sichtlich nervös. Sie zündet sich wieder eine Zigarette an und heftet ihren fiebrig glänzenden Blick auf mich. Ich soll weitererzählen. Sie will, sie muss sich von der Gefahr des Essens ablenken.

Ich stehe auf. „Wenn niemand das Brot mehr möchte, lege ich es in den Kühlschrank."

Michael nickt abwesend. Annas Gesicht wird weich, die Anspannung in ihren Schultern löst sich. Sie lächelt mich an. Das schwarze, ärmellose Hemd steht ihr gut, erstaunlich nur, dass sie darin nicht friert. Ihre noch sonnengebräunte Haut, die hervorstehenden Schlüsselbeine, ihr schmaler, androgyner Brustkorb, Anna sieht gut aus. Sie ist dünn. Ich weiß, dass sie jetzt triumphiert. Nicht über mich. Sondern über ihren Hunger. Ich kenne diese Leichtigkeit, die sich jetzt in ihrem Körper ausbreitet. Und das Gefühl von Macht über ihn. Plötzlich fühle ich mich schwer und unförmig. Vielleicht hätte ich die beiden Käsebrote doch nicht essen sollen. Ekel breitet sich langsam in mir aus, vor den Käsebroten, vor meinem Körper, vor mir selbst. Ich war zu schwach, ihnen zu widerstehen.

„Du bist ganz blass, Franka. Ist es vom Rauch?" Anna drückt ihre Zigarette aus.

„Was? Nein. Ich bin gleich wieder da." Im Flur nehme ich meinen Geldbeutel aus der Jackentasche. Mein Zimmer wird an der Fensterseite durch die Straßenlampen spärlich beleuchtet. Das reicht, um den zusammengefalteten Zettel in meinem Portemonnaie herauszusuchen. Darauf steht in meiner Handschrift ein Versprechen, das ich mir vor langer Zeit gegeben habe:

Ich esse, wenn ich Hunger habe und so lange, bis ich satt bin. Das gibt mir die Kraft, das zu tun, was ich tun will.

Meine ehemalige Therapeutin fällt mir ein und ihr Lächeln, als ich diese Sätze endlich ausgesprochen hatte. Der Sog der Leichtigkeit lässt nach. Mein Gefühl des Versagens auch. Ich weiß nun wieder, dass es gut für mich ist, etwas gegessen zu haben. Angenehm schwer fühlt sich mein Magen jetzt an, wohlig und kraftvoll. Das Essen hat mich geerdet.

Ein dicker, gelber Vollmond kommt hinter den Häusern hervor. Bald werde ich ihn von der anderen Seite der Mauer sehen. Ich schaue auf meine Armbanduhr. Noch drei Stunden bis Mitternacht.

„Kannst du dich noch an deinen vierten Geburtstag erinnern?" fragt mich Magdalena, nachdem ich ihr ausführlich von Klaras Kinderfeier erzählt habe. Ihre großen, grünen Augen sehen mich erwartungsvoll an, dennoch wirken sie müde. Es ist bestimmt schon drei oder vier Uhr, aber auch ich will mich noch nicht dem Schlaf hingeben. Eine ganze Woche lang habe ich Magdalena nicht gesehen. Ich schüttele mir das Kissen noch einmal auf und lehne mich gegen das Geländer ihres Hochbetts.

„Ja, ganz genau sogar", antworte ich, „ich habe da nämlich meine erste Platte bekommen. Eine Märchenschallplatte, mit *Rumpelstilzchen*. Es gibt noch ein Foto, da stehe ich neben einem Tisch mit vier brennenden Kerzen und meinen Geschenken darauf. Nachmittags besuchte mich wie an jedem Geburtstag meine Tante. Meine Mutter backte wie immer einen Nusskuchen mit weißem Zuckerguss. Wenn mein Vater abends von der Arbeit kam, brachte er mir ein besonderes Geschenk mit. An meinem vierten war es diese Schallplatte."

„Und deine Tante war der einzige Gast?"

„Meine Oma war auch dabei, aber sie wohnte ja im selben Haus und gehörte somit zur engen Familie. Meine Tante habe ich übrigens sehr geliebt, und sie hat mich schwer beeindruckt. Sie war die einzige Frau, die ich kannte, die Auto fuhr, ohne Mann lebte, einen Beruf ausübte und Tempos benutzte."

„Tempos?"

„Papiertaschentücher. Alle anderen benutzten welche aus Stoff."

„Ach so. Und die Berufstätigkeit von Frauen war wirklich etwas Besonderes?"

„Ja. Es waren die Sechziger in einer schwäbischen Kleinstadt. Ich kannte zwar Kindergärtnerinnen und Verkäuferinnen, doch die waren ausnahmslos ledig und kinderlos."

„Das ist ja heftig. Wenn ich das in unseren Zeitungen gelesen habe, habe ich es nie geglaubt." Magdalena setzt sich auf und nimmt einen Schluck stark duftenden Kräutertee aus der großen Tasse, mit der sie vorhin vorsichtig balancierend die Leiter zum Hochbett hochgeklettert kam. „Was war deine Tante von Beruf?"

„Sie arbeitete beim Jugendamt als Sozialarbeiterin. Ich war immer eifersüchtig, wenn sie von den anderen Kindern erzählt hat. Ich wollte das einzige Kind für sie sein."

„Lebt deine Tante noch?"

„Ja."

„Und wann hast du sie das letzte Mal gesehen?"

„Vor acht Jahren. Nein, vor zehn. Wie meine Eltern und die anderen Verwandten."

„Ich verstehe das nicht", wundert sich Magdalena. „Was du so erzählst, auch jetzt von deinem vierten Geburtstag, das klingt so nach heiler Familie, nach Geborgenheit und Harmonie."

„Das stimmt ja auch. Die eine Seite war so, aber es gab auch noch eine ganz andere. Irgendwann erzähle ich dir einmal davon." Das Geländer des Hochbetts drückt auf meine Wirbelsäule, ich rutsche ein Stück in Richtung Fußende und lege meinen schwerer werdenden Kopf auf das Kissen. „Erzähle nun lieber du, wie deine Kindergeburtstage waren."

„Ich habe sie in der Einrichtung gefeiert", beginnt Magdalena. Sie bohrt nicht nach, sie fordert nicht, sondern lässt ihre Fragen, ihre Verwunderung sofort los. Das mag ich so an ihr.

„Was heißt das, Einrichtung?"

„Na, Kindereinrichtung, Kindergarten. Meine Mutter hat einen Kuchen gebacken, den ich an die anderen Kinder verteilen durfte. Wir haben Hänschen, piep einmal und Topfschlagen gespielt." Sie legt sich jetzt neben mich und zieht die Decke hoch. „Ich weiß noch, dass die Erzieher und die Kinder den ganzen Tag sehr lieb und aufmerksam zu mir waren. Nachmittags durfte ich dann zu Hause meine Geschenke auspacken."

Magdalenas Pausen zwischen den Sätzen werden allmählich länger. Wir werden dennoch weiterreden, bis uns die Augen zufallen. Wie so oft in der Nacht von Freitag auf Samstag, wenn uns die Zeit zu kostbar erscheint, um sie zu verschlafen. „Dann sind bis in den Abend hinein noch Leute gekommen, um mich zu beglückwünschen oder zu beschenken. Unser Haus war so voll, dass ich das Gefühl hatte, es platzt aus allen Nähten. Es ist allerdings ganz klein, du wirst es ja morgen sehen. Und alle waren nur wegen mir gekommen: meine Großeltern, meine Onkel und Tanten, meine andere Oma und eine Kollegin meiner Mutter, die ich sehr gern hatte. Meine Schwester Brigitte war sowieso da."

„Hm." Ich nicke zustimmend und blinzele noch einmal, um Magdalena anzusehen. Sie hat die Augen schon geschlossen.

„Und unser alter Nachbar. Der brachte mir mal eine Figur aus dem Westen mit."

„Weißt du noch, was für eine?"

Es dauert eine Weile, bis Magdalena mir antwortet, langsam und mit schwerer Zunge. „Aus dem West-Fernsehen. Ein Mainzelmännchen."

„Hm. Die habe ich auch gemocht."

Pause.

„Da war ich aber schon neun."

Lange Pause.

„Oder zehn."

„Hier war ich im Kindergarten." Magdalena zeigt auf ein altes, kleines Backsteingebäude, an dessen Fenstern weiße Papiertauben kleben.

„Und was ist das?" frage ich, als wir an einem modernen Plattenbau vorbeikommen.

„Ein Ledigenwohnheim."

„Das Wort habe ich noch nie gehört. Ist das so etwas Ähnliches wie ein Studentenwohnheim?"

„Ja. Jeder hat sein Zimmer, Küche und Bad sind Gemeinschaftsräume."

Wir biegen in einen Sandweg ein. Gärten mit kleinen Einfamilienhäusern liegen hier neben Laubengrundstücken. Hohe Kiefern und Birken stehen in trauter Eintracht nahe bei den sorgfältig gepflegten Gemüsebeeten.

„Wir sind da!" Magdalena öffnet die Gartentür zu einem kleinen, graugestrichenen Holzhaus.

Frau Meissner muss uns schon gesehen haben. Die kleine, zierliche Frau mit den dunklen Haaren steht lächelnd an der Haustür. Sie sieht Magdalena überhaupt nicht ähnlich.

„Guten Tag." Ich reiche ihr die Hand.

„Guten Tag. Und du bist nun also Franka, Magdalenas liebe Freundin. Meine Tochter hat mir schon so viel Schönes von dir erzählt!" Sie mustert mich freundlich. „Herein mit euch! Das Essen ist gleich fertig." Sie verschwindet hinter einer Tür, aus der ein anregender Duft dringt.

Über ein halbes Jahr hat es gedauert, bis ich Magdalenas Mutter nun zum ersten Mal besuche. Ich wollte nicht als gute Bekannte vorgestellt werden, während Magdalena darauf bestand, unsere Liebesbeziehung zu verschweigen. Schließlich habe ich nachgegeben. Erst einmal.

Magdalena hängt unsere Jacken an die Garderobe im Flur. Frau Meissners Haus wirkt eng und gemütlich. Das Wohnzimmer ist mit Möbeln eingerichtet, wie sie im Westen in den fünfziger und sechziger Jahren üblich waren: kleine Sessel mit gerundeten Lehnen und zierlichen, schräggestellten Füßen, der Fernseher in einem passgerechten, hölzernen Gehäuse mit Schiebetüren, eine Schrankwand aus hochglänzendem Furnier, deren Vitrine allerdings nicht mit wertvollem Kristall, sondern mit Büchern gefüllt ist. Auch auf dem kleinen, runden Beistelltisch liegt ein Stapel neben verschiedenen Zeitungen. *Kreuzweg Ravensbrück* steht als Titel in großen schwarzen Buchstaben auf dem obersten Buch.

„Du fängst jetzt nicht an zu lesen!" ermahnt mich Magdalena lächelnd. „Ich hole das Geschirr, du kannst schon mal die Tischdecke über eine Lehne hängen." Sie deutet auf den vierten Sessel am Ende des Tischs, der frei bleiben wird. Ich nehme die Vase mit den lila Astern und stelle sie auf das Fensterbrett. Dann lege ich die Tischdecke Kante auf Kante zusammen. Es ist den Gegenständen in diesem Haus anzusehen, dass sie sehr sorgfältig behandelt werden. Das gefällt mir.

Hier ist Magdalena also aufgewachsen, nur mit der Mutter und ihrer zwei Jahre älteren Schwester. Ihr Vater ist gestorben, als sie noch ein Säugling war.

Magdalena legt Besteck und Teller auf die geblümte Wachstuchdecke und verschwindet wieder in der Küche. Sie bewegt sich schneller als sonst, aufgeregter, auch ihre Freude ist spürbar.

Frau Meissner kommt mit einer dampfenden Schüssel herein, als ich gerade den Tisch gedeckt habe, Magdalena folgt ihr mit zwei weiteren Schüsseln.

„Das ist ja ein Sonntagsessen!" bricht es überrascht aus mir heraus. Wir setzen uns. Frau Meissner sieht mich einen Moment lang schweigend an. Braune Augen voller Wärme. „Sonst gibt es sonnabends höchstens Eintopf oder Bratkartoffeln." Sie nickt mir lächelnd zu. „Aber wenn ihr beide mich besuchen kommt, muss es schon etwas mehr sein. Nimm dir." Sie zeigt auf die Schüsseln. „Roulade, Rotkohl, Klöße."

Seit langem bin ich nicht mehr so warmherzig empfangen und so schön bekocht worden. Der passende Ausdruck dafür kommt mir in den Sinn: mütterlich. Ein kurzer, scharfer Schmerz durchzuckt mich.

Wir kosten und loben das Essen, dann verfällt Magdalena in ihr gewohntes genießerisches Schweigen, während Frau Meissner und ich uns immer wieder neugierige, freundliche Blicke zuwerfen.

„Nimm dir doch noch", fordert sie mich auf, als ich das Besteck weglege.

„Nein, danke, ich bin satt. Es hat wirklich sehr gut geschmeckt."

Magdalenas Mutter stellt sofort die Frage, die ihr vermutlich schon die ganze Zeit auf der Zunge liegt: „Franka, dann erzähl doch mal, weshalb du so oft hier in der DDR bist. Das ist doch für eine junge Frau aus West-Berlin sehr ungewöhnlich!"

Zunächst aus politischem Interesse, und dann habe ich mich in Ihre Tochter verliebt, möchte ich antworten. Aber ich habe ja versprochen, nicht darüber zu reden. Mir fällt auf, wie Magdalena mit dem Kauen innehält, meine Antwort abwartend.

„Aus unterschiedlichen Gründen", weiche ich aus, „zunächst einmal wollte ich den Alltag im Sozialismus kennen lernen. Ich habe bisher im Westen in verschiedenen linken Gruppen mitgearbeitet, und das war auch gut und wichtig, aber nicht ausreichend. Ich war einfach unzufrieden und bin jetzt auf der Suche nach neuen politischen Perspektiven."

Magdalena atmet auf und füllt ihren Teller ein zweites Mal.

„Erzähl das mal genauer", fordert mich Frau Meissner auf, „das interessiert mich. Was meinst du mit ‚nicht ausreichend'?"

Eigentlich liegt es mir nicht, so schnell eine derartige Diskussion anzufangen. Aber dadurch bleibe ich wenigstens auf sicherem Terrain. Und von Magdalena weiß ich, dass ihre Mutter und ich uns politisch ziemlich nahe stehen.

„Zum Beispiel passen wir genau auf, möglichst keine Waren zu kaufen, für die andere ausgebeutet werden", erkläre ich, „schon das alleine ist im Westen schwer umzusetzen, aber selbst wenn wir uns auf allen Ebenen verweigern und wehren – es ist und bleibt ein kapitalistisches System. Auch in der DDR gibt es sehr viel, was verändert werden müsste, finde ich, aber der Grund ist gut, die Idee des Sozialismus ist gut, und deshalb lohnt es sich, für die Veränderungen zu kämpfen."

Frau Meissner nickt. „Das kann ich verstehen. Und nun suchst du nach einer politischen Heimat, nicht wahr?"

Politische Heimat. Ein ungewöhnlicher Begriff für mich. Aber er berührt mich, macht meine Wurzellosigkeit greifbar. Ich nicke zaghaft.

„Aber wie soll das gehen, Franka? Du lebst ja drüben. Sprichst du mit deinen Genossen im Westen darüber?"

Meine Genossen? Ach so, sie meint die linken Gruppen, die ich angesprochen habe.

„Nein", antworte ich, „ich bin in keiner Gruppe mehr. Und die West-Berliner Linken interessieren sich kaum für den realen Sozialismus. Sie interpretieren ihn lieber aus der Ferne und das oft mit einer unerträglichen Arroganz."

„Ach." Frau Meissner sieht mich verblüfft an.

„Mich macht das manchmal richtig wütend, wenn man bedenkt, welche Chancen da ungenutzt verstreichen! Da ignorieren wir die anderen, die quasi vor unserer Haustür die sozialistische Alternative wagen!"

Ich wundere mich darüber, wie leicht ich mit Magdalenas Mutter ins Gespräch komme. Vielleicht liegt es daran, dass Magdalena mir so viel über sie erzählt hat. Vielleicht aber auch an ihrem verstehenden Blick, an ihren interessierten Nachfragen.

„Kannst du dir vorstellen, warum das so ist?" überlegt sie.

„Ich glaube, die meisten kommen einfach nicht auf die Idee; sie haben die Mauer in ihren Köpfen. Und alte Vorurteile lassen sich ja bestätigen, wenn man nur gründlich genug danach sucht."

Frau Meissner legt nachdenklich den Kopf in ihre Handfläche. „Wieso ist es bei dir anders?"

„Bei mir ist es auch erst dann anders geworden, als ich politisch in einer Sackgasse gelandet bin. Und deswegen ziemlich verzweifelt war. Ich habe aber vorher bereits jahrelang in West-Berlin gelebt. Von der DDR kannte ich nur die Transitstrecke. Die Mauer, die Grenzkontrollen, das war auch für mich zunächst sehr abschreckend."

„Wie bei Michael", wirft Magdalena ein, die sich noch eine letzte, ganz kleine Portion auf ihren Teller nimmt.

„Ja. Michael ist der Freund, mit dem ich zusammenwohne", erkläre ich Frau Meissner, „er will auch aus diesem Grund nicht nach Ost-Berlin fahren. Aber er ist sehr interessiert an dem, was ich von hier erzähle, und fragt viel nach."

„Von diesem Michael hat mir Magdalena schon erzählt", sagt Frau Meissner mit unverhohlener Neugierde. „Das ist also wirklich so, dass du mit ihm in getrennten Zimmern zusammenlebst und ihr das Kind großzieht, das er mit einer anderen Frau hat?"

„Für das Kind sind vor allem er und die Mutter zuständig. Ich bin eher so etwas wie eine Tante."

„Aha. Und wünschst du dir nicht, zu heiraten und selbst Kinder zu bekommen?" Ihre Augen sind jetzt rund und groß.

„Nein. Niemals", antworte ich entschieden.

„Das war ja deutlich", lacht sie herzlich, „so sagt es mir Magdalena auch immer. Es gibt ja anscheinend immer mehr Mädchen, die diesen Weg gehen. Für uns war das früher unvorstellbar. Wir waren die erste Generation Mütter, die voll im Berufsleben standen, und wir waren sehr stolz darauf! Niemals wären wir auf die Idee gekommen, dass schon unsere Töchter diese Freiheit für sich zurückweisen! Das war allerdings vor der Pille."

Wir nehmen uns die Freiheit, Frauen zu lieben. Das würde ich jetzt gerne sagen, dieser offenen Frau von unserem Leben, von unseren Hoffnungen und Widerständen erzählen.

Magdalena stellt klappernd die Teller zusammen. „Ich gehe abwaschen."

„Das machen wir zusammen", bestimmt ihre Mutter, „Franka kann abtrocknen und ich räume auf."

Auch die enge Küche ist liebevoll eingerichtet. In der Ecke steht der Ofen, der mit Holz und Kohlen dafür sorgt, dass die Zentralheizung im ganzen Haus warm wird. Magdalena hatte mir bereits dieses Heizsystem beschrieben; ich kannte es vorher nicht.

„Ich weiß zwar, dass Geld im Westen einen anderen Wert hat", meint Frau Meissner und reicht mir ein Geschirrhandtuch, „aber es ist doch trotzdem viel, wenn du jedes Wochenende hier bist. Lasst mich rechnen – es sind dann, herrje, 200 DM jeden Monat, die du für den Pflichtumtausch ausgeben musst!"

„Das ist für mich schon viel Geld, aber ich muss es ja nur umtauschen. Magdalena hebt es für mich auf, und ab und zu gehen wir groß einkaufen. Ich habe schon ganz viele Bücher von hier, mein Hausrat ist komplett erneuert, mein Werkzeugkasten gut gefüllt."

„Na, dann geht es ja." Frau Meissner lächelt beruhigt. „Wie geht es eigentlich Ulli? Seltsam, bei dem Thema Geld muss ich sofort an Ulli denken. Bloß, weil sie ihr Studium abgebrochen hat. Dabei weiß ich doch, dass sie sich auch durch ihre Arbeit beim Theater gut ernähren kann."

„Ulli geht es total gut!" Ich muss lachen, wenn ich daran denke, wie hingerissen uns Ulli ihre neue Liebe vorgestellt hat.

„Ja? Warum denn?" Frau Meissner lacht auch. Um ihre Augen und ihren Mund erscheinen unzählige kleine Falten. Magdalena wirft mir einen warnenden Blick zu.

„Weil sie mit ihren Bildern so gut vorankommt", antwortet sie schnell, in einem Tonfall, der keine weitere Erklärung zulässt. Ihre Mutter sieht sie durchdringend an. Magdalena senkt den Blick in die Abwaschschüssel. Betretenes Schweigen.

„Ich zeige Franka jetzt mein altes Zimmer und den Garten, dann könnten wir ja mal in den Wald gehen und nach Pilzen schauen", schlägt Magdalena vor und versucht anscheinend, möglichst unbekümmert zu klingen.

Ich nicke.

„Eigentlich ist es schon zu spät für Pilze", antwortet Frau Meissner nachdenklich, „aber, warum nicht. Einverstanden."

Wir fahren später zurück, als wir eigentlich wollen. Doch so kann ich um Mitternacht am Baumschulenweg über die Grenze und gleich darauf wieder einreisen. Magdalena wartet auf einer Bank im Bahnhof auf mich. Wir sind sehr müde.

Es ist bereits Mittag, als wir am nächsten Tag nach unserem ausgiebigen Sonntagsfrühstück zu einem Spaziergang aufbrechen. Die Herbstsonne verwöhnt uns mit ihrer milden Wärme, vielleicht zum letzten Mal vor einem langen Winter. Ohne es abgesprochen zu haben, zieht es uns auf den kleinen, alten Friedhof in der Pappelallee, dem einzigen grünen Fleck in der unmittelbaren Nähe von Magdalenas Wohnung. Wenige alte Eichen und Buchen, kaum hörbare Schritte auf den erdigen Wegen. Es knirscht kein Kies unter unseren Füßen wie auf den Friedhöfen, die ich von meiner Geburtsstadt kenne. Das einvernehmliche Schweigen zwischen Magdalena und mir, ich bin wieder angekommen, bei ihr. Die Sonnenstrahlen finden ihren Weg durch das gelb gewordene Laub auf das schon etwas verblasste Grün des Rasens, kein englischer Rasen, sondern gewachsenes Gras in Büscheln, dazwischen Breitwegerich und Klee.

„Kennst du den Namen dieser Pflanze?" frage ich Magdalena und zeige ihr eine kleine gelbe Blüte auf einem zarten hohen Stängel.

„Nein."

„Als ich ein Kind war, hat mein Vater sie für mich gesammelt. In dem Stiel ist ein milchiger Pflanzensaft, der angeblich gegen Warzen hilft. Ich hatte viele Warzen."

„Und? Hat es gewirkt?" erkundigt sich Magdalena interessiert.

„Ich weiß es nicht mehr."

„Anscheinend schon", stellt Magdalena lächelnd fest, „schließlich hast du ja keine Warzen."

„Stimmt." Ich gebe ihr ein Lächeln zurück.

Vereinzelte Grabsteine auf der Grasfläche trotzen Zeit und Wind, die Inschriften sind meistens nicht vollständig erhalten. Von *Theodor* erfahren wir nicht den Nachnamen, aber dass er vor 85 Jahren gestorben ist. *Den Seinigen theuer, den Genossen treu, ein Kämpfer der Freiheit* steht unter seinem sandsteinernen Eichenkranz mit der großen Schleife. *Wilhelm* war *ein alter Kämpfer für Wahrheit, Freiheit und Recht* gewesen. Auf dem schwarzen, mit altem Efeu umrankten Stein ist das *wackere Losungswort* der vor fast hundert Jahren gestorbenen *Agnes Wabnitz* vollständig erhalten: *Freiheit, du siegst.*

Solche Grabsteine wären auf einem schwäbischen Friedhof unvorstellbar. Sie erinnern mich daran, dass ich weit entfernt von meiner Geburtsstadt bin. Wie gut. Vielleicht muss ich die Inschriften deshalb immer wieder lesen. Die zufriedene Ruhe des Friedhofs in uns, schlendern wir weiter durch schmale, stille Straßen.

„Am Freitag bin ich extra noch zu diesem Bäcker hier gelaufen." Magdalena zeigt auf eine geschlossene Ladentür. „Weil ich dir zum Frühstück die besten Brötchen vom Prenzlberg aufbacken wollte. Danach habe ich die gebügelte Wäsche einsortiert und die Wohnung aufgeräumt. Als ich das Bett frisch bezogen habe, kam mir plötzlich der Gedanke: ‚Sie kommt nicht.' Ich bin richtig erschrocken."

Ich zucke kurz zusammen.

„‚Vielleicht ist Franka fest eingeschlafen', habe ich gedacht, ‚oder krank geworden. Es könnte auch sein, dass Michael nicht nach Hause gekommen ist und sie bei Klara bleiben muss. Möglicherweise ist ihr Visum nicht vorschriftsgemäß ausgefüllt und sie darf nicht einreisen. Oder die finden am Zoll etwas in ihrem Rucksack, was sie übersehen hat.' Mir ist wieder einmal bewusst geworden, von wie vielen Umständen es abhängt, ob wir uns sehen können oder nicht."

Ich muss schlucken und nicke dann zustimmend. „Wie ging es vorgestern Abend weiter?"

„Ich war urst angespannt. Als ich gemerkt habe, dass ich mich immer mehr hineinsteigere, habe ich Klavier gespielt. Das hat mich beruhigt. Um zehn Uhr hat Frau Nölle von unten geklopft, dann habe ich versucht, mich mit einem Buch abzulenken. Aber eigentlich war immer der Gedanke in meinem Kopf, dass ich nur warten kann. Ob du nun krank bist oder gar nicht mehr kommen willst. Ich kann nichts anderes tun als dieses verdammte Warten." Magdalena tritt wütend gegen ein Stück abgebröckelten Putz. Es zerfällt zu Sand. „Ich fühle mich so ausgeliefert und abhängig von den Besuchsregelungen, den Gesetzen, der Grenze. Und auch von deinem Wollen!"

„Ich will das auch nicht", erwidere ich leise.

Magdalena bleibt stehen und sieht mich ernsthaft an. „Ja. Ich weiß", sagt sie und seufzt, „und nur deshalb kann ich mich darauf einlassen, nur, weil ich mir sicher bin, dass es für dich genau so schwierig ist."

Wir gehen schweigend weiter. Ein älteres Paar lehnt sich auf die Fensterbank des geöffneten Fensters im Hochparterre und blinzelt in die Sonne. Wie fast überall hier in Prenzlauer Berg sind an den Häuserfassaden noch die Einschläge von Splittern und leichten Geschossen zu sehen. Zwei junge Männer stehen an den metallenen Schutzgittern, die nach dem Abriss der Balkone montiert wurden, und rauchen Zigaretten. Die früheren Umrisse des Balkons sind noch zu erkennen; an den Rändern ist der üppige Stuck der Gründerzeitfassade abgebröckelt. Eine alte Frau lässt sich nach Luft schnappend auf die Fensterbank einer Ladenwohnung sinken, umklammert ihren Krückstock mit beiden Händen.

„Kann ich Ihnen helfen?" fragt Magdalena.

„Nein." Die Alte lächelt freundlich. „Muss nur etwas verschnaufen."

Es gibt hier sehr wenige Bänke zum Ausruhen.

„Lass uns noch mal schnell zu Ulli hochgehen", schlägt Magdalena vor, als wir durch die Dunckerstraße schlendern. „Ich habe sie seit Tagen nicht gesehen."

„Sie ist halt verliebt."

„Kein Grund, die beste Freundin zu vernachlässigen!"

„Stimmt." Ich drücke die schwere Holztür auf. „Wie heißt die Frau noch mal?"

„Veronika."

„Ja, Veronika. Ich finde sie wirklich nett. Und Ulli habe ich noch nie so strahlend erlebt."

Anstatt einer Antwort höre ich nur Magdalenas leises, heftiges Atmen hinter mir. Vielleicht wegen des Treppensteigens. „Den Eindruck habe ich auch", meint sie schließlich, als wir zwischen dem dritten und dem vierten Stock angelangt sind. „Ulli war lange Zeit ohne Beziehung. Nur öffnet sie sich manchmal ganz schnell und macht sich sofort verletzlich. Aber ich weiß natürlich, dass ich sie nicht schützen kann." Magdalena klopft. Wir warten schweigend. Magdalena klopft noch einmal.

„Wer ist da?" fragt schließlich eine zaghafte Stimme.

„Ulli, ich bin's. Und Franka."

Die Tür öffnet sich langsam, Ulli nickt uns kurz zu, ohne uns wirklich anzusehen. Die Schatten unter ihren Augen lassen ihr Gesicht noch blasser erscheinen. „Hallo", sagt sie leise, „kommt herein." Sie schlurft in ihr Zimmer und lässt sich auf die Matratze fallen. Magdalena setzt sich neben sie und ich hocke mich gegenüber auf den Teppich. Auf dem niedrigen kleinen Tisch zwischen uns stehen drei rote Rosen in einem Gurkenglas.

„Von Veronika?" fragt Magdalena.

„Ja. Von Veronika." Ullis Stimme hat jetzt einen höhnischen Klang. „Vorgestern hat sie sie mir geschenkt. Eine für jede Woche, die sie mit mir verbracht hat." Sie versucht ein Lächeln, aber es gelingt ihr nicht. „Veronika bringt mir immer etwas mit oder steckt es in meinen Briefkasten. Schokolade oder ein Foto. Heute habe ich diesen Brief bekommen." Sie reicht Magdalena ein kariertes Stück Papier, das von einem größeren Blatt abgerissen und mehrmals gefaltet wurde. „Ihr könnt ihn beide lesen."

Ich rutsche zu Magdalena hinüber. Sie hält den Zettel so, dass ich ihr über die Schulter sehen kann.

„Gummiringe, Reis, Streichhölzer, Hustensaft, Glühbirne", lese ich. Magdalena dreht den Zettel um. Dort steht in derselben Schrift:

„*Die Zeichen der Zeit ... Ich möchte sie erkennen und zwar rechtzeitig. Ulli, ich liebe den Moment, und nur diesen möchte ich genießen, solange es mir gefällt. Doch du suchst die Zukunft. Aus diesem Grund trennen sich hier unsere Wege. Alles Gute, Veronika.*"

„Das ist ja nicht zu fassen!" bricht es aus mir heraus.

„Es ist feige und total platt!" empört sich Magdalena. „Und unreif! Sag mal, wie alt ist die eigentlich?"

„Vierunddreißig."

„Das sieht eher nach siebzehn aus!"

„Aber die anderen Briefe waren ganz anders, liebevoll und poetisch und klug."

„Aber dieser hier nicht", beharrt Magdalena und wirft Ulli einen langen, strengen Blick zu. Dann fragt sie mit weicherer Stimme: „Weißt du, was sie mit deiner Suche nach der Zukunft meint? Hast du schon Urlaubspläne mit ihr geschmiedet? Oder ging es ums Zusammenwohnen?"

„Nein, natürlich nicht. Sie hat mir gesagt, die Rosen wären aus ihrem Garten, und da habe ich sie gefragt, ob sie ihn mir einmal zeigen will. Bisher waren wir immer nur in meiner Wohnung. Sie gab mir eine ausweichende Antwort. Es war, als hätte sich durch diese Frage etwas in ihr verschlossen. Und dann dieser plötzliche Bruch. Warum? Ich versteh's einfach nicht! Warum bloß?" Sie sieht Magdalena eindringlich an, als wäre nur genügend Nachdruck notwendig, um ihr die richtige Antwort zu entlocken. Doch Magdalena schweigt und Ulli richtet ihre Frage an mich. „Warum?"

„Vielleicht hat sie Angst vor Nähe", versuche ich eine Erklärung.

„Sie hat diese Nähe gesucht und mitgeschaffen!" schleudert Ulli mir entgegen.

„Ja, das glaube ich auch. Trotzdem. Vielleicht kann sie es dann aber einfach nicht aushalten. Obwohl sie sich danach sehnt. Ich weiß von Frauen, die in ihrer Kindheit emotional oder auf eine andere Art missbraucht worden sind, dass sie solche Schwierigkeiten haben."

Ulli zuckt ratlos die Schultern und wendet sich wieder Magdalena zu. „Du sagst ja gar nichts."

„Na ja", antwortet Magdalena zögernd, „meine Gedanken gehen in eine ganz andere Richtung." Ulli sieht sie fragend an. Magdalena schweigt. „Ich weiß nicht. Es ist ja nur ein Verdacht ...", beginnt sie schließlich.

Ulli starrt Magdalena an. Plötzlich weicht das Blut aus ihrem ohnehin blassen Gesicht. „O nein", sagt sie leise, ihre Stimme zittert, „bloß das nicht."

„Was denn?" frage ich. „Was meint ihr?"

Die beiden starren sich immer noch an. Dann dreht Magdalena ihr Gesicht langsam zu mir. „Es wäre möglich, dass Veronika auf Ulli angesetzt wurde, um Informationen über sie und uns zu bekommen. Und dass Veronika jetzt ihren Bericht abgeliefert und Ulli gleich darauf fallengelassen hat."

„O Gott." Mir wird eiskalt.

Magdalena sieht wieder Ulli an. „Ich meine, es ist klar, dass die Stasi ein Interesse hat. Seit über einem halben Jahr ist Franka jedes Wochenende hier, und fast jedes Mal steht dein Name auf ihrem Visum. Aber es muss nicht Veronika sein. Vielleicht hat sie auch nur einen Ehemann zu Hause und hat kalte Füße bekommen, als du gesagt hast, dass du sie besuchen ..."

„Nein", unterbricht sie Ulli mit scharfem Tonfall, „es passt schon." Ulli starrt angestrengt auf den Boden, eine steile Falte erscheint zwischen ihren Augenbrauen. Ich spüre, dass Magdalena genau wie ich die Luft anhält. Wir können beide erst wieder ruhig atmen, als Ulli weiterspricht. „Veronika hatte kein wirkliches Interesse an mir, an meiner Person. Sie hat sich nur für mein Umfeld interessiert, für euch beide, für die Frauen aus dem Lesbenkreis, aber überhaupt nicht für meine Kunst, meine Geschichte oder meine Arbeit oder meine Familie oder irgendetwas an mir. Ich habe keinen Verdacht geschöpft. Als ich sie kennen lernte ... sie ging ganz gezielt auf mich zu. Ach, und ich blöde Kuh war so geschmeichelt deshalb! Es ist so! Ich glaube wirklich, Veronika hat mich benutzt, um ...", sie holt tief Luft, „... um einen Bericht über uns an die Stasi zu liefern! Verdammt noch mal!"

Ulli springt auf und tritt kräftig gegen den blechernen Ascheimer. Mit einem lauten Scheppern fällt der Deckel gegen den Kachelofen. Eine Wolke graubrauner Asche steigt auf. „Verdammtes Leben!" brüllt Ulli, und es überrascht mich, zu welch lauter, tiefer Stimme Ullis filigran wirkender Körper fähig ist. Ulli packt die Rosen und schleudert sie auf den Boden. Sie tritt auf die Blütenköpfe und stampft sie kräftig mit beiden Füßen. „Ich will das nicht!" schreit sie. Sie brüllt es noch einmal. Dann sinkt sie auf die Knie und beginnt zu weinen. Magdalena nimmt Ulli fest in ihre Arme und murmelt beruhigende Worte an ihr Ohr. Es ist lange Zeit ganz still.

Mir ist immer noch eiskalt. „Und das alles bloß wegen mir. Mein Gott, war ich naiv!"

Ulli und Magdalena schauen bestürzt zu mir herüber. Ich erschrecke auch, weil mir nicht bewusst war, dass ich diesen Gedanken hörbar geäußert habe.

„Ach Franka", sagt Ulli und löst sich langsam aus Magdalenas Umarmung, „die Stasi gibt es hier schon viel länger als dich."

Sie bückt sich und hebt eine der zerfledderten Rosen auf, hält sie in der Hand und betrachtet sie nachdenklich. Mit den Fingerspitzen streicht sie über die Reste der Blütenblätter. Ein zaghaftes Leuchten geht über ihr Gesicht. „Ich habe da eine Idee." Behutsam legt sie die Rose auf den Tisch. „Ein Rot", murmelt sie, „ein wütendes, feuriges, leuchtendes Rot." Ein paar plötzliche, schnelle Schritte zu ihrem Arbeitsplatz, dann nimmt sie mit ausholenden Bewegungen den größten ihrer Holzrahmen, die an der Wand lehnen, und stellt ihn auf die Staffelei. „Hab ich überhaupt noch schwarze Ölfarbe?" Geschäftig läuft sie zu ihrem Schrank und zieht eine Schublade auf. Dann nickt sie zufrieden. Sie öffnet die Schranktür und nimmt einen hellen Stoff aus dem Fach.

„Ich glaube, wir sind jetzt überflüssig", sagt Magdalena zu mir. „Sie taucht erst wieder auf, wenn ihr Bild fertig ist."

Ulli spannt den Stoff über den Rahmen. Ihr Gesicht wirkt nun hellwach, in ihren Augen liegt ein fiebriges Leuchten.

„Wir gehen jetzt", ruft Magdalena ihr zu, „ich komme morgen nach der Arbeit mal vorbei!"

„Ja", antwortet Ulli, ohne aufzuschauen. „Tschüss."

„Ulli hat ihre Wohnung mehrere Tage nicht verlassen", erzähle ich Renate, die heute Nachmittag von einer langen Reise durch Griechenland zurückgekehrt ist. „Sie hat ihr Bild gemalt, ein zorniges Bild in Rot und Schwarz mit sehr zarten Anteilen in hellem Rosa. Das Bild war Ulli, zumindest die Ulli an dem Tag. Es stand noch eine Weile auf der Staffelei in ihrem Zimmer. Dann hat sie es zu ihren anderen Werken in die Kammer gestellt und erst einmal ihr gewohntes Leben wieder aufgenommen."

Renate ist die Betroffenheit so deutlich anzusehen, dass ihre vorhin noch strahlende Urlaubsfrische ganz dahinter verschwindet. Sie rührt lange in ihrer Tasse. „Der Kaffee ist mir zu stark."

Sie steht auf und füllt unseren verbeulten Teekessel mit Wasser. Das Gas zischt wie gewohnt aus den Öffnungen des runden Metalls. Wie immer ducken sich die blauen Flammen unter dem Topfboden. Renate lehnt wartend am Küchenschrank und streicht sich nachdenklich durch ihre blonden, kurzgeschnittenen Haare.

„Und wie ging es weiter?" fragt sie. Der Teekessel pfeift. Sie gießt etwas Wasser in ihre Tasse und setzt sich wieder an den Tisch.

„Anfangs waren wir beide sehr angespannt, konnten kaum noch über etwas anderes reden. Magdalena hatte Angst, dass die Stasi mit ihrem Chef beim FDGB und mit ihrer Mutter Kontakt aufnimmt. Die Situation mit ihrer Mutter hat sie mehr belastet als eine mögliche Kündigung. Ich verstehe überhaupt nicht, weshalb. Aber es bedrückt mich, dass unsere Beziehung für Magdalena so einen Rattenschwanz hinter sich herzieht. Vor allem aber hatten wir Angst, dass mir die Einreise verweigert wird. Immerhin gebe ich eine falsche Besuchsadresse an und ich weiß ja nicht, ob die das jetzt wissen und wie sie darauf reagieren. Doch es passierte nichts, gar nichts. Zuerst konnten wir es kaum glauben, nach vier, fünf Wochen entspannten wir uns, und mittlerweile ist Magdalena übermütig geworden. Sie ruft mich jetzt jeden Tag vom Büro aus an."

„Echt?" Renate lacht schallend, „Wenn der Harry wüsste, dass er die homosexuelle Beziehung eines Kaders mit einem Klassenfeind mitträgt."

„Welcher Harry?"

„Na, Harry Tisch, der FDGB-Vorstandsvorsitzende." Dann wird sie wieder ernst. „Für wie realistisch haltet ihr es inzwischen, dass Veronika tatsächlich für die Stasi arbeitet?"

„Es schwankt immer noch. Aber allein, dass sie das in Erwägung gezogen haben, hat mich so erschüttert. Ich habe mir so etwas nicht vorstellen können."

Renate schaut mich mit ihren hellen Augen nachdenklich an und senkt dann wieder den Blick auf ihren Kaffee. Steile Falten haben sich zwischen ihren Augenbrauen gebildet. Sag etwas, wünsche ich mir in Gedanken, etwas, das den Verdacht entkräftigt. Vielleicht wird dann alles wieder gut.

„Dass ihr noch keine Konsequenzen erlebt habt, muss meiner Einschätzung nach gar nichts heißen", meint Renate nach einer Weile. „Möglicherweise mahlen deren Mühlen einfach nur langsam. Es ist ja erst ein paar Wochen her. Oder sie wollen euch in Sicherheit wiegen."

„Es wäre aber auch möglich, dass sie durch Veronikas Bericht festgestellt haben, dass wir – besonders ich – politisch ungefährlich sind", gebe ich zu bedenken.

Renate wirft mir einen skeptischen Blick zu. „Vielleicht." Sie trinkt den letzten Schluck aus ihrer Tasse. „Wie geht es Ulli mittlerweile?" fragt sie besorgt.

Ich zögere. „Sie wirkt so wie immer, fröhlich und leicht. Wenn wir über die Stasi reden, zuckt sie nur mit den Schultern. Genau so, wenn Veronikas Name fällt. Als würde sie das alles nichts mehr angehen."

„Es geht sie aber noch etwas an!" poltert Renate aufgebracht los. „Es geht euch alle noch etwas an! Seid bloß vorsichtig."

Genau das will ich nicht hören. Ich muss daran denken, wie Magdalena neulich sagte, die Ausgereisten lehnen erst einmal den ganzen Osten heftig ab. Vielleicht ist es bei Renate auch so, vielleicht ist alles nicht so schlimm, wie es zunächst scheint. Als ich nicht reagiere, schüttelt Renate resigniert den Kopf.

„Schreibst du nach wie vor Ullis Adresse auf den Besuchsantrag?" fragt sie schließlich.

„Manchmal. Da Magdalena und ich jetzt aber sowieso häufig übers Wochenende bei ihrer Mutter sind, schreibe ich dann immer deren Namen auf den Besuchsantrag. Ich fahre Freitagnacht vom Grenzübergang gleich nach Königs Wusterhausen."

„Na gut, aber halt mich auf dem Laufenden." Renate steht auf und streckt ihren langen, schmalen Körper.

Michael kommt herein, mit frischer Gesichtsfarbe und rotgefrorenen Händen. „Hallo, Renate! Na, wieder im Lande? Schön!"

„Hallo! Ja, ich bin aber erst vor einer guten Stunde angekommen. Die lange Fahrt war anstrengend. Wir sehen uns später. Jetzt muss ich meinen Rucksack auspacken und die Wäsche in die Maschine tun. Ist der Wäscheständer frei?"

„Ich glaube, ja."

Michael schließt die Tür hinter Renate und reibt sich die Hände. „Es ist schon fast zu kalt fürs Radfahren. Ich wundere mich, dass du es noch auf deinem Motorrad aushältst."

„Ich habe mich gestern entschieden, es für den Winter abzumelden. Das Fahren macht jetzt keinen Spaß mehr. Übrigens ist noch Kaffee in der Thermoskanne."

„Das ist gut." Er nimmt eine Tasse aus dem Schrank und füllt sie sich. „Hast du gerade Zeit? Ich habe dir etwas mitgebracht."

Michael setzt sich mit außergewöhnlich ernster Miene auf die andere Seite des Tischs. „Du hast mich doch neulich gefragt, ob ich in der Uni oder der Staatsbibliothek mal danach schauen kann, wie die Mauertoten in der Ost-Presse dargestellt wurden."

Ich nicke. Michael nimmt einen zusammengefalteten Bogen Papier aus der Brusttasche seines Flanellhemds.

„Ich habe gestern etwas sehr Hässliches zu dem ersten getöteten Flüchtling gefunden, Günter Litfin hieß der."

„Das war doch dieser junge schwule Schneider, nicht wahr? Der am Tag des Mauerbaus in seine neue Wohnung in den Westen umziehen wollte?"

„Genau. Beim Versuch, den Humboldthafen zu durchschwimmen, ist er erschossen worden." Michael schiebt die Kopie des Zeitungsabschnitts zu mir herüber. Ich überfliege die ersten Zeilen:

Schon die ungewöhnliche Art des Grenzübergangs, die sie gewählt hatten – sie versuchten, schwimmend der Grenzpolizei zu entgehen –, deutet darauf hin, dass es sich um Leute mit schlechtem Gewissen handelt.

„Warum ‚Leute'?" frage ich Michael. „Ich dachte, er war alleine?"

„War er auch. Aber ein paar Tage später versuchte ein anderer Mann, durch den Teltow-Kanal in den Westen zu gelangen. Er wurde auch erschossen. Dieser – wie soll ich sagen – dieser Kommentar bezieht sich auf beide Männer."

„Ach so." Ich lese weiter:

Normale Bürger, die keine Agenten oder Verbrecher sind, pflegen sich an die Gesetze ihres Staates zu halten. Sie fürchten sich auch nicht, den Weg des Genehmigungsverfahrens zu beschreiten und gegebenenfalls die vorgesehenen Übergangsstellen zu benutzen.

„Ist das zynisch!" murmele ich bestürzt. „Wenn ich da bloß an Renates jahrelanges ‚Genehmigungsverfahren' denke!"

Wer aber das Licht scheut, muss damit rechnen, dass ihm auf den dunklen, verbotenen Wegen, die er eingeschlagen hat, etwas passiert. Es ist allgemein üblich, dass Soldaten oder Grenzpolizisten die Grenze eines Staates bewachen. Diese Grenzposten sind überall in der Welt bewaffnet, um eine illegale Überschreitung der Grenze verhindern zu können. Unsere Grenzwachen haben ihre Pflicht getan, als sie gegen Versuche, die Grenze gewaltsam zu durchbrechen, von ihrer Waffe Gebrauch machten. Die Grenzverletzer haben sich bewusst und vorsätzlich in Lebensgefahr begeben und sind darin umgekommen.

Was die Versuche betrifft, aus solchem Gesindel Helden zu machen, so ist uns dieses Verfahren bekannt. Als der Zuhälter Horst

Wessel bei der Ausübung seines nicht ungefährlichen Berufs zu Tode kam, wurde er zum geeigneten Objekt nazistischer Heldenverehrung. Warum soll also der Homosexuelle mit dem Spitznamen „Puppe", der in den Humboldthafen sprang, nicht zum Heros der Frontstadt werden?

„Das gibt es doch gar nicht!" Ich kann es nur ganz leise sagen. Entsetzt sehe ich Michael an. Er nickt mir betroffen zu. Ich lese die letzten Zeilen:

Jeder soll die Helden haben, die er wert ist. Diese Bemühungen, neue Helden der westlichen Welt zu kreieren, mögen in Lächerlichkeit versinken.

Es ist ganz still in der Küche. Nur das Blatt Papier raschelt ein wenig, als ich es in die Mitte des Tischs zurücklege. Und noch einmal, als Michael es in die Hand nimmt. Sein Blick tastet sich langsam über die Zeilen. Auch er kann den Inhalt noch nicht wirklich glauben.

„Horst Wessel, das ist doch der, der das Kampflied der SA getextet hat, nicht wahr?" versichert er sich bei mir.

„Ja. Es war dann die offizielle Parteihymne der NSDAP. Horst Wessel ist Anfang der dreißiger Jahre gestorben, an den Folgen einer Schussverletzung. Es ging um eine Frau, ob es nun Zuhälter oder Rivalen waren, weiß ich nicht. Horst Wessel war jedenfalls SA-Sturmführer und der andere Kommunist, und deshalb wurde ein Politikum daraus. Wessel wurde von Goebbels der ‚Held aus dem Volk' genannt und Friedrichshain hieß bis zum Kriegsende offiziell ‚Horst-Wessel-Stadt'."

„Mein Gott. Und damit wurde hier Litfins Geschichte verglichen." Michael klopft mit der flachen Hand aufgebracht auf das Papier. „Ich habe nicht gewusst, dass von westlicher Seite versucht wurde, aus ihm einen Helden zu machen, aber ich habe auch nicht danach gesucht. Ich weiß nur, dass etwa 300 Leute auf der West-Berliner Spreeseite die Bergung der Leiche beobachtet haben. Und das Foto habe ich in Gedanken immer noch vor mir: ein hübscher, empfindsam wirkender Mann, Anfang oder Mitte zwanzig."

„Und die schreiben hier von ‚Gesindel'! Das macht mich so wütend! Es ist eine Verunglimpfung, dass in diesem Zusammenhang überhaupt erwähnt wurde, dass er schwul war – wenn man bedenkt, dass homosexuelle Handlungen noch unter Strafe standen. Im Osten wie im Westen, im Westen sogar noch in der verschärften Form der Nazis."

Michael nickt heftig, seine Augen hinter der Nickelbrille blitzen vor Zorn. „Auch durch die Nennung seines Spitznamens haben die versucht, ihn lächerlich zu machen. Überhaupt – vielleicht wurde das von der Zeitung frei erfunden."

„Vielleicht war Litfin gar nicht schwul. Vielleicht war das nur eine Möglichkeit, ihn als Republikflüchtling in Misskredit zu bringen", überlege ich. Mir ist übel. Ich lege die Hände auf meinen Magen. Vom Flur dringen Renates geschäftige Schritte herein, schließlich das gedämpfte Brummen der Waschmaschine.

„Weißt du, was das Einzige ist, was diesen Dreck aushaltbar macht?" fragt Michael.

„Nein."

„Dass es vor fast dreißig Jahren geschrieben wurde."

„Das nützt auch nicht viel." Meine Stimme klingt rau. „In welcher Zeitung stand das eigentlich?"

„Ich habe es doch draufgeschrieben." Er dreht das Blatt herum. Dort steht in seiner krakeligen Handschrift: *Neues Deutschland* vom 2.9.1961.

„Ach, im ND! Na, so was!" Ich muss lachen. „Ich habe es neulich zum ersten Mal gelesen. Magdalena war deshalb richtig genervt. Sie hat gesagt, das ND wäre die schwachsinnigste Zeitung der DDR."

„Bildzeitungsniveau?"

„Nein, ganz anders. Schon irgendwie auf intellektuell gemacht. Aber inhaltsleer. Vielleicht habe ich es aber auch bloß nicht verstanden, mit den ganzen Abkürzungen und Eigenarten."

„Bring mir mal eine mit", bittet mich Michael interessiert.

„Mach ich."

Der Grenzübergang an der Sonnenallee ist meine neue Verbindung zwischen Ost und West. Freitagnachts ist es hier ruhiger als in der Friedrichstraße; meistens wollen nur vier oder fünf Leute einreisen. Immer dabei ist der ältere Herr, dessen Freundin mit dem weißen Pudel auf der anderen Seite wartet. „Sie ist auch schon Rentner", erzählt er mir beim Warten auf das mitternächtliche Winken des Grenzers. „Mittwochs kommt sie immer zu mir nach Hause. Aber das Wochenende verbringen wir bei ihr in Grünau, ist doch viel schöner dort. Als Rentner zahle ich ja nur das halbe Mauergeld."

Ich habe die 25 DM für meinen Pflichtumtausch bereits in der Hand sowie meinen Personalausweis und den ausgefüllten und abgestempelten *Berechtigungsschein zum mehrmaligen Empfang eines Visums.* Der ältere Herr schweigt jetzt auch, vielleicht hat er meine Anspannung gespürt. Wenn alles gut geht, kann ich um halb zwei neben Magdalena liegen. Der Regen fällt leise durch die Nacht. Ich starre auf den niedrigen Betonturm, der Grenzposten am Fenster lässt stumm seinen Blick über das Brachland zwischen beiden Mauern schweifen. Wer wohl den Begriff der „Berliner Mauer" geprägt hat? Es sind doch zwei Mauern, die sich zumeist in gleichem Abstand durch die Stadt winden, dazwischen, im gelben Licht auf hohen Masten, die patrouillierenden Grenzsoldaten. Heute tragen sie weite, graue Regenumhänge.

Es ist zwölf Uhr, der Grenzer winkt uns durch das geschlossene Turmfenster; wir dürfen den dicken weißen Strich auf dem Asphalt übertreten. Auf der halben Strecke zwischen beiden Mauern die flache Baracke der Grenzkontrolle. Der Vorraum mit der verblichenen Tapete riecht schon nach Osten. Ich mag diesen Geruch. Nun wieder der prüfende lange Blick eines Grenzers, mein Herzklopfen, drei Mal klackt der Stempel auf das Visum. Ausatmen. Zollkontrolle, meine Wäsche liegt auf dem langen Tisch, dann wieder einpacken. Neben der Ausgangstür ein Grenzer, der durch mich hindurch blickt und fast tonlos „Auf Wiedersehen" sagt. Hier habe ich meine beiden Welten in mir, Ost und West. Hier und nur hier, fühle ich mich ganz. Wie absurd.

Ich gehe der zweiten Mauer entgegen, noch zwei Grenzsoldaten mit undurchdringlichen Mienen. Das schwere Metalltor fällt laut scheppernd hinter mir ins Schloss. Nur wenige Wartende stehen hier, ein junges Paar, das sich unsicher an der Hand hält, eine rauchende Frau mit gelangweiltem Gesicht. Die Dame mit dem weißen Pudel sieht mich fragend an, ich nicke ihr kurz zu. Ja, er kommt gleich.

Magdalena wartet nie. Das ist gut so, auch für mich. Wenn mein Zug nur wenig später an den hundertjährigen Industriebauten Schöneweides vorbeirattert, ist der Westen für mich schon sehr weit entfernt. Dann hüpft mein Herz; ich fühle mich zu Hause. Mein Kopf protestiert, ich bin im Osten doch nur zu Besuch und lebe im Westen. Ich bin zu Hause, widerspricht mein Herz, denn hier fühle ich mich wohl, nur hier bin ich in Sicherheit. Die Mietskasernen weichen ausgedehnten Kiefernwäldern. Die wenigen Mitreisenden steigen nach und nach aus.

Eine stille, menschenleere Straße führt vom Bahnhof in die Siedlung mit den kleinen, alten Einfamilienhäusern. Mein Herz weitet sich. Ich gehe mitten auf der kopfsteingepflasterten Allee, in großen Abständen schimmert das gelbliche, warme Licht der Straßenlaternen durch die hohen Linden. Die Sehnsucht nach Magdalena lässt mich noch schneller gehen. In wenigen Augenblicken werde ich bei ihr sein. Ich biege in den Sandweg ein. Hinter den Fliederbüschen erkenne ich schon das kleine graugestrichene Holzhaus.

Ich klopfe leise ans Fenster. Gleich darauf erscheint Magdalenas strahlendes Gesicht hinter dem Zyperngras. Es verschwindet sofort wieder und ich laufe, so schnell ich kann, um das Haus herum zur Eingangstür. Dort steht Magdalena in ihrem dunkelgrünen Schlafanzug, der lose über ihren üppigen Körper fällt. Sie lächelt mir entgegen, ihre Zähne blitzen im schwachen Licht. Mein Gott, ich hatte vergessen, wie schön sie ist, ich hatte vergessen, wie sehr ich sie liebe, wie sonst hätte ich die vergangenen Tage ohne sie aushalten können.

Verlegen streife ich meinen Rucksack ab und öffne meine Jacke, um ihren ungeschützten Körper nicht gegen den harten Inhalt meiner Brusttaschen zu drücken. Sie greift nach meinem Arm und zieht mich sanft zu sich heran. Ich hatte vergessen, wie gut sie riecht, wie warm und weich sich ihr Körper an meinem anfühlt.

„Ich habe dich vermisst", flüstert sie, ihr Atem streift mein Ohr. Dann löst sie sich langsam aus meinen Armen; nur zögernd lasse ich sie gehen. „Mir wird kalt", lacht sie und schließt die Haustür, „komm." Ich nehme meinen Rucksack und folge ihr durch den schmalen Flur. Sie dreht sich zu mir um.

„Übrigens ist Mutter ab morgen früh bei meiner Schwester Brigitte, um auf die Enkel aufzupassen." Ihre Augen funkeln verwegen. „Wir können also ausschlafen."

Anfangs hat es mich erstaunt, dass ich Magdalena im Haus ihrer Mutter lieben kann. Doch Magdalena hat mir wiederholt deren festen, tiefen Schlaf versichert. Und auch ihre Mutter scheint nichts Ungewöhnliches an meinen nächtlichen Besuchen zu finden. Dennoch wünsche ich mir, sie wüsste über unsere Liebe Bescheid. Ich bin sicher, sie könnte damit umgehen. Wenn Magdalena das eines Tages auch glaubt, wird sie es ihr sagen. Ich muss nur Geduld haben.

Die räumliche Enge des kleinen Hauses weist mir als einzigen Schlafplatz die ausziehbare Doppelcouch in Magdalenas Zimmer zu. Und so lerne ich, eine andere Art von Lust zu genießen. Eine verhaltene Lust, die flüstert und lockt, die mit leisen, zarten Berührungen jede einzelne Körperzelle bewegt und entzückt, die auch begrenzt und zurückschickt und leidet, dann aber doch ihren Weg findet und innen, tief in mir, implodiert.

„Durch den starken Wind gestern gibt es bestimmt viel Bruchholz im Wald", meint Magdalena nach dem Frühstück. „Ich würde gerne welches holen. Wir haben noch nicht genug für den Winter. Kommst du mit?"

Ich begleite sie gerne in den nahegelegenen Wald. Die Schubkarre lässt sich auf dem sandigen Weg schwer schieben, sie hat einen Eisenbeschlag um das Rad, keine Luftbereifung. Es riecht nach Pilzen und feuchtem Laub. Magdalena zieht sich genießerisch die Herbstluft durch die Nase und atmet laut auf. „Als Kind habe ich immer gesagt, ich will einmal Förster werden."

„Das hätte zu dir gepasst, finde ich."

Magdalena biegt vom Weg ab und schiebt ihre Karre auf eine Lichtung mit einzelnen Laubbäumen. Sie beginnt, trockenes Holz einzusammeln, bricht die größeren Äste über ihrem Knie und stapelt sie sorgfältig auf der Schubkarre. Ich mache es ihr nach. Diese Arbeit ist mir fremd. Ich sammle manchmal Sperrholzkisten in der Kreuzberger Markthalle, ansonsten kaufe ich Anmachholz beim Kohlenhändler.

„Warum wolltest du dann später ins Büro?"

„Ich wollte nicht. Mutter hat gemeint, für ein Mädchen ist das Büro immer richtig", meint Magdalena schlicht.

„Und das hast du dann so ohne Weiteres getan?" hake ich erstaunt nach.

„Ja. Mittlerweile finde ich es auch ganz gut so. Auf diese Weise bin ich nach Berlin gekommen und das hat für mich große Vorteile. Den Wald habe ich ja trotzdem an den Wochenenden und im Urlaub, wann immer ich will. Außerdem muss man die Natur sehr lieben, wenn man auch bei Wind und Wetter den ganzen Tag draußen ist."

„Ich weiß gar nicht, ob die Förster im Winter so viel zu tun haben", überlege ich. „Bei uns in der Motorradwerkstatt gibt es etwa ab November, Dezember nur noch wenig Aufträge. Ich habe letzte Woche meine Kündigung bekommen."

„Was?" ruft Magdalena bestürzt aus. Ich schaue überrascht hoch.

„Das ist nicht so schlimm", versuche ich sie zu beruhigen, „viele Motorradmechaniker, zumindest die in kleinen Werkstätten kriegen zum Anfang des Winters eine Kündigung, meistens mit Wiedereinstellungsgarantie im Frühjahr."

„Das heißt, du wirst arbeitslos?" Magdalenas Augenlider flackern beunruhigt.

„Ja. Ab Mitte Dezember bis Anfang März. Das hat auch viel Gutes. Ich werde viel mehr Zeit und Ruhe haben, auch für uns, auch für Klara, und zum Lesen. Wenn du mal früher vom Büro gehen kannst, könnte ich auch mal unter der Woche kommen."

„Aber wie schaffst du das finanziell?" fragt sie besorgt.

„Ich bekomme dann Arbeitslosengeld. Das sind über sechzig Prozent von meinem Lohn."

Magdalena wiegt den Kopf. „Dann ist es ja wirklich nicht so schlimm. Trotzdem, für mich hört sich das nach Unsicherheit und ständigem Überlebenskampf an." Sie greift nach einem dicken, kurzen Ast und legt ihn auf ihre Karre.

„Na ja, wir sind halt daran gewöhnt", antworte ich nachdenklich, „aber irgendwie hast du Recht."

Wir sammeln weiter, jede in ihre Gedanken versunken.

„Ich hab schon mehr", stichelt Magdalena nach einer Weile. Ihre Wangen sind von der kühlen Herbstluft gerötet.

„Nein, dein Holz liegt nicht so dicht wie meins. Deshalb sieht es höher aus!"

„Na warte." Lachend sägt sie den gebrochenen Ast einer trockenen Kiefer ab.

Auf dem Rückweg ist es schwieriger, die Schubkarre auszubalancieren, ich spüre ein schmerzhaftes Ziehen in meinen Unterarmen. Wir kippen das Holz hinter den Schuppen und gehen mit dem leeren Schubkarren wieder los. Ein Paar mit vollen Pilzkörben kommt uns entgegen. Magdalena bleibt mit einem sehnsüchtigen Blick in die Körbe stehen. „Ihr habt ja einen guten Fang gemacht. Sogar Steinpilze sind dabei", sagt sie etwas neidisch zu den beiden. „Nützt uns aber nichts, wir brauchen noch Bruchholz."

„Hinter Schmitkes Haus liegt noch ganz viel", rät der Mann. „Frohes Schaffen, Magdalena!"

„Danke. Und euch einen guten Hunger!"

Zufrieden stapeln wir am Nachmittag das Holz an die Schuppenwand.

„Hast du dir schon überlegt, wann du heute nach Berlin reinfahren willst?"

„Nach dem Essen. Ich habe Kohlrabieintopf zum Aufwärmen", antwortet Magdalena, „ich werde jetzt noch einmal heizen, damit Mutter es nachher warm hat. Dann könnten wir los. Was meinst du dazu?" Sie küsst mich auf die Stirn.

„Einverstanden."

Auch in Magdalenas Wohnung ist es kalt. Ich heize den Kachelofen; die Asche im Eimer ist graubraun und mit unverbrannten größeren Stücken durchsetzt. Magdalena hat mir erklärt, dass die Kohle hier nicht entsalzt wird und deswegen keinen hohen Wärmewert hat. Die Kohle, die es in West-Berlin zu kaufen gibt, wird in der DDR hergestellt. Sie hat eine gute Qualität, ihre Asche ist rotbraun und feinkörnig.

Es wird ein paar Stunden dauern, bis sich der Raum erwärmt hat.

„Wir könnten ins *Wiener Café* gehen", schlägt Magdalena vor, die in ihrer braunen Jacke noch am Türrahmen lehnt.

„Was hältst du von einem heißen Tee und einer Wärmeflasche im Bett? Und einem gemütlichen Leseabend?" frage ich zurück.

Magdalena lächelt mich an. „Deine Idee ist unschlagbar."

Es klingelt zwei Mal kurz und ein Mal lang.

„Ulli", freut sich Magdalena und geht durch den Flur, um die Tür zu öffnen.

„Hallo." Ulli kommt mit einem freundlichen Lachen herein. Sie umarmt Magdalena und mich und reibt sich dann ihre Oberarme. „So richtig kuschelig habt ihr es hier aber nicht."

„Wir sind gerade erst angekommen", meint Magdalena, „ich setze mal Wasser auf. Wollt ihr einen Kräutertee?"

Ulli und ich folgen ihr in die Küche.

„Für mich nicht, danke", sagt Ulli, „ich muss gleich wieder los. Zur Arbeit. Ich wollte euch nur vorher diesen Artikel aus der Zeitung von heute vorbeibringen."

Sie legt eine einzelne Zeitungsseite auf den kleinen Küchentisch. Magdalena und ich beugen uns darüber. *Impulse zum Um -und Weiterdenken* steht da als Überschrift in großen Buchstaben, und darunter *Homosexualität – Herausforderung an Wissen und Toleranz – eine notwendige Schrift.*

„Das ist ja ein Ding", murmelt Magdalena verblüfft. Ich blicke rasch auf den Kopf der Seite: *Berliner Zeitung – Frau/Familie/Gesundheit – Sonnabend/Sonntag 24.25. Oktober 1987.*

Wir überfliegen beide gespannt die Rezension über das Buch eines Psychologieprofessors, das erste zum Thema Homosexualität, das in der DDR erschienen ist.

„*Etwa eine Million Homosexuelle in der DDR*", meint Magdalena, ohne aufzuschauen.

„Ja, dieser Satz gefällt mir besonders gut", greife ich ihr Erstaunen auf: „*Dieses Buch ist nicht nur für ‚Betroffene' geschrieben, denn betroffen sind wir alle, die wir ja mit Homosexuellen – das sind in der DDR etwa knapp eine Million – zusammenleben und dieses Phänomen begreifen müssen.* Einfach, weil er alle anspricht. Oder zumindest ansprechen sollte."

„Ich hätte nie gedacht, dass wir so viele sind", fährt Magdalena fort.

Ich traue meinen Ohren kaum. Hat sie wirklich „wir" gesagt?

„Das liegt daran, dass die meisten so versteckt leben wie du", meint Ulli, die auf einem der Küchenhocker Platz genommen hat.

Magdalena liest unbeirrt weiter.

„Was bedeutet denn das?" frage ich, nachdem ich schon zum dritten Mal über den Satz gestolpert bin: „*Der Marxist/Leninist wendet sich, weltanschaulich begründet, gegen jede primitive Etikettierung eines Menschen nach der Art seiner Sexualität. Homosexualität ist eine der möglichen natürlichen Varianten des Sexualverhaltens.* Was meint der mit *primitiver Etikettierung*?"

„Ja, wenn alle wüssten, dass Homosexualität eine der möglichen natürlichen Varianten des Sexuallebens ist, müssten wir uns nicht so ‚primitiv etikettieren'", seufzt Ulli und verdreht ironisch die Augen, „aber weißt du, ich freue mich darüber, dass überhaupt einmal etwas über uns in der Zeitung steht, und ich bin so gespannt auf das Buch. Ich werde gleich nächste Woche in unserer Buchhandlung danach fragen. Soll ich euch eines mitbringen? Magdalena, vielleicht brauchst du ja noch ein Weihnachtsgeschenk für deine Mutter."

Ulli wirft Magdalena ihr koboldhaftes Lächeln zu.

„Ich bin auch gespannt auf das Buch." Magdalena schenkt Ullis Anspielung keine Beachtung. „Bring bitte eins für uns mit."

„Gut", meint Ulli zufrieden und steht auf, „die Zeitung muss ich mitnehmen. Meine Kollegen beim Theater brauchen auch ein paar *Impulse zum Um- und Weiterdenken.*"

An der Tür dreht sie sich zu uns um. „Sagt nächstes Mal Bescheid, wenn ihr länger weg seid. Ich kann dann doch schon mal anheizen. Wollt ihr jetzt in meine Wohnung, bis es hier warm ist?"

„Nein", antwortet Magdalena mit einem Lächeln, „wir gehen jetzt ins Bett."

Ulli zieht ihre Augenbrauen hoch und lächelt auch. „Na denn, viel Spaß. Bis die Tage."

„Bis dann. Tschüss, Ulli."

Mit einer Zeitung und zwei Büchern kriechen wir unter die dicken Federdecken.

„Welches Buch hast du dabei?" fragt Magdalena gespannt.

„Eine Biographie über Sappho."

Ich reiche ihr das Buch, in dessen Seiten sie sich sofort vertieft. Laut Zollvorschriften ist es verboten, *Druckerzeugnisse in die DDR einzuführen.* Ich habe das Buch als „Reiselektüre" angegeben, und der Grenzer hat es genau kontrolliert und darin gelesen. Bei der Ausreise muss ich es wieder dabei haben. Ich darf ihr kein Buch leihen oder schenken. Manchmal staune ich darüber, was wir alles als gegeben hinnehmen.

Jetzt blättert Magdalena in der Biographie. Wie jedes Buch, das ich dabei habe, liest sie es abschnittsweise. „Du bist immer so kurz da, dass ich nie Zeit habe, ganz in einem Buch zu versinken", hat sie mir einmal erklärt, „es wäre zu schrecklich, am Sonntagabend aufhören zu müssen."

Magdalena hat sich in der Mitte meines Buches festgelesen. Ihre Augen bewegen sich hastig von einer Zeile zur nächsten, begierig nimmt sie die Worte in sich auf. Als sie meinen Blick spürt, brummt sie unwirsch und dreht sich auf die Seite. Ich lege mich auch hin und nehme mir das Buch von Elfriede Brüning, das Magdalena zuletzt gelesen hat. Der warme Rücken an meinem tut mir gut, der authentische Roman um eine antifaschistische Widerstandsgruppe zieht mich in seinen Bann. Lange ist nur noch das Rascheln beim Umblättern der Seiten zu hören. Irgendwann höre ich auch das nicht mehr. Ich schrecke auf, weil mir das Buch aus der Hand ins Gesicht gefallen ist. Nach der letzten halbierten Nacht fällt es mir trotz der guten Lektüre schwer, so lange wach zu bleiben. Ich schaue auf den Wecker. Es ist zehn nach elf. Benommen stehe ich auf und ziehe mich an. Ich küsse die schlafende Magdalena auf die Stirn. „Ich gehe jetzt los", flüstere ich, „bis später."

Ich fahre mit der Bahn zum Grenzübergang Oberbaumbrücke, der zwar etwas weiter entfernt ist als der Tränenpalast, dafür aber weniger Betrieb hat. Wie immer grüßen mich die Grenzer bei meiner Ausreise kurz vor Mitternacht mit „Guten Abend." Nach den Kontrollen gehe ich über den dicken, weißen Asphaltstrich an der Westseite der Mauer und kehre gleich wieder um. Der neue Tag ist zwei Minuten alt, als ich wieder vor den selben Grenzern stehe. Sie begrüßen mich mit „Guten Morgen." Mit der nächsten Bahn fahre ich wieder zurück.

Magdalena liegt noch genau so zusammengerollt in ihrem Bett wie vorhin.

„War alles in Ordnung?" murmelt sie schlaftrunken.

„Ja." Der Bruch war so in Ordnung und so absurd wie immer. Mitten in der Nacht für zwei Stunden aufstehen, um Formalitäten zu erledigen. Und das in der einzigen gemeinsamen Nacht in der Woche. Aber das brauche ich Magdalena nicht zu sagen. Sie weiß es.

Im Dämmerlicht beobachte ich, wie sie mit geschlossenen Augen zur anderen Seite des Bettes rutscht, unter die zweite, die kalte Federdecke, um mir die angewärmte Seite frei zu machen. Auch das macht sie immer. Wie jedes Mal lässt diese fürsorgliche Geste alle Bitterkeit von mir abfallen. Ich kuschele mich unter die Decke und an ihren weichen Körper. Sie nimmt mich fest in ihre Arme.

„Jetzt ist alles gut", sage ich leise, „ich bin wieder bei dir. Schlaf schön weiter."

„Ja. Gute Nacht." Der Druck ihrer Arme lässt nach; ihr gleichmäßiger Atem beruhigt mich.

Plötzlich ein Flüstern. „Ich liebe dich, Franka."

Das hat mir noch nie jemand gesagt. Jedenfalls nicht so, dass ich es glauben konnte. In meinem Herzen zerschmilzt ein kleiner, harter Klumpen, dessen Existenz ich bisher nicht einmal ahnte. Magdalena sagt die Wahrheit. Ich weiß es, ohne die Augen zu öffnen und sie anzusehen.

Bach. Eine Sonate von Bach. Es ist schön, von Magdalenas leisem Klavierspiel geweckt zu werden. Während ich noch in den Daunen auf dem Hochbett liege, hat sie bereits gelüftet und den Kachelofen eingeheizt.

„Auch wenn ich alleine bin, setze ich mich am Wochenende gern morgens an mein Klavier", hat sie einmal zu mir gesagt, „so fängt der Tag gleich schön an." Das stimmt. Noch etwas verschlafen klettere ich die Holzleiter herunter und schlüpfe in die karierten Filzpantoffeln, die Magdalena für mich gekauft hat. Ich streiche ihr die roten Haare zu Seite und küsse sie sanft auf den Nacken. Magdalena unterbricht ihr Spiel nicht einmal für den Bruchteil einer Sekunde. Ich muss lächeln. Wenn sie in ihre Musik versunken ist, gibt es nichts, was sie herausholen könnte.

In der Küche ist es kalt. Während ich mich wasche, kocht das Kaffeewasser.

„Heute frühstücken wir in der Stube", bestimmt Magdalena, als sie durch die Küchentür kommt.

„Guten Morgen, Liebste." So kurz nach dem Aufstehen klingt meine Stimme noch etwas blechern. „Hast du gut geschlafen?"

„Ja." Magdalena nimmt mich lächelnd in ihre Arme. „Ich habe dir bereits einen guten Morgen gewünscht und dich geküsst. Noch im Bett."

„Das habe ich gar nicht mitgekriegt. Willst du auch ein Frühstücksei?"

„Gerne." Magdalena stellt Teller, Butterdose, Tassen und ein Marmeladenglas auf ihr Tablett. „Weißt du auch nicht mehr, dass ich dir meinen Traum erzählt habe?"

„Nein", antworte ich verblüfft.

„Das ist ja ein Ding. Ich weiß zwar, dass du morgens nicht all zu viel mitkriegst – aber dass du gar nichts mehr weißt?"

„Was hast du denn geträumt?" frage ich unruhig. „Vielleicht fällt es mir ja wieder ein."

„Ich habe geträumt, eine Fee wäre mir erschienen. Sie sagte mir, ich hätte einen Wunsch frei, weil ich so ein guter Mensch bin, von denen es nur noch ganz wenige gibt."

„Ach?" Ich wische mit dem Spüllappen die Reste des Kaffeepulvers von der Kanne.

„Nun guck nicht so bekümmert." Magdalenas Grübchen wird tiefer. „Vielleicht fällt es dir doch wieder ein. Also: Ich sagte der Fee, ich möchte gerne Flügel haben, um meine Freundin im Westen besuchen zu können. Und schon spürte ich meine Schulterblätter wachsen, und als ich in den Spiegel sah, erblickte ich eine wunderschöne Elfe. Das heißt, sie sah genau so aus wie ich, nur eben mit Flügeln. Erinnerst du dich jetzt?"

„Nein. Nein, überhaupt nicht."

„Also, ich bin dann mitten in der Nacht in deiner Wohngemeinschaft neben deinem Bett gelandet", erzählt Magdalena ernsthaft weiter, „und du hast mich ganz verdutzt angeschaut, mit verschlafenen kleinen Augen, ungefähr so wie jetzt, und dann …"

„Sag mal, du verschaukelst mich doch nicht etwa?"

„… und dann sagtest du: Magdalena, du bist so schön, die Sterne werden vor Neid erblassen! Und ich …"

„Du verschaukelst mich!"

Magdalena prustet los. „Das hat aber gedauert!"

„Du verdammtes Miststück!" Ich werfe den Spüllappen nach ihr. Magdalena rennt laut lachend aus der Küche, ich verfolge sie, sie schiebt mir den Wäscheständer in den Weg, springt über das alte Radio auf dem Boden und läuft hinter den Sessel. „Friede!" ruft sie mit erhobenen Händen.

„Von wegen! Ich ziehe dir die Ohren lang!"

Magdalena flüchtet zum Sofa „Franka, denk an die Nachbarn!" fleht sie lachend. „Es ist Sonntagmorgen!"

„Hab ich dich!" Ich drücke sie über die Armlehne des Sofas, so dass sie auf dem Rücken zu liegen kommt. Sie windet sich heraus und duckt sich unter meinen Armen hindurch. Blitzschnell zieht sie mich hinunter zu sich auf den Teppich, wirft mich auf den Rücken und legt sich mit ihrem ganzen Gewicht auf mich. Ich halte einen Moment inne, um ihre Schwere, ihre Wärme auf mir zu genießen.

„Du gibst auf?"

„Vergiss es!" Ich versuche, meinen Oberkörper aufzubäumen, doch es gelingt mir nicht, auch nicht, mich seitlich herauszudrehen und sie von mir wegzudrücken. Magdalena ist kräftiger, schwerer und größer als ich. Ich schaffe es aber, meine Knie hochzuziehen, und stemme meine Füße gegen ihre Beckenknochen. Magdalena ist einen Moment lang verblüfft – oder auch nur unaufmerksam, ich drücke sie auf die Seite, schnelle hoch und stürze mich auf sie. Kleine, harte Faustschläge, gerade so fest, dass sie ihr nicht wirklich wehtun, treffen ihre Oberarme, und als sie sich lachend wegdreht, auch ihren Rücken. „Wie kannst du es wagen", keuche ich, ganz außer Atem, „am frühen Morgen ..."

„Gnade", lacht Magdalena, „ich tu's nie wieder!"

„Schwör es!"

Sie hebt die Hand. „Ich schwör's!"

Beim Frühstück fällt mein Blick auf die Sappho-Biographie, die auf der Fensterbank liegt. Ich bin so überrascht, dass ich aufhöre, mein Frühstücksei zu schälen. „Ich habe heute Nacht bei der Ausreise meine ‚Reiseliteratur' vergessen." Magdalena schaut mich verwundert an. „Und die haben nicht gefragt?"

Ich schüttele den Kopf. „Und in meiner heutigen Zollerklärung habe ich ja kein Buch als Reiselektüre angegeben."

„Heißt das, du könntest es hier lassen, bis ich es gelesen habe?" fragt Magdalena vorsichtig nach.

„Ja. Und wenn ich es mir richtig überlege, schauen die Grenzer bei der Ausreise immer nur oberflächlich auf die Zollerklärung. Ich glaube, es interessiert sie wenig, ob ich das Buch wieder mitnehme. Nächstes Wochenende probiere ich es gleich noch einmal. Dann könntest du nach und nach alle Bücher lesen, die dich interessieren und die es hier nicht gibt."

„Das wäre ja schau." Magdalenas Stimme hat einen sehnsüchtigen Klang, der mir ins Herz schneidet. „Ich kann es noch gar nicht fassen. Da öffnen sich für mich ja ganz neue Horizonte."

Beinahe bleibt mir der Bissen meines Brötchens im Hals stecken, und ich muss schwer schlucken. Magdalena sieht aus dem Fenster, mit einem großen Verlangen nach Weite in ihren Augen. Es ist ihr Staat, der ihr dies verwehrt. Der ihren Wissensdurst auf bestimmte Bücher begrenzt. Wut beginnt in meinem Bauch zu brodeln. Plötzlich bekommt das Wort *Isolation*, das Magdalena oft verwendet, eine tiefere Bedeutung für mich. Es gibt hier wie drüben gute Bücher, ich kann alle lesen, doch Magdalena nur die von hier.

„Kannst du die Bücher dann auch Ulli leihen?"

„Natürlich." Meine Wut ballt sich in meinem Bauch zu einem festen, kleinen Knoten zusammen. Ich will sie nicht äußern, nicht jetzt, da Magdalena so glücklich wirkt.

„Ich würde es ihr am liebsten gleich erzählen", meint Magdalena lächelnd, „die wird sich freuen."

„Ich möchte Ulli auch gerne wiedersehen. Sollen wir gleich mal zu ihr gehen?"

„Nein, sie ist heute früh mit ihren Eltern nach Rostock gefahren. Außerdem will ich noch einen Kuchen backen. Heute besucht uns doch meine Schwester Brigitte mit ihren nervigen zweijährigen Zwillingen."

Ich muss lachen.

„Ach komm, du freust dich doch auf deine Neffen!"

„Am meisten freue ich mich, wenn sie wieder gehen!" Magdalena lacht auch.

Die Federdecke raschelt, als Magdalena sich aufrichtet und nach dem Wecker greift. Ich weiß, es dauert jetzt einen Moment, bis meine noch traumversunkene Geliebte die Uhrzeit entziffert hat. Nach einem Seufzer stellt sie den Wecker zurück auf das grün lackierte Regalbrett, das auf ihrem Hochbett als Nachttisch dient. Dann beugt sie sich über mich.

„Es ist Zeit, Liebste. Du musst dich anziehen."

Ich lasse die Augen geschlossen und ziehe mir die Decke über die Schultern. „Heute gehe ich nicht."

„Ich will auch nicht, dass du gehst." Magdalena pustet mir sanft eine Haarsträhne aus der Stirn. Sie dreht sich um und macht das Licht an. „Da liegt ein Nuckel. Hoffentlich hat Brigitte noch einen zweiten zu Hause, sonst hatte sie einen stressigen Abend."

„Ich gehe heute nicht." Ich öffne die Augen. „Wirklich nicht."

Magdalena sieht mich zweifelnd an. „Wie meinst du das?"

„Ich bleibe heute Nacht hier."

„Franka, was soll das? Du weißt genau, dass du gehen musst."

„Ich gehe aber nicht."

„Hör auf mit dem Quatsch." Magdalena setzt sich kerzengerade auf und mustert mich streng. „Natürlich gehst du. Wie immer."

„Nein. Ich gehe nicht", antworte ich, enttäuscht über ihr Unverständnis.

„Denk doch mal dran, was passieren könnte, wenn du bleibst!"

„Was denn?"

Magdalena greift nach ihrem moosgrünen Hemd, das neben dem Kopfkissen liegt, und streift es sich über. Ihr ganzer Körper wirkt steif und angespannt. „Dir könnte zukünftig die Einreise verweigert werden."

„Das kann ich mir nicht vorstellen. Du hast einmal selbst gesagt, dass viel passieren muss, ehe sie einem Westler die Einreise verweigern. Die brauchen doch die Devisen. Es ist bestimmt nicht schlimm, ein einziges Mal zu spät zu kommen!"

„Sie könnten heute Nacht hier auftauchen."

„Die wissen doch gar nicht, dass ich hier bin."

„Ich will nicht, dass du meine Mutter da mit reinziehst!" Magdalena sieht mich eindringlich an und umgreift mit ihrer Hand nachdrücklich meinen Oberarm. Ihre Stimme klingt schrill.

„Ich habe den Namen deiner Mutter gestern auf dem Einreiseantrag angegeben." Auch ich setze mich auf. „Heute steht Ulli drauf. Sie wird es mir nicht übel nehmen."

Magdalena senkt nachdenklich ihren Blick. „Das schon. Außerdem ist sie ja gar nicht zu Hause."

„Ich kann jetzt nicht gehen, Magdalena, versteh doch, wirklich nicht." Meine Stimme klingt weinerlich. Ich mag mich so nicht.

Magdalena zieht mich in ihre Arme und streicht mir über den Kopf. Ich spüre, dass sie mit sich kämpft. „Franka", sagt sie schließlich in einem Tonfall, als würde sie mit einer störrischen Alten sprechen, „Franka, ich bringe dich heute zum Grenzübergang."

„Nein!" Meine Augen brennen, so schnell haben sie sich mit Tränen gefüllt. Ich löse mich aus ihren Armen, drehe mich weg und tue so, als würde ich aus dem dunklen Fenster schauen. „Nein, ich will nicht, ich kann das nicht mehr, ich bleibe hier. Bloß heute, nur dieses eine Mal."

Dann ist es lange Zeit ganz still. Magdalena regt sich nicht. Ich höre nur ihren schweren Atem. „Und was wäre dann?" fragt sie schließlich. „Was wäre morgen?"

Ich putze mir die Nase und drehe mich langsam zu ihr um. „Wir stehen gemeinsam auf, du gehst zur Arbeit und ich zum Grenzübergang."

„Aber – was willst du dort sagen? Die werden dich doch fragen, warum du erst Stunden später ausreist."

„Ich sage … ich sage einfach, ich hätte in der Nacht einen Asthma-Anfall gehabt."

„Meinst du, das geht?" Magdalena sieht mich skeptisch an. „Es kann aber sein, dass du nicht rechtzeitig in deinem Betrieb bist."

„Ich habe morgen doch meinen freien Tag. Überstunden abbummeln, bevor ich arbeitslos werde."

Magdalena runzelt ihre Stirn, wie immer, wenn sie angestrengt nachdenkt. Es fällt ihr aber kein Argument mehr ein.

„Ich bleibe hier", sage ich, nun wieder ganz bestimmt.

Magdalena seufzt. „Also gut."

Schweigend bereiten wir uns für die Nacht vor. Ich putze mir die Zähne an der Spüle und wasche mein Gesicht. Magdalena packt ihr Portemonnaie und eine Packung Papiertaschentücher in den kleinen Rucksack, den ich ihr einmal geschenkt habe, legt etwas vom Schrank auf einen Stuhl, bewegt sich langsamer als sonst von der Stube in die Küche und wieder zurück. Unsere Blicke gehen aneinander vorbei, vielleicht hätte ich doch gehen sollen. Nein, jedes Mal bin ich vernünftig und gehe, gegen meinen Willen, und dieses Mal, dieses eine Mal, will ich nicht vernünftig und stark sein. Dafür wieder die nächsten hundert Male, ich verspreche es mir.

Ich liege schon eine Weile im Bett und starre an die Decke, als Magdalena endlich kommt. Sie löscht gleich das Licht und legt ihren Arm um mich. „Gute Nacht", sagt sie leise.

„Gute Nacht."

Die schwere Hoftür schlägt ins Schloss, jemand geht zum Hinterhaus. Das Hoflicht wirft einen schwachen Schein ins Zimmer, ich sehe, dass auch Magdalena mit offenen Augen daliegt. Sie schließt sie rasch und schmiegt sich enger an mich. Reden will sie auch nicht mehr.

Der Morgen beginnt schweigend. Magdalena hält ihre Tasse mit beiden Händen fest. Sie kann nichts essen. Ich auch nicht. Sie beschmiert zwei Graubrote mit Butter und Teewurst und legt sie in eine Brotbüchse aus Aluminium. „Nimm sie mit. Wer weiß, wie lange es heute am Grenzübergang dauert."

Die Straßenbahn ist überfüllt. Müde Gesichter, leere Blicke, neben uns eine angestrengt wirkende junge Frau mit zwei schläfrigen Kleinkindern. Ein kurzer, leiser Abschied, „Ruf an, wenn du zu Hause bist", sagt Magdalena leise und steigt aus. Draußen ist es bereits hell. Magdalena hebt die Hand, sie winkt nicht. Ein blasses Lächeln. Dann kann ich sie nicht mehr sehen. Ob ich sie überhaupt wiedersehe?

Am Kupfergraben steige ich aus und gehe in Richtung Tränenpalast. Eine Gruppe Jugendlicher mit Schultaschen kommt lachend die Bahnhofstreppe herunter. Die haben es gut. Sie können hier bleiben. Ich will auch hier bleiben.

Renates spöttischer Tonfall kommt mir in den Sinn: „Franka, was den Osten angeht, bist du wirklich rührend naiv." Ich glaube nicht, dass ich naiv bin. Vielleicht ein bisschen.

Ein kalter Herbstwind zieht durch die Friedrichstraße. Ich stecke meine Hände in die Jackentaschen. In der rechten fühle ich zwei lose Geldscheine und ziehe sie erschrocken heraus. Ein Zwanziger und ein Fünfer, Mark der DDR. Ich habe vergessen, meinen gestrigen Pflichtumtausch in das Portemonnaie in der Küchenschublade zu legen, in dem Magdalena das Geld für mich aufbewahrt. Ich darf es bei der Ausreise nicht mitnehmen. Zum Glück habe ich es noch rechtzeitig entdeckt. Was mache ich jetzt damit? Wenn ich mich richtig erinnere, sind Magdalena und ich einmal an einem Buchladen vorbeigefahren. Hier in der Friedrichstraße, auf der linken Seite.

Ich weiche einem Kinderwagen aus. Magdalena hat mir die Brotbüchse in einen dieser Dederonbeutel gesteckt, die sie immer in ihrer Tasche hat. Falls es etwas Besonderes zu kaufen gibt. Ich könnte jetzt die Bücher darin tragen, wenn sie nicht mehr in meinen Rucksack passen.

Der Buchladen ist weiter entfernt, als ich dachte. Mit dem Auto waren es doch nur ein paar Minuten. Ich entdecke ihn in einem etwas zurückgesetzten Haus. Wärme empfängt mich. Zwei junge Frauen blättern mit ernsten Mienen in dicken Büchern. Ich sehe mich auf den langen Tischen und Regalen um. Keine Romane und keine Biografien, weder Kinderbücher noch politische Schriften, es gibt hier nur naturwissenschaftliche Fachliteratur. Eine akademische Buchhandlung. Ich gehe hinaus und schließe die Tür hinter mir. Wie soll ich denn dieses fünfundzwanzig Mark jetzt sinnvoll ausgeben? Ich könnte zurück in die Dimitroffstraße fahren und es in Magdalenas Wohnung hinterlegen. Unschlüssig schlendere ich die Friedrichstraße zurück. Zum Bahnhof muss ich auf jeden Fall. Von da aus kann ich zum Prenzlauer Berg fahren oder zum Grenzübergang gehen.

Mir ist kalt. Eine große Gruppe Kinder in Zweierreihen kommt mir entgegen. Vier oder fünf Jahre alt werden die meisten wohl sein. Wie Klara. Plötzlich ein heftiger Schmerz in meiner Brust. Klara. Ich muss zurück, natürlich muss ich zurück. Ich will zurück. Der Schmerz lässt nach, eine Sehnsucht ergreift mich, lässt mich schneller gehen. Klara, mein kleines Mädchen. Die Putzfrau auf der Bahnhofstoilette unterhält sich gerade mit ihrer Kollegin vom Männerklo; ich lege die beiden Scheine auf den Teller und gehe schnell hinaus.

Eine ganze Reihe älterer Frauen und Männer steht bis an die Tür des Tränenpalasts. Beim Aufrücken fällt kein Wort. Auch ich bin sehr angespannt. Der behäbige Grenzer sieht sympathisch aus, vielleicht fällt es ihm ja gar nicht auf. Vielleicht lässt er mich einfach passieren. Er schaut lange auf mein Visum und stutzt. „Und warum kommen Sie erst heute?" fragt er mit strengem Blick.

„Ich hatte einen Asthma-Anfall und erst seit heute Morgen geht es mir wieder gut."

„Waren Sie in der Ambulanz und haben sich das bestätigen lassen?"

„Nein." Mein verlegenes Lächeln beantwortet er mit einem eisigen Blick. Er dreht sich zu seinem Kollegen um und spricht mit ihm. „Bürgerin aus West-Berlin", höre ich, und „angeblich nicht reisefähig." Die alte Frau hinter mir lehnt sich an die Wand. Sie wird nicht mehr lange stehen können.

„Kommen Sie mit", herrscht mich der Kollege des behäbigen Grenzers an und führt mich durch einen verwinkelten schmalen Flur in einen kleinen Raum. „Warten Sie hier." Vier Stühle um einen grauen Tisch, ansonsten ist der fensterlose Raum leer.

Ich setze mich in Blickrichtung zur Tür. Nach einer Weile kommt er wieder und fragt mich im Stehen: „Warum kommen Sie erst heute?"

„Ich hatte heute Nacht einen Asthma-Anfall."

„Waren Sie bei der Ambulanz?"

„Nein."

„Also war es nicht so schlimm?"

„Doch, schon. Aber ich habe das seit meiner Kindheit und kann damit umgehen."

„Hm. Warten Sie." Er schließt die Tür hinter sich.

Wie lange wollen die mich eigentlich noch hier sitzen lassen? Ich krame in meinem Rucksack. Mein Nierengurt, die ledernen Motorradhandschuhe, ein Halstuch, die verbrauchte Wäsche vom Wochenende in einer Plastiktüte. Nichts, womit ich mich ablenken könnte. Ein Blick auf meine Armbanduhr sagt mir, dass ich bereits über eine Stunde hier sitze.

Die Tür öffnet sich, zwei Grenzer kommen herein und bleiben an der Tür stehen. „Sie sind heute Nacht nicht rechtzeitig ausgereist?" fragt der eine.

„Nein, ich hatte Asthma."

Dem anderen zuckt es um die Mundwinkel. „Warten Sie", sagt der erste, auch er sieht aus, als müsste er sich ein

Grinsen verkneifen. Die beiden lassen mich verwundert zurück. Es kommen noch mehr, einmal auch zwei in grauen Zolluniformen, und allen gebe ich die gleiche Antwort. Vielleicht bin ich eine willkommene Abwechslung in ihrem Berufsalltag. Mittlerweile ist es fast Mittag. Ich hole gerade Magdalenas Brotbüchse aus meinem Rucksack, als wieder die Tür aufgeht. Die beiden mit Anzügen und Krawatten bekleideten Herren, die mit energischen Schritten auf mich zugehen, wollen nicht einfach nur schauen, wer das ist, der die Grenzbestimmungen verletzt hat. Sie finden das auch nicht belustigend. Sie nicken mir kurz zu und setzen sich an den Tisch. Mein Personalausweis und die Reisepapiere liegen vor ihnen.

„Sie sind heute Nacht nicht vereinbarungsgemäß ausgereist", herrscht mich der Jüngere an. „Warum?"

„Ich hatte einen Asthma-Anfall." Ich bin müde.

„Um wieviel Uhr?"

„Ich weiß gar nicht genau, ja, es wird so gegen Mitternacht gewesen sein."

„Wer hat Sie medizinisch versorgt?"

„Niemand. Ich habe meine Atemübungen gemacht und dadurch wurde es besser."

Seine dunklen Augenbrauen schnellen in die Höhe. „Aber nicht so gut, dass Sie sich zum nächstliegenden Grenzübergang begeben konnten?"

„Da war es bereits nach zwei Uhr."

„Unsere Grenzorgane sind die ganze Nacht vor Ort. Warum haben Sie sich nicht an sie gewendet?" Er redet schnell, mit schneidendem Tonfall.

„So ein Asthma-Anfall erschöpft. Ich musste mich erst einmal ausruhen."

„Sie haben sich um neun Uhr zweiundvierzig bei unseren Grenzorganen gemeldet. Sie haben laut Visum bei Frau Ulrike Weiss in der Dunckerstraße übernachtet. Die reine

Fahrtzeit beträgt zehn Minuten, mit Wegen und Wartezeit eine halbe Stunde. Sie mussten sich also über neun Stunden von dem Asthma-Anfall erholen?"

„Ja." Ich halte Magdalenas Stullendose in meiner Hand, kühles Metall, gefühllos, leichtes Aluminium, meine Fingerspitzen ertasten die nierenförmige Kontur, die eingestanzten Vertiefungen auf der Oberseite, die harte Kante des Deckels. Ich bin froh, die Stullendose jetzt bei mir zu haben. Sie beruhigt mich. Sie sagt mir, wer in meinem Leben wichtig ist. Nicht diese beiden Männer. Sondern Magdalena.

Der Jüngere fragt noch viel und in unverändert hoher Geschwindigkeit. Wenn er einen Augenblick innehält, greift sofort sein älterer Kollege mit einer anderen Frage ein. Der Raum ist eng, die Luft verbraucht. Schließlich geben sie sich durch einen kurzen Blick ein Zeichen und stehen auf. „Warten Sie." Meinen Personalausweis und die Reisepapiere nehmen sie mit.

Ich könnte heulen, so sehr hat mich das Verhör angestrengt. Aber genau das werde ich jetzt nicht tun. Die Stullendose hat die Wärme meiner Hände angenommen, ich öffne sie und beiße in eines der Wurstbrote. Ach, Magdalena. Nun kommen mir doch die Tränen. Ich wische sie weg.

Nach einer weiteren halben Stunde kommt der behäbige Grenzer herein. Er hält meinen Personalausweis in der Hand.

„Ich erkläre Ihnen jetzt die korrekten Vorgehensweisen in einem derartigen Krankheitsfall."

Wirklich zuhören kann ich ihm nicht mehr. Aber anscheinend gelingt es mir, an den richtigen Stellen verstehend zu nicken. Nach „Ambulanz" und „Polikliniken" und „Attest".

„Sie können jetzt gehen." Er gibt mir meinen Personalausweis. „Auf Wiedersehen."

Benommen gehe ich durch die langen, düsteren Flure und steige die Treppe zum S-Bahnhof hinauf. Endlich wieder frische Luft, endlich wieder einen freien Himmel über mir. Die S-Bahn kommt. Gerade als das Signal und das „Zurückbleiben" des Zugbegleiters ertönt, springe ich aus der Bahn. Ich muss doch U-Bahn fahren, um nach Kreuzberg zu kommen. Ich atme tief durch und versuche mich zu konzentrieren. Welche U-Bahn-Linie muss ich nehmen? Erst einmal mit der U6 zum Halleschen Tor. Ach, mein Motorrad steht ja noch am Grenzübergang Baumschulenweg. Dann muss ich also erst noch mit dem Bus nach Neukölln.

Als ich mein Motorrad endlich erreiche, fällt mir gleich ein kleiner, zusammengerollter Zettel auf, der am Handbremshebel klemmt.

Franka, bitte komm sofort nach Hause. Oder ruf an. Michael

Wahrscheinlich ist Klara wieder krank und er muss arbeiten. Aber dann wäre er doch nicht extra hierher zu meinem Motorrad gefahren. Seltsam.

Noch in der Jacke und mit dem Helm in der Hand öffne ich die Küchentür. Michael, Renate und Anna sitzen in dem zugequalmten kleinen Raum und sehen mit großen Augen zu mir hoch. „Franka!" rufen sie wie aus einem Munde und lachen.

„Was ist los?" frage ich erstaunt.

„Was los ist?" Michael steht auf und nimmt mich lachend in seine Arme. „Wir haben uns verdammte Sorgen um dich gemacht! Was ist denn passiert? Warum bist du nicht gekommen? Ich wusste doch, dass dein Visum nur bis heute Nacht gültig war!"

„Ich hatte ...", mir wird schwindelig, „... ich hatte einen Asthma-Anfall."

„Asthma?" wiederholt Michael besorgt. „Das hattest du doch schon so lange nicht mehr. Ich dachte, das ist auskuriert."

„Ja. Es war bestimmt eine Ausnahme. Es war wohl alles ein bisschen viel."

Anna öffnet rasch das Fenster und zieht mich auf einen freien Stuhl. „Hauptsache, du bist wieder hier. Wir haben uns schon alles Mögliche vorgestellt. Dagegen ist ein Asthma-Anfall echt beruhigend."

„Ehrlich? O Gott, das tut mir Leid." Und wie Leid es mir tut. Ich habe keinen Augenblick daran gedacht, dass sie sich Sorgen um mich machen.

„Du kannst ja nichts dafür", meint Michael. Mit seinen schönen blauen Augen strahlt er mich erleichtert an, genau so wie damals, nachdem ich beim Dämmebauen in den Fluss gefallen war und wieder das Ufer erreichte. „Willst du einen Tee?"

„Nein. Nein danke." Ich will nicht, dass er mir jetzt auch noch Tee kocht. Ich will mich verkriechen und nie wieder hervorkommen. Ich habe meinen liebsten und ältesten Freund belogen, meinen einzigen vielleicht. Ich werde es ihm sagen. Morgen.

„Wir hatten gerade beschlossen, noch eine letzte Stunde zu warten", erzählt Renate, „dann wäre Michael rübergefahren, um dich zu suchen. Er hat bereits ein Visum beantragt."

Das ist zu viel. Meine Tränen stürzen so schnell heraus, dass ich sie nicht mehr aufhalten kann. Ich schlage mir die Hände vors Gesicht. Michael nimmt mich in den Arm, er fragt etwas. Ich löse mich aus seinen Armen. So einen Freund habe ich nicht verdient. Anna reicht mir ein Taschentuch.

„Franka", dringt ihre Stimme sanft, aber bestimmt durch mein Schniefen hindurch, „deine Nerven liegen blank. Vielleicht solltest du dich ausruhen."

Ich nicke. Ja. Ins Bett kriechen und nie wieder herauskommen.

Sie nimmt mich bei der Hand und führt mich in mein Zimmer. Ich lasse es geschehen. Anna deckt das Bett auf und zieht die Vorhänge zu. Ich schlüpfe nur aus den Jeans und lege mich dann unter die Decke. „Ist Klara noch im Kindergarten?"

„Nein, sie spielt heute mit Tim. Ich hole sie nachher ab."

Michael kommt leise herein. „Magdalena hat gerade angerufen", sagt er lächelnd. Ich erschrecke. Magdalena. Ich hatte vollkommen vergessen, ihr Bescheid zu sagen.

„Heute machen sich anscheinend alle Sorgen um dich", meint Michael. „Ich habe ihr gesagt, dass du wohlbehalten, aber sehr erschöpft angekommen bist. Da war sie beruhigt. Die Telefonverbindung war schlecht, deshalb versucht sie es morgen früh noch einmal."

„Gut."

„Soll ich bei dir bleiben?" fragt Anna fürsorglich.

„Nein." Ich schließe die Augen. „Danke, Anna. Danke, Michael."

3.

Die Haustür klemmt schon wieder. Das Holz verzieht sich bei jedem Wetterwechsel. Ich höre noch das Knattern des Trabbis, mit dem Magdalena ihre Mutter zu den Enkelkindern fährt. Die kühle Morgenluft weckt meine Sinne. Ich dehne mich ausgiebig den noch zaghaften Sonnenstrahlen entgegen. Kein Mensch kann mir dabei zusehen. Der langgestreckte Holzschuppen, die Tannen und Büsche verhindern nachbarliche Blicke auf diesen Teil des Gartens.

Magdalena hat schon vor Wochen das Gerücht erfahren, dass Besuchserleichterungen für West-Berliner in Kraft treten sollen. Seit dem 1. März darf ich je ein Mal ohne mitternächtlichen Grenzübertritt hier bleiben.

Nach der kalten Nacht ist nur verhaltenes Frühlingsgezwitscher zu hören. Ein einzelnes Finkenschlagen, das aufgeregte Schimpfen einer Schar Spatzen, ferne Rufe von Kranichen. Ansonsten ist es ganz still. Nach ein paar Schritten über die rissigen alten Betonplatten fühle ich weichen, feuchten Boden unter meinen nackten Füßen. Der noch taubedeckte Löwenzahn ist bereits fingerlang; ich entdecke den ersten Klee. Das helle Grün der hohen, dreistämmigen Birke sprießt bereits. Ungleichmäßig, wie ich beim Näherkommen entdecke. Die äußeren Zweige bekommen ihre Blätter vor den inneren, die oberen vor den unteren. In der Großstadt konnte ich das Frühlingserwachen nicht so genau beobachten. Wie sehr habe ich es vermisst. Die dunkelvioletten Dolden des Flieders haben sich bereits mutig ins Freie gewagt. Doch seit dem erneuten Kälteeinbruch halten sie nun inne, das Ende der Raureifnächte abwartend. Den Tannen und dem sich weit ausbreitenden Walnussbaum sind noch keine jungen Triebe zu entlocken. Sie träumen noch von wärmeren Tagen. Unerschrocken dagegen die Forsythienbüsche neben der schmiedeeisernen Gartentür: das grelle Blütengelb weicht bereits dem Grün der Blätter. Das Geknatter des Zweitakters nähert sich langsam. Magdalena fährt um die Ecke und stellt das Fahrzeug in der Garage ab. Mit beschwingten Schritten kommt sie auf mich zu. Der Wind spielt in ihrem krausen Haar.

„Na?" fragt sie strahlend. „Dir geht es wohl gut?"

Ich erwidere ihr Lächeln. „Ja. Woran erkennst du das?"

„Du siehst geliebt aus." Sie nimmt mich in ihre Arme.

„Du auch", antworte ich leise und drücke meinen Körper an ihren. „Es war wunderschön heute Nacht. Und es ist schön, ausgeschlafen und ohne diese nächtliche Unterbrechung bei dir zu sein. Ich möchte, dass das immer so ist."

„Das wird so bleiben", versichert mir Magdalena, „die können keine Besuchserleichterungen einführen, um sie kurz darauf wieder zurückzunehmen."

„Das meine ich anders", beginne ich zögernd. Als mich Magdalena fragend ansieht, nehme ich mir vor, meiner Stimme mehr Nachdruck zu geben. „Ich möchte mit dir leben. Hier. Im Osten."

Magdalena zuckt erschrocken zurück und starrt mich mit weit aufgerissenen Augen an. „Wie stellst du dir das vor?"

„Hast du noch nie daran gedacht?" frage ich enttäuscht. Ich hatte mir ihre Reaktion etwas romantischer vorgestellt.

„Schon", entgegnet Magdalena mit weicherer Stimme und einem versöhnlichen Lächeln, „aber es war für mich ein Traum, der sich nie erfüllen wird."

„Ich halte ihn gar nicht für so unrealistisch. Ich kann mir unter bestimmten Voraussetzungen sehr gut vorstellen, überzusiedeln. Zwar weiß ich nicht, wie das gehen soll, aber das ließe sich ja herausfinden."

Statt zu antworten, zieht Magdalena mich näher zu sich heran und streicht mit kräftigem Druck wortlos durch meine Haare, über meinen Nacken, meine Schultern. Ich glaube, das heftige Klopfen ihres Herzen an meinem Brustkorb spüren zu können. Vielleicht ist es aber auch mein eigenes.

Magdalena gießt einen zweiten Setzkaffee auf und nimmt wieder auf dem Küchenhocker Platz.

„Wie lange denkst du schon darüber nach?" fragt sie über ihrer dampfenden Tasse.

„Ernsthaft seit Dezember, seit dem Tag, an dem wir mit Klara und Michael auf dem Weihnachtsmarkt am Alexanderplatz waren. Da wurde mir klar, was ich bräuchte, um hier ohne diese Zerrissenheit leben zu können, nämlich die Gewissheit, dass die beiden mich nach meiner Übersiedlung regelmäßig besuchen können. Den Wunsch habe ich aber schon vorher gespürt. Eigentlich seit ich arbeitslos geworden bin und fast jede Woche drei Tage hier sein konnte."

Der Kaffee ist stark, ich rede mehr und schneller als gewöhnlich. Magdalena scheint das nicht zu stören. Gemächlich bestreicht sie ihr dickes Butterbrot mit sehr viel Marmelade. Ihre ruhigen Bewegungen und ihre aufmerksamen langen Blicke zeigen mir, dass sie mir wirklich zuhört.

„Natürlich überlege ich mir das vor allem wegen dir, wegen unserer Beziehung", fahre ich fort, „aber du weißt ja, mir gefällt hier so vieles besser als drüben: wie die Menschen miteinander umgehen, zum Beispiel, und die gesellschaftlichen Werte, das zieht mich so an, dass ich dazu gehören möchte. Wenn es Michael und Klara nicht geben würde, wäre ich schon längst hier."

„Ja, ich hatte schon mehrmals den Eindruck, die Beziehung zu den beiden ist das Einzige, was dir drüben wirklich wichtig ist." Magdalena spricht bedächtig, als müsste sie jedes Wort genau abwägen. „Meinst du, Michael ahnt schon, dass du darüber nachdenkst?"

„Nein, ich glaube nicht", antworte ich mit tiefem Seufzen, „ich will es ihm erst sagen, wenn ich mir sicher bin. Und wenn er sich hier im Osten richtig wohl fühlt. Ich hoffe, dann ist es leichter für ihn und Klara. Und damit auch für mich." Ich stehe auf, um mir ein Glas zu holen. Der pastellblaue Küchenschrank hat Schiebetüren und zierliche, schräggestellte Füße. In einer westlichen Illustrierten der fünfziger Jahre könnte er „der Stolz der Hausfrau" genannt worden sein. Magdalenas Mutter hat sehr gelacht, als ich ihr erzählte, dass solche Möbel bei manchen jungen West-Berlinern wieder gefragt sind. Ich fülle das Glas am Wasserhahn. „Wenn ihr drei euch gut versteht, wird das bestimmt auch helfen. Der erste Schritt dazu ist ja bereits getan", erinnere ich sie. „Mit deinem Vorschlag, über den Weihnachtsmarkt zu bummeln, hast du Klara ganz für dich eingenommen. Das machen Michael und ich nämlich nie mit ihr. Und ihre Mutter auch nicht." Ich trinke das Glas leer und stelle es in die Spüle.

„Stimmt." Magdalena lächelt versonnen. „Ach, ich freue mich, dass die beiden heute zu Besuch kommen. Für den Tierpark ist es das richtige Wetter."

„Klara freut sich schon seit Tagen darauf. Und ich mich auch."

Magdalena wirft einen Blick auf die Küchenuhr und schiebt das Frühstücksgeschirr zusammen. „Wir sollten los."

Der Motor des Trabbis zuckt noch ein letztes Mal, dann gibt er Ruhe. Ich steige auf dem kleinen Parkplatz schräg gegenüber der Oberbaumbrücke aus und dehne meine Arme, meinen

Rücken. Die lange Fahrt war anstrengend. Natürlich haben wir die ganze Zeit über meine mögliche Übersiedlung geredet. Ich habe Magdalena noch in ihre Wohnung gefahren, wo sie unser Picknick vorbereiten will. Michael und Klara sind noch nicht da. Direkt an der Grenzbaracke stehen zwei Jugendliche in Blickrichtung zur Tür. Zwei einzelne ältere Herren und ein Ehepaar mit drei Kindern warten wie ich auf der anderen Straßenseite. Ich lehne mich an den Wagen.

An einem warmen Sonntag wie heute gehört der Grenzübergang den Familien, den Kinderwagen und den Luftballons. „Ich bin zum ersten Mal in Ost-Berlin!" singt ein kleines Mädchen immer wieder und hüpft dabei aufgeregt auf der Stelle, während sich ihre ängstlich wirkende Mutter suchend umblickt. Die Tür der Grenzbaracke öffnet sich. Es erscheint ein älteres Paar, das mit noch angespanntem Lächeln auf die Jugendlichen zugeht. Der Blick auf die Spree ist mir von hier aus durch das Gebäude verstellt. Doch ich sehe die roten Backsteinpfeiler der Brücke, die an gotische Kirchenfenster erinnern. Früher fuhr darüber die Bahn von Friedrichshain nach Kreuzberg. Heute sind beide Brückenenden durch die Mauer begrenzt.

Die Tür öffnet sich wieder. Zwei größere Kinder mit ihren Eltern. Sie werden nicht abgeholt, sondern gehen zielgerichtet die Warschauer Straße hinauf. Ein Blick auf meine Armbanduhr. Michael und Klara haben wahrscheinlich beim Frühstücken die Zeit vergessen. Nein, das erscheint mir unmöglich, eher hat Klara ihren Vater bereits um sechs Uhr geweckt, um zu fragen, wann es endlich losgeht. Ich lasse die Tür der Grenzbaracke nicht mehr aus den Augen. Eine arrogant wirkende Dame mit großen Ohrringen schließt die Tür und stellt sofort ihre schwer bepackte Tasche ab. Bestimmt wartet der ältere Herr mit dem Wartburg auf sie. Stimmt. Er eilt zu ihr, sie hält ihm die Wange hin, er küsst sie. Vier junge Mädchen schlendern untergehakt auf den Parkplatz. Aufgeregt schnattern drei von ihnen auf die vierte ein, zupfen ihr eine Haarsträhne zurecht, streichen über ihre Augenbrauen, ziehen ihr die helle Bluse glatt. Eine alte, kleine Frau kommt aus der Grenzbaracke. Die Familie mit den drei Kindern begrüßt sie laut und fröhlich und geht mit ihr in Richtung Bahnhof.

Es dauert lange, bis sich die Tür endlich wieder öffnet. Ein älterer Herr mit einem kleinen Jungen geht auf den Ladafahrer neben mir zu. Sie schütteln sich ausdauernd die Hände und schauen sich dabei stumm in die Augen.

Wo bleiben bloß Michael und Klara? Die Tür öffnet sich wieder. Zwei junge Türken mit nach hinten gekämmten Haaren bringen Aufruhr in die Mädchengruppe. Kichernd gehen sie ihnen entgegen. Sie sind erst lange nach mir gekommen.

Gleich, nachdem ich die Wohnungstür aufgeschlossen habe, öffnet Magdalena ihre Zimmertür. Freundliches Sonnenlicht erhellt den Flur.

„Sie sind nicht gekommen."

Magdalenas Lächeln verblasst.

Auf dem Fußboden steht der Picknickkorb. Auf dem darüber gelegten Geschirrhandtuch liegt ein *Joker*-Schokoladenriegel. „Für Klara?"

„Ja." Magdalena nimmt mich in ihre Arme. „Dann versuchen wir jetzt, drüben anzurufen. Am Wochenende klappt es manchmal besser als unter der Woche." Sie nimmt ihre Jacke vom Garderobenhaken und kramt in ihrem Geldbeutel, „Kleingeld habe ich genug, komm jetzt!"

Wir nehmen den direkten Weg über die Straßenbahnschienen. Magdalena klettert über die Absperrung, dreht sich dann um und nickt mir auffordernd zu. Ich folge ihr.

In der Telefonzelle riecht es nach Zigarettenrauch. Magdalena hat meine Telefonnummer im Gedächtnis. Doch schon nach den ersten Drehungen der Wählscheibe höre ich das Besetztzeichen. Ungerührt steckt Magdalena die Münzen in den Schlitz des Telefons, aber bereits nach der zweiten Ziffer fallen sie klappernd durch. Magdalena versucht es aufs Neue. Und noch einmal. Nach einer Weile gehe ich hinaus und lehne mich an einen Mauervorsprung. So muss sich Michael gefühlt haben, als ich an jenem Abend im Herbst nicht nach Hause gekommen bin. Für mich gibt es jetzt nichts, was diese Ungewissheit ändern könnte. Ein Zustand, an den ich mich vielleicht gewöhnen muss. Magdalena wirft mit stoischer Ruhe ein ums andere Mal die Münzen in das Telefon. Nur ihr Blick wirkt mittlerweile etwas grimmiger. Sie wird nicht nach West-Berlin durchkommen. Auch nicht beim hundertsten Versuch. Jetzt steht sie mit hängenden Armen vor dem Telefon, dann kommt sie zu mir herüber. „Lass es uns später noch einmal versuchen", schlägt sie vor, „vielleicht klappt es dann." Ich nicke. Magdalena sieht mich forschend an. „Wie wäre es, wenn wir bis dahin die Sonne genießen? Ein oder zwei Stunden wird es noch warm sein. Wir könnten auf dem Dach picknicken."

Wir sitzen an einem windgeschützten Platz und lehnen uns an einen backsteingemauerten Schornstein. Magdalena hält ihr Gesicht in die Sonne und auch ich gebe vor, die Wärme auf meiner Haut zu genießen. So muss ich wenigstens nicht reden, nicht zugeben, dass ich am liebsten sofort zu Michael gefahren wäre. Magdalena wird hoffentlich verstehen, dass ich heute früher gehen werde. Verstohlen sehe ich auf meine Armbanduhr. Erst Viertel vor fünf. Ich schließe die Augen und lehne meinen Kopf wieder an den Schornstein. Die Sonne tut wirklich gut. Ich nehme mir vor, die Nähe mit Magdalena jetzt zu genießen. Weiß ich doch, dass ich die ganze Woche über Sehnsucht nach ihr haben werde. Ein Klappern schreckt mich auf. Das halbvolle Glas mit dem Wurstsalat ist umgefallen. Meine Beine müssen wieder gezappelt haben. Ich strecke mich nach vorne und stelle das Glas neben die mit hartgekochten Eiern gefüllte Plastikschale. „Plastebotte" hat Magdalena sie genannt. Auch von den Käsebroten und dem Rührkuchen ist noch viel übrig geblieben. Die Hälfte. Was Michael und Klara jetzt wohl gerade tun?

In der weitläufigen Fabrikhalle ist schon seit Jahren nichts mehr hergestellt worden. Wie viele andere West-Berliner Gebäude stand sie lange Zeit leer. Jetzt sitzen dort Menschen, die meisten unter dreißig, sie unterhalten sich rauchend und trinkend an den verschiedenen großen und kleinen Tischen. Aus den alten Werkbänken haben einige der ehemaligen Hausbesetzer eine ovale Theke gebaut, in deren Mitte sie Getränke verkaufen.

„Franka!" Michael sieht überrascht auf. Er sitzt mit Renate gleich an der Eingangstür. Noch in der Jacke lasse ich mich auf den freien Stuhl fallen.

„Was war los? Warum seid ihr nicht gekommen?"

„Wir wurden am Grenzübergang zurückgewiesen. Mit dem Visum stimmte etwas nicht."

„Und was?" frage ich aufgeregt.

„Die, die das Visum ausgestellt haben, haben sich bei meinem Nachnamen vertippt. Das E und das I war verwechselt, also Hienrich statt Heinrich", erklärt er mir.

„Und das war alles?"

Michael nickt.

„Nun guck nicht so entgeistert", meint Renate spöttisch, „so sind sie eben, unsere Leute. Preußisch und genau."

„Aber es war doch ihre eigene Schuld!" Ich kann es nicht fassen.

Michael nickt wieder. „Klara war fürchterlich enttäuscht. Wir sind dann zwar hier in den Zoo und ich hab mich dadurch finanziell fast ruiniert, aber es war nicht dasselbe.

Heute Abend ist sie dann aber ganz fröhlich wieder zu ihrer Mutter."

„Das weiß ich schon. Ich hab mit Anna telefoniert. Sie sagte mir ja, dass ihr hier seid."

Renate steht auf. „Ich hol mir noch ein Bier. Sonst noch jemand?"

Ich wünsche mir jetzt etwas Süßes, etwas richtig Klebriges, Süßes. „Frag mal, ob sie Kakao mit Amaretto haben." Ich lege das Kleingeld auf den Tisch, um die passenden Münzen herauszusuchen. Es sind auch ein paar Ost-Mark dabei.

„Alu-Chips!" Renates Stimme bekommt einen ungewohnt weichen Klang. „Wie lange habe ich unser Geld nicht mehr gesehen." Ich schaue auf. Sie richtet ihren verträumten Blick auf die Münzen. Dann nimmt sie das Fünf-Mark-Stück, das ich ihr reiche, und geht zur Theke.

„Ob sie dich wirklich nur aus diesem lächerlichen Grund nicht einreisen ließen?"

„Da bin ich mir ganz sicher." Michael schaut mich ernsthaft durch seine kleine Nickelbrille an. „Einfach deshalb, weil es andere Gründe nicht geben kann."

„Mir wäre es lieber gewesen, ihr hättet es vergessen oder du hättest plötzlich arbeiten müssen oder Klara wäre krank geworden oder, ach, oder irgendetwas. Aber nicht das! Eine Einreiseverweigerung! Alles, bloß das nicht!" Erst als Michael mich erstaunt ansieht, wird mir bewusst, wie klagend sich meine Sätze angehört haben.

„Warum ist es dir eigentlich so wichtig, dass Klara und ich nach Ost-Berlin kommen?" fragt er leise.

Ich halte den Atem an. Wir sehen uns in die Augen, schweigend.

„Seit Wochen versuchst du, einen Besuch nach dem anderen zu organisieren", fährt Michael schließlich fort. „Warum? Wir leben doch hier ganz eng zusammen. Ich dachte zuerst, du möchtest einfach auch deine andere Welt ein Stück weit mit uns teilen. Aber es muss mehr sein. Sonst würdest du nicht so unter Druck stehen."

Renate stellt eine Tasse dampfenden Kakao vor mich auf die zerkratzte Tischplatte und setzt sich wieder. „Amaretto ist alle", sagt sie und schaut dann überrascht auf. Die Anspannung ist anscheinend auch für sie spürbar. Michael sieht mir unverwandt in die Augen. Ein ungewohnt forschender Blick. Er will es wissen. Jetzt.

„Franka, willst du … willst du rüber? Ich meine, ganz?"

Wir starren uns an. Schließlich nicke ich, ganz langsam. Michael senkt den Blick und streicht sich mit einem leisen Stöhnen über die Stirn. Dann lehnt er sich, ohne mich anzusehen, zurück und verschränkt die Arme vor seiner Brust. Als könnte ihn das schützen. Nein, möchte ich sagen, Michael, es tut mir Leid. Ich bleibe hier, bei dir und Klara. Es war nur so eine fixe Idee. Ich wollte dir nicht wehtun, natürlich bleibe ich hier.

„Ich glaube, ich höre nicht richtig", poltert Renate los. Die Aufregung in ihrer Stimme schreckt mich auf. „Sag mal, was denkst du dir eigentlich dabei? Du kennst den Osten doch gar nicht. Was weißt du denn schon vom Leben dort?"

„Mehr als du vom Westen wusstest", entgegne ich. „Ich kann ihn mir wenigstens vorher angucken, und zwar so oft ich will."

„Ich kann es einfach nicht glauben!" Ihre hellen Augen funkeln mich aufgebracht an. „Wenn ich das geahnt hätte, hätte ich dir niemals Magdalenas Adresse gegeben!"

Michael starrt finster auf die kleine, leere Schachtel zwischen seinen Fingern, Zigarettenblättchen waren einmal darin gewesen. Er öffnet die Klebestellen und faltet die Pappe Kante auf Kante, bis sie ganz klein ist. Dann öffnet er sie wieder und streicht sie mit den Fingerspitzen glatt, um sie dann erneut zu falten.

Renate beugt sich vor und sieht mich eindringlich an. „Wenn du nicht mehr einfach gehen kannst, wird alles anders sein. Alles, was du jetzt für gut hältst, steht dann im Schatten des Eingesperrtseins!"

„Das ist möglich." Um Renate zu beruhigen, versuche ich, ganz gelassen und knapp zu antworten. Noch nie habe ich sie so aufgewühlt erlebt.

„Du kennst den Alltag nicht, sondern nur die privilegierte Sicht, die dir die Devisen und dein West-Ausweis ermöglichen", weist sie mich zurecht.

„Stimmt. Und jetzt will ich die andere Seite leben."

„Was um alles in der Welt ist es denn genau, was du da leben willst? Es kann doch nicht nur Magdalena sein!" Renates Stimme überschlägt sich.

„Es ist nicht nur Magdalena", gebe ich zu. Renate bedrängt mich so, dass ich mich nur zurückziehen kann.

„Was denn dann?"

Ich schaue auf Michaels faltende Finger und sage nichts. Renate lehnt sich nach einer Weile seufzend zurück. Ich kann wieder atmen. Ja. Die Frage ist gut. Was ist es genau? Was ist es alles?

„Ich vermute", Michael zögert einen Augenblick, „was dich in den Osten zieht, ist nicht nur das, was es nur dort gibt. Es ist auch etwas, was dich dort nicht erreichen kann. Etwas sehr Schlimmes."

Mein Herz stolpert. Michael kennt mich gut. Er kennt mich sehr gut.

Renate schaut irritiert von ihm zu mir und wieder zurück. „Gibt es da etwas, was ich nicht weiß?"

„Ja", antworte ich, „aber ich will nicht darüber reden. Und du hältst den Mund, Michael." Mein Tonfall ist schärfer als gewollt.

„Klar doch." Michael schaut mich gekränkt an.

Ich nippe an meinem Kakao. Michael faltet die Pappe. Renate schaut abwechselnd von ihm zu mir.

„Wie läuft das eigentlich praktisch?" bricht schließlich Renate das Schweigen.

„Ich weiß es nicht", antworte ich, „ich dachte, ich frage einfach am Grenzübergang."

„Klara darf es nicht erfahren", sagt Michael leise, mit gefrorener Stimme, „noch nicht. Ich muss erst einmal selbst damit klarkommen. Sonst kann ich ihr beim Abschiednehmen nicht helfen. Jetzt darf sie es noch nicht wissen." Sein ungewohnt gekrümmter Oberkörper schmerzt mich, die nach vorne fallenden Schultern, sein blasses, weiches, trauriges Gesicht.

„In Ordnung. Ja." Ich muss den Blick von ihm abwenden. Die Menge der Anwesenden hat sich bereits gelichtet. Es muss also bereits lange nach Mitternacht sein. Seit meinem letzten Besuch hier sind die Wände frisch gekalkt worden. Auch ein kleiner, schwarzer Allesbrenner wurde angeschlossen. Sein meterlanges Ofenrohr ist aus verschieden stark verrosteten Teilen zusammengestückelt und zieht sich über die raue Wand schräg nach oben, wo es schließlich im Kamin verschwindet. An der Wand gegenüber hängt hoch oben eine große, runde Uhr. Sie ist stille Zeugin jener Zeit, als in dieser Halle schwer gearbeitet wurde. Ich spüre eine große Müdigkeit in mir aufkommen. Die Zeiger hängen beide nach unten.

Ich stelle drei Gläser auf den gedeckten Abendbrottisch. Heute müsste Michael doch wieder nach Hause kommen. Vier Tage sind seit dem Gespräch in der alten Fabrik vergangen, vier lange Tage, seit ich ihn gesehen habe. Zum ersten Mal weiß ich nicht, wo er ist.

Die Wohnung ist entsetzlich leer und still ohne ihn und Klara. Ich kann mir gerade gar nicht vorstellen, im Osten zu leben, ohne die beiden.

Auch Renate geht mir aus dem Weg. Vorhin habe ich Anna angerufen. Sie sagte mir, sie hätte mit Michael verabredet, dass er Klara heute aus dem Kindergarten abholt und sie dann eine Woche bei uns bleibt. Also muss er heute nach Hause kommen. Ich habe Salat mit Joghurtsauce gemacht, so wie Michael ihn gerne isst. Vom Küchenfenster aus sehe ich auf die große Hoftür, durch die Michael und Klara kommen müssen.

Ich warte lange. Doch schließlich kommen die beiden Hand in Hand in den Hinterhof. Michael trägt ein Hemd, das ich nicht kenne. Sie verschwinden im Seiteneingang. Ich öffne die Wohnungstür und höre Klara auf der Treppe poltern.

„Franka!" ruft sie und läuft mir strahlend entgegen. Ich gehe in die Hocke und umarme ihren kleinen, zarten Körper. „Klara, du liebes, liebes Kind."

„Ich war doch gar nicht verreist", meint Klara erstaunt und schaut mich mit großen runden Augen an. Michael zwängt sich wortlos an uns vorbei.

„Ich weiß." Ich muss lachen, glücklich und traurig zugleich. „Aber du hast mir gefehlt." Ich schlucke. Beinahe hätte ich gesagt, dass ich auch ihren Vater vermisst habe. Das hätte viele unbequeme Fragen hinter sich her gezogen.

„Jetzt bin ich wieder da", sagt Klara zufrieden. „Du kannst wieder fröhlich sein."

Sie löst sich aus meiner Umarmung und läuft in die Küche. Ich folge ihr. Michael holt Milch und Eier aus seinem Rucksack, und während er die Einkäufe in den Kühlschrank stellt, sieht er auf und nickt mir kurz zu. „Hallo, Franka."

„Hallo, Michael."

Er hat dunkle Ringe unter den Augen. Unsere Küche wirkt viel enger als sonst.

„Habt ihr Hunger?" frage ich.

„Was gibt es denn?" will Klara wissen. Sie ist noch zu klein, um in die Steingutschüssel auf dem Tisch sehen zu können.

„Grünen Salat mit Radieschen, Schafskäse, Gurken, Tomaten und Mais."

„Ich will nur Mais und Tomaten", teilt mir Klara mit, „und eine Gurke."

Sie setzt sich und bekommt von mir das Gewünschte auf den Teller.

„Ich habe gar keinen Hunger", meint Michael leise und lässt sich auf seinen Stuhl sinken, „aber ich trinke einen Tee."

Es bedrückt mich, Michael zu sehen, und plötzlich will auch ich nicht mehr essen. Ich schiebe meine Salatblätter hin und her, zerteile Gurken und Tomaten mit Messer und Gabel und stecke mir ab und zu ein kleines Stück davon in den Mund. Allein Klaras Klappern mit dem Besteck und ihr Schmatzen ist zu hören. Plötzlich hält auch sie inne. Irritiert sieht sie von Michael zu mir und wieder zu ihm.

„Ihr guckt euch gar nicht an", stellt sie fest.

Wir haben Klara wieder einmal unterschätzt. Natürlich spürt sie, dass es heute ganz anders ist.

„Franka und ich …", Michael sucht nach den passenden Worten, „wir haben uns gestritten."

„Um was? Was wolltest du haben?" erkundigt sich Klara interessiert bei ihrem Vater.

„Wenn Erwachsene sich streiten, dann meistens nicht um Spielzeug oder ein Tier wie bei Kindern", versucht Michael unbeholfen eine Erklärung. Wahrscheinlich wünscht er sich jetzt, er hätte mit Klara bereits vorhin darüber geredet, ohne mein Beisein.

Klaras kleines Gesicht bekommt einen fordernden Ausdruck: „Dann müsst ihr euch jetzt wieder vertragen!"

„Das möchte ich auch", stimme ich ihr zu, „aber es ist nicht so einfach."

„Doch", entgegnet Klara bestimmt, „Tim und ich vertragen uns doch auch wieder."

Michael und ich müssen jetzt beide lächeln. Wir schauen uns kurz in die Augen. Das Eis ist gebrochen.

„Wir werden uns auf jeden Fall Mühe geben", verspricht Michael.

„Ja, ganz bestimmt", bekräftige ich seine Worte.

Hochsommer. Drückende Hitze. Die Stadt dampft und schwitzt, ringt stöhnend nach Atem. Die Motorradsaison hat ihren Höhepunkt erreicht. Die Kunden haben sich gehäutet, sich des schweren Leders entledigt. Sie stehen schon morgens vor der Werkstatt an, in der Hoffnung, sich mit ihren Vergaserproblemen oder Elektrikausfällen zwischen zwei lang bestehende Termine drängen zu können. Unser Zeitdruck hat zugenommen, auch Überstunden machen wir jeden Tag.

Ich stelle das Motorrad, an dem ich gerade das Lenkkopflager erneuert habe, in den zweiten Hinterhof vor die alte, rote Backsteinmauer. Daneben steht ein Unfallmotorrad mit traurig geknickter Vorderradgabel; der Scheinwerfer hängt aus dem Lampentopf.

Auch das verwahrloste, rostige Etwas, das ich nun auf meine Hebebühne schiebe, muss einmal ein Motorrad gewesen sein. Ich vergleiche seinen bedauernswerten Zustand mit den in Auftrag gegebenen Arbeiten. Nur das Notwendigste soll gemacht werden. Als gäbe es keinen Zusammenhang zwischen den einzelnen Bauteilen von Motor, Kraftübertragung und Elektrik.

Ich lege mir ein extra Blatt Papier für die Mängelliste zurecht. Schon die Ölablassschrauben sind nur mit größter Kraftanstrengung und unter Einsatz eines langen Hebels zu lösen. Während das zähe, schwarze Altöl in die Wannen tropft, zerlege ich die Vergaser in filigrane Einzelteile und lege sie sorgfältig auf ein sauberes Baumwolltuch. Uhrmacherarbeit. Ich löse die weißen, kristallähnlichen Verharzungen aus der Schwimmerkammer; die Druckluftpistole in meiner Hand durchbläst die Bohrungen. Mit neuen Ringen und Korkdichtungen setze ich die Vergaser wieder zusammen. Beim Abnehmen eines Ventildeckels fällt mir der Mittelbolzen entgegen. Ich hole mir schnell die Bohrmaschine und den Gewindeschneider samt Bohröl, Gewindeeinsatz und einen größeren Bolzen. Alles zusätzliche Arbeiten, die mich aufhalten. Die Dichtungen am Zylinderkopf sind so alt und eingebrannt, dass ich sie nur millimeterweise abschaben kann. Ein rascher Blick auf die Uhr. Schon so spät? Ich greife nach dem Arbeitsauftrag und hake die erledigten Reparaturen ab. Lediglich der Bremsbelagwechsel bleibt übrig. Nun aber schnell.

Ich klopfe mit dem schmalen Durchschlag und einem Hammer den ersten Haltestift aus dem Bremsbelag heraus. Wegen seiner starken Verrostung kommt er nur zögernd. Der zweite will sich gar nicht lösen, auch nicht mit einem größeren Durchschlag. Nun ist die Wasserpumpenzange an der Reihe. Wie immer gibt es vor jedem Griff nach dieser Zange einen Augenblick des Zögerns. Dann erst packe ich kräftig zu und drehe an dem Bolzen. Er bewegt sich kein Stückchen. Dann eben etwas Rostlöser. Und wieder mit Durchschlag und Hammer klopfen. Dann wieder die Zange. Noch einmal klopfen.

Jetzt kommt auch noch der Chef in die Werkstatt. Gleich trifft mich wieder dieser verachtende Blick aus seinen stahlblauen Augen. Noch etwas mehr Rostlöser. Das war zuviel.

Abwischen. Wusste ich es doch. Eiskalte blaue Augen. Es gibt vier Arbeitswerte für den Bremsbelagwechsel, und ich habe nach zehn Minuten noch nicht einmal die Haltestifte heraus. Wo ist die Wasserpumpenzange? Hier, unter dem Lappen. Was grinst die denn so blöd? Die Zange grinst wirklich! Hämisch, gemein und voller Spott. Ich versuche mich zu beruhigen. Tief durchatmen. Wasserpumpenzangen können weder grinsen noch gemein sein. Es ist ein harmloses Werkzeug, eine ganz gewöhnliche Zange ... und doch hat sie ein riesiges Maul voller Zähne, ein einzelnes glotzendes Auge direkt dahinter und sie grinst, grinst breit, voller Verachtung. Tatsächlich.

Damals, vor über fünfundzwanzig Jahren, hing die Wasserpumpenzange an dem Brett über Vaters Werkbank, direkt unter dem Kellerfenster. Sie hatte ihren Platz zwischen den Kneifzangen und einem ganzen Sortiment Schraubendreher in verschiedenen Größen. Hier gehörte sie hin, was die Form der Bleistiftnachzeichnung auf dem Brett bewies. Ich gehörte nicht hierher. Mama und Oma kamen auch niemals in Papas Werkstatt und ich nur, wenn ich musste. Denn hier passierten Mädchen schreckliche Dinge. Michael hat hier einmal ein Schiff aus Holz gebaut, das richtig schwimmen konnte. Und er flickte selbst den Reifen an seinem Fahrrad. Mein Vater gab ihm dann das passende Werkzeug.

Mir hat niemand geholfen, als das Schlimme wieder einmal passiert ist. Das Kellerfenster war vergittert, aber wenn ich ganz, ganz dünn gewesen wäre, dann hätte ich zwischen den Stäben hindurchschlüpfen können. Die Spinnweben waren gar nicht so schlimm. Gleich an der Hauswand stand mein Tretroller, mit ihm hätte ich davonrasen können, ganz schnell und weit weg. Ich sah die Zange nur einen Augenblick lang, sie, die Wächterin des Kellerfensters, die hämisch über meine Fluchtgedanken grinste. Ihr halb geöffnetes, riesiges

Maul enthielt zwei Reihen unzähliger scharfer Zähne. Ein einziges, furchterregendes Auge starrte mich an. Da wusste ich, dass es kein Entkommen für mich gab. Mein Vater kam mit dem weißen Tuch in der Hand.

Ein lautes Scheppern. Ich habe die Wasserpumpenzange ins unterste Fach meines Werkzeugwagens geschleudert. Ich bin erwachsen. Schon lange. Es wäre doch gelacht, wenn ich mich immer noch von den Dämonen meiner Kindheit einschüchtern lassen würde. Voller Wut klopfe ich nun mit Hammer und Durchschlag gegen den störrischen Haltestift.

„Was gibt's denn zu fluchen?" Giovanni nähert sich lächelnd meiner Hebebühne. „Will der Stift nicht raus?"

Ich nicke mechanisch.

„Du hast aber auch wieder eine Rostkarre abgekriegt", meint er mit bedauerndem Blick auf das Motorrad, „aber jetzt ist Mittag. Lass es gut sein, Francesca. Nach der Pause wird es besser gehen."

Der Blick aus seinen dunklen Augen ist voller Wärme. Ich mag es, wenn er mich mit der italienischen Form meines Namens anspricht. Es klingt ganz anders als mein Mädchenname Franziska, wie mich seit Jahren niemand mehr nennen darf. Giovannis Tonfall ist weich und leicht.

Wir gehen hintereinander an der Hauswand entlang, wo uns die sengende Mittagssonne noch einen schmalen Streifen Schatten gelassen hat. Eine schwere, modrige Kühle kriecht aus dem vergitterten Kellerschacht. Sie erfrischt meine Beine unter den langen Arbeitshosen und löst kurz darauf, beim Einatmen, eine leichte Übelkeit in mir aus, die gleich wieder verfliegt. In unserem Waschraum lasse ich mir kaltes Wasser über die Unterarme laufen, bevor ich meine Hände mit Waschsand bürste. Mit meinem kleinen, nassen Handtuch im Nacken gehe ich zu den anderen auf die schattige Seite des Hinterhofs, wo unser Lehrling Sven wie an jedem regenfreien Tag die Brauereibänke und den dazugehörenden Tisch aufgebaut hat. Auch mehrere Seltersflaschen stehen für uns bereit.

Giovanni öffnet wie jeden Mittag eine selbstgefertigte, stark verbeulte Blechdose, die wie immer mit zwei belegten Broten, einem Apfel und mehreren Radieschen gefüllt ist. Ich setze mich neben ihn und hole meine Käsebrote und die Zeitung von heute aus dem Rucksack.

„Ist das heiß heute", stöhnt Sven über seiner Currywurst.

„Ach was, endlich ist es auch mal in Deutschland schön warm", entgegnet Giovanni grinsend.

Aber auch er ist erschöpft; wir essen schweigend. Sven setzt die Hörer seines Walkmans auf, lehnt sich an die Backsteinmauer und wippt mit dem Kopf zu den dröhnenden Bässen. Ich schlage die Zeitung auf und schiebe Giovanni einen Teil zu.

„Pause ist vorbei!" brüllt der Chef durch seine geschlossene Bürotür. Ich habe erst die Überschriften und einen Artikel gelesen.

„Stimmt", ruft Giovanni nach einem Blick auf seine Armbanduhr, „in genau 44 Sekunden!"

Lachend räumen wir den Tisch ab und schlendern zurück in die Werkstatt. Ich greife mit der Wasserpumpenzange nach den Haltestiften. Sie lösen sich sofort. Laut klappernd landen die vier Bremsbeläge auf der Hebebühne. Ich atme erleichtert auf. Wenn sich schon am Montag eine große Anspannung in mir aufbaut, kann das Auswirkungen auf die ganze Arbeitswoche haben. Dieses Mal ist es gerade noch gut gegangen.

Im Radio gratuliert der Moderator jemandem zum Geburtstag. Magdalena wird morgen einunddreißig Jahre alt. Sie hat gemeint, es sei nicht schlimm, dass ich nicht bei ihr sein kann, und schlug vor, am Wochenende ein wenig nachzufeiern. Ich habe Ulli heimlich ein Päckchen und einen

Brief gegeben, mit der Bitte, beides morgen Magdalena zu bringen.

„Franka." Der Chef kommt mit schnellen Schritten an meine Hebebühne. „Es ist gerade noch ein Unfallmotorrad hereingekommen. Nichts Großes, der Kunde muss aber nächste Woche wieder nach Stockholm zurück. Ich habe dich dafür eingeplant. Sonnabend."

„Aber ..."

„Sven und Giovanni sind auch beide da", schneidet er mir das Wort ab, dreht sich abrupt um und eilt zurück in sein Büro.

Selbst in unserer Wohnung ist es stickig. Weil ich an einer Hand meinen Motorradhelm trage und in der anderen die Handschuhe und meinen Schlüsselbund, trete ich die Wohnungstür hinter mir zu. Es lohnt sich aber noch nicht, alle Fenster weit zu öffnen, denn es ist draußen noch nicht abgekühlt. Von der erfrischenden Nachtluft werde ich heute nichts haben. In der benachbarten Kneipe ist wie jeden Freitag Oldie-Nacht, da muss ich die Fenster geschlossen halten, um schlafen zu können. Ich kicke noch einmal gegen die Wohnungstür. Dieses Mal aus Wut, weil ich heute Nacht hier bleiben muss. Bloß wegen der Überstunden. Ach, Magdalena. Wenn sie doch kommen könnte.

Sie fehlt mir. Gerade jetzt ganz besonders.

Ich klopfe an Renates und Michaels Zimmertüren und werfe einen Blick ins Kinderzimmer. Niemand ist da. Zufrieden gehe ich in die Küche. Der Geruch von saurer Milch und faulem Obst empfängt mich. Kleine Fruchtfliegen umschwirren den überquellenden Mülleimer. Auf der Spüle stapelt sich schmutziges Geschirr; nicht einmal der Tisch ist ganz abgeräumt worden. Entnervt nehme ich den Zettel, der auf einem freigeschobenen Teil des Küchentischs liegt.

Entschuldigung – Entschuldigung – Entschuldigung!
Franka,
es tut mir Leid, dir diesen Schweinestall hinterlassen zu müssen. Ich weiß, ich habe Küchendienst, und ich schwöre, es wird nie, nie, nie wieder passieren! Aber stell dir vor, Verena hat gerade angerufen, sie will mich sehen, am liebsten sofort, hat sie gesagt, ich glaube, sie will mich doch! Also, es kann sein, dass ich heute nicht nach Hause komme. Vielleicht morgen auch nicht. Ich habe Klara ja erst am Donnerstag wieder. Lieben Gruß,
Michael
P.S.: Von Renate soll ich dir einen Gruß bestellen, sie hat doch noch eine Mitfahrgelegenheit nach Hamburg bekommen und ist bis Montag dort.
Ach, und auf deinem Schreibtisch liegt auch ein Brief für dich.

Der Zettel raschelt laut, als ich ihn wütend zusammenknülle und gegen die Wand schleudere. Bevor ich in mein Zimmer gehe, schalte ich den Heißwasserboiler unter der Spüle an.

Der Brief ist von Magdalena. Ich lege mich auf meinen Futon. Beim Öffnen des Umschlags strömt mir ein süßer Duft entgegen. Zitronenmelisse. Ich lasse die gepressten Blätter in meine Hand gleiten.

Magdalena hat das Briefpapier wie immer in eine geknickte, dünne Pappe gesteckt. Ich habe sie einmal gefragt, weshalb sie das macht. „Zum einen, damit niemand durch den Briefumschlag hindurch die Schrift lesen kann", hat sie geantwortet, „und zum andern, damit man den Brief nicht herausziehen kann." Ich verstand nicht, was sie damit meinte. Sie zeigte mir an einem offenen Briefumschlag, dass die Klebestellen nicht ganz bis in die Ecken reichen. „Das ist fast immer so", hat sie mir erklärt, „und deshalb könnte man dort mit einer Haarnadel oder einem langen, gebogenen Draht in den zugeklebten Umschlag hinein und den Brief um den Draht herum drehen. Der Brief kann als Rolle herausgezogen, gelesen und wieder hineingesteckt werden, ohne dass der Adressat etwas bemerkt. Damit das nicht passieren kann, lege ich meine Briefe in eine doppelte Karte oder in ein gefaltetes Stück Pappe."

Ich wäre nie auf diese Idee gekommen. Doch es stimmt. Ich habe es selbst ausprobiert.

Der Duft der Zitronenmelisse ist bereits ein wenig verflogen. Magdalena hat die Blätter bestimmt direkt im Briefumschlag gepresst. Ich nehme den Bogen Papier in die Hand.

Franka, Liebste,
es war schön, deine Stimme zu hören, auch wenn es nur ganz kurz war. Gerade eben haben wir aufgelegt und es ist, als wärst du hier gewesen. Da meine Kollegen mich nur selten unterbrechen, wenn sie meine Schreibmaschine klappern hören, schreibe ich dir diesen Brief ausnahmsweise nicht mit der Hand. In der Mittagspause bringe ich ihn zur Post, und dann hast du zum Wochenende wenigstens ein paar Zeilen von mir.
Du fehlst mir. Sehr sogar.
Es ist schade und traurig, dass Du am Sonnabend nicht kommen kannst, mach dir aber keine Gedanken wegen meines Geburtstags.
Viel mehr beschäftigt mich, dass du unter so einem großen Druck arbeiten musst. Ich habe in dem Buch, das ich gerade lese, dazu passende Sätze gefunden, die ich dir sehr ans Herz legen möchte:
„Ich möchte laut über die Mauern hinausrufen: Oh bitte, beachten Sie doch diesen herrlichen Tag! Vergessen Sie nicht, wenn Sie noch so beschäftigt sind, wenn Sie nur in dringendem Tagwerk über den Hof eilen, vergessen Sie nicht, schnell den Kopf zu heben und einen Blick zu werfen

auf diese riesigen, silbernen Wolken und auf den stillen blauen Ozean, in dem sie schwimmen. Beachten Sie doch die Luft, die von leidenschaftlichem Atem der letzten Lindenblüten schwer ist und den Glanz und die Herrlichkeit, die auf diesem Tag liegen; denn dieser Tag kommt nie, nie wieder."

Nun rate mal, wer dies geschrieben hat.

(Stimmt, Rosa Luxemburg)

Gerade in den letzten beiden Tagen habe ich wieder einmal darüber nachgedacht, ob ich wirklich an dieser Arbeitsstelle bleiben möchte. Anlass war, dass der Chef uns darauf hingewiesen hat, dass alle eingehenden Telefonate aus dem nichtsozialistischen Ausland bei ihm gemeldet werden müssen. Er meinte, in den letzten Wochen und Monaten seien vermehrt Anrufe aus West-Berlin eingetroffen, die nicht bei ihm gemeldet worden sind. Erika, die ja als Einzige Bescheid weiß, dass ich Westkontakt habe, hat erstaunt den Kopf geschüttelt. Ich musste deshalb fast lachen. Aber manchmal denke ich, irgendwann kommt es doch heraus und dann muss ich sofort gehen. Dem möchte ich lieber zuvorkommen. Auf der anderen Seite bin ich nun schon seit elf Jahren hier, meine Kollegen und ich arbeiten Hand in Hand, es ist mein zweites Zuhause. Natürlich ist auch der Sonderverkauf nicht zu verachten, aber was mich wirklich beim FDGB hält, sind die Kollegen aus unserer Abteilung. Ich kann nicht einfach gehen.

Ich werde am Sonnabend mit Mutter Opas Gartenzaun streichen, das habe ich ihr schon lange versprochen. Opa schafft das nun doch nicht mehr alleine. Bei der Hitze wird die Farbe auch gut trocknen. Gegen Abend fahre ich dann in meine Wohnung und warte auf dich ...

Ich umarme dich in großer Sehnsucht,
(noch ein Zitat von Rosa Luxemburg),
deine Magdalena

Auf dem Antrag auf Einreise muss ich jedes Mal die Frage beantworten, wie viele Tage ich im laufenden Jahr bereits in der DDR verbracht habe. Am heutigen Augusttag trage ich neunzig Tage ein. Die offizielle Begrenzung von vierzig Tagen für Bürger aus West-Berlin bereitet mir keine Sorgen mehr, erlebe ich doch nun bereits im zweiten Jahr, dass die DDR-Behörden nicht darauf achten, ob diese Regel eingehalten wird. Die Grenzkontrollen sind mittlerweile weniger aufregend für mich, da ich genau weiß, was ich mitnehmen darf und was nicht. Ich halte mich genau an die Zoll- und Grenzbestimmungen. Die Fäden, die Magdalena und mich verbinden, sind leicht zerstörbar.

Eine laue, sternenklare Sommernacht. Ich bin die Erste, die hinter dem weißen Strich auf dem Asphalt vor der Mauer steht, doch hinter mir sind heute nur vier oder fünf andere. Am frühen Abend habe ich meine Erschöpfung aus mir herausgeschlafen, jetzt scheint die anstrengende Arbeitswoche bereits weit hinter mir zu liegen. Um Mitternacht winkt uns der Grenzsoldat auf dem Wachturm zur Grenzbaracke. Ruhig lasse ich den forschenden Blick des Grenzers über mich ergehen, drei Mal klackt der Stempel auf das Visum. Ich gehe weiter zur Zollkontrolle, gelassen stelle ich meine bereits geöffnete Tasche auf den langen, grauen Tisch. Beim Anblick der darauf liegenden Geburtstagsblumen für Magdalena fährt mir ein gewaltiger Schreck in die Glieder. Die Marktfrau hat die Blumen in Zeitungspapier gewickelt und ich habe nicht daran gedacht, es zu entfernen. Es ist die *Bild*-Zeitung, die in ihren Artikeln *DDR* nach wie vor in Anführungszeichen setzt. *Westliches Propagandamaterial zur Verunglimpfung der Deutschen Demokratischen Republik*. Dadurch kann mir die Einreise erschwert oder verweigert werden. Sie kann mein und Magdalenas Leben schlagartig und gegen unseren Willen verändern. Mein Herz rast, mein Gesicht glüht vor Angst. Der ältere, korpulente Mann in der grauen Zolluniform, der hier fast jedes Wochenende arbeitet, beendet das Gespräch mit seinem Kollegen und wendet sich mir zu. Er grüßt kurz, nimmt die Blumen heraus, betrachtet sie und die Zeitung aufmerksam und legt sie mit undurchdringlicher Miene beiseite. Er hebt den Blick und mustert still mein Gesicht. Dann holt er quälend langsam ein Stück nach dem anderen aus meiner Tasche, meinen Geldbeutel, die Baumwolltasche mit der frischen Wäsche, den Roman von Marilyn French, in dem er ausgiebig blättert. Mir fällt auf, dass seine Augen nicht wirklich über die Zeilen huschen, und das weckt in mir eine leise Hoffnung. Vielleicht überlegt er, die *Bild*-Zeitung zu übersehen. Er klappt das Buch zu und packt es mit dem Baumwollbeutel und meinem Portemonnaie zurück in die Tasche. Die Blumen legt er darauf. Wortlos wendet er sich dem Nächsten zu.

Mit weichen Knien bewege ich mich auf den Ausgang zu. Das schwere Stahltor fällt laut scheppernd ins Schloss. Meine Angst bleibt nicht dahinter zurück, aber ich nehme auch die Vermutung mit, dass er mit Absicht gegen die Gesetze verstoßen hat.

„Hast du das Buch eigentlich schon ausgelesen?" frage ich Magdalena und rolle mich langsam auf den Rücken. Meine Hand rutscht dabei über die Kante der alten Wolldecke und zuckt ein wenig zurück. Der helle Sand ist beinahe heiß.

„Welches denn?" fragt sie schläfrig zurück.

Eigentlich wollten wir vom Bahnhof zum Wolziger See wandern. Nun liegen wir in einer Lichtung im Schatten von alten, hohen Kiefern, deren tiefes Grün einen sonderbaren Kontrast zum strahlend blauen Himmel bildet. Wir müssen den See nicht erreichen. Heute müssen wir gar nichts erreichen.

„Das von Rosa Luxemburg."

„Ja", antwortet Magdalena, „es gefällt mir gut. Willst du es auch lesen?"

„Ja, ich bin schon gespannt darauf."

Ich suche nach meinem T-Shirt. Es liegt verknüllt im Sand. Ich schüttele die Kiefernnadeln und die Ameisen heraus und streife es mir über. Auch wenn weit und breit kein Mensch zu sehen ist, fühle ich mich angezogen wohler. Magdalena liegt zusammengerollt wie eine Katze. Sie trägt nur ihre kurzen, hellen Hosen.

Lange Zeit ist es ganz still. Kein entfernter Stadtlärm ist zu hören, nicht einmal Naturgeräusche. Selbst die Vögel, der Wind, die Insekten scheinen sich auszuruhen. Meine Ohren, meine Nerven auch. Ich öffne erst wieder die Augen, als ich ein leises Flügelschlagen höre. Ein Entenpaar zieht in trägem Flug über uns hinweg. Ich schließe die Augen wieder. Es ist Sonntag. Ich habe frei. Magdalena und ich sind zusammen. Alles ist gut.

„Was mir an dem Buch so gefallen hat, erzähle ich dir erst, wenn du es gelesen hast", nimmt Magdalena den Faden von vorhin wieder auf.

„Einverstanden."

Ich taste nach Magdalenas Hand. Sie ist warm und kräftig und erwidert sachte meinen Druck. Ihre Haut ist so weich wie meine im Winter. Jetzt habe ich Hornhaut und Schwielen an den Handinnenflächen. Die Fingerspitzen sind trotz guter Pflege rau und vom Öl dunkelgrau verfärbt. „Das macht doch nichts", hat Magdalena vorhin gesagt, „man weiß doch, dass es kein Schmutz ist." Sie weiß es. Die Kassiererin im Supermarkt dagegen nahm mein Geld gestern mit spitzen Fingern entgegen und wischte ihre Hände danach diskret unter der Kasse an einem Tuch ab. Auch der Grenzer heute Nacht gab mir meine Papiere mit einem entsetzten Blick auf meine Finger zurück. Und die Mutter von Klaras neuer Kindergartenfreundin zuckte richtig zusammen, als ich ihr den vergessenen Nuckel reichte. Ihr Blick schweifte an meinem Körper entlang, als wollte sie überprüfen, ob ich auch sonst so schmutzig bin.

Mein Vater hatte immer grau verfärbte Fingerspitzen. Nur wenn er länger als drei oder vier arbeitsfreie Tage hatte, kam seine natürliche Hautfarbe wieder zum Vorschein. Meistens rochen Vaters Hände nach Maschinenöl. Auch wenn ich diesen Geruch erst jetzt bestimmen kann, so war er mir doch von klein auf vertraut. Ich sog ihn immer ein, wenn mein Vater mir die Haare bürstete. Er bürstete sie ganz sanft und vorsichtig, nie so schnell und grob wie meine Mutter. Manchmal liebte ich diesen Geruch. Manchmal fand ich ihn unheimlich.

Heute riechen meine Hände nicht nach Öl. Ich habe sie gestern lange mit Waschsand und Seife geschrubbt und dann mit Zitronensaft eingerieben. Magdalena liegt jetzt auf dem Rücken, die Arme hinter dem Nacken verschränkt. Ihre Augen sind geschlossen. Ich atme tief ein. Der würzige Duft der Kiefern vermischt sich mit dem ihres Körpers. Ich streiche ihr mit dem Zeigefinger die letzte Spannung aus der Stirn, beuge mich zu ihr hinunter und küsse sie auf die Wange.

„Ich bin so glücklich mit dir", flüstere ich in ihr Ohr.

Sie blinzelt und legt einen Arm um mich. „Ich auch."

Mein Kopf auf der Kuhle unter ihrem Schultergelenk, ein schöner Platz zum Träumen. Meine Hand liegt auf der zarten, feuchten Haut zwischen ihren Brüsten.

Das Sirren eines Insekts lässt mich die Augen wieder öffnen. Es ist eine blau schillernde Libelle, die im Flug abrupt ihre Richtung ändert. Sehr weit kann der Weg zum See also nicht mehr sein. Vielleicht gehen Magdalena und ich später noch schwimmen. Vielleicht auch nicht.

Mein Magen knurrt leise. „Wir hätten uns ein paar Stullen mitnehmen sollen", stelle ich bedauernd fest.

„Reicht auch Kirschkuchen?" fragt Magdalena. Sie schiebt mich sacht von sich und setzt sich auf. Aus ihrem grünen

Armeerucksack holt sie eine Brauseflasche und ein verschnürtes Päckchen hervor. „Nach fast anderthalb Jahren Beziehung könntest du wissen, dass ich immer etwas zu essen einpacke, wenn ich längere Zeit außer Haus gehe!"

„Das stimmt. Und ich finde es wunderbar." Ich setze mich auch auf.

„Zum Essen ziehe ich mich jetzt aber an. Ich weiß doch, was sich gehört", meint Magdalena lachend. Sie greift nach ihrem himmelblauen Hemd. Bevor sie den ersten Knopf schließen kann, entdecke ich Dutzende kleine Sommersprossen auf ihrem Busen. Es ist das Entzückendste, was ich je gesehen habe.

„Was ist?" fragt sie verwundert. Sie hält die Knopfleiste ihres Hemdes offen, so dass ich ihre Brüste noch sehen kann.

„Sommersprossen", schwärme ich, „du hast ja Sommersprossen."

„Dachtest du, dass ich knackig braun werde? So wie du? Bei meiner hellen Haut?" Magdalena lacht, ein bisschen kokett und auch ein wenig verlegen.

„Aber auf deinem Busen! Daran habe ich einfach nicht gedacht. Das ist ja wunderschön."

Magdalena knöpft ihr Hemd energisch zu. „Schluss jetzt damit", sagt sie mit gespielter Strenge und einem kleinen Lächeln. „Ich weiß doch, wie es weitergeht, wenn du mich mit diesem Blick ansiehst. Aber ich habe jetzt Hunger."

Widerwillig drehe ich mich weg und lege mich auf den Rücken.

„Franka?" hakt Magdalena vorsichtig nach.

„Lass mir einen Augenblick Zeit", sage ich mit einem Seufzer, „ich will noch einmal kurz genießen und dann loslassen."

„Gut."

Ich höre das Rascheln von Papier. Der Duft von frischem Hefekuchen zieht zu mir herüber.

„Sag mal, Magdalena, wie lange halten eigentlich Sommersprossen?"

Magdalena bricht in ein schallendes Lachen aus. Sie strahlt mich vergnügt an. Dann wiegt sie ihren Kopf abschätzend zur Seite. „Etwa sechs bis acht Wochen", meint sie.

„Dann bin ich beruhigt", versichere ich ihr und setze mich wieder auf. Immer noch lachend legt sie den Kuchen zwischen uns auf das Packpapier.

„Kirschkuchen mit Streuseln! Hast du den gebacken?"

„Ja. Gestern Abend mit Mutter. Guten Appetit."

Magdalena nimmt sich ein Stück Kuchen, betrachtet es mit Vorfreude und zieht seinen Duft ein, bevor sie lustvoll hineinbeißt. „Die Herzkirschen eignen sich wirklich hervorragend für Hefekuchen", meint sie, „sie schmecken fruchtiger als die Schattenmorellen vom letztem Mal und ziehen dennoch weniger Saft."

Ich muss schmunzeln. Magdalena bemerkt es nicht. Sie ist jetzt ausschließlich mit dem Schmecken beschäftigt. Das gefällt mir so an ihr. Sie ist eine wahre Genießerin.

Ich warte noch mit meiner Frage, bis Magdalena den letzten Krümel aufgegessen und sich zufrieden den Mund abgewischt hat. „Um wie viel Uhr sollen wir bei Ulli sein?"

„So gegen sechs", antwortet Magdalena, „es reicht, wenn wir die Fünf-Uhr-Bahn nehmen." Sie lässt sich auf die Decke sinken und legt ihren Arm um mich.

„Schön", seufze ich.

Über uns landet eine große Elster auf einem Kiefernast.

„Ich wasche später ab", meint Ulli und stellt Teller und Gläser in die Spüle, „gehen wir in die Stube. Dort ist es kühler."

In ihrem Zimmer riecht es wie so oft nach frischer Farbe. Die Staffelei steht vor dem geöffneten Fenster, als wollte sich Ullis Bild den Hinterhof ansehen.

„Hast du das so hingestellt, damit die Farbe schneller trocknet?" frage ich.

„Nein", lacht Ulli und setzt sich auf den Teppich, „ich wollte nur mehr Platz haben, wenn ihr da seid. Außerdem kann ich das Bild gerade nicht mehr sehen. Ich brauche etwas Abstand, um weitermalen zu können."

„Dann frage ich jetzt nicht weiter nach, an was du gerade arbeitest", antworte ich und nehme neben Magdalena auf der Matratze Platz. Ullis koboldhaftes Lächeln erscheint wieder auf ihrem Gesicht. „Das ist mir sehr recht." Sie schiebt das Buch, das auf dem niedrigen, kleinen Tisch davor liegt ein Stück in meine Richtung.

„Du kannst es wieder mitnehmen", sagt sie, „ich habe es in einer Nacht durchgelesen, schon der Titel klingt so spannend: *Die Scham ist vorbei.* Ich fand es gut, wie offen Anja Meulenbelt von ihrem Leben und von ihrer Entwicklung schreibt, auch von ihrer Liebe zu einer Frau, mit allem Auf und Ab. Endlich einmal ein Buch, in dem es sich ganz direkt um lesbische Frauen handelt."

„Das fand ich auch", stimmt ihr Magdalena lebhaft zu, „nur der Schreibstil hat mir nicht gefallen. Im West-Radio habe ich einmal eine Sendung über ‚feministische Bekenntnisliteratur' gehört. Jetzt habe ich verstanden, was damit gemeint war. Der Inhalt ist wichtig, nach dem Motto, das Persönliche ist politisch. Da ist es schon in Ordnung, wenn der Stil ein wenig auf der Strecke bleibt."

„Ja", bekräftige ich, „dieses Buch ist eines der ersten gewesen, die so geschrieben worden sind. Inzwischen gibt es feministische Bücher, die auch stilistisch sehr anspruchsvoll sind. Ich glaube, auch von der Meulenbelt. Aber ich weiß es nicht genau, ich werde drüben mal nachsehen."

„Tu das", fordert mich Ulli mit einem erfreuten Lächeln auf. Sie streicht mit ihren Fingerspitzen über den Einband. Ihr Gesicht bekommt einen sehnsüchtigen Ausdruck. „Wisst ihr, was mir an dem ganzen Buch am besten gefallen hat? Als sie beschrieben hat, wie sich auf dieser dänischen Insel lesbische Frauen aus ganz verschiedenen Ländern getroffen haben. Stellt euch das einmal vor! Frauen aus England, Frankreich, den Niederlanden, Deutschland und Skandinavien! Davon zu lesen, dass es in allen Ländern Frauen wie mich gibt, hat mir so gut getan. Was mich wiederum verblüfft hat. Es ist ja nicht so, dass ich mich als unnatürlich empfinde. Aber das Buch hat mir einfach frische Kraft gegeben."

„Du kannst es anderen borgen, wenn du willst", schlage ich ihr vor, „ich nehme es nicht wieder mit nach drüben."

„Willst du es nicht behalten?"

„Nein, und die anderen Bücher, die ich mitgebracht habe, auch nicht. Falls ich eins davon irgendwann noch einmal lesen will, kann ich es mir wieder besorgen."

„Das ist ja klasse. Ich bringe sie in die Lesbenbibliothek", meint Ulli ohne Zögern.

„So was gibt es hier?" Ich bin sehr überrascht.

„Ja, in einem ganz kleinen Rahmen", antwortet Ulli, „in der Wohnung einer Frau, die sich stark im Lesbenkreis der Gethsemane-Kirche engagiert. Es ist eine kleine Sammlung von Büchern zum Thema, die dann an Interessierte ausgeliehen werden."

„Das ist ja toll. Aber warum erfahre ich das erst jetzt?" frage ich verblüfft, „natürlich können alle Bücher, die ich mitbringe, dort bleiben."

„Ich dachte, du weißt das", wundert sich Magdalena.

„Ja, das dachte ich auch", bekräftigt Ulli.

„Nein, das höre ich zum ersten Mal", entgegne ich, „wie immer das auch passiert sein mag, jetzt weiß ich es. Ich werde zu Hause mein Regal noch einmal durchforsten und auch in meinem Bekanntenkreis nachfragen."

„Schau, das finde ich richtig schau", freut sich Ulli, „dann muss ich mich in Zukunft auch nicht mehr mit dem Abschreiben so beeilen."

„Abschreiben? Was abschreiben?" hake ich verwundert nach.

Ulli steht auf und geht zu ihrer großen, schon etwas wurmstichigen Kommode mit den Eisenbeschlägen und zieht mit beiden Händen an einer der schweren Schubladen. Mit ein paar Schulheften in der Hand kommt sie zurück und setzt sich wieder. „Das zum Beispiel."

Ich schaue mir den Einband des ersten Heftes an. *Eine Liebe wie jede andere. Mit homosexuellen Jugendlichen umgehen lernen. Von Thomas Grossmann. Teil 1* steht dort in Ullis Handschrift. Ohne wirklich zu begreifen, blättere ich in dem vollgeschriebenen Heft.

„Du hast das ganze Buch … abgeschrieben?"

„Ja." Ulli nickt, als wäre es selbstverständlich. „Ich hatte es mir geborgt und dachte beim Lesen, das ist das Beste, was ich meinen Eltern mit auf den Weg geben kann. Ich durfte es aber nicht so lange behalten, weil schon eine ganze Reihe von Frauen darauf warteten. Also habe ich es abgeschrieben. Inzwischen hat es meine Mutter gelesen, zwei Kolleginnen vom Theater und nach heftigem Widerstand sogar mein Vater."

Ich bin sprachlos.

„Ein einziges Mal habe ich auch ein Buch abgeschrieben", wirft Magdalena schmunzelnd ein, „aber nicht von Hand, sondern auf der Schreibmaschine. Es gab nicht viel zu tun und die Kollegen haben sich über meine eifrige Tipperei gewundert."

„Welches Buch war es denn?" frage ich neugierig.

„*Patience und Sarah.*" Magdalena lächelt versonnen. „Es war das erste Buch über Frauenliebe, das ich gelesen habe.

Ich war gerade frisch verliebt, in Kathrin, und dann diese romantische Geschichte, wie die beiden um ihre Liebe kämpfen. Ach, ich fand es wunderschön."

„Ja, ich erinnere mich", stichelt Ulli, „du warst so ergriffen, dass du über Wochen ständig in deiner Klemmmappe gelesen hast. Ich dachte schon, du willst es auswendig lernen."

„Mir hat es auch so gut gefallen", stimme ich Magdalena zu, „auch wenn ich natürlich nie auf die Idee gekommen wäre, es komplett abzuschreiben. Ihr überrascht mich wirklich immer wieder. Auch vorhin gab es so einen Moment, wo ich wegen dir aufgehorcht habe, Ulli. Als ich meinte, meine Bücher können hier bleiben, hast du sofort gesagt, du bringst sie in die Bibliothek. Du hast keinen Augenblick daran gedacht, die Bücher für dich zu behalten, sie hier in dein Regal zu stellen und nur deinen Freundinnen zu verborgen. Das finde ich typisch Osten."

„Na ja", wirft Magdalena skeptisch ein, „ich finde es selbstverständlich."

„Ich auch", meint Ulli, „aber wir werden ja auch im Sinne der Kollektivität erzogen."

Wenn Ulli oder Magdalena auf diese Art reden, weiß ich nie, ob sie es ernst oder ironisch meinen. Ein Hauch angenehm kühler Abendluft zieht durch das offene Fenster herein.

„Ich glaube schon, dass die Umgebung den Menschen formt", sage ich.

„Das denke ich auch", antwortet Ulli, „aber für dich bedeutet dieser Satz mehr als für mich. Magdalena hat mir neulich gesagt, du hältst den Sozialismus, so wie er in der DDR praktiziert wird, für menschenfreundlicher als den Westen. Stimmt das?"

„Soweit ich es bis jetzt überblicken kann, ja", erwidere ich, „trotz Stasi und Mauer. Der Westen ist schlimmer."

„Das ist ja hier wie beim Rotlicht auf Arbeit", nörgelt Magdalena.

Die Möglichkeit, regelmäßig während der Arbeitszeit über die aktuelle Politik zu diskutieren, ist nicht so beneidenswert, wie ich zunächst angenommen habe. Laut Magdalena geht es dabei nicht um einen freien Meinungsaustausch, sondern darum, das Tagesgeschehen starr sozialistisch zu beleuchten. Um „Rotlicht" eben.

„Was ist drüben schlimmer?" fährt Ulli unbeirrt fort.

„Die Ausbeutung von Menschen, zum Beispiel."

„Die gibt es hier auch. Vielleicht hast du ja bei uns einmal die Gelegenheit, dich in der Produktion zu bewähren", meint Ulli mit spöttischem Unterton.

„Im Westen ist sie skrupelloser. Und in größerem Stil. Sie trifft die Schwächsten der Gesellschaft. Sogar Kinder. Ich glaube, man kann den Entwicklungsstand einer Gesellschaft daran erkennen, wie sie mit ihren schwächsten Mitgliedern umgeht."

„Ausbeutung von Kindern? Gibt es die drüben wirklich?" Ulli starrt mich entsetzt an. Selbst Magdalena horcht auf und hebt den Kopf.

„Ist dir das in deiner Kindheit auch passiert?" fragt sie.

Ich nicke mechanisch. Mir wird eiskalt. Nun habe ich mich zu weit vorgewagt. Darüber will ich nicht reden. „Ich meine … die Kinder," stottere ich, „die auf den Orangen- oder Kaffeeplantagen vierzehn Stunden täglich unter furchtbaren Bedingungen arbeiten müssen, davon profitieren wir Kunden im Westen …"

„Ja, das lesen wir auch immer in unseren Zeitungen", unterbricht mich Ulli, „und das ist ganz entsetzlich. Aber gibt es kommerzielle Ausbeutung von Kindern auch in der BRD? Wie war das bei dir?"

Beide starren mich an. Ich kann nicht antworten. Es ist entsetzlich still im Zimmer. Mir wird schwindelig.

„Lass sie", sagt Magdalena entschieden zu Ulli. „Franka, du bist ja kreidebleich. Rutsch mal ein Stück."

Sie setzt sich hinter mich auf die Matratze, stellt ihre Knie auf und öffnet ihre Beine. „Nun lehn dich an. Du bist ja ganz kalt." Sie schlingt ihre Arme um mich und zieht mich zu sich heran. Ich lehne meinen Rücken an ihre Brust und spüre, wie mein Atem wieder in meinen Brustkorb fließt, meinen Bauch weitet und ihn wieder verlässt. In Magdalenas Armen fühle ich mich geborgen. Ich schaue auf in Ullis offenes, abwartendes Gesicht. Und plötzlich will ich erzählen.

„Ich musste meine ganze Kindheit über …", beginne ich und komme schon wieder ins Stocken. Es ist ganz ruhig im Zimmer. Im Hof klappert metallisch der Deckel einer Mülltonne. Schritte entfernen sich. Die schwere Holztür zum Vorderhaus fällt ins Schloss. Ich spüre Magdalenas stille Umarmung und hole tief Luft. „Also, seit meinem vierten Lebensjahr musste ich … es waren Fotos und Filme, versteht ihr, pornographische Filme, bei denen ich mitmachen musste."

Jetzt ist es gesagt. Es steht im Raum, unverrückbar, machtvoll, groß. Von nun an wird nichts mehr so sein, wie es einmal war. Magdalenas Umarmung wird schwächer. Ihre Hand rutscht von meinem Arm und bleibt auf ihrem Bein bewegungslos liegen. Auch Ulli rührt sich nicht, das weiß ich, ohne hinzusehen. Die Stille nimmt mir beinahe den Atem. Die beiden werden niemals verstehen können, was das für mich bedeutet. Ob sie mir überhaupt glauben?

Ulli löst sich langsam aus ihrer Erstarrung. Sie stöhnt leise auf. „Das gibt es doch gar nicht."

Wieso habe ich eigentlich erwartet, dass es dieses Mal anders ist? Mein ganzer Körper versteift sich. Selbst meine Tante meinte damals, ich hätte mir das alles nur eingebildet. Als würde ich mich derart willenlos beeinflussen lassen.

Ich sehe Ulli ins Gesicht. „Du glaubst mir nicht." Meine Stimme klingt schroff.

„Doch", entgegnet Ulli bestürzt, „natürlich glaube ich dir."

„Ich glaube dir auch", versichert mir Magdalena. Ihre Stimme zittert ein wenig, aber sie legt ihre Hand wieder auf meinen Arm und drückt ihn sacht. Ich löse mich ein wenig aus der Umarmung und drehe mich zu ihr um.

„Warum?" hake ich nach. So leicht löst sich mein Misstrauen nicht auf.

Magdalena denkt kurz nach, dann richtet sie ihren aufmerksamen Blick wieder in meine Augen.

„Weil es für dich keinen Grund geben könnte, uns so etwas Scheußliches zu erzählen, wenn es nicht die Wahrheit wäre."

Eine schöne Antwort. Mir wird wieder ein wenig wärmer. Ich muss sogar ein bisschen lächeln. „Das war auch damals Michaels Antwort."

„Kann ich dich etwas fragen?" Magdalena berührt mich sehr mit ihrer respektvollen Vorsicht. Erst jetzt fällt mir auf, wie erschüttert sie wirkt. Sie ist blass, ihre Augen erscheinen mir wie tiefe, dunkle Seen.

„Ja." Bitte frag etwas. Ich will davon erzählen, was sich jeden Tag durch meinen Kopf wälzt, wovon ich in den Nächten so oft träume. Ich löse mich ganz aus ihrer Umarmung und rücke ein Stück zur Seite, damit ich nun beide Frauen ansehen kann.

„Hat dich denn niemand davor beschützt? Deine Eltern? Was war mit deinen Eltern?" will Magdalena wissen.

Gleich so etwas Schweres. Mein Herz rast wieder. „Mein Vater hing da mit drin. Vermutlich hat er ganz gut an mir verdient. Er war immer mit dabei, entweder hat er vor der Tür gewartet oder er war im Raum. Einmal hat der ... wie soll ich ihn nennen ... der ‚Regisseur' zu meinem Vater gesagt, wie gut er mit mir arbeiten könne, weil ich ganz von selbst so große, ängstliche Augen machen würde."

„Ich fasse es nicht", flüstert Magdalena atemlos.

Vielleicht sollte ich doch nicht weiter erzählen. Möglicherweise hält Magdalena es einfach nicht aus. Wir schweigen eine Weile. Schließlich richtet Magdalena ihren Blick wieder auf mich. „Und du warst erst vier Jahre alt?" fragt sie.

„Ja. Ich weiß noch, was ich beim ersten Mal anhatte. Ich war so stolz auf mein neues Kleid. Es war hellblau und hatte einen weißen Spitzenkragen. Ich bekam es Jahre später noch einmal in die Hände. Es ist Größe 104. Also für ein Kind, das gut einen Meter groß ist. Ich konnte es nicht fassen. Ich kam mir damals schon so groß vor. Aber ich war erst vier Jahre alt und einen Meter groß."

„Dann ist auch klar, dass du keine Möglichkeit hattest, dich irgendwie zu wehren oder dort zu entkommen", meint Ulli nachdenklich.

„Ja, natürlich nicht."

„Diese Schweine, diese verdammten, dreckigen Schweine!" Ulli presst die Worte zwischen ihren zusammengebissenen Zähnen hervor, ihre Augen blitzen hasserfüllt ins Leere. „Ist denen irgendwann einmal etwas passiert? Sind sie vors Gericht gekommen?"

„Nein." Ein schlichtes „nein" für eine so unglaubliche Tatsache.

„Dann machen die das vermutlich heute noch." Ulli sinkt in sich zusammen.

„Ja", muss ich zugeben, obwohl ich meine Worte selbst kaum aushalte, „inzwischen mit der zweiten oder dritten Generation kleiner Mädchen."

„Hast du dir nie überlegt, die anzuzeigen?"

„Doch. Ich habe mit einer Rechtsanwältin gesprochen. Sie hat mir abgeraten, nach der Gesetzeslage ist es verjährt. Und weil ich Schwierigkeiten hätte, Zeugen zu benennen. Angeblich hat ja niemand etwas bemerkt. Außerdem ... Ich habe immer wieder solche Angst vor denen."

„Das kann ich verstehen", stimmt mir Magdalena zu, „die scheinen ja auch zu allem fähig zu sein."

Mir ist schwindelig. Mein Magen kämpft mit dem Abendessen.

„Franka", fragt Magdalena zögernd, „ich verstehe immer noch nicht, warum dich niemand geschützt hat. Was war mit deiner Mutter? Sie muss doch etwas gemerkt haben."

Volltreffer. Mein Herz beginnt zu rasen. „Sie wusste es ganz sicher." Ich höre meine eigene Stimme wie von ferne, sie klingt sanft, als wollte sie uns beruhigen, „aber meine Mutter ist schwach und so abhängig von meinem Vater, dass sie mir nicht helfen konnte. Sie leugnet bis heute, dass mir ‚so etwas' passiert ist."

O Gott, es reicht. Ich kann das nicht erzählen. Es reißt Gräben zwischen mich und euch. Ihr starrt mich an, versucht zu begreifen, fragt nach, gebt euch so viel Mühe und könnt doch nicht verstehen, wie ich damit lebe. Ich erzähle ganz sachlich, um euch zu schonen, um mich zu schützen, um die Gräben nicht noch mehr zu vertiefen. Wir sollten es dabei belassen. Ihr glaubt mir, und das ist mehr, als ich zu hoffen wagte.

„In einer Stunde muss ich zur Grenze", sage ich nach einem Blick auf meine Armbanduhr. „Da muss es mir einigermaßen gut gehen. Deshalb möchte ich jetzt nicht weiter darüber reden."

Ulli nickt langsam. „Wie geht es dir jetzt?" erkundigt sie sich.

„Sehr erschöpft, aber sonst ganz in Ordnung", antworte ich, „und ihr?"

„Ich brauche noch eine Weile, damit sich das erst mal setzen kann", weicht Ulli aus.

„Ich auch. Es wäre aber auch möglich, dass ich gleich aus einem Traum aufwache." Magdalena reibt sich über die Stirn und umkreist die Stelle zwischen ihren Augenbrauen. Sie ist immer noch sehr blass. Dann wendet sie ihr angespanntes, liebes Gesicht wieder mir zu. „Ich mag dich heute gar nicht gehen lassen", meint sie besorgt.

„Ist Michael zu Hause?"

„Ja. Macht euch darüber keine Gedanken. Wisst ihr, ich lebe schon lange damit, schon fast dreißig Jahre", antworte ich mit einem Lächeln. Ich versuche, ein wenig Leichtigkeit in meine Stimme zu legen, aber es gelingt mir nicht.

„Ich hole uns jetzt etwas zu trinken", schlägt Ulli vor, „möchtet ihr eine Brause? Oder lieber ein kaltes Bier?"

„Ich hätte gern ein großes Glas Wasser", antworte ich.

„Und ich ein Bier, bitte."

Ich höre, wie Ulli Wasser einlaufen lässt und die Flaschen öffnet. Sie kommt zurück und gibt zuerst mir und dann Magdalena ein Glas in die Hand. Wir trinken alle beinahe gierig und stellen die leeren Gläser auf den Tisch.

„Ich bringe dich zum Grenzübergang!" sagt Magdalena bestimmt. Überrascht sehe ich zu ihr hoch. Ihr Gesichtsausdruck duldet keinen Widerspruch.

„Danke", antworte ich gerührt. Ich weiß doch, wie schwer es ihr fällt, der Grenze zwischen uns so nahe zu sein.

„Ich komme auch mit." Ulli rutscht näher zu mir heran. Ich nehme Magdalenas Hand in meine und Ullis in meine andere. Lange Zeit sitzen wir schweigend im Kreis und halten uns fest.

Ein noch warmer, aber heftiger Wind weht uns Sand und Staub der Straße in die Gesichter. Vielleicht wird es heute noch ein Gewitter geben. Ich fühle mich hier draußen schutzlos; die wenigen Menschen in der Straßenbahn erscheinen mir unwirklich.

Ich spüre nicht viel von Magdalenas und Ullis Umarmungen zum Abschied, aber meine Gedanken sind glasklar. Ich kann mit den Formalitäten am Grenzübergang umgehen und finde dann sofort die richtige Bahn. Ich lehne meinen matten Kopf an den Plastikbezug des Sitzes.

Es war gut, dass ich das Gespräch beendet habe. Ich habe mit Magdalena und Ulli vieles geteilt, jedoch nicht zu viel.

Natürlich habe ich nichts erzählt von diesem Sonntagmorgen, von dem Glück, das ich empfand, weil ich meinen Vater zum ersten Mal ganz alleine für mich hatte. Nur ich durfte ihn begleiten, während die Geschwister daheim bei meiner Mutter blieben. Er trug seinen Sonntagsanzug und sah gut aus. Die Leute sagten immer, ich sähe ihm so ähnlich. Ich trug mein schönstes Kleid, das hellblaue mit dem weißen Spitzenkragen, hüpfte fröhlich neben ihm her und nahm seine Hand. Die Sonne wärmte bereits, sie lachte vom Himmel, als hätte auch sie gewusst, dass heute ein besonderer Tag war, weil Vater nur mit mir etwas Schönes erleben würde.

Ich wusste nicht, wohin wir gingen, der Weg war weit, aber das machte mir nichts aus. Nicht einmal meine Beine wurden müde. Mein Vater schwieg, aber das tat er häufig. In diesem Stadtteil war ich noch nie gewesen. Die Häuser waren viel größer und vornehmer als die in unserem Viertel. Wir begegneten niemandem auf der Straße, auch auf den weiten Rasenflächen der Vorgärten spielten keine Kinder. Zwei oder drei Mal fuhr ein großes Auto vorbei. Auf einer Veranda standen einige Herren, andere Männer als die Nachbarn zu Hause, sie trugen feine helle Hosen und rauchten Zigarren. Sie stellten ihr Gespräch ein, als sie uns kommen sahen, und begrüßten meinen Vater laut und freundlich. Ich war sehr stolz auf ihn. Er musste ein bedeutender Mann sein. Die vornehmen Fremden begrüßten auch mich, musterten mich genau und einer nannte mich „kleine Prinzessin". Und als wir dann in das große Haus gingen, sagte dieser Mann zu mir, er würde jetzt Fotos von mir machen, weil ich so hübsch wie eine Prinzessin sei.

Der Heimweg dauerte sehr lange. Schweigend stolperte ich neben meinem Vater her. Seine Hand nahm ich nicht mehr in meine. Ich schämte mich. Ich ekelte mich vor diesem Etwas, das auf meinem Bauch, an meiner Brust und an meinen Schenkeln klebte. Ich war verwirrt. In dem vornehmen Haus hat sich alles nur um mich gedreht. Ich war der Mittelpunkt gewesen. Aber trotzdem hat mir niemand mehr in die Augen geschaut.

Meiner Mutter sagte ich gleich, dass ich gewaschen werden wollte.

„Aber du bist doch gar nicht dreckig."

„Doch. Am Bauch." Sie zog mir das Kleid über den Kopf und schaute auf meinen Bauch, meine Brust, meine Schenkel. Lange Zeit stand sie da und starrte mich entsetzt an. Ich wartete, doch nach einer Weile schaute ich vorsichtig an mir herunter. Wie Schneckenschleim, angetrockneter Schneckenschleim.

„Mach's weg", bat ich sie.

Doch meine Mutter stand immer noch unbewegt vor mir.

„Mach's weg! Bitte, Mama!"

Plötzlich erwachte sie aus ihrer Erstarrung, lief schnell zum Waschbecken, ließ Wasser einlaufen, griff einen Waschlappen aus dem Schrank. Sie zog mich zum Waschbecken und begann mit hektischen Bewegungen die Haut abzuseifen. Das Wasser war kalt. Sonst wärmte meine Mutter das Wasser im Boiler, bevor sie mich wusch. Angestrengt rieb und rubbelte sie, mit heftigem Druck, und ich beschwerte mich nicht. Endlich hörte sie auf, trocknete mich mit dem Handtuch ab und holte frische Unterwäsche aus dem Zimmer. Ich konnte mich nicht daran erinnern, tagsüber schon einmal frische Wäsche bekommen zu haben. Jetzt war ich froh darüber. Ich zog auch die kurze Hose an, die meine Mutter mir reichte, und ließ mir die Bluse zuknöpfen. Das hellblaue

Kleid mochte ich nicht mehr anziehen. Es war nicht mehr schön.

„Hallesches Tor!"

Ich nehme meinen Rucksack und laufe die Treppen hinauf. Die Bahn zum Schlesischen Tor steht schon da. Obwohl noch Sitzplätze frei sind, bleibe ich stehen. Ich weiche den Menschen aus. Auch die Straße, in der ich wohne, erscheint mir unwirklich. Als ich unsere Wohnungstür hinter mir schließe, kann ich aufatmen. Wie gerne würde ich jetzt mit Michael reden, wenigstens kurz über Belangloses plaudern, um wieder ganz in der Gegenwart zu landen. Bis vor wenigen Wochen hat Michael häufig am Sonntagabend auf mich gewartet. Auf dem Küchentisch liegt ein Blatt Papier mit Michaels krakeliger Handschrift, die sich in den vergangenen zwanzig Jahren kaum verändert hat:

Franka,
schön, dass du wieder da bist. Ich bin heute mal früh schlafen gegangen, es war nötig nach der vergangenen Woche. Klara, Tim und ich waren heute den ganzen Tag am Teufelssee, die Kinder waren richtig glücklich. Und abends völlig erledigt.
Sehen wir uns morgen? Ich bin ab vier Uhr mit Klara daheim.
Ich habe Tiramisu gemacht. Im Kühlschrank steht noch ein Schälchen für dich.
Bis dann, Michael

Ich muss lächeln. Die Anspannung fällt von mir ab. Hier in meinem Zuhause ist nichts unwirklich. Ich habe mir ein gutes, sicheres Umfeld geschaffen. Trotz allem. Ich bin erwachsen. Ich bin stark und mutig und wunderbar. Immer noch lächelnd öffne ich den Kühlschrank. Sonst esse ich nie um diese Uhrzeit, aber heute ist ein besonderer Tag. Ich habe es Magdalena und Ulli erzählt. Obwohl meine Geschichte eigentlich unfassbar ist, glauben sie mir. Ich nehme einen Löffel voll Tiramisu und lasse mir die cremige Süße auf der Zunge vergehen. Magdalena und Ulli glauben mir.

Mit Michaels Fotoapparat gehe ich langsam den Weg vom Grenzübergang zu mir nach Hause. Ich habe schon die Oberbaumbrücke aufgenommen, den Schlesischen Bahnhof und die Hochbahn mit ihren alten, schönen Stahlträgern. Die Idee dazu kam mir vor zwei Wochen, als Magdalena bedauert hat, dass sie den Weg von ihrer Wohnung zu meinem Zuhause nie kennen wird. Nun will ich ihn wenigstens für sie fotografieren. Michael hat sich nach Klaras Geburt eine Spiegelreflexkamera gekauft, mit der man gute Bilder machen kann.

Ich betrachte meine Umgebung mit Magdalenas Augen, ihre Blicke bleiben an all dem Andersartigen hängen und das fange ich mit der Kamera für sie ein. Magdalena sieht den langen Stau und zwei Autofahrer, die sich aus geöffneten Fenstern wegen eines Parkplatzes beschimpfen. Ich weiß, sie würde sich über die arabischen Kinder mit den dunklen, wachen Augen freuen, die sich munter gestikulierend an der alten, schmiedeeisernen Wasserpumpe am Straßenrand zu schaffen machen. Über die hohen Plakatwände mit der stumpfsinnigen Werbung würde sie den Kopf schütteln. Ich stelle mir vor, wie betroffen sie den beiden dürren Junkies nachsieht, die langsam den Gehweg entlangziehen, und wie sie lange die gesprayten Parolen auf den Häuserwänden betrachtet: *Frauen bildet Banden!* und *Die nächsten 750 Jahre gehören uns!* Selbst die angeklebten Zettel an den Ampeln, in denen jemand eine Wohnung oder seine entlaufende Katze sucht, würde sie genau lesen. Eine begrünte Hausfassade in der Oranienstraße gefiele ihr so gut, dass wir eine Weile an der gegenüberliegenden Straße stehen bleiben müssten. Magdalena würde der jungen Frau hinterhersehen, die ihr Baby in einem Schultertuch auf dem Rücken trägt, und den beiden tief verschleierten Musliminnen. Bestimmt würde sie die reichhaltige Obst- und Gemüseauslage vor den türkischen Läden bestaunen und den vollgepackten Fleischspieß am Dönerstand. Auch wegen eines silberfarbenen Mercedes mit getönten Scheiben bliebe sie stehen, und wegen dieses Liegerads, auf dem ein Mann mit blaugefärbten Haaren fährt. Natürlich hat sie das alles irgendwo schon einmal gesehen, aber es ist trotzdem nicht ihr Alltag. Es ist das Umfeld meines Zuhauses, den ich nur auf diese Weise mit ihr teilen kann.

Ein lauter Pfiff schrillt über den Heinrichplatz zu mir herüber.

„Franka! Hörst du nicht? Franka!"

Eine kleine, zierliche Gestalt steht winkend in der Tür des gegenüberliegenden Cafés. Meine alte Freundin Nesrin. Neben der Wiedersehensfreude nagt das schlechte Gewissen an mir. Ich habe sie nicht angerufen, obwohl sie mir über Michael ausrichten ließ, dass sie mich treffen möchte. Die Autos warten an der roten Ampel, ich gehe zwischen ihnen hindurch zur anderen Straßenseite.

„Hallo, Nesrin. Hör mal, es tut mir wirklich Leid ..."

„Ja, ja, ja", unterbricht sie mich und küsst mich auf beide Wangen. „Du bist überhaupt nicht mehr zu sehen! Bloß wegen deiner Magdalena?" Ihre Augen werden noch größer und runder. „Oder hat es einen anderen Grund? Was ist los mit dir? Habe ich dich beleidigt?" Nesrin unterstreicht ihre Fragen mit lebhaften Handbewegungen.

„Nein, es hat keinen anderen Grund", erkläre ich kleinlaut, „ich arbeite vierzig Stunden in der Werkstatt, und am Wochenende bin ich drüben. Das ist alles."

Ich sehe in ihre schwarzen Augen und wünsche mir, es wäre wie früher. Wir würden halbe Tage damit verbringen, uns über Gott und die Welt zu streiten, und trotzdem und gerade deshalb waren wir uns sehr nahe. Wenn ich ohne Vorwarnung Klara mitbringen würde, wäre es für Nesrin kein Problem, wir würden dann den Nachmittag nicht im Café und nicht bei ihr daheim, sondern auf dem Spielplatz verbringen und hätten trotzdem unseren Spaß. Und danach wüssten wir wieder alles über die jeweiligen Geliebten und anderen wichtigen Tratsch.

„Du siehst traurig aus", stellt Nesrin fest.

„Ich will dich nicht verlieren", antworte ich.

„Dann komm! Ich bin immer für dich da." Nesrin küsst mich wieder links und rechts. „Die Kundschaft wartet auf Milchkaffee. Bis bald, Franka."

„Tschüss, Nesrin."

Sie verschwindet zwischen den kleinen, runden Tischen im verrauchten Dunkeln des Cafés.

Langsam gehe ich weiter. Die Kamera bleibt an meiner Schulter hängen.

Dann fotografiere ich die große, alte Holztür mit der abgeblätterten Farbe und unseren begrünten Hinterhof, das Treppenhaus mit den ausgetretenen Stufen und unsere frisch gestrichene Wohnungstür. Für unseren dunklen Flur reicht die Belichtung nicht. Ich überlege, ob es hell genug ist, wenn ich alle Türen öffne.

„Franka!" ruft Klara, die in ihrem Zimmer mit Legosteinen spielt. Sie steht auf und kommt neugierig auf mich zu. „Warum machst du ein Bild von unserem Flur?"

„Ich fotografiere unsere Gegend und unsere Wohnung, damit Magdalena weiß, wie es bei uns aussieht."

Klara zieht nachdenklich die Stirn in Falten. „Aber warum kommt sie uns nicht einfach besuchen?"

Ich gehe in die Hocke, damit ich auf gleicher Augenhöhe wie sie bin. „Sie darf uns nicht besuchen. Sie darf ihr Land nicht verlassen, erinnerst du dich? Wir haben darüber gesprochen, dass zwischen den beiden Teilen von Berlin eine hohe Mauer ist. Die buntbemalte Mauer hinter dem Kinderbauernhof." Ich seufze innerlich. Klara hat es also doch nicht verstanden. Aus ihrer Sicht ist es auch nicht zu verstehen.

„Und Magdalena darf nie zu uns kommen? Niemals?" fragt sie ernsthaft nach.

„Nein, solange sie jung ist, darf sie uns kein einziges Mal besuchen."

Klara dreht ihren Kopf nachdenklich zur Seite, doch dann bekommt ihr Gesicht einen siegessicheren Ausdruck. „Aber ich habe sie zu meinem Geburtstag eingeladen", hält sie mir entgegen, „als wir schon raus waren aus dem Tierpark, dort, wo die Bären sind, da habe ich sie eingeladen."

„Klara, Liebes, nicht einmal zu deinem Geburtstag darf sie kommen, und zu meinem auch nicht."

„Aber das ist gemein", empört sie sich, „so gemein!"

„Ja", stimme ich ihr zu, „das ist es." Meine Knie schmerzen. Ich lasse mich auf meinen Hosenboden fallen und strecke die Beine aus. Mein Rücken lehnt an der gelbgestrichenen Wand unseres schmalen Flurs, meine Füße berühren die gegenüberliegende.

„Aber warum?" fragt Klara beharrlich nach. „Magdalena ist doch groß. Wer hat es verboten?"

„Das ist eine gute Frage", antworte ich und überlege, wie man einer knapp Fünfjährigen derart komplizierte Politik erklärt. „Also, du weißt doch, dass Deutschland nach dem Krieg geteilt wurde, nicht wahr?"

Klara nickt aufmerksam.

„Und diese beiden Deutschlands haben immer miteinander gestritten."

„Wie ich und Tim früher", ergänzt Klara, „aber das ist schon viele Jahre her."

Ich unterdrücke mein Lachen. „Ja, so wie Tim und du früher. Nur noch viel heftiger. Die Regierung der DDR, so heißt das Land, in dem Magdalena lebt, hat dann eines Tages zwischen die beiden Länder diese hohe Mauer bauen lassen."

„Was ist das, Regierung?" unterbricht mich Klara. Das mag ich so an ihr. Sie will verstehen, wirklich verstehen und fragt genau nach.

„Die Regierung sind die Chefs eines Landes."

Klara runzelt nachdenklich die Stirn. Dann geht in ihrem kleinen Gesicht die Sonne auf. „Ich hab eine Idee", ruft sie vergnügt, „wir sagen den Chefs, dass Magdalena nie, nie, niemals mit uns streitet, und dann darf sie zu meinem Geburtstag kommen!"

„Du bist so ein kluges, liebes Kind." Ich nehme sie in meine Arme und streichle über die braunen, kräftigen Haare, schnuppere ihren kindlichen Duft, streichle über die kleinen, immer noch speckigen Arme, die mich schon in ihrem Babyalter so entzückt haben. „Aber ich glaube, die Chefs erlauben es nicht einmal dann", muss ich ihr mitteilen, denn schließlich dauert es bis zu ihrem Geburtstag nur noch wenige Wochen. Vermutlich müssen wir noch oft darüber sprechen, bis sie es versteht.

Aber Klaras Gedanken gehen jetzt bereits in eine andere Richtung. Sie weiß die Gunst der Stunde zu nutzen und sieht mich mit ihren großen, blauen Augen beschwörend an. „Hast du etwas zum Naschen?" flüstert sie.

„Klara", stöhne ich, „du weißt doch, dass deine Eltern nicht wollen, dass du Süßigkeiten isst."

Aber Klara ist schon aufgesprungen und zu meinem Rucksack gelaufen, der immer noch mitten im Flur steht. Zielgerichtet holt sie die angebrochene Tafel Nussschokolade heraus und steckt sich ein großes Stück davon in den Mund.

„Nur eins!" verkündet sie strahlend und lässt den Rest wieder in meinen Rucksack fallen, als sie Michaels Schritte näher kommen hört.

„Na, wieder zurück?" begrüßt er mich mit einem jungenhaften Grinsen. „Und jetzt hast du es dir hier im Flur gemütlich gemacht."

„Ich habe ganz Kreuzberg fotografiert", erzähle ich, während Klara mit vollen Backen an mir vorbei in ihr Zimmer huscht. „Jetzt wollte ich die Wohnung aufnehmen, aber dafür brauche ich noch den Blitzaufsatz."

„Ich hol ihn dir." Michael verschwindet in seinem Zimmer.

Ich stehe auf und wende mich wieder an Klara, die selbstversunken mit ihren Legosteinen baut. „Darf ich auch dein Zimmer für Magdalena fotografieren?"

Klara nickt, ohne aufzusehen. „Ich baue die Mauer", murmelt sie, „ganz hoch. Und niemand darf drüber."

4.

Klebriger Schwefelgeruch liegt in der kalten Novemberluft. Die Abgase der Kohleöfen unterscheiden sich nicht in Ost und West. Zumindest in Berlin. Mit vollgepackten Beuteln schlendern wir in Richtung Alexanderplatz. Magdalena geht rechts von mir, ihre Mutter hat sich an meinem linken Arm eingehakt. Möglicherweise macht sie das, um meine schnellere Gangart der ihren anzupassen, vielleicht ist ihr aber auch einfach meine Nähe angenehm. Ich genieße diese vertraute Geste. Manchmal schon habe ich mich bei der Vorstellung ertappt, sie wäre meine Mutter. Das schmerzt.

Mir gefällt ihr ruhiges Lächeln, mit dem sie eben stehen geblieben ist, um den beiden johlenden Jugendlichen auf den Fahrrädern Platz zu machen. Ich mag ihre Gelassenheit, mit der sie in den letzten Stunden eingekauft hat. Ihre temperamentvolle Seite kommt nur dann zum Vorschein, wenn sie, wie vorhin beim Mittagessen, von früher erzählt, von den Aufbaujahren der jungen Republik, von ihren Hoffnungen auf einen menschlichen, gerechten Sozialismus, von ihren Anstrengungen, dieses große Ziel zu erreichen. Dann glühen ihre Wangen vor Aufregung und ihre lebhaften Gesten unterstreichen ihre mitreißenden Worte.

Magdalena kann damit anscheinend nicht viel anfangen. Gähnend fragte sie nach, wann ihre Mutter denn gemerkt habe, dass sich der Sozialismus nicht nach ihren Wünschen entwickelt hatte.

„Während des Prager Frühlings", stellte Frau Meissner ernüchtert fest. Es war ihr anzusehen, dass sie lieber in den schönen, kraftvollen Erinnerungen geschwelgt wäre. Ich übrigens auch. Ich weiß so wenig über diese Zeit.

An der S-Bahnbrücke steht in großen Schreibschriftlettern: *Für Sauberkeit und Frische.* Dahinter ist bereits die Weltzeituhr zu erkennen.

„Weißt du, Franka, bei aller Kritik an unserem Land", greift Frau Meissner das Gesprächsthema vom Mittagessen wieder auf, „damals gab es für uns unvorstellbare Erneuerungen. Ich hätte mir zum Beispiel nie träumen lassen, dass ich als Bauernkind einmal studieren darf. Dazu hatte meine Familie kein Geld und keine Möglichkeiten. Und dann studierte ich Anfang der fünfziger Jahre auf der ABF."

„Was heißt das, ABF?" frage ich nach.

„Arbeiter-und-Bauern-Fakultät. Das waren eigenständige Fakultäten an den Universitäten, an denen vor allem Angehörige der Arbeiterklasse und der werktätigen Bauernschaft studierten. Sie wurden 1961 geschlossen, weil sie dann nicht mehr nötig waren. Heutzutage spielt der Geldbeutel der Eltern keine Rolle, wenn unsere jungen Leute studieren wollen. Das ist bei uns anders als im Westen."

„Ja", stimme ich ihr zu, während wir langsam die breiten Treppen zum Bahnsteig hochgehen, „ich weiß noch, dass ich in meiner Abiturklasse eines der wenigen Mädchen aus der Arbeiterschicht war. Bei den Jungs waren es aber auch nicht viele. Die Bafög-Zahlungen haben die Entscheidung meiner Eltern, mich nach Abschluss der zehnten Klasse weiter auf die Schule gehen zu lassen, ganz sicher positiv beeinflusst."

Frau Meissner unterbricht mich nicht, wendet mir aber ihr aufmerksames Gesicht zu und sieht mich fragend an.

„Bafög heißt Bundesausbildungsförderungsgesetz", erkläre ich. „Mein Jahrgang gehörte zu den ersten, der so eine Unterstützung bekam. Das war vor zehn Jahren, also 1978. Erst neulich habe ich gelesen, dass dadurch die Anzahl der studierenden Arbeiterkinder gewaltig angestiegen ist."

Frau Meissner nickt zufrieden. „Das ist gut. Sehr gut, dass der Westen damit jetzt endlich nachzieht."

„Deine Bahn kommt, Mutti", meint Magdalena, „willst du nicht doch noch auf einen Kaffee mitkommen?"

„Nein, mir reicht es jetzt mit Berlin", antwortet Frau Meissner lächelnd und nimmt ihr einen Beutel aus der Hand. „Ich habe alles bekommen, was ich draußen nicht kriege. Magdalena, klappt das denn jetzt nächsten Freitag mit deinem Konzert zu Gertruds Achtzigstem?"

„Verflixt, das habe ich vergessen!" Magdalena schlägt sich mit der flachen Hand auf die Stirn. „Aber klar, ich komme. Ist ihr Klavier mittlerweile gestimmt?"

„Ja, ich habe es selbst ausprobiert."

„Wunderbar. Dann sehen wir uns am Freitag." Sie nimmt ihre Mutter in die Arme und küsst sie auf die Wange.

„Ja, Liebes, Freitag, 18 Uhr, bis dann", antwortet Frau Meissner und wendet sich an mich. Sie nimmt meine Hand fest in ihre und hält sie dicht an ihren dunkelblauen Anorak. „Bis zum nächsten Mal, Franka", sagt sie herzlich, „komm gesund wieder."

„Wiedersehen, Frau Meissner."

Magdalenas Mutter steigt ein, setzt sich auf einen Fensterplatz und winkt uns zu.

„Du bist wirklich eine rote Socke", spottet Magdalena, noch während sie dem davonfahrenden Zug nachwinkt. „Meiner Mutter gefällt das natürlich."

„Und du weißt die Errungenschaften in diesem Land nicht zu schätzen", entgegne ich. „Ich bin wirklich in dem Bewusstsein zur Schule gegangen, dass ich Abitur machen darf.

Darf, nicht muss oder möchte. Das war etwas Besonderes in meiner Umgebung. Gerade für ein Mädchen aus der Arbeiterschicht. Manchmal haben die Verwandten und Nachbarn mich deshalb bewundernd, aber auch skeptisch angeguckt. Das hat mich allerdings unter zusätzlichen Druck gesetzt."

Auf der Treppe zum U-Bahnhof weichen wir einer entgegenkommenden Gruppe Jugendlicher in blauen Trainingsanzügen aus und folgen dann dem düsteren, breiten Flur.

„Warum hast du eigentlich nicht studiert?" fragt Magdalena nachdenklich.

„Zum einen hatte ich damals das Gefühl, keine Zukunft zu haben. Anfang der achtziger Jahre war ja die Zeit des Wettrüstens, ganz in der Nähe hatten die Amerikaner die Pershing II stationiert. Und zum anderen hatte ich nicht den Mut dazu. Ich konnte nicht einmal gedanklich über meinen Schatten springen und mich als zukünftige Psychologin oder Architektin vorstellen. Unterstützung oder Vorbilder hatte ich kaum. Manchmal bedauere ich es."

„Ich wäre auch gerne weiter auf die Schule gegangen", erzählt Magdalena, „aber ich gehörte nicht zu den Klassenbesten. Meine Freundin Petra wurde nicht zum Studium zugelassen, weil sie nicht in der FDJ war. Eine andere Mitschülerin, weil sie katholisch ist und sich stark in ihrer Kirchengemeinde engagiert hat."

„Wirklich?" frage ich bestürzt. Etwas in mir wehrt sich gegen diese Aussagen. Doch Magdalena nickt bekräftigend und sieht mich ernsthaft an.

„Du meinst, es gibt hier nur andere ungerechte Auswahlkriterien?" hake ich nach.

„Ja. Hier hängen die Bildungsmöglichkeiten davon ab, wie du dich politisch verhältst."

Während ich noch überlege, welche Hürden einfacher zu umgehen sind, bleibt Magdalena am Anfang des Bahnsteigs stehen und holt ihr Portemonnaie aus der Jackentasche.

„Ich habe nicht genügend Kleingeld. Hast du die zwanzig Pfennige für deinen Fahrschein?"

„Ja."

Die Münzen klappern metallisch in das Innere der Säule, ich drehe zwei Mal an der Kurbel und reiße beide Fahrscheine ab. Wie immer wundere ich mich über diesen vertrauensvollen Fahrkartenverkauf. Allerdings lohnt sich Betrug bei den geringen Fahrkartenpreisen auch nicht. In diesem Augenblick löst sich ein junger Mann aus der Menge der Wartenden und leuchtet mit einer Taschenlampe auf die runde Plexiglasscheibe der Fahrkartensäule, hinter der das Säuleninnere wie eine Torte in gleich große Stücke aufgeteilt ist. Unsere Pfennige liegen im letzten Achtel. Der junge Mann lässt seine Taschenlampe rasch wieder in der Manteltasche verschwinden, tritt wieder an seinen alten Platz zurück und sieht mit gelangweilter Miene vor sich hin.

„Ich habe zum ersten Mal hier einen Kontrolleur gesehen", raune ich Magdalena zu, als wir in die Bahn steigen.

„Die gibt es auch nur selten."

Als wir die Dimitroffstraße entlanggehen, kommt uns Ulli entgegen. Ich erkenne sie bereits aus einiger Entfernung an ihrem leichten, federnden Gang, an ihrer schmalen Gestalt und ihrem blonden Strubbelhaar. Sie winkt uns lachend zu.

„Das ist ja schön, dass ich euch doch noch treffe. Ich komme nämlich gerade aus deiner Wohnung und habe euch einen Zettel hinterlassen." Sie geht auf Magdalena zu, um sie zu umarmen, doch Magdalena fängt Ullis Hand mit ihrer rechten und schüttelt sie. Ulli entzieht sie ihr und rollt mit den Augen. „Du Stoffel, lass dich in den Arm nehmen, wie immer."

Kurz und heftig umarmt sie Magdalena, die es steif und etwas unbeholfen über sich ergehen lässt. Ulli sieht sich mit theatralisch aufgerissenen Augen nach allen Seiten um und lächelt Magdalena dann beruhigend zu: „Niemand hat es gesehen. Kein Mensch hält dich für homosexuell! Es ist gerade noch mal gutgegangen!"

„Du hast genau eine Minute gebraucht, um darauf zu kommen", kontert Magdalena spöttisch, „das ist dein neuer persönlicher Rekord!"

„Darauf bin ich jetzt wirklich stolz." Ulli lacht gutmütig und wendet sich an mich. „Hallo, Franka."

„Hallo, Ulli."

Ich stelle die Einkaufsbeutel auf den Boden und umarme sie kurz. „Bist du einfach so gekommen oder hat es einen Grund?"

„Ich wollte euch fragen, ob ihr morgen Abend mit zu Maike Nowak kommt. Die tritt in einem Jugendklub in Weißensee auf."

„Wer ist denn Maike Nowak?" erkundige ich mich.

„Eine lesbische Liedermacherin mit einer wunderschönen Stimme und urst guten Texten."

„Klingt gut."

Auch Magdalena nickt heftig. „Ich war noch nie bei einem Konzert von ihr. Lasst uns morgen Abend hingehen."

„Gut. Conni und Sabine kommen auch mit. Wir holen euch dann um sieben mit dem Auto ab. Ich habe den Trabbi meiner Eltern geborgt."

„Warum denn das? Wegen deiner Bilder?" fragt Magdalena.

„Ja", seufzt Ulli, „ich habe mich nun doch entschlossen, sie bei meinen Eltern zwischenzulagern. Ich habe einfach keinen Platz mehr in meiner Wohnung. Und die große Ausstellung ist ja nicht in Sicht." Sie lächelt verschmitzt. „Noch nicht!"

„Ja. Noch nicht", bekräftigt Magdalena Ullis Hoffnung.

„Kommst du mit hoch?" frage ich, „wir wollen jetzt kochen."

„Wie spät ist es?" fragt Ulli. „Ich will vor der Arbeit noch bei meiner Tante vorbeischauen."

„Ich weiß nicht."

„Ich habe auch keine Uhr", meint Magdalena und dreht ihr linkes Handgelenk.

„Ich schon." Ulli nimmt ihren grünen Wanderrucksack vom Rücken und öffnet die beiden Schnallen der ledernen Verschlüsse. Sie holt eine runde Wanduhr heraus und wirft einen Blick darauf.

„Halb sechs", sagt sie trocken und schaut verblüfft auf, als Magdalena und ich in schallendes Gelächter ausbrechen.

„Du hast deine Küchenuhr dabei?" fragt Magdalena glucksend.

„Na und?" Ulli packt die Uhr gelassen wieder ein und schließt die Schnallen. „Ich habe meine Armbanduhr gestern verlegt. Und ohne Uhr bin ich nur ein halber Mensch. Ich muss los. Bis morgen!"

Sie lächelt uns zu und geht auf ihren langen, dünnen Beinen fast hüpfend davon.

„Hallo, ich bin Conni." Die kurzhaarige Frau mit den hellen Augen drückt mir kräftig die Hand. Diese Geste ist für mich immer noch ungewohnt. In West-Berlin gilt sie als spießig. Ich mag das Händeschütteln. Es ist verbindlicher als ein Blick und ein Kopfnicken.

„Hallo, ich bin Franka."

„Und ich bin Sabine", stellt sich die Frau mit dem wippenden blonden Pferdeschwanz vor, legt ihre Hand locker in meine und zieht sie dann sanft wieder zurück. Ihr offener und neugieriger Blick bleibt noch einen Moment lang auf mir liegen.

„Können wir gleich los oder wollt ihr etwa noch einen Tee?" fragt Magdalena mit einem verschmitzten Lächeln.

„Lasst uns mal gleich fahren", ruft Ulli aus dem Dunkeln des Treppenhauses, „dann können wir uns die besten Plätze sichern. Ich bin schon richtig aufgekratzt."

„Ich auch", meint Conni und springt mehrere Stufen auf einmal herunter. „Ich kenne Maike Nowak bisher nur von einer hundert Mal überspielten Kassette."

„Es wird im Trabbi ziemlich eng werden", meint Magdalena, als sie die große Hoftür für alle aufhält. „Ich schlage vor, wir beiden Dicken sitzen vorne."

Ich zucke leicht zusammen, wie immer, wenn Magdalena sich selbst als dick bezeichnet, und drehe mich unsicher um, wer sich nun angesprochen fühlt.

„Einverstanden." Conni grinst Magdalena an. „Wenn du fährst. Du kennst Ullis Eltern besser als ich, und es ist ja ihr Auto."

„Ja, so dachte ich auch", stimmt Ulli zu und gibt Magdalena die Autoschlüssel. „Den Weg sage ich dir an."

„Rutscht mal bitte ein Stück", meint Sabine lachend, als sie sich als Letzte auf den Rücksitz quetscht.

„Wohin denn?" protestiert Ulli.

„Franka, ich spüre deine Knie durch den Sitz in meinem Rücken", jammert Magdalena, während sie den Sicherheitsgurt auf ihren Körperumfang einstellt.

„Wer jetzt noch meckert, fährt mit der Bahn", droht Ulli mit einem Augenzwinkern, „und jetzt erst einmal die Schönhauser hoch."

„Wir haben schon von dir gehört." Conni dreht sich zu mir um; die Lautstärke ihrer Stimme übertönt das Motorengeknatter.

Das dachte ich mir bereits. Allerdings wäre ich für Conni und Sabine lieber eine Frau, die sie unbefangen kennen lernen, und nicht, wie so oft, „die aus'm Westen".

„Wir haben alle Bücher gelesen, die du in unsere Bibliothek gestellt hast", fährt Conni fort und reicht mir ein schmales Päckchen. „Das ist für dich. Nach der Auswahl deiner Bücher zu urteilen, könnte dir dieses hier auch gefallen."

„Danke." Überrascht löse ich vorsichtig die Klebestreifen von dem festen braunen Papier, „*Waldtraut Lewin: Dich hat Amor gewiß* ... Das klingt vielversprechend. Ich kenne sie nicht und bin sehr gespannt. Vielen Dank."

Sabine und Conni lächeln auch.

„Bitte. Wir wollen dir einfach etwas zurückgeben", meint Sabine, „weil so ein Austausch sehr fruchtbar ist. Wir dachten auch daran, ob du etwas anderes von hier brauchen kannst. Vielleicht Schallplatten? Magst du Klassik?"

„Ich habe nur einen Kassettenrekorder, keinen Plattenspieler", antworte ich, gerührt darüber, dass sich diese beiden Frauen so viele Gedanken darüber gemacht haben.

„Franka steht auf praktische Geschenke", wirft Magdalena mit gutmütigem Spott ein. „Waschlappen, Tennissocken und Untertrikotagen."

„Unterhemden hat sie aber erst vorige Woche von mir bekommen", meint Ulli, „damit kommst du über den Winter, nicht wahr, Franka?"

„Also Tennissocken oder Waschlappen", hakt Conni nach und wischt mit einem Tuch über die sich immer wieder beschlagende Windschutzscheibe.

„Ja", antworte ich, „oder eine Wärmflasche. Da könnte ich auch eine neue brauchen. Meine ist nicht mehr ganz dicht."

Ulli beugt sich nach vorne und schaut sich angestrengt um. „Nächste Straße rechts und dann lange geradeaus."

Ich weiß nicht, wie ich mir einen Jugendclub vorgestellt habe, aber auf keinen Fall als einen freistehenden, modernen Flachbau. In meiner Geburtsstadt gab es erst ein Jugendhaus, als ich schon beinahe zu alt dafür war, eine feuchte Dreizimmerwohnung in einem Haus, das die Stadtverwaltung zum Abriss gekauft hatte. Ansonsten stellte uns gelegentlich die katholische Kirche ihr Gemeinschaftszentrum für Partys zur Verfügung.

„Ich war noch nie in einem Jugendclub."

„Echt?" Conni schaut mich überrascht an. „Bei uns gibt es ganz viele."

Ulli lotst uns durch den Eingang, an der Garderobe und der Bar vorbei in einen großen ungeschmückten Raum, in dem nichts darauf hinweist, dass er von Jugendlichen und nicht von einer katholischen Gemeinde benutzt wird. Keine Poster an den kahlen Wänden, natürlich auch keine Graffiti. Ich hatte weder Stühle erwartet noch einen derart großen Raum.

Wir besetzen die Hälfte der vorderen Reihe. Der Raum füllt sich rasch. Es gelingt mir nicht, meine Neugierde zu unterdrücken, immer wieder drehe ich mich verstohlen um. Fast alle sind unter dreißig, und, wie es scheint, aus alternativem Umfeld. Die fünfzehn- oder sechzehnjährigen Schüler hinter uns tuscheln aufgeregt. Sie wirken auf mich, als dürften sie zum ersten Mal abends ausgehen.

„Schau mal, Teresa und Anke sind auch da", sagt Magdalena zu Ulli und winkt den beiden Frauen zu, die sich gerade auf der anderen Seite des Mittelgangs hinsetzen. Es ist den beiden anzusehen, dass sie hier nicht mit Bekannten gerechnet haben oder nicht mit diesen Bekannten, aber sie winken trotzdem tapfer zurück.

Ein Paar um die vierzig kommt herein, er in Anzug und Krawatte, sie im hellen Kostüm mit Handtasche. Sie wirken seltsam deplatziert, was sie nicht im Geringsten zu stören scheint. Beide sehen sich offen und freundlich lächelnd um und setzen sich dann neben drei stoppelhaarige Frauen, die aussehen, als hätten sie sich gerade gestritten. Ein Frauenpaar kommt durch die Tür, eine lässt ihren Blick blitzschnell durch den Raum gleiten, bleibt einen Moment länger als üblich bei mir hängen, mustert auch kurz meine Begleiterinnen. Dann nickt sie mir mit einem angedeuteten Lächeln zu.

„Auch eine von uns", flüstert mir Ulli zu, die den Blick aufgefangen hat.

„Kennst du sie?"

„Nein, aber das war doch eindeutig."

Punkt acht kommt die Liedermacherin herein, eine zierliche Frau in Jeans und weitem Hemd, mit dunklen, kurzen Haaren und einer Nickelbrille. Sie nimmt das Mikrophon in die Hand, ihre drei Musiker gehen zu ihren Instrumenten.

Ihre klangvolle Stimme überrascht nicht nur mich. Eine atemlose Stille beherrscht den Raum. Maike Nowak zieht uns sofort in ihren Bann, verzaubert bereits mit den ersten Tönen uns alle in unserer Verschiedenheit. Ihr tiefer, betörender Alt umschmeichelt die Sinne, öffnet uns für den Genuss des Hörens, des Lauschens, für den Augenblick.

Sie entlässt uns zu früh, nach einem Moment des Bedauerns applaudieren wir erwartungsvoll. Erst nach und nach gelingt es mir, auch auf den Inhalt ihrer Texte zu achten. Sie singt von den rosa Winkeln in Buchenwald und dem heutigen Schweigegebot, das wir uns nicht mehr gefallen lassen. Sie singt von Frieda, ihrer Liebsten, und in ihrem „Trinklied der Schwestern" fordert sie uns auf, mit ihr auf unsere Brüste und unsere Lust zu trinken.

„Sie ist unglaublich gut", murmelt Magdalena verträumt.

„Ja", stimme ich ihr zu, während der Applaus leiser wird und schließlich verebbt. Stühle scharren. Vereinzeltes Räuspern. Dann gespannte Stille.

Als Maike Nowak in ihrem nächsten Lied bedauert, dass viel zu viel verschwiegen wird, werfe ich Magdalena einen Seitenblick zu, um zu sehen, ob nur die Musik oder auch der Text sie berührt. Ich kann es nicht erkennen. Ich werde sie nachher fragen. Nachher. Etwas in mir zieht sich zusammen. Nachher muss ich zur Grenze.

Später sitzen wir an einem der kleinen quadratischen Tische in der Bar und trinken Club-Cola und Cuba libre. Conni schaut auf ihre Armbanduhr. „Hier wird gleich dichtgemacht. Sollen wir noch in die *Busche* oder ist es für euch zu spät?"

„Wann musst du wieder nach drüben?" erkundigt sich Sabine bei mir.

„Jetzt." Ich muss schlucken.

Sabine schaut mich betreten an. Alle schweigen. Magdalena umkreist mit ihrem Zeigefinger den Rand ihres Glases. Conni zündet sich wieder eine Zigarette an.

„Ihr könnt mit dem Auto fahren", schlägt Ulli schließlich vor.

Der Trabant knattert den Baumschulenweg entlang. Magdalena lässt ihn ausrollen und hält an der Ecke einer schmalen Seitenstraße, ein gutes Stück vom Grenzübergang und möglichst weit von den spärlich leuchtenden Straßenlaternen entfernt.

„Wir sind da", sagt sie leise. Als ob ich das nicht wüsste. Das gelbliche Licht der Grenze strahlt zu uns herüber. Ich frage mich, wie lange ich dieses zweigeteilte Leben noch aushalte. Bevor ich das aussprechen kann, beugt sich Magdalena zu mir herüber und küsst mich sanft auf den Mund.

„Ich liebe dich", flüstert sie, „vergiss das nicht."

Zwei oder drei Tränen rollen ungewollt über meine Wangen. Ich wische sie verstohlen weg.

„Ja", antworte ich mit angestrengter Leichtigkeit in der Stimme, „ich liebe dich auch."

Ihre kräftigen Hände auf meinem Rücken, meine Arme um ihren Oberkörper. Festhalten. Ein inniger Kuss. Als wäre es das letzte Mal.

Dann schlage ich die Autotür zu. Wieder einmal zu heftig.

„He, das ist kein Mercedes", ruft mir Magdalena prompt hinterher. Ich hebe entschuldigend meine angewinkelten Unterarme und versuche ein Lächeln. Dann gehe ich die menschenleere Straße hinunter. Es kostet mich Mühe. Ich will nicht gehen. Erst kurz vor dem eisernen Tor höre ich, wie Magdalena den Motor anlässt und wendet. Anscheinend fällt es ihr heute auch besonders schwer, mich loszulassen. Der Grenzübergang ist leer.

„Guten Abend", grüßt der ältere, korpulente Grenzer in der grauen Zolluniform beinahe tonlos zurück. Ich forsche in seinem Gesicht, ob er mich nicht doch erkennt, mich, der er so oft an diesem Ort begegnet, mich, die er einmal mit einer *Bild*-Zeitung durchgehen ließ. Ich versuche es mit einem Lächeln, doch er betrachtet aufmerksam meine Zollerklärung.

„Haben Sie noch Mark der DDR?" fragt er in sachlichem Tonfall.

„Nein", antworte ich und plötzlich weiß ich, ihn und nur ihn werde ich fragen. Jetzt.

„Ich möchte in die DDR übersiedeln und mich hier einbürgern lassen", platzt es aus mir heraus. „Können Sie mir sagen, an welche Stelle ich mich wenden muss?"

Er schaut mich nur den Bruchteil einer Sekunde überrascht an, dann kehrt die zurückhaltende Sachlichkeit in sein Gesicht zurück.

„Nein", antwortet er ruhig, „das weiß ich nicht. Warten Sie einen Augenblick, ich frage den Kollegen."

Mein Herz klopft wild gegen meinen Brustkorb. Der Grenzer kommt zurück und meint: „Mein Kollege ist sich auch nicht sicher. Aber versuchen Sie es an folgender Adresse: Clara-Zetkin-Str. 85 in 1080 Berlin."

„Das schreibe ich mir auf", erwidere ich, während ich nervös in meiner Jacke nach meinem Taschenkalender und einem Stift suche.

„Clara-Zetkin-Str. 85 in 1080 Berlin", wiederholt der Grenzer und gibt mir meine Papiere zurück. „Auf Wiedersehen."

„Danke. Auf Wiedersehen."

„Na? Gut geschlafen?" fragt Michael, als ich noch etwas unbeholfen in die Küche tapse. Er sitzt über die Zeitung gebeugt vor einer dampfenden Tasse Tee, bestimmt schon seine zweite oder dritte, und grinst mich gutgelaunt an. Er hat bereits Klara in den Kindergarten gebracht, kein Wunder also, dass er munter ist.

„Ich bin noch halb in meinem Traum", antworte ich und lasse mich auf einen Stuhl sinken. Michael dreht sich auf seinem Stuhl herum und holt eine große Tasse aus dem Küchenschrank, gießt Tee aus unserer dickbauchigen blauen Kanne ein und schiebt die Tasse zu mir herüber. Ich nehme einen vorsichtigen kleinen Schluck. Er weckt meine Sinne.

„Na, was ist? Erzählst du mir jetzt gleich deinen Traum oder erst, wenn ich wieder Zeitung lese?"

Plötzlich fällt mir mein Versprechen vom letzten Jahr wieder ein, Michael nie wieder anzulügen.

„Ich habe heute Nacht am Grenzübergang gefragt, wo man einen Einbürgerungsantrag stellen kann. Sie haben mir eine Adresse gegeben", bricht es aus mir heraus. „Und davon habe ich auch geträumt."

Michaels Augenbrauen haben sich beim Zuhören zusammengezogen. Jetzt streicht er sich die Spannung aus der Stirn und seufzt. „Ja", meint er zögernd, „wahrscheinlich musst du wirklich gehen. Du denkst nun schon so lange darüber nach. Wie lange fährst du jetzt schon nach drüben?"

„Fast zwei Jahre."

Ich muss den Blick von ihm abwenden. Der Sekundenzeiger unserer alten Küchenuhr teilt mir mit seinem hässlichen metallischen Knarren mit, dass unsere gemeinsame Zeit zu Ende geht. Beinahe dreißig Jahre. Niemand kennt mich so lange wie Michael. Ich habe mir nie vorstellen können, die einzige menschliche Verbindung zu meinen Wurzeln zu lösen.

„Und dennoch will ich dich um etwas bitten, Franka", unterbricht Michael meine Gedanken. Er beugt sich vor und sieht mich eindringlich an. „Besprich das nicht nur mit den Leuten um dich herum, die direkt von deiner Entscheidung betroffen sind, sondern auch mit einer Person von außerhalb, einer Therapeutin beispielsweise."

„Seit du Psychologie studierst, bist du manchmal unausstehlich", platzt es wütend aus mir heraus. „Ich habe vier Jahre Therapie gemacht. Vier Jahre lang, ein Mal jede Woche! Das soll mir erst einmal einer nachmachen!"

„Wie viele Sitzungen hast du für die Entscheidung genutzt, die Ausbildung zu machen?" hält Michael aufgebracht dagegen. „Ich erinnere mich daran, wie du wochenlang das Für und Wider mit deiner Therapeutin abgewogen hast. Du hast mir immer wieder davon erzählt!"

Das stimmt.

„Diese Entscheidung ist doch viel weitreichender als eine dreijährige Lehre", fährt Michael mit weicherem Tonfall fort, „und außerdem halte ich bei deiner Kindheitsgeschichte vier Jahre Therapie nicht unbedingt für eine lange Zeit. Bei allem Respekt vor deinem Mut, dir das so genau anzusehen."

Sein Innehalten lässt mich aufschauen. Wir sehen uns schweigend an. Es geht ihm nicht um das Verlassenwerden. Er macht sich Gedanken um mich, um mein Wohlergehen.

„Letzte Woche, als wir mit Klara auf dem Spielplatz waren", sagt Michael ernsthaft, „da parkte doch ganz in der Nähe ein Auto mit Stuttgarter Kennzeichen. Erinnerst du dich?"

Ich nicke.

„Ich habe gemerkt, wie du kurz zusammengezuckt bist und wie angespannt du das Aussteigen des Fahrers beobachtet hast. Dann erst fiel mir das Kennzeichen auf."

„Das stimmt", gebe ich zu, „ich habe immer noch Angst vor denen. Und es gibt immer noch Situationen, wo ich mich verfolgt fühle. Es war ja auch lange Jahre meine Lebensrealität. Aber es geht nicht so weit, dass ich deswegen in die DDR will. Das ist völlig absurd." Meine Stimme wird lauter, ich rede aufgeregt und schnell. Es ist für mich so wichtig, dass Michael mich versteht. „Ich will übersiedeln, zum einen, weil ich Magdalena liebe, und zum andern, weil ich in einem sozialistischen Staat leben will. Bei allen Schwächen und Fehlern, die dort gemacht werden, ist mir das viel lieber als in einem kapitalistischen Land, in dem die Leute ihre eigenen Kinder brutal ausbeuten und sie eingeschüchtert oder betäubt einer expandierenden Pornoindustrie zur Verfügung stellen."

Michael schnappt nach Luft. „Das hast du mir noch nicht erzählt."

„Was?"

„Das mit der Betäubung."

Ich warte ab, bis das Erschrecken aus seinem Gesicht weicht. „Es gibt vieles, was ich dir noch nicht erzählt habe."

Michael betrachtet mich nun wieder ruhig und abwartend und mit einer Aufmerksamkeit, die mich weiter reden lässt. „Manchmal waren es kleine, weiße Tabletten, die der Apotheker lose in eine Tüte packte und die mein Vater in Wasser auflöste, und manchmal Chloroform oder Äther, ich kenne mich da nicht so aus." Meine Stimme bekommt wieder den sachlichen Tonfall, wie jedes Mal, wenn ich von meinen Kindheitserlebnissen berichte. „Aber ich würde den Geruch heute noch von hundert anderen unterscheiden können. Das Zeug wurde auf ein Tuch geträufelt und dem Kind auf Mund und Nase gedrückt. Ich habe es zwei oder drei Mal beobachtet." Ich halte einen Moment inne. „Und unzählige Male selbst erlebt."

Es war immer nur ein Bruchteil einer Sekunde gewesen, in dem ich zwischen Wachsein und Betäubung habe begreifen können, was mit mir geschieht. Der kurze Augenblick, in dem die große, kräftige Hand mit einem weißen Tuch blitzschnell auf mein Gesicht zukam. Diese Hand kam hinter dem Mauervorsprung hervor, wenn ich durch den langen Flur in mein Zimmer gehen wollte. Sie wartete abends, wenn ich mich im Badezimmer eingeschlossen hatte, hinter dem Duschvorhang auf mich. Sie stellte mich hinter der Kellertür, wenn ich eine Flasche Bier holen musste. Sie legte sich über mein Gesicht, wenn ich aus dem Schlaf aufschreckte, kurz bevor ich schreien konnte. Manchmal sah ich zuerst die Hand, manchmal roch ich zuerst das Betäubungsmittel. Es ist mir nie gelungen zu fliehen. Auch wenn sich mein Vater weitmöglichst im Verborgenen hielt, erkannte ich seine Körperumrisse hinter der Hand, die so schnell auf mich zukam, erkannte seinen behaarten Daumen, seine Fingernägel. Aber ich konnte es nicht fassen. Hatte er mich doch eben erst in den Keller geschickt, um sein Feierabendbier zu holen. Hatte er mir doch vor wenigen Minuten eine gute Nacht und viel Glück für das Diktat am nächsten Vormittag gewünscht. Das Tuch war weich und sauber, das fand ich schön. Der Geruch darin hat mir sofort jede Angst genommen, eine heitere Leichtigkeit erfüllte mich dann. Beim Fallen spürte ich meistens noch, wie ich aufgefangen wurde.

„Franka, wo bist du eigentlich?"

Michaels Hand liegt auf meinem Unterarm. Nach vorne gebeugt sieht er mich eindringlich und besorgt an.

„Wieso?"

„Ich habe dir schon zwei Mal die gleiche Frage gestellt und du reagierst nicht", erwidert er.

„Tut mir Leid, ich bin gerade etwas abgeschweift. Was hast du denn gefragt?"

„Ob du weißt, woher dein Vater die Betäubungsmittel hatte?"

Ein paar Augenblicke verstreichen, bis ich wieder in der Gegenwart angekommen bin. Ich betrachte Michaels Dreitagebart, das Gesicht eines Erwachsenen. Auch ich bin kein Kind mehr.

„Ja", antworte ich dann. „Vom Apotheker aus der Kronenapotheke. Erinnerst du dich an den?"

„Warte mal", überlegt Michael, „Kronenapotheke, das war doch die in der Nähe vom Schwimmbad?"

Ich nicke.

„Und der Apotheker war so ein zierlicher, grauhaariger Mann. Und der älteste Sohn hat Pharmazie in Heidelberg studiert und danach ebenfalls dort gearbeitet, nicht wahr?"

„Ja."

„Ich erinnere mich ganz genau daran, welche Verwunderung die ‚Freundschaft' zwischen dem Apotheker und deinem Vater bei meinen Eltern auslöste", erzählt Michael. „Meine Mutter hatte einmal die beiden zusammen auf der Straße gesehen und sich am Abendbrottisch darüber ausgelassen. Mein Vater kommentierte das mit dem Spruch ‚Schuster, bleib bei deinem Leisten'. Es war ja mehr als ungewöhnlich, dass sich ein Apotheker mit einem Werkzeugmacher abgab. Man bewegte sich doch ausschließlich in seiner eigenen sozialen Schicht."

„Ja", stimme ich ihm zu. Es tut mir gut, wenn er meine Erinnerungen bestätigt.

Das Telefon klingelt; Michael sieht mich fragend an. Als ich ihm zunicke, steht er auf und geht in den Flur. Anscheinend ist es ein erfreulicher Anruf. Ich gieße mir den restlichen Tee ein und schließe die Küchentür, um das Telefonat nicht mit anhören zu müssen. Ich brauche Zeit zum Nachdenken und Nachspüren darüber, wie ich ihm dieses Gefühl des Betäubtseins beschreiben könnte, diesen Zustand zwischen Leben und Abwesenheit. Vielleicht am ehesten mit dem Aufwachen nach einer langen Narkose. Doch Michael hatte bisher nur eine Blinddarmoperation, dazu bekommt man keine lange Betäubung. Ich könnte ihm sagen, dass man dabei vollkommen die Orientierung verliert.

Einmal, so erinnere ich mich jetzt ganz genau, konnte ich mich überhaupt nicht spüren, konnte meinen Körper weder fühlen noch ihn bewegen. Mir war nicht einmal bewusst, dass ich einen hatte. Sogar denken konnte ich nur sehr langsam. Ich überlegte, ob ich tot war. Ich dachte angestrengt darüber nach, wie ich es herausfinden könnte. Immer wieder klappte mein Bewusstsein weg, und ich versank in einer schwarzen Tiefe. Verzweifelt versuchte ich mich zu erinnern, wie ich mich früher orientiert hatte. Und plötzlich fiel mir ein, dass ich sehen konnte.

Beinahe wären meine Gedanken vor Erschöpfung wieder weggeklappt. Ich konnte mich gerade noch mit der Frage zurückreißen, womit ich denn wohl gesehen haben mag. Nach einer quälend langen Zeit erinnerte ich mich an meine Augen und daran, dass ich die damals öffnen konnte. Jetzt konnte ich sie nicht öffnen, so sehr ich mich auch bemühte, ich wusste nicht, wie ich das anstellen sollte. Aber ich hatte einen Weg gefunden, aus dieser Isolation herauszukommen, und das gab mir frische Kraft. Und plötzlich gelang es mir doch, meine Augenlider einen schmalen Spalt breit zu öffnen. Ich starrte geradewegs auf ein fleischfarbenes Dreieck, das sich rhythmisch auf und ab bewegte. Soweit ich es einschätzen konnte, war es nur ein kleines Stück von mir entfernt. Es gelang mir nicht, meine Augen zu bewegen, um den Rest des dreieckigen Ausschnitts zu erkennen. Gerade als mir die Augen erschöpft zufallen wollten, zuckte das Dreieck ein Stück zurück, und ich erkannte darin den Teil einer Schulter, einer breiten Männerschulter. Die Schulter wich weiter zurück und das verschwommene Gesicht meines Vaters drang in mein erstarrtes Blickfeld. Er sah mich zunächst prüfend, dann entsetzt an, drehte sich eilig von mir weg und verschwand. Das wiederum hat mich entsetzt. Dass er wegging, er, der mir doch hätte erklären können, wo ich mich befand und ob ich noch lebte. Ich spürte nur meine Augen. Ich zwang mich verzweifelt, sie offen zu halten und zu sehen. Ich sah ein mir unbekanntes Kind, das in unnatürlich verdrehter Stellung auf etwas Rotem lag. Sein Mund war geöffnet, hinter den halb geschlossenen Augen ein starrer Blick. Ich hielt es für tot.

Meine Augen fielen zu. Mit großer Kraftanstrengung öffnete ich sie wieder. Dabei hat sich meine Blickrichtung ein wenig verändert; ich konnte es aber nicht bewusst steuern. Neben dem Kind erkannte ich die nackten Beine und das Gesäß eines anderen, noch kleineren Kindes. Ein Paar Herrenschuhe mit dazugehörigen dunklen Hosenbeinen schritten langsam daran vorbei. Meinen Augen gelang es nicht, ihnen zu folgen. Aber das scharrende Auftreten der Schuhe erinnerte mich daran, dass ich auch Ohren besaß. Meine Fähigkeit zu hören kam allmählich zurück. Ich lauschte angestrengt, hörte gedämpfte Stimmen und Geräusche, die ich nicht einzuordnen vermochte. Wo befand ich mich bloß? Mir wurde bewusst, dass ich vor lauter Horchen das Sehen vergessen hatte. Ich konzentrierte mich erneut auf meinen Blick, sah wieder die Kinderbeine und den kleinen Po und wünschte mir, ihn bedecken zu können. Ich erschrak, als ich einen großen, feucht glänzenden Blutfleck auf diesen Beinen entdeckte. Er weckte einen anderen meiner Sinne und ich konnte schwach den Geruch des Blutes erkennen, ein leicht süßlicher, metallischer Geruch. Ich hatte ihn schon einmal in einer ähnlichen Umgebung wahrgenommen, nur viel stärker. „Ich bin noch nicht tot", dachte ich in trotziger

Verzweiflung. „Ich kann sehen und hören und riechen. Ich muss herausfinden, woher ich diesen Geruch kenne, dann weiß ich, wo ich bin." Ich dachte angestrengt nach und starrte auf das weiße Fleisch der Kinderbeine und den roten Blutfleck.

Dann fiel es mir ein: die Schlachterei hinter dem Bahnhof, wo ich einmal Knochen für unseren Hund abgeholt hatte. Ein stummer Schrei verfing sich in meiner Kehle. Ich befand mich, so glaubte ich, in einem Schlachthof, um hier zu sterben. Wie die anderen Kinder.

Meine Augen fielen entkräftet zu. Das Entsetzen blieb. Es gab kein Entrinnen. Ich konnte weder weglaufen noch um Hilfe rufen, ich konnte ja nicht einmal weinen. Ich konnte nur unter großer Anstrengung ein wenig sehen, hören und riechen. Das hatte ich genug getan. Daher wusste ich, dass hier ein Platz zum Sterben war. Mein Platz. Ich würde hier sterben. Ganz langsam. Ich war bereits dabei.

Ein anderer Geruch drang in meine Nase. Ich erkannte ihn sofort: Maschinenöl. Vaters Hände.

„Franziska, wir fahren jetzt nach Hause", flüsterte er mit sanfter Stimme, während er mich hochhob. Plötzlich spürte ich mein Herz. Es klopfte nur langsam und matt, aber es fühlte sich so an, als ob es lachte. Einen Augenblick dachte ich noch an die armen anderen Kinder, die nicht von ihren Vätern gerettet wurden. Voller Dankbarkeit glitt ich sacht in die schwarze Tiefe.

In der Wohnung auf der anderen Seite des Hinterhofs wird die Deckenlampe angeknipst. Unsere alte Nachbarin setzt sich mit ihrer Zeitung an den Tisch vor ihr Küchenfenster. An einem nebligen Wintermorgen reicht ihr das Tageslicht nicht zum Lesen aus.

Ich schrecke auf, als Michael unsere Küchentür öffnet. „Schöne Grüße von meinem Bruder", sagt er lachend. Langsam, aber auch erleichtert löse ich mich von meinen Erinnerungen.

„Ach, von dem hast du doch schon ewig nichts mehr gehört, nicht wahr? Wie geht's ihm denn?"

„Gut, richtig gut. Er fährt nächste Woche zu einem Kaffeeernteeinsatz nach Nicaragua und weiß noch nicht, wann er wiederkommt. Deshalb wollte er sich verabschieden. Ja, wir haben auch gerade überlegt, wann wir uns zuletzt gesehen haben. Es muss am fünfundsechzigsten Geburtstag meines Vaters gewesen sein, vor zwei Jahren."

„Bei mir müssen es über zehn Jahre sein", überlege ich, „ich weiß gar nicht, ob ich ihn noch erkennen würde."

„Er hat sich kaum verändert", meint Michael mit einem Blick auf seine Armbanduhr. „Was, schon so spät? Ich muss zur Uni. In einer Dreiviertelstunde beginnt mein Seminar." Hektisch greift er nach seinem Rucksack, der vor dem kleinen Regal mit den Töpfen liegt, und eilt hinaus. An der Küchentür bleibt er abrupt stehen und dreht sich noch einmal zu mir um.

„Franka", beginnt er zögernd, „bitte überlege dir meinen Vorschlag."

Es berührt mich, wie er da im Türrahmen steht, mit hängenden Armen und einem weichen, bittenden Gesichtsausdruck.

„Ja", verspreche ich, „ich werde es mir überlegen. Ganz bestimmt."

Ein schneidender Wind weht durch die Warschauer Straße. Mir ist kalt. Aber ich will ja einen guten Eindruck machen. Bloß deshalb habe ich zu Hause meine dicke Lederjacke wieder an den Garderobenhaken gehängt und den dunkelgrauen dreiviertellangen Mantel aus dem Schrank geholt. Er kann diesen Wind zwar nicht abhalten, sieht aber schick aus.

Das Ministerium wirkt wie ein gewöhnliches modernes Bürogebäude. Die gläsernen Eingangstüren sind nur zu öffnen, wenn der Pförtner auf einen Knopf drückt. Vor der Pforte steht eine Schlange von etwa zwölf oder fünfzehn Menschen. Ich frage mich überrascht, was so viele Leute aus dem nicht sozialistischen Ausland an einem normalen Donnerstagvormittag in diesem Ministerium zu erledigen haben. Einen Augenblick glaube ich sogar, sie wären wegen des gleichen Anliegens hier wie ich. Dann erkenne ich, dass einige blaue DDR-Ausweise in der Hand haben. Manche verlassen den Platz nach einem kurzen Gespräch mit dem Pförtner, andere gehen in das Gebäude. Wir rücken rasch auf.

„Guten Tag." Ich lege meinen grünen Personalausweis auf den Tresen. „Ich möchte einen Antrag stellen, um in die DDR übersiedeln zu können."

„Det können se jerne tun, aber nich hier", sagt der alte Mann hinter dem Glas gelangweilt.

„Wie bitte?" hake ich enttäuscht nach. „Bin ich hier nicht beim Ministerium für Auswärtige Angelegenheiten?"

„Ministerium für Auswärtige Anjelejenheiten? Nie jehört." Er wendet sich dem Nächsten zu.

„Augenblick, bitte. Mir wurde am Grenzübergang gesagt, ich solle mich an das Ministerium in der Clara-Zetkin-Straße wenden. Dort wurde ich hierher geschickt."

„An der Grenze. Soso. Da sagen se ville, wenn der Tach lang ist. Haste det jehört?" Er wendet sich an seinen jungen Kollegen, dem das Gespräch sichtlich unangenehm ist.

„Können Sie mir sagen, an welche Stelle ich mich wenden muss?" frage ich den Jüngeren.

„Nein", antwortet er verlegen, „da kann ich Ihnen leider nicht weiterhelfen. Das Ministerium für Auswärtige Angelegenheiten befindet sich am Marx-Engels-Platz 2. Ob es die richtige Stelle für Sie ist, weiß ich leider nicht."

Ich nicke ihm zu. „Danke. Auf Wiedersehen."

„Auf Wiedersehen."

Langsam gehe ich zur Straßenbahnhaltestelle. Mein zweiter fehlgeschlagener Versuch. Und dafür habe ich auf meine dicke, warme Jacke verzichtet.

Aus meiner Manteltasche nehme ich Magdalenas Wohnungsschlüssel. Er ist aus einem nur millimeterdicken Flachstahl gefertigt und könnte selbst von einem Lehrling in ein oder zwei Stunden nachgefeilt werden. Magdalena fühlt sich jedoch sicher in ihrer Wohnung. Selbst in ihrem weiteren Bekanntenkreis sei noch nie bei jemandem eingebrochen worden, sagte sie mir neulich. Ich schließe die Wohnungstür und hänge meinen Mantel an einen Garderobenhaken. Die Filzpantoffeln, die seit heute Vormittag neben Magdalenas am Kachelofen stehen, wärmen jetzt meine Füße. Ich lehne meinen Rücken an die glatten Kacheln und schließe die Augen. Will ich wirklich im Osten leben? Ein tiefer Atemzug. Ja. Ganz bestimmt.

Es klingelt.

„Wer ist da?" rufe ich durch die geschlossene Tür, wie immer, wenn ich alleine in einer Wohnung bin.

„Sabine", dringt es gedämpft in den Flur herein. Ich öffne rasch die Tür.

„Hallo, Sabine. Schön, dich zu sehen. Komm herein. Magdalena wird bald von der Arbeit heimkommen."

Sabine trägt heute keinen wippenden Pferdeschwanz; ihre blonden Haare hängen lose auf den Schultern. Es steht ihr gut.

„Nein, ich bin nur auf dem Nachhauseweg kurz hochgekommen. Ich wollte etwas für dich vorbeibringen."

Lächelnd zieht sie etwas Rotbraunes aus ihrem Beutel und drückt es mir in die Hand.

„Eine Wärmflasche", freue ich mich, „das ist lieb von dir, dass du daran gedacht hast. Danke."

„Bitte. Wenn du dir etwas Praktisches wünschst, sollst du etwas Praktisches bekommen."

„Lass uns doch nicht hier auf dem kalten Flur reden. Komm doch herein. Wenigstens auf einen Tee."

„Das geht leider nicht", erwidert Sabine bedauernd. „Conni wartet auf mich. Wir haben ihrer Tante versprochen, heute die Kohlen in ihren Keller zu bringen. Du kannst dir bestimmt vorstellen, dass ich jetzt lieber Tee trinken würde."

„Das glaube ich gerne."

„Na denn, bis demnächst. Grüß Magdalena von mir!"

„Danke. Und du Conni. Tschüss!"

Ich stelle die Wärmflasche auf die Fensterbank in der Küche, lehne sie mit dem Flaschenhals an das Fensterglas, damit sie in meinem Blickfeld bleibt. Während ich Kartoffeln schäle, schaue ich immer wieder zu ihr hinüber.

Ein metallisches Klicken an der Wohnungstür, Magdalena kommt nach Hause. Sie schaut kurz durch die halb geöffnete Küchentür, noch in ihrem Anorak.

„Hallo, Liebste", ruft sie mir strahlend zu und verschwindet wieder, bevor ich ihr antworten kann. Ich höre ihre leiser werdenden Schritte. Magdalena braucht, wenn sie von der Arbeit nach Hause kommt, erst einmal einige Minuten für sich ganz alleine.

Ich stelle den Topf mit den geschälten Kartoffeln auf den Herd, als sie hereinkommt und mich umarmt.

„So mag ich es", sagt sie mit einem schalkhaften Lächeln, „wenn ich von der Arbeit komme, hat meine Frau die Öfen geheizt und mir die Puschen angewärmt."

Ich ziehe ihr kräftig am Ohr. „Noch so ein Spruch, und deine Hausschuhe stehen nächstes Mal im Hof."

„Wie war es?" fragt Magdalena und reibt sich das Ohr.

Mit einem Seufzer lasse ich mich auf einen Küchenhocker fallen.

„Es war wieder nicht die richtige Stelle. Ich bin dann zum Ministerium am Marx-Engels-Platz gefahren und habe dort eine Adresse in Pankow erhalten. Es heißt ‚Amt für Rückkehrungs- und Einbürgerungswillige aus dem nicht sozialistischen Ausland' oder so ähnlich. Ich habe es mir aufgeschrieben."

„Das klingt nach den richtigen Ansprechpartnern. Du hast also etwas erreicht." Magdalena lehnt sich an die Spüle.

„Ja, stimmt. Ich hätte nie gedacht, dass es so schwierig ist, überhaupt an die richtige Adresse zu kommen. Aber morgen Vormittag fahre ich auf jeden Fall nach Pankow."

Magdalena verschränkt ihre Arme vor der Brust und sieht mich ernsthaft an. „Bist du dir wirklich sicher?" fragt sie.

„Ja", antworte ich bestimmt, „du hast mich schon hundert Mal gefragt."

„Ich werde dich noch hundert Mal fragen. Und wenn du beim neunundneunzigsten Mal zweifelst, dann ..." Sie kommt ins Stocken. Wir sehen uns schweigend an.

„Was ist dann?" frage ich leise. Auf längere Sicht ist unsere Liebe so nicht lebbar, das wissen wir beide.

„Dann müssen wir uns überlegen, wie es anders weitergehen kann", meint Magdalena und für einen kurzen Moment erscheint wieder die steile Falte zwischen ihren Augenbrauen. „Franka, du weißt, dass ich mir nichts sehnlicher wünsche, als dass du hier lebst. Aber natürlich mache ich mir auch Gedanken darüber, ob du auf Dauer zurechtkommen wirst."

„Das mache ich mir auch. Bei allem, was ich hier beobachte und erlebe, überlege ich, wie es für mich als Ostlerin wäre."

Sie sieht mich durchdringend an, lacht dann unvermittelt und bückt sich nach ihrem Rucksack. „Ich habe heute auch etwas erreicht." Sie zieht zwei rotbraune Wärmflaschen heraus und legt sie auf den Küchentisch. Eine für dich, und eine für Klara."

„Dann habe ich eine als Reserve." Lachend zeige ich auf die Fensterbank. „Danke."

„Wo hast du denn die her?" fragt Magdalena verblüfft.

„Sabine hat sie mir geschenkt. Sie war eben hier. Ich soll dich von ihr grüßen." Ich stelle die Pfanne auf den Herd und lasse ein wenig Margarine darin zerlaufen.

„So ist das in diesem Staat." Magdalena verdreht ärgerlich die Augen. „Seit Wochen ziehe ich auf der Suche nach einer Gummiflasche für dich durch die Geschäfte. Nun gibt es plötzlich ganz viele. Aber nur bis übermorgen, weil alle hamstern. Wenn du hier lebst, musst du dich mächtig umstellen. Ich hoffe bloß, du kannst dich daran gewöhnen, nicht alles sofort zu bekommen."

„Ich glaube schon. Im Westen kann ich auch nicht alles sofort bekommen. Nur liegt es dort eben mehr am Geld, als am Warenmangel" , werfe ich etwas kläglich ein. Ich will mir die Freude an meinen Geschenken nicht verderben lassen. Es berührt mich, dass Magdalena so lange dafür gesucht hat. Das macht die Wärmflaschen wertvoller für mich. Ich stelle die beiden neben die erste auf die Fensterbank.

„Die Kartoffeln sind fertig", meint Magdalena und gießt das kochende Wasser in die Spüle. „Was hast du mit ihnen vor?"

„Kartoffeln mit Quark und Spiegelei", antworte ich und schlage die Eier in das brutzelnde Fett. „Deck doch schon den Tisch."

Es klingelt zwei Mal kurz und ein Mal lang. „Ulli", stellt Magdalena erfreut fest und geht zur Tür.

„Hallo, hallo", höre ich Ullis fröhliche Stimme, „hier riecht es aber gut. Ich komme wohl genau richtig."

„Hallo, Ulli. Ja, Franka ist gleich fertig."

„Franka ist schon da? Das trifft sich gut."

Ulli öffnet die Küchentür. „Hallo, Franka. Ich habe etwas für dich." Sie überreicht mir zwei rotbraune Wärmflaschen. „Eine für hier und eine für drüben."

Bevor ich etwas sagen kann, zeigt Magdalena lachend auf das Fensterbrett: „Du bist nicht die erste, schau mal!"

Ulli bricht in ein schallendes Gelächter aus. „Woher hast du sie?"

„Von Magdalena und Sabine."

„Du kannst sie natürlich auch anders nutzen, vielleicht je eine für jeden Fuß, eine für jede Schulter und eine für den Bauch", frotzelt Ulli.

„Vielleicht kommt noch jemand und dann hast du für jeden Wochentag eine", kichert Magdalena.

„Schade, dass Weihnachten schon vorbei ist." Ulli seufzt bedauernd. „Deine Wohngemeinschaft hätte ihre helle Freude gehabt. Oder dein Kollektiv in der Werkstatt."

„Hört auf", antworte ich verlegen und stelle Ullis Geschenke zu den anderen auf die Fensterbank, wo es mittlerweile kräftig nach Gummi riecht. „Ich freue mich, dass ihr alle an mich gedacht habt. Die Übrigen kann ich aufheben. Die werden ja nicht schlecht. So, das Essen ist fertig."

Ich nehme einen dritten Teller und ein weiteres Besteckpaar aus dem Schrank und stelle die dampfende Pfanne auf den Tisch.

„Das riecht gut", stellt Magdalena entzückt fest, als ich ihren Teller fülle.

„Sogar besser als neue Gummiflaschen", pflichtet ihr Ulli ernsthaft bei.

„Nein, das nun auch wieder nicht", weist Magdalena sie streng zurecht.

„Ihr seid doof." Ich muss nun mitlachen. „Aber ich gebe zu, dass es wirklich ein witziger Anblick ist." Ich zeige mit dem Pfannenwender auf die fünf Wärmflaschen.

„Manche Leute stellen ihre wertvollen Kristallgläser in der Schrankwand aus", kichert Ulli, „bei euch sind es eben Gummiflaschen."

Magdalena verschluckt sich fast vor Lachen. Ich klopfe ihr kräftig auf den Rücken. Sie fuchtelt mit beiden Armen abwehrend in der Luft herum, bis ich damit aufhöre. Sie hustet und lacht gleichzeitig. Ihr Gesicht ist krebsrot, als sie endlich zur Ruhe kommt.

„Trotzdem", meint sie mit tränenden Augen, „es tut gut, in einer solchen Situation herzhaft zu lachen."

Ulli sieht mit fragendem Blick von ihrem Teller auf. „Was meinst du damit?"

„Franka geht morgen ihren Einbürgerungsantrag stellen."

„Jetzt ist es also so weit." Ulli nickt mir über den Tisch hinweg anerkennend zu. „Ich frage jetzt nicht noch einmal, ob du dir das gut überlegt hast. Gehen wir gleich zum Praktischen. Möglicherweise kommt morgen die Frage nach deinen Gründen. Was willst du antworten?"

„Dass ich in einem sozialistischen Staat leben will."

„Warum?"

„Weil ich es für die gerechtere und menschenfreundlichere Staatsform halte."

„Warum halten Sie den Sozialismus für die gerechtere und menschenfreundlichere Staatsform?" Ullis distanzierter Gesichtsausdruck zeigt mir, dass sie völlig in die andere Rolle geschlüpft ist. Meine Hände werden vor ängstlicher Aufregung ganz feucht.

Niemals wäre ich einem solchen Gegenüber in einer Diskussion über den Sozialismus gewachsen. Ich suche fieberhaft nach sicherem Terrain.

„Es gibt hier keine Arbeitslosigkeit, keine Obdachlosigkeit, keine extreme Armut, keine Prostitution, keine Ausbeutung. Oder zumindest das alles nur in einem vergleichsweise sehr kleinen Rahmen."

„Das finde ich gut", wirft Magdalena ein, „lass dich nicht auf rote Reden ein. Auch wenn du eine Menge darüber weißt, ist es besser, du ziehst über den Westen her."

„Ja, damit bist du auf der sicheren Seite", stimmt ihr Ulli zu, „auf die kannst du immer zurück, wenn du dich zu weit vorgewagt hast. Im Übrigen wusste ich gar nicht, dass du dich so gewählt ausdrücken kannst."

„Wenn es sein muss", antworte ich grinsend.

„Du bist noch wach?" wundere ich mich, als ich die letzten Leitersprossen zum Hochbett hinaufklettere. Meistens schläft Magdalena schon, wenn ich vom Grenzübergang zurückkomme.

„Diese Rollenspiele vorhin haben mich einfach aufgeregt", meint Magdalena und streicht sich nervös durch die Haare. „Hoffentlich klappt morgen alles."

„Ich fühle mich jetzt richtig gut vorbereitet", versichere ich ihr. „Wir haben wirklich an alles gedacht."

„Und du denkst auch ganz bestimmt daran, unsere Beziehung nicht zu erwähnen?" fragt Magdalena zaghaft.

„Ja. Ich habe es dir doch versprochen."

„Ich darf bei meiner Arbeit keine Westkontakte …"

„Magdalena, ich weiß es", unterbreche ich sie bestimmt, „und ich verspreche dir noch einmal, deinen Namen nicht zu nennen." Ich schaue ihr so lange in die Augen, bis die Unsicherheit aus ihrem Blick weicht. „Aber ich habe immer das Gefühl, es geht dir dabei weniger um deine Sorge um deinen Arbeitsplatz als um deine Angst, dass dein Lesbischsein bekannt wird."

„Ja, stell dir vor, wer das dann alles erfahren könnte", erwidert Magdalena atemlos, „meine Kollegen. Und meine Mutter."

„Was wäre denn daran so schlimm?"

„Es geht sie nichts an! Es geht sie einfach nichts an! Ich habe keine Probleme mit unserer Liebe, aber ich will nicht, dass andere sie in den Dreck ziehen!"

„Deine Mutter wird das bestimmt nicht tun. Sie hat sogar schon gesagt, wie froh sie ist, dass wir so zusammenhalten. Und dass sie findet, dass ich einen guten Einfluss auf dich habe. Erinnerst du dich?"

Magdalena nickt. „Eben. Sie weiß, wie wichtig du für mich bist. Sie weiß, dass du auch wegen unserer Beziehung übersiedeln willst. Seit sie dich kennt, redet sie nicht mehr vom Heiraten. Sie weiß, dass das kein Thema mehr für mich ist. Aber ich habe noch nie mit ihr über Sexualität gesprochen. Und das muss jetzt auch nicht mehr sein."

Magdalena wickelt sich gelassen eine Locke um den Zeigefinger und sieht mich abwartend an.

„Ich finde, es geht mehr um Identität als um Sexualität", entgegne ich müde, „aber lass uns jetzt schlafen. Vielleicht bekomme ich morgen nur einen Termin oder einen Antrag zum Ausfüllen."

„Stimmt." Sie küsst mich weich auf den Mund. „Ich werde morgen früh ganz leise herausschleichen, damit du weiterschlafen kannst. Es reicht ja, wenn du erst am späten Vormittag in Pankow bist."

„Ja", antworte ich schläfrig und kuschele mich an ihren großen Busen. „Gute Nacht."

„Gute Nacht. Träum schön."

Ich klingele sofort, denn ich weiß, einen Augenblick später werde ich mich nicht mehr trauen. Ein bürgerliches Einfamilienhaus aus den zwanziger oder dreißiger Jahren mit einem kleinen Vorgarten. Es unterscheidet sich nicht wesentlich von den anderen Häusern in der Straße. Ein uniformierter, älterer Herr öffnet und begrüßt mich kurz und freundlich.

„Guten Tag. Ich möchte einen Einbürgerungsantrag in die DDR stellen."

„Sind Sie Bundesbürger?"

„Ja. Das heißt, West-Berlinerin."

„Kommen Sie herein." Er schließt die Tür hinter mir und setzt sich in seine verglaste Pförtnerloge. „Ihren Ausweis, bitte."

Er vergleicht das Passfoto mit meinen Gesichtszügen, blättert in meinem Personalausweis und legt ihn dann zur Seite. Mein Herz klopft bis zum Hals. Der Pförtner kommt wieder zu mir heraus und fordert mich auf, ihm zu folgen. Er führt mich in ein großes Zimmer, das zu meiner Überraschung nicht wie ein Büro, sondern wie ein gutbürgerliches Wohnzimmer eingerichtet ist. „Setzen Sie sich, Frau Huber", meint er freundlich. „Es wird zehn oder zwanzig Minuten dauern, dann kommt jemand zu Ihnen."

Er schließt die Tür hinter mir. Ich atme auf. Zehn Minuten zum Entspannen. Es zieht mich gleich zum einzigen Fenster. Hinter den wallenden Gardinen kann ich nur wenige Meter weit auf einige dichte hohe Tannen blicken. Ich drehe mich um und lehne mich ans Fensterbrett. Der Raum wirkt bedrückend. Der braune Teppichboden ist farblich auf die Couchgarnitur abgestimmt. Ich suche mir den Sitzplatz an der Wand heraus, mit Blickrichtung zur Tür und zum Fenster. In der dunkelbraunen Schrankwand gegenüber steht ein einziges Buch: *Berlin Alexanderplatz*.

Es dauert lange, bis ich auf dem Flur Schritte höre. Zwei Herren in gutsitzenden Anzügen kommen herein, ein korpulenter Mittfünfziger mit Brille, der sehr gutmütig wirkt, und ein etwa Dreißigjähriger mit engstehenden, durchdringenden Augen und einem schmalen Gesicht. Ich nenne ihn in Gedanken den „Fuchs" und das bleibt er für mich auch, nachdem er sich vorgestellt hat. „Setzen wir uns", meint er mit einer einladenden Handbewegung, als ich erschrocken feststelle, dass sich beide setzen und demzufolge gleichzeitig mit mir reden werden. Daran haben wir gestern Abend nicht gedacht. Warum bloß nicht, ich habe es doch im vorigen Jahr bereits am Grenzübergang so erlebt.

„Sie wollen sich also bei uns einbürgern lassen." Der Ältere nickt mir wohlwollend zu. „Das freut uns natürlich sehr. Sie verstehen sicher, dass wir einige Fragen an Sie haben, nicht wahr?"

„Ja." Meine Stimme bringt nur ein heiseres Krächzen zustande. Ich räuspere mich. „Ja", wiederhole ich laut und deutlich.

„Sie verstehen auch, dass wir uns einiges notieren müssen?" fragt der Fuchs und legt einen flachen Pappordner auf den niedrigen Tisch zwischen uns.

„Sicher", antworte ich brav.

Er mustert mich und legt seine Schreibutensilien auf den Tisch. „Was führt Sie zu uns? Erzählen Sie mal."

„Ich komme seit zwei Jahren häufig und regelmäßig in die DDR. Letzten Winter ist langsam der Wunsch in mir gewachsen, hier leben zu wollen. Um mir sicher zu sein, habe ich ihn immer wieder hinterfragt. Und jetzt bin ich ganz sicher."

„Schön." Der Gutmütige lächelt mir zu. „Dann haben Sie schon einiges von unserem Land kennen gelernt. Bestimmt haben Sie dabei erkannt, dass auch große Unterschiede zum Leben in West-Berlin bestehen. Glauben Sie, Sie könnten sich in unserem politischen System wohlfühlen?"

„Ja. Ganz bestimmt."

Plötzlich finde ich es ganz einfach. Es ist eindeutig, dass die beiden Männer erst einmal ein Vertrauensverhältnis aufbauen wollen. Sie nicken beide verständnisvoll, wenn ich über soziale Kälte rede, und fragen bei meinen Ausführungen über Arbeitslosigkeit interessiert nach. Mögliche Unstimmigkeiten werden weiträumig umschifft. Ich entspanne mich und komme ins Plaudern. Anscheinend nehmen sich die beiden viel Zeit für ein derartiges Gespräch.

Ich habe keine Uhr dabei, aber so eine bis anderthalb Stunden wird es nun bestimmt schon dauern.

Schließlich nimmt der Fuchs seinen Pappordner auf den Schoß und einen Stift in die Hand. „Wir haben sicher noch Gelegenheit, dies zu vertiefen. Jetzt würde ich gerne Ihre Personalien aufnehmen."

Bereitwillig nenne ich meinen Namen, meinen Geburtstag und meine Adresse, auch die von meinen Eltern, meinen Geschwistern und meiner Schwägerin. Gleich habe ich es geschafft, gleich bin ich draußen. Bestimmt werden noch zwei oder drei Termine folgen, aber der erste ist der schwerste. Und so schwer war es gar nicht.

„Was sagen denn Ihre Eltern zu Ihrer Absicht, Ihr Land verlassen zu wollen?" fragt der Ältere väterlich.

„Gar nichts. Sie wissen es nicht."

„Ihre Eltern wissen es nicht?" wiederholt er mit erstaunt hochgezogenen Augenbrauen.

„Ja. Ich habe sie vor fast zehn Jahren zum letzten Mal gesehen. Wir haben keinerlei Kontakt zueinander."

„Warum nicht?"

Mir wird plötzlich ganz heiß.

„Es ist so. Ja. Wir verstehen uns nicht gut. Schon lange nicht mehr."

Er nickt verständnisvoll und wirft dem Fuchs einen kurzen Seitenblick zu. Der Fuchs nickt auch.

„Welche Kontakte haben Sie zu Bürgern der DDR?" fragt er.

„Gute", will ich antworten, da fällt mir ein, dass sie vermutlich Namen hören wollen. Wie mit Magdalenas Mutter abgesprochen, nenne ich ihren Namen.

„Ich besuche oft eine entfernte Tante von mir, sie heißt Martha Meissner."

„Adresse, Geburtstag?" fragt der Fuchs. Er zieht das Tempo an.

Ich nenne ihm die gewünschten Daten, die ich häufig in meinem Visum eingetragen habe.

„Wer noch?"

„Ulrike Weiss." Es tut mir gut, Ullis Namen auszusprechen. Ich nenne ihre Adresse und ihr Geburtsdatum und fühle mich nicht mehr so alleine.

„Wer noch?"

„Sonst gibt es eigentlich niemanden, der mir wirklich nahe steht."

Sein Blick schnellt hoch. „Mit wem haben Sie häufigen Kontakt?" fragt der Fuchs und sieht mich durchdringend an.

„Nur mit meiner Tante und mit Ulrike", wiederhole ich beharrlich. Mit einer abrupten, kräftigen Handbewegung reißt er das Blatt Papier mit den eben notierten Namen von seinem Block und gibt es seinem Kollegen. Der steht auf und verlässt den Raum.

„Denken Sie nach. Wen treffen Sie bei Ihren Besuchen in der DDR?"

Er lehnt sich zurück, fixiert mich aber mit den Augen. Mein Herz klopft bis zum Hals. Ich habe Magdalena fest versprochen, ihren Namen auf keinen Fall zu erwähnen. Jetzt kommt es mir gefährlich vor, nur an sie zu denken.

„Während der zwei Jahre, in denen Sie in die DDR kommen, können Sie unmöglich nur zwei Personen getroffen haben."

Ich überlege fieberhaft, wer von meinen Bekannten mit Sicherheit nichts dagegen haben wird, genannt zu werden.

„Ich bin viel alleine unterwegs und schaue mir die Stadt an", sage ich, um Zeit zu gewinnen, „oder bin draußen bei meiner Tante wandern oder Rad fahren ..."

„Wen kennen Sie noch?" Sein Tonfall wird schärfer.

„Die Eltern meiner Freundin Ulrike", platzt es erleichtert aus mir heraus. Ich habe die beiden zwar nur zwei oder drei

Mal gesehen, aber ich weiß, dass sie durch Verwandte sowieso enge Westkontakte haben.

„Wissen Sie ihre vollständigen Namen oder die Adresse?" fragt der Fuchs mit einem leichten Lächeln.

„Nein, ich nenne sie Frau und Herrn Weiss. Frau Weiss heißt mit Vornamen Elisabeth. Sie wohnen in Köpenick. Die Straße weiß ich nicht."

„Das kriegen wir heraus", meint der Fuchs, während er sich alles auf ein neues Blatt notiert.

Der Gutmütige kommt wieder herein und strahlt mich durch seine Brille hindurch an. „Es stimmt alles", meint er mit einem zufriedenen Lächeln. Er setzt sich wieder und reicht seinem Kollegen das Blatt Papier. Dessen Blick schweift blitzschnell und interessiert über die Zeilen, es muss also mehr darauf stehen als die Notizen, die er selbst geschrieben hat. Ich muss aufpassen, ich muss jetzt richtig gut aufpassen.

„Wie haben Sie Frau Ulrike Weiss kennen gelernt?"

Durch Magdalena. Nein, an sie darf ich nicht einmal denken. Also indirekt über Renate. Ich habe Renate nicht gefragt, ob ich ihren Namen hier nennen darf.

„Wie haben Sie Frau Ulrike Weiss kennen gelernt?" wiederholt der Fuchs streng.

„Über eine gemeinsame Bekannte", antworte ich. Renate lebt ja im Westen, sie wird nichts dagegen haben.

„Ist die Bekannte Bürger der DDR?"

„Nein, ich kenne sie aus West-Berlin."

„Name, Adresse, Geburtsdatum?"

Als ich sie wahrheitsgemäß nenne, spüre ich eine Enge in meinem Brustkorb, die mich einzuschnüren droht. Ich zwinge mich, tief und ruhig durchzuatmen. Natürlich fällt dem Fuchs sofort auf, dass Renate die gleiche Wohnadresse hat wie ich.

„Sie ist vorübergehend meine Untermieterin", erkläre ich, was ihn anscheinend zufrieden stellt.

„Haben Sie weitere Bürger der DDR durch Frau Renate Feldhoff kennen gelernt?"

„Nein."

„Frau Huber." Der Fuchs lehnt sich mit einem dünnen Lächeln nach vorne. Plötzlich klopft er mit der flachen Hand kräftig auf seine Unterlagen auf dem Tisch. „Sie haben seit März 1987 genau 204 Tage in der DDR verbracht. Sie wollen uns doch nicht weismachen, dass die Sehnsucht nach Ihrer alten Tante Sie so oft zu uns führt?"

Wir starren uns an. Lauernd. Abschätzend. Misstrauisch. Ich werde seinem Blick standhalten. Ich kann das lange. Sehr lange.

Er lehnt sich mit einem süffisanten Lächeln zurück: „Wir können es auch so sehen: Sie ...", er macht eine kleine Pause und zeigt mit seinem Kugelschreiber auf mich, „... wollen etwas von uns."

Bei „uns" zeigt er auf seinen Brustkorb.

Damit hat er Recht. Mein Herz zieht sich zusammen.

„Ja, und deshalb sollten Sie offen und vertrauensvoll mit uns reden", greift der Gutmütige in leutseligem Tonfall ein. „Vielleicht gibt es ja einen netten jungen Mann, von dem Sie uns noch nichts erzählt haben?"

„Nein", widerspreche ich ihm erleichtert, „es gibt keinen jungen Mann." Ich fühle wieder sicheren Boden unter mir.

„Haben Sie durch Frau Renate Feldhoff einen kennen gelernt?" fragt der Fuchs mit eisiger Stimme.

„Nein", entgegne ich so gelassen, wie ich es nur bei der Wahrheit tun kann, „ich habe keinen Mann getroffen."

„Sie sind zwei Mal in der Nacht nicht ausgereist", stellt der Andere mit väterlichem Lächeln fest. „Das passiert doch nur Verliebten."

„Wie heißt er?" schießt der Fuchs dazwischen.

„Ich habe keinen Freund", halte ich beharrlich dagegen.

„Wie heißt er?" wiederholt der Fuchs.

„Sagen Sie uns den Namen", fordert mich sein Kollege auf. Er wirkt nicht mehr gutmütig.

Erschöpft schüttele ich den Kopf.

„Vielleicht hat die Familie Weiss ja auch noch einen Sohn?" fragt der Ältere lauernd. Ich antworte nicht. Die wissen bestimmt so gut wie ich, dass Ulli ein Einzelkind ist.

„Oder Frau Meissner, Ihre Tante", stellt der Fuchs mit herausforderndem Unterton fest. Er fragt nicht. Er stellt es fest. Mir stockt der Atem. Sie wissen es, sie wissen alles. Natürlich ist denen mittlerweile bekannt, dass Frau Meissner keinen Sohn, sondern zwei Töchter hat. Sie spielen hier ein Theaterstück mit mir, dabei kennen sie vielleicht sogar den Inhalt von Magdalenas Briefen oder unseren Telefonaten.

Der Fuchs sieht mich siegessicher an.

„Wenn Sie es schon wissen", sage ich matt, „ja, ich habe eine Liebesbeziehung mit ihr."

Die beiden starren mich verblüfft an.

„Mit … ihr?" stammelt der Gutmütige. Verdammt, sie wussten es nicht, diese Möglichkeit haben sie nie in Erwägung gezogen, sie haben nur geblufft. Und ich bin darauf hereingefallen.

Der Fuchs fängt sich als erster wieder. „Sie geben also an, dass Ihre … Ihr Verhältnis zu Frau Ulrike Weiss einer der Gründe für ihren häufigen Aufenthalt in der DDR ist."

Ich senke meinen Blick, damit ich mich nicht wieder verrate. Ich muss aufpassen. Viel mehr aufpassen. Darf ich Ullis Namen jetzt nennen, um Magdalena herauszuhalten? Welche Folgen wird das haben, für Ulli, für mich? Die Enge in meinem Brustkorb nimmt mir die Luft zum Atmen.

„Bitte antworten Sie", herrscht mich der Fuchs an.

Welche Möglichkeiten habe ich sonst noch? Nur die Wahrheit. Magdalena hat mir so eindringlich gesagt, ich darf sie offiziell höchstens vom Sehen kennen, am besten gar nicht.

„Ist Ihr Verhältnis zu Frau Ulrike Weiss einer der Gründe für Ihren häufigen Aufenthalt in der DDR?"

Ob Ullis Einverständnis so weit geht?

„Antworten Sie!"

„Ja."

„Ihr Verhältnis zu Frau Weiss ist einer der Gründe für Ihren häufigen Aufenthalt in der DDR?"

„Ja."

„Gut. Zum nächsten Gespräch bringen Sie Frau Weiss bitte mit." Der Fuchs packt zufrieden seine beschriebenen Blätter in den Pappordner und steht auf. „Alles Weitere besprechen wir dann. Mit Bürgern aus dem nicht sozialistischen Ausland, die bei uns leben möchten, treffen wir uns in der Regel monatlich, über die Dauer eines Jahres. Unser Mitarbeiter wird gleich kommen und mit Ihnen einen neuen Termin vereinbaren. Ich danke Ihnen für dieses vertrauensvolle Gespräch."

Er drückt jovial meine Hand. „Auf Wiedersehen."

Der Ältere gibt mir auch die Hand und deutet eine Verbeugung an.

„Auf Wiedersehen."

Die Tür fällt ins Schloss.

Ich lehne mich erschöpft zurück. Himmel, was habe ich getan? Welche Konsequenzen wird das haben? Alles wirbelt durcheinander. Ich stelle mich ans Fenster und betrachte die dunklen Tannen. Der Pförtner kommt herein und gibt mir einen Zettel für den nächsten Gesprächstermin. „Passt es Ihnen?"

„Ja."

„Es gibt noch ein Problem", meint er zögernd. „Ihr Personalausweis ist nicht mehr auffindbar."

Ich zucke zusammen. „Wie bitte? Aber ich muss morgen Nacht ausreisen."

„Bis dahin haben wir ihn sicher gefunden", verspricht er, während er die Tür öffnet. „Ich bitte sehr um Verzeihung, aber Sie müssen sich noch etwas gedulden."

„Ja." Ich nicke ergeben und setze mich wieder auf die Couch.

Ob das stimmt? Kann in der kleinen Pförtnerloge etwas verloren gehen? Aber was in aller Welt könnte der Grund sein, mich hier festzuhalten? Meine Gedanken bewegen sich nur noch träge. Ich betrachte die wallenden Gardinen, die leere Schrankwand, den in verschiedenen Brauntönen gemusterten Teppichboden.

Nach einer endlos erscheinenden Wartezeit kommt der Gutmütige mit der Brille wieder herein und lächelt mich bedauernd an: „Es tut uns so Leid. Ihre Papiere sollten kopiert werden und auf dem Weg sind sie verloren gegangen. Die Kollegen helfen beim Suchen, es dauert bestimmt nicht mehr lange."

„Gut", antworte ich ein wenig beruhigt. Das kann ein Grund sein. Die Tür fällt leise ins Schloss. Und wieder: die wallenden Gardinen, die leere Schrankwand, der Teppichboden.

Es dämmert bereits, als ich durch den kleinen Vorgarten gehe, meine Papiere fest in der Hand. Die klare Winterluft belebt meine Sinne, mit jedem Schritt lasse ich das Warten, die Ergebenheit, die Ohnmacht hinter mir. Laufen, laufen, laufen, zügig, den Abstand Schritt um Schritt vergrößernd. Ich biege in eine laute Straße ein, gehe an der Straßenbahnhaltestelle vorbei. Bloß nicht stehen bleiben, nicht warten, ich will laufen, nur laufen. Ich weiche den Leuten aus, die von der Arbeit kommen. Magdalena hat nun auch Feierabend, wird nach Hause kommen, sich wundern, weshalb ich noch nicht da bin, vielleicht wartet Ulli da schon auf sie. Ich gehe schneller, lasse mit jedem Meter etwas von der Verwirrung und der Anstrengung hinter mir. Die kalte Luft weitet meinen Brustkorb und meine Gedanken.

Eine Straßenbahn hält quietschend neben mir, ich steige ein.

„Wie war es?" fragt Magdalena mit weit aufgerissenen Augen, als sie die Wohnungstür öffnet.

„Gut", antworte ich erschöpft, „nein, eigentlich nicht gut. Aber lass mich erst einmal ankommen."

Ich nehme mir den großen, alten Schlüssel vom Haken und gehe im Treppenhaus einen Absatz hinunter zur Außentoilette, die sich Magdalena mit ihrer Nachbarin teilt. Als ich zurückkomme, stehen meine Filzpantoffeln an der Wohnungstür. Magdalena wartet ungeduldig mit einem Handtuch neben der Spüle, um es mir nach dem Händewaschen zu reichen.

Ulli sitzt auf dem alten Sofa und sieht gespannt hoch, als ich hereinkomme.

„Erzähle", sagt Magdalena, kaum, dass wir uns gesetzt haben, „und warum kommst du so spät?"

„Ich war gegen elf dort und hatte ein langes Gespräch mit zwei Mitarbeitern. Aber ich komme so spät, weil die beim Kopieren meine Papiere verloren haben und sie lange suchen mussten."

„Das gibt es doch gar nicht", stöhnt Ulli auf.

„Im Gespräch wollten die mich überhaupt nicht politisch abklopfen, es ging ihnen vor allem darum, welche Kontakte ich hier habe. Sie haben gebohrt und gebohrt." Meine Stimme bricht ein wenig. „Wahrscheinlich auch, weil sie gemerkt haben, dass ich etwas zu verbergen habe. Sie sagten, sie gehen davon aus, dass ich mich im Osten verliebt habe."

Magdalena wird kreidebleich. „Und? Hast du mich verraten?"

Das ist wohl das Einzige, was sie wirklich interessiert. Eine grummelnde Wut zieht sich in meinem Bauch zusammen.

„Nein. Dich nicht." Während Magdalena erleichtert aufatmet, hole ich noch einmal tief Luft. „Aber dich, Ulli."

„Mich? Wie meinst du das?"

„Ich wusste weder aus noch ein und habe denen gesagt, wir beide haben eine Liebesbeziehung."

„Was?" Ulli lacht laut auf. „Ich fühle mich sehr geehrt."

Der Druck in meinem Kopf lässt augenblicklich nach. „Wird das keine unangenehmen Folgen für dich haben?" frage ich nach.

„Ach was", winkt Ulli ab, „dass wir in Verbindung stehen, ist durch die Visa sowieso bekannt. Und dass ich Frauen liebe, auch."

Ich nehme einen Schluck Kräutertee, den mir Magdalena zugeschoben hat. „Es ist noch nicht alles", beginne ich zögernd, „die wollen, dass du zum nächsten Termin mitkommst. Aber da finden wir vielleicht auch eine andere Lösung."

„Ich unterhalte mich doch gerne mit den Genossen", widerspricht mir Ulli und ihre Augen blitzen vergnügt. „He – da fällt mir ein, deine Übersiedlung könnte ja für mich sogar ein echter Pluspunkt in meiner Kaderakte werden. Vielleicht wollen sie mich dann sogar wieder in der Partei haben!"

Magdalenas Lachen klingt nicht so unbekümmert und frei wie sonst, es ist noch der Rest einer Anspannung zu hören. Die Wut in meinem Bauch beginnt leise zu brodeln. Ohne ihre Feigheit wäre alles nur halb so schlimm gewesen.

„Also ist es für uns beide gut", meint Ulli, die von all dem anscheinend nichts bemerkt. Sie macht eine Pause und sieht Magdalena an: „Und für dich gibt es den Hauptgewinn. Du kriegst nämlich alles, was du willst, ohne einen Finger zu rühren. Du hast dann bald Franka bei dir und kannst dich hinter mir verstecken. Letzteres ist das Einzige, was mich dabei ärgert."

„Ich finde es auch nicht gerade schau, wenn du mit Franka als Paar auftrittst", wendet Magdalena kläglich ein.

Ich springe auf. „Dann steh zu mir!" schreie ich Magdalena an, zornige Tränen rollen über meine Wangen. „Steh endlich zu mir! Ich werde das den beiden Männern irgendwie erklären! Es ist noch nicht zu spät! Geh selbst mit mir hin!"

Magdalena schaut mich erschrocken an. So hat sie mich noch nie erlebt. Meine Worte scheinen an den Wänden nachzuhallen. Ich lasse mich zurück auf den Sessel sinken.

„Du weißt, dass ich das nicht kann", sagt Magdalena schließlich.

„Ja. Ich weiß es." Meine Stimme ist jetzt ganz leise. „Ich weiß nur nicht, weshalb du es nicht kannst."

Magdalena starrt mich immer noch an. Als keine Antwort kommt, wende ich meinen Blick ab. „Und ich weiß nicht, weshalb ich mir das bieten lasse."

„Ja", bekräftigt Ulli meine Worte, „es gehören zwei dazu."

Magdalena steht langsam auf und geht zum Fenster. Sie setzt sich auf die Fensterbank und zieht die Beine hoch.

Es klingelt an der Wohnungstür.

„Soll ich aufmachen?" fragt Ulli.

„Nein", antwortet Magdalena, das Gesicht dem dunklen Hinterhof zugewandt.

Im Türschloss dreht sich ein Schlüssel. „Hallo, jemand zu Hause?" Magdalenas Mutter öffnet die Zimmertür. „Ich komme nur den Autoschlüssel abholen. Den Trabbi habe ich bereits vor dem Haus gesehen."

Sie bleibt so abrupt stehen, als wäre sie gegen eine Wand gelaufen. „Was ist denn hier für eine Stimmung?" Ihre durchdringenden Augen erforschen zuerst Magdalena, dann Ulli und schließlich auch mich. Ich weiche ihrem Blick aus.

„Ihr habt euch gestritten", stellt sie fest, und als wir nicht reagieren, wendet sie sich nach einer Weile an Ulli, die sie als Einzige ansieht. „Ulli, was ist los mit euch?"

„Fragen Sie Ihre Tochter."

Magdalena zuckt zusammen.

„Magdalena?"

Sag es ihr, Magdalena, sie hat die Wahrheit verdient. Hast du gehört, wie behutsam sie deinen Namen ausgesprochen hat? Sieh nur, wie sie dasteht, so bereit, dir zuzuhören. Siehst du den freundlichen, offenen Ausdruck in ihrem Gesicht? Erzähl ihr, was heute passiert ist, Magdalena. Ich stehe auf und biete Frau Meissner mit einer Handbewegung den Sessel an. Kaum hörbar setzt sie sich. Ich nehme auf dem Klavierhocker Platz. Draußen wird lautstark ein Fenster geöffnet. Ausgelassenes Lachen ist zu hören. Alkoholgetränkte Stimmen. Das Fenster wird mehrmals kräftig gegen den Rahmen gedrückt. Es scheint zu klemmen. Dann ist es wieder ganz ruhig. Magdalenas Gesicht spiegelt sich im Fensterglas. Ihre halbgeschlossenen Augen betrachten den Hinterhof. Eine tiefe Falte steht senkrecht zwischen ihren Brauen. Frau Meissners Blicke huschen jetzt im Dämmerlicht des Zimmers umher, von Magdalenas Hinterkopf zu Ulli, dann wieder zu mir.

„Franka, magst du mir nicht erzählen, was los ist?"

Ich schüttele den Kopf.

„Warum nicht?"

„Weil ich es Magdalena versprochen habe." Magdalenas Kiefergelenke treten hervor, so stark beißt sie ihre Zähne zusammen. „Es ist ihre Sache", füge ich hinzu.

„Magdalena, muss ich mir Sorgen machen?"

„Nein, überhaupt nicht." Magdalena schüttelt ihren Lockenkopf, der in dem gedämpften Licht dunkler wirkt als sonst, beinahe kupferrot.

Frau Meissner lässt ihren nachdenklichen Blick noch eine Weile auf ihr ruhen, dann erhebt sie sich.

„Dann werde ich euch jetzt in Ruhe lassen." Als Ulli und ich auch aufstehen wollen, macht sie eine ablehnende Handbewegung. „Bleibt sitzen, ich finde den Weg nach draußen." Magdalena dreht sich zu ihr um. „Der Autoschlüssel hängt am Haken."

Frau Meissner gibt uns allen noch die Hand und küsst ihre Tochter auf die Stirn.

„Bis Sonntag. Du kommst doch mit zur Gedenkfeier?"

„Ja, Mutti. Bis Sonntag."

Dann schließt sie leise die Tür hinter sich. Magdalena schaut wieder zu den Mülltonnen.

„Ich geh jetzt auch", sagt Ulli mit rauer Stimme, „verdammt."

Ich sehe zu, wie sie ihre derben Stiefel zuschnürt, die Jacke zuknöpft und sich Mütze, Schal und Handschuhe überstreift. Ich würde jetzt auch gerne gehen. Als ich aufstehe, um sie zum Abschied in den Arm zu nehmen, verliert ihr Gesicht für einen Augenblick den genervten Ausdruck. „Tschüss, Franka, bis bald." Sie wirft Magdalena einen kurzen Abschiedsgruß zu und bekommt eine genau so knappe Antwort.

Ich lasse mich auf den Sessel fallen. Magdalena steht langsam auf. Sie bewegt sich in einer schlafwandlerischen Ruhe, mit verhangenem Blick. Ohne mich anzusehen, geht sie zum Klavier und sucht sich aus den vergilbten Notenblättern eines heraus. Sie kann doch jetzt nicht einfach alles so stehen lassen und Klavier spielen. Doch. Sie kann. Am liebsten würde ich ihr jetzt die Notenblätter um die Ohren hauen. Himmel, wie angeschlagen müssen meine Nerven sein.

Die ersten Töne aus einer anderen Zeit erklingen. Mendelssohn. Natürlich hat sie Mendelssohn ausgesucht. Dieses Stück habe ich schon lange nicht mehr von ihr gehört. Eigentlich ist es klar, dass sie sich heute gegenüber ihrer Mutter nicht öffnen konnte, ausgerechnet heute, nach diesem aufregenden Tag, in meiner Anwesenheit und nachdem ich sie so angeschrien habe. Ich schließe die Augen. Diese tiefen, warmen Töne. Die Melodie ist mir so vertraut. Warum habe ich nie bemerkt, wie traurig sie ist? Ich möchte Magdalena umarmen, ihr versichern, dass alles gut werden wird. Was wollte Mendelssohn bloß mit diesen hohen Trillern erreichen? An meinen gereizten Nerven herumzerren? Ohne Magdalenas Feigheit wäre alles nur halb so schlimm. Ihre Mutter ist doch eine gestandene Frau, sie wird damit umgehen können.

Magdalena sitzt unbeweglich auf dem Klavierstuhl, das weiß ich, ohne meine Augen zu öffnen. So lässt sie ihr zuletzt gespieltes Stück los und stimmt sich auf das nächste ein. Die Notenblätter rascheln leise. Ich weiß, wie muffig dieses staubige, alte Papier dabei riecht. Wie gut, dass ich genug Abstand habe. Laute, schnelle Anschläge schrecken mich auf. Magdalenas Finger poltern über die Tasten, kräftiger als sonst. *Knecht Ruprecht* von Schumann. Ich habe ihn in meiner Jugend gespielt. Auch so aufgeregt und wütend.

Die beiden Männer haben mich so in die Ecke gedrängt, da hat unsere ganze Vorbereitung nichts genützt, wir haben sie einfach unterschätzt. Sie sind noch viel gerissener. Oder einfach gut geschult. Am Ende angekommen, fängt Magdalena gleich noch einmal von vorne an. Das tut gut. Danach spielt sie eine melancholische ruhige Melodie, die ich nicht kenne. Sie könnte in einer leeren Bar in einem französischen Schwarz-Weiß-Film gespielt werden, wo eine zarte junge Frau hinter dem Tresen dem schönen Pianisten kurze Blicke voller Sehnsucht zuwirft. Die Melodie verstummt. Magdalena sitzt entspannt auf ihrem Klavierhocker. Dann dreht sie sich zu mir um. Ihre Augen sind wieder klar. Ganz ruhig sagt sie: „Lass uns bitte morgen weiterreden."

„Ja. Dafür bin ich auch", antworte ich mit der gleichen Gelassenheit. Für heute ist alles gesagt.

Kirchenglocken. Ich drehe mich zur anderen Seite und ziehe die Bettdecke über meine Schultern. Kirchenglocken.

Laut. Andauernd. Seltsam. Ach, ich bin ja im Westen. Deshalb dieses aufdringliche Geläute. So lange bin ich an einem Sonntagmorgen nicht mehr hier gewesen, dass mich das beim Aufwachen verwirrt. Was Magdalena jetzt wohl macht? Ich nehme meinen Wecker in die Hand. Halb zehn. Dann ist sie bestimmt schon auf dem Weg zu ihrer Mutter. Drei gemeinsame Tage, und heute kann ich sie nicht einmal kurz anrufen. Ich vermisse sie jetzt schon.

Sie liebt mich. Aber niemand darf es wissen. Also schämt sie sich für mich. Ein nagender Groll ist in mir geblieben, auch nach unserem gestrigen Frühstück und ihren langen, ruhigen Erklärungen, die mir aber nichts Neues sagten. Eigentlich kann ich nur warten und Geduld haben, in der Hoffnung, dass sie eines Tages zu mir steht. Das kränkt mich so. Ich schlage die Decke zurück und springe aus dem Bett. Ich will nicht geduldig abwarten, ob sie sich irgendwann einmal nicht mehr für mich schämt.

Erst jetzt sehe ich die beiden Bücher und einen Zettel mit Michaels Handschrift auf meinem Schreibtisch liegen.

Hallo, Franka!
Ich habe gerade mit Klara telefoniert. Sie freut sich, dass du sie abholst.
Und eine Frau war da, eine von deiner alten Gruppe, wie sie sagte. Sie wollte dir diese beiden Bücher für die Ost-Berliner Lesbenbibliothek geben.
Mach's gut, bis dann,
Michael

Zum ersten Mal hat eine auf meine Bitte nach Bücherspenden reagiert. Endlich. Ich nehme die Bücher in die Hand. Es ist ein zwölf Jahre alter Frauenkalender und *Amanda. Ein Hexenroman* von Irmtraud Morgner. Enttäuscht und zornig schlage ich die Umschlagseite auf. Da steht groß und deutlich, dass es in der DDR verlegt und gedruckt wurde! Die edle Spenderin hat kein bisschen nachgedacht.

Ich öffne das Fenster. Nasskalte Winterluft. Auf der Straße ist es ruhig. Nur ein junger Mann geht mit hochgezogenen Schultern in die gegenüberliegende Eckkneipe. *Frühschoppen von 9 bis 12* steht in Kreide auf der Tafel neben der Tür.

Ein Tag, an dem mich nur Kinderlachen fröhlich machen kann. Wie abgesprochen, werde ich heute Nachmittag Klara bei ihrer Mutter abholen und den Rest des Tages mit ihr verbringen. Am Mittwoch bin ich deshalb schon in der Bibliothek gewesen und habe uns schöne Kinderbücher ausgeborgt. Wir werden es uns in ihrem Zimmer gemütlich machen. Klara liebt es, vorgelesen zu bekommen. Ich freue mich auf sie.

Drei junge Frauen steigen vor mir in die U-Bahn. Zwei von ihnen tragen ihre langen Haare offen, schwarz glänzende, schwere Haare, wie nur Südländerinnen sie haben, die dritte hat ein großes, helles Kopftuch umgebunden. Ich setze mich den dreien gegenüber und lausche ihrem angeregten Gespräch. Auch wenn ich kein Türkisch verstehe, mir gefällt die Melodie dieser Sprache, dieses leichte Auf und Ab, der für meine Ohren orientalische Klang.

„Arkadas", ein einziges Wort in ihrem Sprachfluss habe ich verstanden. Die sorgfältig geschminkte Frau mit den großen goldenen Ohrringen spricht also von einem Freund. Sie wird lachend von den anderen unterbrochen, eine legt die Hand auf ihren Arm und redet vornüber gebeugt auf sie ein. In meinen Ohren scheinen ihre Worte und Sätze keinen Anfang und kein Ende zu haben; ich schließe die Augen und lasse sie an mir vorbeifließen. Ab und zu plumpst ein deutsches Wort in ihre Melodie, „Krankenkasse" und „Görlitzer Bahnhof". Plötzlich zuckt etwas in mir zusammen.

Wenn ich in Ost-Berlin lebe, werde ich nie wieder bei einer Bahnfahrt türkischen Gesprächen zuhören können.

Die Frau mit den goldenen Ohrringen schlägt beim Reden der neben ihr Sitzenden sacht auf die Wange. Ihre dunklen Augen glänzen. Mein Herz wird schwer. Nie wieder werde ich aus einem vorrüberfahrenden Mercedes laute türkische Musik hören. Nie wieder werde ich mich im Hamam waschen und entspannen können. Nie wieder Biber Dolmasi essen. Nie wieder werde ich in einem Hinterhof von Knoblauchduft und lauten Stimmen aus einem geöffneten Küchenfenster empfangen werden. Ich werde das alles sehr vermissen.

Am Moritzplatz steigt ein junger Mann mit einem Kinderwagen ein, immer noch ein ungewohnter Anblick. Auch die drei Türkinnen schauen kurz auf und unterbrechen für einen Augenblick ihr Gespräch. Von den beiden anderen Männern, die neben der Tür stehen bleiben, zieht ein saurer Alkoholgeruch zu mir herüber. In ihren Gesichtern liegt die dümmliche Selbstgefälligkeit, die man häufig bei Angetrunkenen findet. Eine elegante ältere Dame stöckelt auf den Platz neben mir zu und erreicht ihn gerade noch, bevor die Bahn ruckelnd anfährt.

Das Tempo der U-Bahn wird wie immer gedrosselt, wenn sie von Kreuzberg unter Ost-Berliner Gebiet hindurch in den Wedding fährt. Jetzt ändert sich auch die Atmosphäre im Waggon; die Stimmen werden gedämpfter. Die drei jungen Türkinnen mir gegenüber schauen schweigend aus den Fenstern ins dunkle Nichts. Langsam durchfahren wir den ersten der leeren Geisterbahnhöfe, deren Eingänge in Ost-Berlin zugemauert sind. Schummriges gelbes Licht. Fassaden, die seit den fünfziger Jahren nicht mehr renoviert wurden. Dann wieder die Schwärze des Tunnels.

Auf manchen Bahnsteigen steht eine etwa zwei Meter hohe und drei oder vier Meter lange Backsteinmauer, die offensichtlich vor nicht so langer Zeit erbaut wurde. Hinter ihren Sehschlitzen sind die Augen eines Grenzpostens zu erkennen. Hier und da noch verwitterte alte Werbetafeln und Hinweisschilder aus der Zeit, als hier noch Menschen ein- und ausstiegen: *Riwa Toilettenseifen. Richtung Stalinallee-Lichtenberg.*

Meine alte Nachbarin, eine gebürtige Berlinerin, fährt lieber Umwege mit dem Bus, als in die U-Bahn zu steigen. „Wie die Ratten in ihren Löchern", spottet sie. Ich kann ihren Argwohn gut nachvollziehen, besonders hier unter Ost-Berliner Gebiet, wo die Bahn dazu noch so ungewohnt langsam fährt. Bernauer Straße. Der letzte der Geisterbahnhöfe. Gleich sind wir wieder im Westen. Plötzlich ziehen die beiden angetrunkenen Männer eine der Türen auf, der eine wirft die Bierflasche auf zwei patrouillierende Grenzsoldaten, während der andere „Scheiß-Kommunistenpack!" brüllt. Mit lautem Knall fällt die Tür wieder zu. Die drei Türkinnen sehen sich erschrocken an, schauen zu mir, zu der älteren Dame, die ängstlich vor sich hin starrt. Die beiden Angetrunkenen blicken sich stolz und beifallheischend im Waggon um. Niemand beachtet sie. „Die Grenzer könnten den Zug anhalten", sagt der junge Mann mit dem Kinderwagen besorgt. Das Tempo der Bahn zieht wieder an und erreicht gleich darauf den ersten Bahnhof in West-Berlin. Aufatmen.

„Was seid ihr doch für Schisser!" grölt einer der vermeintlichen Helden beim Aussteigen.

Ich erschrecke, als Anna und Klara mir Hand in Hand entgegenkommen. Anna ist noch dünner geworden. Oder kommt es mir nur so vor? Ich weiß, dass ich sie genau das jetzt nicht fragen darf. Auf mich wirkt Anna nicht mehr anziehend, nicht mehr beneidenswert schlank. Eher krank.

„Hallo, Franka." Bei ihrem Lächeln treten ihre Gesichtsknochen wie bei einer sehr alten Frau stark hervor.

„Hallo, Anna, hallo, Klara."

Klara sieht mit trotzigem Gesicht auf den Boden.

„Klara, wir haben es doch besprochen." Anna fährt sich nervös durch ihr langes Haar, geht in die Hocke und versucht, Klara mit ihren bittenden Blicken zu erreichen. „Ich kann nicht mit nach Kreuzberg fahren. Hin und zurück brauche ich dafür eine ganze Stunde, die mir dann am Schreibtisch fehlt. Du weißt doch, dass ich arbeiten muss."

Verstohlen betrachte ich Annas schmalen Körper. Für viele Frauen ist er das Schönheitsideal schlechthin. Anna sieht hilfesuchend zu mir auf.

„Ja", stimme ich ihr unbeholfen zu. Übergänge und Veränderungen sind für Klara manchmal sehr schwierig. Ich weiß überhaupt noch nicht, wie ich ihr sagen soll, dass ich in die DDR übersiedeln werde. Aber plötzlich bin ich froh darüber, dass es noch Monate dauern wird.

„Du bist doch ein großes Mädchen. Und du hast mir versprochen, kein Theater zu machen", fährt Anna mit schriller werdender Stimme fort, während Klara mit zusammengepressten Lippen auf den Boden starrt. Ich hole das Bilderbuch, das ich für die Bahnfahrt eingepackt habe, aus meinem Rucksack und blättere interessiert darin. Ich weiß, gleich wird Klara herüberschielen.

„Die Lotta aus der Krachmacherstraße ist aber sauer auf ihre Mutter", murmele ich.

„Warum?" fragt Klara.

„Ich weiß es nicht. Aber sie sieht so aus", antworte ich und betrachte das Bild. Klara kommt neugierig näher. Anna steht mit erleichtertem Seufzen auf.

„Vielleicht muss Lotta ins Bett", überlegt Klara, „oder sie bekommt kein Eis."

„Das wäre möglich", stimme ich ihr zu.

„Liest du es mir vor?" fragt Klara.

„In der Bahn oder in deinem Zimmer?"

„In der Bahn."

„Einverstanden. Magst du Anna jetzt tschüss sagen?"

Klara dreht sich um und schlingt beide Arme um Annas Hüften. „Tschüss, Mama."

Anna beugt sich herunter und drückt ihre Tochter fest an sich.

„Ich wünsche dir schöne Tage. Fünf Mal schlafen, dann ist Freitag, dann hol ich dich vom Kindergarten ab. Sag deinem Papa einen Gruß von mir. Tschüss."

Anna winkt uns noch bis zur Treppe des Bahnhofs nach.

Es ist schon spät, als Michael nach Hause kommt. Ich sitze in meinem Bett und halte mich mit einer Reparaturanleitung von Trommelbremsen an MZ-Motorrädern wach, denn schließlich will ich auch nach meiner Übersiedlung in meinem Beruf arbeiten. Michael klopft an meine Zimmertür.

„Komm rein."

„Hallo, Franka", begrüßt er mich und stellt sich mit dem Rücken an den warmen Kachelofen. „Wie war es mit Klara?"

„Der Übergang war wieder schwer. Sie wollte, dass Anna mitfährt. Dann hatten wir aber einen sehr schönen Nachmittag miteinander. Seit sieben schläft sie."

„Gut. Danke, dass du eingesprungen bist. Ich weiß wirklich nicht, wie ich das ohne dich schaffen würde. Und für Klara ist es viel besser, wenn sie dann zumindest zu Hause ist und nicht irgendwo anders. Morgen habe ich frei. Wenn sie möchte, braucht sie dann nicht in den Kindergarten zu gehen."

Ich stecke den Schaltplan als Lesezeichen in die Reparaturanleitung und klappe das Buch zu. „Das hört sich nach schlechtem Gewissen an."

Michael überlegt. „Ja, ich habe schon Schuldgefühle, wenn ich sie tagelang gar nicht sehe und sie dann nicht einmal selbst abhole. Ich muss aufpassen, dass sie das nicht merkt. Dieses egoistische kleine Monster wird das bestimmt wieder ausnutzen."

Er lacht kurz auf, wird dann aber gleich wieder ernst. „Du, noch etwas ganz anderes. Ich habe gerade im Autoradio Nachrichten gehört. Ein Kollege hat mich heimgefahren. Es soll Schüsse an der Mauer gegeben haben, kurz vor Mitternacht. Zeugen haben von einer roten Leuchtkugel und etwa zehn Schüssen berichtet. Die Grenzer sollen einen leblosen Menschen weggeschleift haben."

„O nein. Hier, in Berlin?" frage ich erschrocken.

„Ja, zwischen Treptow und Neukölln. Das DDR-Außenministerium hat den Gebrauch von Schusswaffen bereits abgestritten."

„Dann lügt eine von beiden Seiten. Und wir müssen erst einmal abwarten." Meine Stimme klingt zaghaft.

„Vielleicht wissen wir morgen schon mehr. Ich bin müde. Gute Nacht, Franka."

„Gute Nacht."

Ich knipse die Lampe aus. Es hat keinen Sinn, jetzt darüber nachzudenken. Vielleicht stimmt es ja gar nicht. Aber was wäre, wenn tatsächlich ein Flüchtling erschossen worden ist?

Die Ungewissheit nagt an mir. In den letzten Jahren gab es, soweit mir bekannt ist, nur einmal Tote an der Berliner Mauer. Was heißt „nur"? Es war einmal zuviel. Ich erinnere mich noch an die Titelseiten der großen Zeitungen, an das Foto von dem Lastwagen, mit dem zwei Männer die Sperranlagen durchbrechen wollten. Beide wurden erschossen. Wie lange ist das her? Ich bin ganz bestimmt noch nicht mit Magdalena zusammen gewesen, es muss vorher gewesen sein. Ja, jetzt fällt mir ein, wie wir nach der Gesellenfreisprechung darüber geredet haben, die anderen ehemaligen Lehrlinge und ich. Es muss also im Herbst '86 gewesen sein, vor knapp zweieinhalb Jahren. Damals war die DDR für mich noch weit weg, ich wusste noch nicht, wie sehr der Schießbefehl die Menschen drüben beklemmt, sie einengt und presst, selbst diejenigen, die, wie Magdalena, noch nie ihr Land verlassen wollten.

Ich starre in die Dunkelheit.

Was heißt das für mich, wenn jetzt tatsächlich wieder ein Flüchtling erschossen worden ist? Will ich wirklich in einem Staat leben, der seinen Leuten so etwas antut?

5.

„Mittagspause!" ruft Sven, und es ist ihm anzusehen, wie sehr er sich darüber freut. Giovanni und ich schmunzeln über unseren sechzehnjährigen Lehrling.

„Ich bin mal eben an der Pommesbude!" Sven verschwindet schnell durch die Werkstatttür.

„Dann müssen wir die Bänke eben selbst hinaustragen", brummt Giovanni, während er sich die Hände wäscht.

Ohne es abzusprechen, stellen wir die Brauereibank und den dazugehörenden Tisch in den Schatten der Brandmauer. Es ist der kühlste Platz des Hinterhofs. Außerdem werden wir hier nur selten von den Kunden gestört, die meistens direkt vor die Werkstatt fahren, um dort mit dem Chef Termine abzusprechen.

Giovanni öffnet seine verbeulte Blechdose und nimmt ein dick belegtes Brot heraus. Ich setze mich neben ihn, lehne mich an die Backsteinwand und schließe einen Moment lang die Augen.

„Giovanni, ich bin so froh, dass du dieses Jahr noch drangehängt hast."

Giovanni sieht mich überrascht an. „Na ja", meint er geschmeichelt, „Rentner kann ich noch lange genug sein. Damals, in den Fünfzigern, als ich noch an der Horex Regina und dem Quickly herumgeschraubt habe, da hätte ich mir nicht träumen lassen, dass ich '89 immer noch Motorradschlosser bin."

„Was hast du dir denn vorgestellt?"

„Ich wollte Rennfahrer werden!" Giovanni breitet seine Arme aus, seine Augen blitzen vergnügt. „Giovanni Lombardi, der Held der Avus! Aber es ist anders gekommen. Und weil sich die Technik in den letzten dreißig Jahren so rasant weiterentwickelt hat, habe ich immer einen spannenden und interessanten Beruf gehabt."

„Das siebte Jahr arbeiten wir schon zusammen. Diese Werkstatt kann ich mir ohne dich nicht vorstellen."

„Aber im nächsten Jahr musst du es."

„Es ist für uns beide die letzte Saison hier", erwidere ich. „Ende des Jahres höre ich auch auf."

„Habe ich mir schon gedacht. Was willst du dann tun?"

„Ich gehe weg von hier. Nach drüben. In die DDR."

Giovanni zieht erstaunt seine grauen, buschigen Augenbrauen hoch. Seine dunklen Augen mustern mich eindringlich.

„Du willst etwas vergessen, stimmt's?"

„Wie kommst du denn darauf?" bricht es empört aus mir heraus.

Giovanni greift gelassen nach der Thermoskanne und gießt Kaffee in seine Tasse.

„Francesca", sagt er mit einer Sanftheit, die mich ein wenig beruhigt, „niemand lässt sich freiwillig einsperren."

„Ich lasse mich doch nicht einsperren!" entgegne ich. „Ich war noch nie in der Sowjetunion, noch nie in Ungarn, in Bulgarien, auch die Tschechoslowakei und Polen kenne ich kaum, ja selbst in der DDR gibt es noch viel für mich zu entdecken."

„Das kannst du auch von hier aus tun", erwidert Giovanni ungerührt. Sein wärmender Blick ruht wieder auf mir. „Francesca, schau mich an: Der weite Himmel über Italien, die Sonne, die den ganzen Tag scheint, meine Heimat – aber ich habe die Erinnerungen dort nicht aushalten können. Ich musste weg. Bin stattdessen seit fast dreißig Jahren hier – als ‚Gastarbeiter' – und werde nach wie vor nicht als gleichwertiger Mensch akzeptiert. Ich lebe in dieser eingemauerten, hässlichen Stadt, ich dachte mir, sie zeigt wenigstens ihr wahres Gesicht. Doch was hat es mir gebracht?" Giovanni senkt den Blick und sagt leise: „Den Krieg hab ich trotzdem nicht vergessen können."

Mein Herz schlägt heftig. Schon ein paar Mal hat mir Giovanni von seiner Kindheit erzählt. Von seinen Eltern, die im Widerstand lebten. Und davon, wie er ihre verstümmelten Leichen und die seiner Geschwister gefunden hat. Auch jetzt kann ich nur schweigen. Nicht nur wegen meiner Betroffenheit. Es ist fast so, als wäre ich schuldig an Giovannis Geschichte.

„Überlege es dir mal aus dieser Sicht, Francesca", fordert mich Giovanni nun wieder mit seiner kräftigen, tiefen Stimme auf. „Vielleicht denkst du jetzt, bei dir ist es etwas ganz anderes. Aber überleg es dir trotzdem."

Ich muss schwer schlucken. „Ja."

„Und was deine Kündigung angeht – lass es den Chef erst im letzten Moment wissen. Er wird dir deine letzten Arbeitswochen zur Hölle machen, so wie er es bei Peter und Manfred gemacht hat." In seinem Gesicht erscheint ein spitzbübisches Grinsen. „Und außerdem hat er es nicht anders verdient. Er soll mal ruhig in Stress kommen, wenn wir beide gleichzeitig aufhören."

Ich grinse zurück. „Schon klar."

Wir sehen beide auf, als Sven den Deckel der großen Mülltonne zufallen lässt. Mit vollen Backen kauend schlendert er über den Hinterhof zu uns heran.

„Junge, gib dein bisschen Lehrgeld doch nicht immer für diesen Mist aus", brummt Giovanni. „Mach dir doch zu Hause ein paar Stullen."

Sven zuckt mit den Schultern. „Ich hab morgens keine Zeit für so was."

„Und keine Frau, die das für dich erledigt", werfe ich ein, „so wie Giovanni. Eine, die für ihn putzt und kocht und wäscht, damit er immer ausgeruht zur Arbeit erscheinen kann."

„Ich mach meine Stullen selber", behauptet Giovanni, „meistens jedenfalls."

„Na, da werde ich Elisa mal fragen", stichele ich.

„Die vier da sind deine, nicht?" Giovanni wechselt lieber das Thema und zeigt auf die Reihe Motorräder, die vor der Werkstatt stehen.

„Ja, die Kunden holen sie erst heute Abend oder morgen ab. Nach der Pause muss ich nur noch die Vergaser einstellen."

„Warum macht ihr das nie in der Werkstatt?" fragt Sven interessiert.

„Weil der Motor dazu warm sein muss", antworte ich, „deshalb verbinden wir es mit der Probefahrt."

„Und warum macht ihr nicht erst ein Motorrad komplett fertig, also mit Probefahrt und Vergaser einstellen, und fangt dann erst mit dem nächsten an?"

„Nur wegen der Zeitersparnis", erläutert ihm Giovanni, „so müssen wir nur ein Mal die Hände waschen und Helm, Lederjacke und Nierengurt an- und ausziehen."

„Ach so." Sven streicht sich eine Strähne seines halblangen Haares hinter das Ohr. Das macht er des öfteren auch während der Arbeit und deshalb sieht diese Strähne immer etwas schmierig aus. „Aber warum stellt ihr die Vergaser nicht nach der Probefahrt hier auf dem Hof ein?"

„Weil es hier zu laut und zu unruhig ist", erkläre ich ihm. „Vergaser werden unter anderem nach dem Gehör eingestellt. Ich habe dafür ein ruhiges Plätzchen hinter dem alten Friedhof, bei den Schrebergärten."

„Nun ist aber Schluss mit dem Thema", greift Giovanni ein. „Ich darf euch mal an unsere wichtigste Werkstattregel erinnern: Während der Pause wird nicht über die Arbeit gesprochen."

„Aber sonst habt ihr ja nie Zeit für mich!" beschwert sich Sven.

Giovanni seufzt. „Hast ja Recht. Zu meiner nächsten Probefahrt nehme ich dich mit. Dann zeige ich es dir ganz genau, einverstanden?"

„Cool", lacht Sven.

In den Sommerferien machen die Probefahrten Spaß. Die Straßen sind freier als sonst. Die Berliner, die es sich leisten können, sind über die Transitstrecke, Bahnhof Zoo oder den Flughafen der Mauerstadt entflohen. Ich fahre mit dem letzten der vier Kundenmotorräder den schmalen Weg zu den Schrebergärten hinein. Der alte Mann mit dem Strohhut erscheint wieder hinter der Hecke. Wie bei den letzten drei Begegnungen der vergangenen Stunde nicke ich ihm kurz zu und halte vor dem rostigen Gartentor. Nachdem ich das Motorrad aufgebockt habe, gehe ich neben dem Motor in die Hocke und lausche seinem aufgeregten Tuckern. Eindeutig zu schnell. Ich schließe die Einstellungsschrauben an beiden Vergasern um eine Viertelumdrehung. Das war zu viel. Der Motor stottert. Rasch wieder etwas zurück. Aus den Augenwinkeln kann ich erkennen, dass der alte Mann nun über dem Gartentor lehnt. Bloß nicht aufschauen, nur nicht in ein Gespräch verwickeln lassen, es gibt für die Probefahrt nur eine Viertelstunde Zeit. Schließlich läuft der Motor schön rund, zufrieden stehe ich auf.

„Junge Frau", spricht mich der alte Mann an, während er seinen Strohhut ein wenig aus der Stirn zieht. „Sie sind doch eine Frau, oder?"

Ich nicke und stecke den Schraubendreher in eine Tasche meines ölverschmierten Monteuranzugs.

„Bringen Sie Ihr Motorrad doch in eine Werkstatt!"

„Wie bitte?" frage ich verblüfft.

„Seit über einer Stunde beobachte ich, wie Sie versuchen, Ihr Motorrad zu reparieren. Ich bewundere Ihre Geduld, aber Sie sollten es doch besser einem Fachmann überlassen."

Ich muss lachen. Der alte Mann nimmt sich den Strohhut vom Kopf und fährt ungerührt fort: „Wissen Sie, ich habe nichts dagegen, wenn sich die jungen Frauen emanzipieren. Aber Sie müssen die Grenzen erkennen. In technischen Dingen ist der Mann von Natur aus der Frau überlegen. Ein guter Schlosser findet den Fehler an Ihrem Motorrad in fünf Minuten."

Ich habe inzwischen wieder meine Lederjacke angezogen und meinen Helm aufgesetzt.

„Seltsam nur, dass Sie nicht erkannt haben, dass ich mit vier unterschiedlichen Motorrädern hier war." Ich schwinge mich auf die Sitzbank. „Und das trotz Ihrer naturgegebenen männlichen Überlegenheit."

Der alte Mann kratzt sich verdutzt am Hinterkopf. Schmunzelnd wende ich und fahre zurück auf die Hauptstraße. Ich kann es kaum erwarten, Giovanni davon zu erzählen.

An jeder Haltestelle steigen Fahrgäste aus, aber nur selten welche ein. Der Bus wird zusehends leerer, je mehr er sich dem Grenzübergang nähert.

Ein wenig ärgere ich mich immer noch über den gerissenen Kupplungszug. Natürlich hätte ich ihn längst einmal kontrollieren sollen, eine Inspektion an meinem Motorrad ist seit Monaten überfällig. Es gibt dazu ein Sprichwort: „Der Schuster selbst trägt die schlechtesten Schuhe". Nach Feierabend habe ich mehr Lust, etwas ganz anderes zu tun, als an meinem eigenen Motorrad herumzuschrauben. Deswegen ist der Kupplungszug gerissen und deshalb muss ich jetzt mit dem Bus fahren.

Dieser entlegene Winkel von Neukölln scheint gar nicht mehr zu Berlin zu gehören, so ruhig sind die nächtlichen Straßen, so menschenleer die Gehwege. Eine Vorstadtsiedlung trotz der hohen, modernen Wohngebäude. Ich lasse meinen Blick über die Häuserfassaden schweifen, über warm beleuchtete oder in weißes Neon getauchte Fenster neben bereits dunkel geschlossenen Jalousien und durch bunte Vorhänge gefärbtes Licht.

Plötzlich spüre ich, dass mich jemand beobachtet. Der Blick des Busfahrers ist über den breiten Rückspiegel auf mich gerichtet und gleitet nach einem Lächeln zurück auf die Straße. Ein höhnisches Lächeln. Ich erschrecke. Es sind die Augen meines Vaters. Nicht nur das, auch die Kopfform, der ausgeprägte Hinterkopf, die schmächtigen Schultern, er muss es sein. Er ist es.

Ich drehe mich blitzschnell im Wagen herum. Wer könnte mir helfen? Es ist niemand mehr im Bus, ich bin alleine. Panik ergreift mich.

Warum in aller Welt ist er hier? Wie hat er herausgefunden, dass ich heute, ausgerechnet heute, mit diesem Bus fahre? Und vor allem, was hat er vor? Was hat er mit mir vor?

Ich werde ihm nicht zeigen, dass ich ihn erkannt habe. Langsam stehe ich auf und gehe möglichst gelassen zur Mitteltür. Die letzte Haltestelle. Wenn er nicht anhält, werde ich mit dem kleinen roten Notfall-Hammer das Glas einschlagen. Ich werde durch die zerschlagene Scheibe klettern und zum Grenzübergang laufen. Er wird mir nicht folgen. War er doch einst selbst Bürger der DDR, und auch wenn er lange vor dem Mauerbau in den Westen geflüchtet ist, so hat er immer wieder betont, er würde nie wieder einen Fuß dorthin setzen.

Er bremst. Ich halte den Atem an. Der Bus kommt langsam zum Stehen. Die Türen öffnen sich mit einem langgezogenen Ausatmen. Ich stolpere die Stufen hinunter. Das Klicken eines Feuerzeugs.

„Schönen Abend noch!"

Ich sehe ihm ins Gesicht. Er ist es nicht. Der Busfahrer ist nicht mein Vater.

„Gleichfalls."

Mit weichen Knien stelle ich mich hinter den weißen Asphaltstreifen, der den Westen vom Osten trennt. Wie konnte ich mich nur wegen eines Fremden, der meinem Vater ähnlich sieht, so in die Enge treiben lassen?

Ich habe solche Angst. Ich habe immer noch solche Angst vor ihm.

Noch vier Minuten bis Mitternacht. Noch vier Minuten, bis ich in Sicherheit bin. Das ist nicht richtig. Ich bin jetzt schon in Sicherheit. Der Busfahrer ist nicht mein Vater.

Der Grenzer im Wachturm schaut auf seine Armbanduhr. Ein einzelnes Auto nähert sich langsam, es ist ein Taxi. Ich drehe mich um. Der Rentner, dessen Freundin mit dem weißen Pudel immer auf der anderen Seite wartet, steigt aus und geht mit seiner großen Reisetasche langsam auf den Grenzübergang zu. „Guten Abend", grüßt er mich freundlich, „ich habe heute den Bus verpasst, so ein Ärger!"

Der Busfahrer nimmt wieder auf seinem Fahrersitz Platz.

„Ja, das ist ziemlich teuer", antworte ich, bemüht, ganz normal zu klingen.

„Aber ich will meine Kleene doch nicht warten lassen! Sie wissen ja, wie schnell sie sich immer Sorgen macht!"

Ich nicke. Der Grenzer winkt uns heran. Es ist zwölf Uhr.

Die verblichene großgemusterte Tapete im Vorraum der Grenzbaracke, der Geruch nach Osten, erst jetzt entspanne ich mich. Wider alle Vernunft, erst jetzt fühle ich mich in Sicherheit. Drei Mal klackt der Stempel auf mein Visum.

Mein Pflichtumtausch verschwindet in der Kasse, das Ostgeld wird mir vorgezählt.

Der Rentner wirft mir mittlerweile keinen verwunderten Blick mehr zu. Es geht ja nun bereits seit Monaten so, dass ich ohne zusätzliche Kontrollen den Zoll passieren kann. Kein Auspacken meines Rucksacks mehr, kein Blättern in meiner Reiselektüre, keine Fragen nach Devisen. Ich höre noch, wie er seine offensichtlich schwere Tasche auf den langen Tisch plumpsen lässt, dann schließt sich die Tür der Baracke hinter mir.

Der Grenzstreifen. Vor wenigen Monaten, im Februar, ist ein Zwanzigjähriger bei einem Fluchtversuch erschossen worden. Ganz hier in der Nähe. Nach anfänglichem Leugnen hat es mittlerweile selbst Honecker zugegeben.

Zwei patrouillierende Grenzsoldaten kommen mir entgegen. Ein hagerer Älterer und ein ganz Junger. Trotz ihrer ausdruckslosen Mienen wirken sie nicht unsympathisch. Eigentlich sogar harmlos. Vielleicht hat einer der beiden den jungen Flüchtling erschossen. Mehrere Schüsse, einer davon mitten ins Herz. Vor fünf Monaten, auf dem Grenzstreifen zwischen Neukölln und Treptow, vielleicht ein oder zwei Kilometer entfernt von diesem Grenzübergang, an dem nicht einmal mehr mein Gepäck kontrolliert wird. Magdalena oder Ulli dagegen würden hier erschossen werden.

Und ich fühle mich hier sicher.

Mir ist plötzlich eiskalt.

Hinter mir fällt das schwere Metalltor ins Schloss. Die Frau mit dem weißen Pudel sieht mich erwartungsvoll an. Wie immer nicke ich ihr zu. Ja, er kommt gleich.

Es ist erst fünf Minuten nach Mitternacht. Magdalena wird sich freuen, wenn ich wieder so früh bei ihr bin. Und das, obwohl ich wegen meines später gewordenen Besuchs bei Nesrin über den weiter entfernten Grenzübergang an der Sonnenallee gekommen bin. Im Laufschritt die Baumschulenstraße entlang, ich bin in Sicherheit. Die Bahn fährt gerade ein, als ich den Bahnsteig erreiche. Die Angst ist an der Mauer zurückgeblieben, ich fühle mich leicht und frei.

Zwei Stufen auf einmal nehmend, laufe ich die Treppe zu Magdalenas Wohnung hinauf. Gleich werde ich sie in meine Arme nehmen. Den Duft ihres Körpers einatmen. Über ihr verschlafenes Gesicht und ihre verstrubbelten Locken streicheln. Ihre weiche Haut spüren. Ihr verträumtes „endlich" hören. Gleich.

„Nun ist der Krieg bereits über vierzig Jahre zu Ende, und er wirkt bei Giovanni und all denen, die ihn erlebt haben, bis heute nach", schließe ich meine Erzählung am Frühstückstisch.

Magdalena wiegt den Kopf. „Nicht nur bei denen, die ihn erlebt haben. Sondern auch noch in der Kinder- und Enkelgeneration."

„Meinst du?"

„Hat jemand mit dir über den Krieg gesprochen, als du klein warst?" will Magdalena wissen.

„Ja, meine Oma, also die Mutter meiner Mutter. Sie hat mir oft von den Bombennächten im Keller erzählt und vom Hunger. Am Schluss sagte sie dann immer ganz eindringlich: ‚Aber wir waren schuld.' Einmal, ich muss so etwa sieben oder acht Jahre alt gewesen sein, da habe ich mich getraut, ihr die Frage zu stellen, an die ich schon oft gedacht hatte: ‚An was, Oma?' Sie hat mich dann sehr ernst angesehen und geantwortet: ‚Am Krieg. Wir haben den Krieg angefangen.' Ich konnte mich nicht daran erinnern, gemeinsam mit Oma einen Krieg angefangen zu haben. Und daraus schloss ich, dass ich noch sehr klein gewesen sein musste. Doch das konnte mir nichts von meiner Schuld nehmen. Einen Krieg anzufangen, das war ja das Schlimmste, was man tun konnte.

Ich habe mir fest vorgenommen, niemandem etwas davon zu erzählen. Vor allem nicht Michaels Opa, der im Krieg ein Bein verloren hatte."

Ich schaue auf. Magdalenas Gesicht ist ganz weich. „Ist das süß", meint sie leise, „und sehr traurig." Schweigend umkreist sie den oberen Rand ihrer Tasse mit der Fingerspitze ihres Zeigefingers.

„Wenn mir Giovanni von seinen Kriegserlebnissen erzählt, bekomme ich immer heftige Schuldgefühle", sage ich nachdenklich. „Ich glaube, das liegt unter anderem auch daran, dass ich die Worte meiner Oma missverstanden hatte und mir dies nie richtig bewusst wurde."

„Das kann ich mir gut vorstellen", stimmt mir Magdalena zu, „und es ist ein kleines Beispiel dafür, wie sich der Krieg bis heute auf uns auswirken kann."

„Ja." Ich schenke uns beiden noch Tee nach.

„Wie hat deine Oma während der Zeit des Faschismus gelebt?" fragt Magdalena mit wachem, interessiertem Blick.

„Sie war Mitläuferin. Sie hat mir gesagt, dass sie schon frühzeitig von vielen Verbrechen gehört hat, beispielsweise über die Ermordung von Juden. Dass sie zu allem geschwiegen hat, hat sie sich nie verziehen. Sie hat das Mutterverdienstkreuz angenommen, obwohl sich alles in ihr dagegen sträubte. Sie hat der nationalsozialistischen Gehirnwäsche in der Schule bei ihren eigenen Kindern nichts entgegengesetzt. Ihre Töchter waren beim BDM, nicht gerade begeistert, aber dennoch. Zwei ihrer Söhne waren Soldaten."

„Einfache Soldaten oder mehr?"

„Einfache Soldaten. Beide sind nach kurzer Zeit an der Front gefallen. Von einem weiß ich, dass er überzeugter Nazi war. Von meiner Mutter kenne ich noch die alten Nazilieder. *Nach Ostland geht unser Ritt* und solchen Dreck."

„Was?" ruft Magdalena entsetzt aus. „Das hat sie dir vorgesungen?"

„Wenn meine Mutter beim Abwaschen gesungen hat, habe ich es gehört. Sie hat gerne bei der Hausarbeit gesungen."

„Was hat sie dir sonst noch vom Krieg erzählt?"

„Zum Kriegsende wurde sie vergewaltigt. Da war sie dreizehn. Natürlich wurde nie darüber gesprochen. Ich weiß es einfach. Durch ihre Erzählungen vom Kriegsende, die sie immer an derselben Stelle abgebrochen hat, dann ihr stumpfer, leerer Blick in die Ferne, ihre angespannte Miene. Und wenn sie Minuten später wieder in der Gegenwart angekommen war, gab es eine eindringliche Warnung an mich. Vor der Schlechtigkeit der Männer, insbesondere der französischen Soldaten, die sich Mädchen und Frauen gegenüber wie Tiere benehmen. Ich glaube, sie hat es nie verarbeiten können."

Die Tasse hat einen Sprung, einen feinen Haarriss, der mir vorher nicht aufgefallen war. Erst jetzt haben meine Fingerkuppen ihn entdeckt.

Magdalena lehnt sich vor. „Glaubst du, dass deine Mutter deshalb deine Not nicht sehen konnte? Weil sie ihre eigene – und ähnliche – nicht verarbeitet hat?"

Dieser Gedankensprung kommt für mich unerwartet. Er trifft mitten in mein Herz. Ich brauche einen Augenblick, um Magdalena zu folgen, auch wenn ich bereits gefühlsmäßig weiß, dass sie Recht hat.

„Ich frage das nicht, um deine Mutter in Schutz zu nehmen. Sie war bei deiner Geburt dreißig Jahre alt. Zeit genug, sich Hilfe zu suchen."

„Darum geht es mir nicht", winke ich ab. „Ja, ich glaube schon, dass das ein Grund dafür war, weshalb sie mich als Kind im Stich gelassen hat. Vermutlich der bedeutendste Grund."

Magdalena nickt nachdenklich. Eine dicke Fliege surrt durch das offene Küchenfenster herein, fliegt nervös zur

Tür, zum Küchenschrank und findet kurz darauf selbst wieder den Weg nach draußen.

„Und der Vater deiner Mutter?"

„Der ist auch als Soldat gefallen. Auch meine anderen Großeltern habe ich nie kennen gelernt."

„Wo standen die politisch?"

Ich muss überlegen. Seit Langem habe ich nicht mehr über meine Familiengeschichte nachgedacht, vor allem nicht über die meines Vaters. Ich will nichts mehr damit zu tun haben, will alles abschütteln, loswerden. Etwas in mir sperrt sich nach wie vor dagegen, mit Magdalena darüber zu sprechen.

„Warum willst du das eigentlich wissen?"

Magdalena sieht mich erst überrascht, dann bestürzt an. Vielleicht hat sie das Misstrauen in meinem Blick erkannt.

„Weil du mich interessierst, weil mich deine Herkunft interessiert, weil es zu dir gehört", erwidert sie schnell. Dann atmet sie tief durch. „Ich frage mich immer wieder, was das für ein Mensch sein muss, der sein eigenes Kind derart brutal ausbeutet und rücksichtslos benutzt. Ich will damit auf keinen Fall Verständnis für deinen Vater als Täter gewinnen. Oder für deine Mutter als Mittäterin. Es geht mir nur um dich."

Sie schaut mir ernst in die Augen, fordert auf diese Weise eine Antwort. Ja, ich glaube ihr. Sie sieht mich unverwandt an. Erst als ich zustimmend nicke, verschwindet der bestürzte Ausdruck aus ihrem Gesicht. „Ich möchte deine Kindheitsgeschichte nicht nur als dein Schicksal sehen", fährt sie fort. Das ganze Umfeld, in dem du gelebt hast, gehört doch dazu. Also die Familiengeschichte und die politischen Zusammenhänge."

Mein Herz schlägt schneller, als wollte es mir zeigen, dass nun etwas ganz Anderes, Bedeutungsvolles beginnt. Magdalena erscheint mir stark und klug genug, mich dabei zu begleiten. Bruchstücke aus den Erzählungen meines Vaters, meiner Tante fallen mir wieder ein und fügen sich zusammen.

Ich sehe in Magdalenas klare, wache Augen.

„Die Eltern meines Vaters waren nicht nur Mitläufer", beginne ich nachdenklich. „Ich weiß nicht sehr viel über sie. Sie lebten im ehemaligen Niederschlesien, in einer abgelegenen Kleinstadt. Mein Vater war bei Kriegsende dreizehn Jahre alt. Sein großer Bruder war bereits mit achtzehn Jahren bei der SS. Panzerdivision Totenkopf. Mein Vater, der zehn Jahre jünger war, hat erzählt, wie sehr er ihn dafür bewundert hat. So etwas geschieht nur in einer vom Nationalsozialismus überzeugten Familie. Auch ein altes Foto spricht Bände: der Bruder in SS-Uniform, die Familie stolz strahlend um ihn herum. Es war das letzte Foto von diesem Bruder, er starb als Zwanzigjähriger, er „fiel im Kampf", wie mein Vater sagte. Die Schwester meines Vaters hat Verwundete im Lazarett gepflegt. Sie hat sich extra dafür umschulen lassen, obwohl sie gerade erst mit ihrer Ausbildung als Buchhändlerin fertig war."

Magdalenas aufmerksamer Blick ruht gelassen auf mir. Sie hört mir zu, sie wartet, sie wird mich aber auch nicht bedrängen, wenn ich jetzt aufhöre.

„Dann kam die Rote Armee und schließlich die polnische", fahre ich fort, „und die Deutschen hatten immer ordentlich aufgeschrieben, wer von den Einwohnern bei der SS, beim Werwolf und in den anderen Organisationen war. Da der ältere Bruder bereits tot war, traf die Rache der Opfer die übriggebliebenen Familienmitglieder. Meine Großmutter starb an den Folgen. Sowohl sie als auch mein Vater und meine Tante wurden vergewaltigt. Natürlich wurde auch darüber niemals gesprochen."

Magdalena hat sich nicht bewegt. Jetzt streicht sie sich langsam über den Kopf. Ihre Hand verschwindet vollständig in ihrem krausen Haar.

„Hast du es auf ähnliche Weise wie bei deiner Mutter erfahren?" fragt sie nach.

„Ja. Es war so eindeutig und klar wie bei ihr. Doch anders als bei ihr entbrannte bei meinem Vater dann immer ein fürchterlicher Hass. Auf Schwule und auf Polen. Er hat immer wieder versichert, nicht schwul zu sein, obwohl das niemand vermutet oder ihn darauf angesprochen hat. Was er über Schwule und ‚den Polen' gesagt hat – er sprach über Polen immer in der Einzahl – möchte ich nicht wiederholen. Es war einfach nur menschenverachtend."

Trotz des offenen Fensters habe ich das Gefühl, dass die Luft zum Atmen knapp wird. Beim Zurückschieben knarrt mein Stuhl mit einem kurzen, hässlichen Geräusch über den Holzfußboden.

„Ich gehe eine Runde spazieren. Allein."

Magdalena hebt ruckartig den Kopf. „Ich möchte dich jetzt ungern alleine gehen lassen."

„Ich brauche das jetzt aber." Mein Tonfall duldet keinen Widerspruch. Dann erkenne ich den besorgten Ausdruck in ihren Augen. Er berührt mich. „Ich bin in einer Stunde zurück", verspreche ich. „Unser Gespräch hat mir gut getan, mich aber auch sehr aufgewühlt. Ich will jetzt einfach nur laufen, damit es sich setzen kann."

„Gut." Magdalena lächelt beruhigt. „Dann werde ich das Gespräch jetzt auch setzen lassen. Am Klavier."

Die Sonne schaut bereits wieder durch die Häuserlücken. Nach dem kurzen Sommerregen riecht es nun nach warmem, nassem Asphalt. Auf dem breiten Bürgersteig der Dimitroffstraße konnte ich einen Bogen um entgegenkommende Fußgänger schlagen; hier in der kleineren Seitenstraße wechsle ich auf die gegenüberliegende Seite. Bloß keinen Blickkontakt mit anderen, bloß keine Gesprächsfetzen mithören müssen. Ich will alleine sein, will fassen können, was sich in mir befreit hat, was mich so froh macht. Ich will laufen, laufen und den festen Boden unter meinen Füßen spüren, die Leichtigkeit meiner Schritte und die Atemluft, die es nun wieder in Hülle und Fülle gibt.

Was ist es, was gerade jetzt in meinem Herzen jubelt? Wann begann es? Ja, in dem Moment, als ich in Magdalenas tiefen Blick gefallen bin.

Plötzlich begreife ich, was Magdalena durchbrochen hat: mein sinnloses Kreisen um das Warum. Das zog die Frage nach meinem eigenen Anteil hinter sich her und von da aus war es nur noch ein kleiner Schritt zu meiner Schuld. Zur absurden Frage nach der Schuld eines kleinen Mädchens an der Gewalt, die ihr angetan wurde.

Warum ich? Jetzt kann ich es fassen: weil Gewalt oft weitergegeben wird. Meine Kindheitsgeschichte als direkte Kriegsfolge. Das entschuldigt meinen Vater überhaupt nicht. Er hätte sich Hilfe suchen können. Therapeutische, ärztliche, seelsorgerische, wie auch immer.

Plötzlich bin ich stolz darauf, dass ich es bin, die diese Kette der Gewalt durchbrochen hat. Erst durch Magdalenas Hinweise kann ich das anerkennen. Sie war es auch, durch die ich mich von dieser Schuldenlast befreien konnte. Ich biege in die nächste Querstraße ein und gehe zurück. Zu ihr.

Die Sonne zieht die dunstigen Schwaden vom nassen Asphalt. An jedem Haus der Dimitroffstraße hat der Schornsteinfeger sein Kreidezeichen an den großen hölzernen Eingangstüren hinterlassen: Eine Leiter, ein Feger und darüber das Datum, wann er kommt.

Als ich die Wohnungstür aufschließe, verklingen gerade die letzten Klaviertöne. Ein guter Augenblick, um Magdalena zu umarmen und ihr zu sagen, wie sehr ich sie liebe. Ihr zu danken für ihren Mut angesichts meiner Abgründe und dafür, dass ich mit ihr über all das reden kann. Und dafür, dass sie mir glaubt, vertrauensvoll und bedingungslos. Das ist etwas ganz Besonderes.

Sie sitzt noch auf dem Klavierhocker und sieht mich fragend an, als ich hereinkomme. Ich stelle mich an ihren Rücken und streiche ihre Haare zur Seite, so dass ich sanft in ihren Nacken beißen kann. Sie lauscht meinem Flüstern an ihrem Ohr. Ihr Lächeln setzt kleine Falten um ihre geschlossenen Augen, während sie mir zuhört, lange Zeit zuhört, denn es ist viel, was ich ihr zu sagen habe.

„Schön", seufzt sie dann.

Ihr Grübchen neben dem Mundwinkel sehe ich zum ersten Mal aus dieser Perspektive. Ich muss es einfach küssen. Immer noch lächelnd schaut Magdalena zu mir hoch.

„Schön", sagt sie noch einmal und zeigt dann auf ihr Notenblatt.

„Ich habe ein Stück entdeckt, das dir gefallen wird. Es ist ganz einfach zu spielen. Vielleicht willst du es selbst einmal probieren."

Sie spielt eine leichte, romantische Melodie und sieht dann erwartungsvoll zu mir hoch. „Probier mal." Sie steht auf und zieht mich sacht auf den Klavierhocker.

„Das ist ein G und hier ein E." Mühsam versuche ich die Noten den Tasten zuzuordnen. Magdalena stellt sich hinter mich und legt ihre weichen Hände auf meine, um sie auf den richtigen Platz zu bringen. Ihr warmer Atem an meinem Nacken, an meinem Ohr. Ihre Brüste an meinem Rücken.

„Zwei, drei, vier", gibt sie den Takt vor. Ich schlage die ersten Griffe an. Es klingt schräg.

„Das ist ein Fis, kein F." Sie zeigt auf das Erhebungszeichen neben dem Violinschlüssel. „Da capo: zwei, drei, vier."

Ich greife wieder in die falschen Tasten.

„Ich kann mich nicht konzentrieren, wenn ich die Brüste meiner Klavierlehrerin an meinem Rücken spüre", beschwere ich mich lachend.

Magdalena stutzt, dann lacht sie auch. „Und wo musst du sie spüren, damit du dich konzentrieren kannst?"

„An meinen." Ich drehe mich auf dem Hocker zu ihr um, fasse ihre Hände und ziehe sie zu mir heran.

Es klingelt laut und schrill, zwei Mal kurz und ein Mal lang. Magdalena löst sich zögernd von mir. Auch ich hätte jetzt lieber noch etwas Ruhe gehabt. Ein metallisches Knirschen, Ulli öffnet die Tür bereits mit ihrem Schlüssel und stürmt herein.

„Conni und Sabine haben an uns beide geschrieben!" Sie hält einen Briefumschlag in die Höhe.

„Was?" wundert sich Magdalena.

Ulli lässt sich auf das Sofa plumpsen. „Ich habe noch nie Post von ihnen bekommen. Den Brief habe ich gerade eben aus meinem Kasten gefischt."

Hektisch zerreißt sie den Briefumschlag.

Liebe Ulli, liebe Magdalena, liest sie laut vor, *wenn Ihr diesen Brief in den Händen haltet, ahnt Ihr bestimmt schon, worum es geht. Wenn alles klappt, sind Sabine und ich dann schon im Westen.*

Ulli lässt den Brief sinken und sieht entsetzt zu Magdalena hoch. Magdalena beisst sich auf die Unterlippe. Ulli senkt ihren Blick wieder auf die großen, geschwungenen Buchstaben und liest weiter vor:

Es tut uns beiden sehr, sehr Leid, dass wir uns nicht mehr persönlich bei Euch verabschieden konnten, und wir hoffen, dass Ihr uns das verzeiht.

Es gibt zwei Gründe dafür: Zum einen mussten wir uns sehr schnell entscheiden und handeln, gestern haben wir im Buschfunk gehört, dass die Grenze nach Ungarn geschlossen werden soll, und das kann ja bereits morgen sein. Zum andern fällt uns der Abschied ohnehin schwer genug, so dass wir es auf die Schnelle einfach nicht geschafft haben, irgendjemandem auf Wiedersehen zu sagen. Nur mein Bruder, der die Wohnung übernimmt, wusste Bescheid.

Wir haben in aller Eile noch eine Kiste mit Sachen für Euch zusammengepackt. Die Bücher und der Kunstband sind für Dich, Ulli, auch der große Kerzenleuchter, der dir so gefällt. Die Schallplatten gehören dir, Magdalena, ebenso die Stoffe, Du wirst bestimmt wieder etwas Schönes daraus nähen. In dem Kunstband liegen vorne drin zwei Forum-Schecks für Euch, mit denen können wir ja jetzt nichts mehr anfangen.

Mein Bruder hat versprochen, Euch die Sachen in den nächsten Tagen vorbeizubringen.

Wir hoffen, dass wir bald Franka treffen können. Ich habe ja noch ihre Adresse, sie hat sie mir erst neulich gegeben, damit meine Oma ihr Begrüßungsgeld abholen kann.

Dann werden wir bis zu unserem Wiedersehen über Franka in Kontakt bleiben.

Wir wünschen Euch alles Liebe und viel Kraft.

Seid ganz fest umarmt, von Conni und Sabine.

„Verdammt", sagt Ulli leise.

Magdalena geht langsam zum Fenster. Sie starrt hinaus. Aus dem Hof herauf ertönt eine Frauenstimme, die aufgeregt mit einem Kind schimpft. Das Kind weint. Ulli stützt ihre Ellenbogen auf dem kleinen Tisch auf und legt das Kinn auf ihre Handballen.

„Sie werden mir fehlen."

„Mir auch", stimmt ihr Magdalena mit rauer Stimme zu.

Die Frau auf dem Hof beruhigt sich, ihr Tonfall wird weicher. Das Kind schluchzt noch.

Magdalena dreht sich um und lehnt sich an die Fensterbank. „Hast du es geahnt?"

„Nein", antwortet Ulli verdrossen, „überhaupt nicht. Ich glaube, es war wirklich ein ganz spontaner Entschluss. Neulich, als wir abends in der *Schoppenstube* saßen, hat Conni gemeint, sie will etwas von ihrem Leben haben und sich nicht immer nur an den Widerständen aufreiben. Aber das habe ich auch schon oft gesagt."

Mit einer ruckartigen Handbewegung schleudert sie den Brief von sich weg. Er flattert leise raschelnd zu Boden.

„Das liest sich wie ein Testament", brummt Ulli. „Du kriegst das, und das gehört jetzt dir."

Magdalena nickt zustimmend. „Ich kann mich nicht über die Sachen freuen."

„Ich mich auch nicht."

Die Frau ruft nach dem Kind, es soll jetzt hochkommen. Sie erhält keine Antwort.

„Wie lange kennt ihr die beiden eigentlich schon?" frage ich nach einer Weile.

Magdalena sieht Ulli fragend an. „Knapp drei Jahre, nicht?"

„Das könnte hinkommen", überlegt Ulli. „Conni und Sabine kamen wie ich nur ab und zu in die Gruppe, wirklich kennen gelernt habe ich sie erst, nachdem wir beim Konzert von Maike Nowak waren. Das war letzten Herbst, November oder so."

„Ich muss gerade dran denken, wie Sabine für uns Thüringer Klöße gekocht hat", erinnert sich Magdalena mit einem kleinen, wehmütigen Lächeln, „oder vielmehr kochen wollte."

„Ja", schmunzelt Ulli, „weißt du, Franka, sie hat diese Klöße ganz groß angekündigt, so gute hätten wir noch nie gegessen, ein geheimes traditionelles Familienrezept und so weiter. Tatsächlich waren die Klöße dann aber eine schwere und klebrige Masse, die am Topfboden hing und anbrannte."

„Wir haben so gelacht und uns dann alle eine Krusta geholt", wirft Magdalena ein.

„Das ist doch dieses Hefeteigstück mit Zwiebeln, das so ähnlich wie Pizza schmeckt, oder?" frage ich.

Magdalena nickt. „Und jetzt sitzen Conni und Sabine vielleicht bald einmal in deiner Küche in Kreuzberg. Da fällt mir ein, ihr habt doch ein Zimmer frei, seit Renate ausgezogen ist."

„Renate ist ausgezogen?" unterbricht Ulli sie und schaut überrascht zu mir. „Davon weiß ich ja gar nichts."

„Nicht?" wundere ich mich. „Es ist jetzt zwei Wochen her. Ihr Besuchsantrag wurde wieder abgelehnt. Sie ist deshalb total wütend auf mich. Ich habe doch ihren Namen genannt, als ich meinen Einbürgerungsantrag gestellt habe. Und sie meint, sie darf deswegen nicht in die DDR einreisen."

Ulli atmet mit einem langgezogenen Stöhnen aus. „Das kann natürlich der Grund sein, aber es kann auch an was anderem liegen."

„Ja, das sehe ich auch so", antworte ich, „aber schon wegen der Möglichkeit habe ich ein schlechtes Gewissen ihr gegenüber. Ihr wisst ja, wie sehr sie an ihren Eltern hängt. Sie ist Hals über Kopf aus unserer Wohnung ausgezogen. Ich weiß nicht einmal, wohin. Letztes Wochenende war sie bei Michael, um ihre Post abzuholen. Er meinte, sie hat sich wieder beruhigt."

„Hoffentlich packt sie es." Ulli schaut betroffen vor sich hin.

„Ja. Hoffentlich."

Es ist ganz still im Zimmer.

„Manchmal habe ich das Gefühl, wir laufen immer wieder mit dem Kopf gegen die Mauer. Egal von welcher Seite", sagt Magdalena leise.

Ulli nickt zustimmend. „Egal, ob wir im Osten bleiben oder in den Westen ausgereist sind: Etwas ganz Wichtiges, Schönes, Bedeutungsvolles ist immer drüben."

Sie bückt sich und hebt den Brief von Conni und Sabine auf, legt ihn auf den kleinen Tisch und streicht mehrmals behutsam über das Papier.

„Oder vom Westen in den Osten gehen", vervollständige ich Ullis Aufzählung. „Zerrissenheit, wir leben einfach in einer Zerrissenheit." Erst an den Blicken der beiden anderen wird mir bewusst, dass ich diesen Gedanken laut geäußert habe. Verlegen wende ich mich an Ulli: „Für dich ist deine Oma das Wichtigste drüben, nicht wahr?"

„Nein, nicht solange sie so rüstig ist und uns häufig besuchen kommt. Natürlich würde ich gerne auch mal spontan zu ihr fahren, aber was mich wirklich aufregt, sind die Möglichkeiten, die ich drüben beim Malen hätte. Das fängt bei den Materialien an, geht über Kurse und Seminare weiter bis zu den Chancen, eine Ausstellung zu machen. Als ich zu Omas Fünfundsiebzigstem im Westen war, habe ich eine Künstlerin kennen gelernt, die gerade in einer Kneipe am Chamissoplatz ihre Bilder ausgestellt hat. Einfach so. Bei uns ist es sehr schwer, öffentlich auszustellen, wenn man nicht im VBK ist."

Ulli redet schnell und aufgebracht und sieht mich dabei unentwegt an. „*Verband Bildender Künstler*", ergänzt sie, bevor ich nachfragen kann.

„Überlegst du dir inzwischen auch manchmal, ob du ...?" Magdalenas Stimme klingt leise vom Fenster herüber. Sie kann ihren Satz nicht beenden. Ihr flatternder Blick liegt unruhig auf Ulli.

„Nein", antwortet Ulli erstaunt, „aber das weißt du doch."

„Manchmal weiß ich gar nichts mehr", antwortet Magdalena zaghaft.

Ulli springt auf und nimmt Magdalenas Gesicht zärtlich zwischen ihre Hände. „Schäfchen, natürlich bleibe ich hier. Das haben wir uns doch versprochen. Und falls ich es mir irgendwann einmal doch anders überlegen sollte, wirst du die Erste sein, mit der ich das bespreche."

Magdalena schluckt und lächelt dann tapfer. Mit Ullis Hand in ihrer geht sie zum Sofa und lässt sich auf die Kissen fallen.

„Ich wollte damit einfach sagen, dass ich Sabine und Conni verstehen kann", fährt Ulli fort, „aber für mich ist Ausreise kein Thema. Am Nöldner Platz hat jemand einen Spruch an eine Brandmauer geschrieben: *Bleibe in deinem Land und wehre dich täglich.* Er stand dort nur einen Tag lang, dann wurde er entfernt. Ich sage ihn mir immer wieder. Gerade jetzt, da so vieles in unserem Land aufbricht, diese ganzen hoffnungsvollen Veränderungen – es wäre für mich schrecklich, wenn ich irgendwo im Westen sitzen müsste und nicht dabei sein könnte!"

Als ich Magdalenas tiefes, kehliges Lachen höre, weiß ich, sie ist wieder ganz beruhigt.

„Ob sehr viele Menschen in dieser Zerrissenheit leben?" überlegt sie.

„In Berlin bestimmt", antwortet Ulli mit Nachdruck, „allein schon die Älteren, die Berlin noch ohne Mauer erlebt haben. Die Verwandte, Freunde und Lieblingsplätze auf der anderen Seite haben."

Mir fällt Nesrins Mutter ein. „Die Mutter einer türkischen Freundin hat über zwanzig Jahre lang in Berlin gelebt, ohne heimisch zu werden, hat bei Siemens gearbeitet und sich nach ihrer Heimat gesehnt. Jetzt lebt sie mit ihrem Mann und ihrer jüngsten Tochter wieder in Istanbul und sehnt sich nach ihren drei anderen Kindern, die in Berlin aufgewachsen und geblieben sind."

Magdalena nickt nachdenklich. „Ja, es gibt ganz verschiedene Gründe für ein geteiltes Leben. Auch zum Beispiel, wenn jemand in einer liebevollen und zugleich gewalttätigen Familie aufgewachsen ist und dieses Kindheitsmuster nicht loslassen kann und es immer wieder nachlebt."

Ich zucke zusammen. Meint sie mich? Ulli scheint nichts gemerkt zu haben, sie springt vergnügt auf.

„Mein Zwiespalt gerade ist, dass ich einerseits dieses Gespräch spannend finde, aber andererseits diesen Sonnentag lieber draußen am See genießen möchte. Was ist, kommt ihr mit?"

Magdalena stöhnt auf, als sie sich auf ihr Kissen legt. „Die Sonne hat mich heftig erwischt. Ich muss wohl heute auf dem Bauch schlafen."

„Wie schnell das bei dir geht", wundere ich mich. „Du bist doch schon nach zehn Minuten in den Schatten gegangen."

„Aber auf dem ganzen Heimweg hat mir die Abendsonne in den Rücken gebrannt. Da nützt das weiße, dünne Hemd nicht viel. Hast du das Fenster aufgemacht?"

„Ja." Ich klettere die Leiter zum Hochbett hinauf. „Himmel, bin ich müde."

„Ich kann noch nicht schlafen", nörgelt Magdalena, „kuscheln geht auch nicht mit Sonnenbrand. Erzähl mir noch etwas."

Es ist wirklich stickig und warm auf dem Hochbett. Ich schiebe die Decke zur Seite und lege mich auf den Rücken.

„Hm. Stell dir mal vor, die Mauer wäre offen."

„Beide deutsche Staaten würden natürlich in friedlicher Koexistenz leben", höhnt Magdalena, „und sich gegenseitig in ihrer Entwicklung bereichern."

„Ich meine, was würde es für uns heißen? Ich denke oft daran, vor allem in meinen halbierten Nächten. Wenn ich die Grenzkontrollen hinter mir habe und mich auf mein Motorrad schwinge, dann bist du manchmal wieder ganz nah bei mir. Ich kann dann beinahe fühlen, wie du hinter mir sitzt und deine Arme um mich schlingst."

Ich drehe meinen Kopf zur Seite und sehe an Magdalenas Blick, dass sie auch Lust zum Träumen hat. Ein kühler Abendhauch kommt durch das offene Fenster herein.

„Wir fahren dann durch West-Berlin und ich sehe die nächtliche Stadt mal mit deinen, mal mit meinen Augen. Du zeigst auf die großen Reklametafeln am Straßenrand.

‚Da muss man ja immerzu hingucken! Das lenkt aber ab!' rufst du mir durch deinen Sturzhelm hindurch zu. Du musst es mir ein zweites Mal sagen, denn wegen des brausenden Verkehrs habe ich dich nicht verstanden. An der Tankstelle kaufen wir Sekt und Schokolade, denn heute ist eine besondere Nacht, die erste, in der du mich begleitest."

„An einer Tankstelle kann man Sekt und Schokolade kaufen?" wundert sich Magdalena.

„Ja. Wohin möchtest du? Durch die Innenstadt oder gleich nach Kreuzberg?"

„Gleich zu dir nach Hause."

Plötzlich spüre ich einen Kloß im Hals. Ich kann mir nicht mehr vorstellen, sie würde mich begleiten. Vielleicht liegt es nur daran, dass mein Zuhause bald hier sein wird. Magdalena sieht mich nach einer Weile fragend an. „Warum erzählst du nicht weiter?"

„Ich musste erst einmal überlegen. Also: Wir fahren einen Bogen nach Prenzlauer Berg. Meine Wohnung ist in der Raumerstraße, vielleicht auch am Helmholtzplatz oder in der Pappelallee. Jedenfalls bei dir um die Ecke. Ich parke das Motorrad im Hof und wir gehen die vier Stockwerke hoch. Du nimmst den Wohnungsschlüssel aus deiner Jackentasche und schließt auf, und mich freut es, dass du nun endlich auch einen Schlüssel von mir hast. Drinnen riecht es noch ein wenig nach Farbe, wir haben die Wände, Türen und Fußböden nach Ullis Vorschlägen frisch gestrichen. Ich lege meinen Helm ab und denke, wenn der Farbgeruch vollständig verflogen ist, fühle ich mich ganz zu Hause."

Magdalena lächelt versonnen und legt ihren Arm um mich. „Und dann suchst du aus deinen Kassetten eine heraus und fragst mich, ob ich auch Lust habe, die zu hören. Und ich schaue deine Möbel und Gegenstände an, weil die mir noch gar nicht vertraut sind. Es ist fast so, als hätte ich dich erst neulich kennen gelernt. Auch dein Bett ist ungewohnt hart oder ungewohnt weich, jedenfalls anders als meins. Nach dem Frühstück gehe ich in meine Wohnung zum Klavierspielen und mittags kochen wir gemeinsam. Stell dir das einmal vor!"

„Ja, dieses Alles-oder-nichts, was wir jetzt haben, gibt es dann nicht mehr. Manchmal gehe ich nach der Arbeit zu dir, dann kommst mal wieder du zu mir und manchmal macht jede was für sich alleine."

„Ohne diese ganzen Zwänge, sondern so, wie es für uns gerade stimmt. Das wird schau." Magdalenas Stimme bekommt einen sehnsüchtigen Klang.

„Spürst du die kühle Nachtluft?"

„Ja." Magdalena dreht sich zur Seite und stützt den Kopf auf ihre Handfläche. Sie sieht mich lächelnd an und streicht mir zärtlich über die Stirn. „Du wirkst sehr müde, Liebste. Schlaf jetzt."

„Gute Nacht."

Es ist ganz still. Als ich wenig später noch einmal kurz die Augen öffne, liegt immer noch Magdalenas liebevoller Blick auf mir. Alles ist gut.

„Franka, aufwachen, du hast geträumt, Franka, hörst du mich?"

Ich sehe verschwommen Magdalenas Gesicht über mir. Ihre Haare kitzeln meine Wange. „Aber warum?"

„Franka, bist du wach? Du hast gerade fürchterlich geschrien."

„Ja. Aber warum soll ich verrückt werden, wenn die Mauer verschwindet?"

„Hast du das geträumt?"

„Ja. Und die Grenzer sind auch verrückt geworden. Und lauter Wecker haben getanzt, in der Grenzbaracke, und alle haben gesungen, dass um Mitternacht die Mauer verschwindet und dass ich dann verrückt werde, weil ich das nicht aushalten kann. Dann war Mitternacht, und die Wecker und die Grenzer und sogar der Mond haben ganz irre gekreischt!"

Magdalena sieht mir fest in die Augen und streicht energisch über meinen Kopf.

„Ich kann dir versichern, du bist nicht verrückt geworden", sagt sie bestimmt, „die Mauer steht noch und die Grenzer bewachen sie wie immer. Der Vollmond scheint zum Fenster herein und sieht ganz normal aus. Ich ziehe jetzt die Vorhänge zu und dann schlafen wir weiter. Wir können morgen über deinen Traum reden."

„Gut", antworte ich beruhigt und ziehe meine Beine an, damit Magdalena ungehindert die Leiter erreicht. Wie gut, dass sie in solchen Situationen genau weiß, was zu tun ist.

Es klingelt laut und aufdringlich. Magdalena setzt sich abrupt auf. „Heute kommen Klara und Michael."

„Jetzt schon?" Verschlafen greife ich nach Magdalenas Bademantel und klettere die Leiter hinunter.

Es klingelt wieder. Ich öffne die Wohnungstür.

„Guten Morgen!" Ich gehe in die Hocke, um Klara zu umarmen.

„Was machen wir heute?" fragt Klara aufgeregt. „Wo ist Magdalena?"

„Im Hochbett. Zieh deine Schuhe vorher aus." Klara rennt polternd davon.

„Guten Morgen, Michael. Komm herein. Haben wir verschlafen oder seid ihr früher gekommen?"

„Beides. Klara hat mich schon um fünf Uhr geweckt und wollte gleich los. Mit Müh und Not konnte ich sie dazu überreden, noch ein paar Stunden zu warten."

„Setz dich schon mal in die Küche. Ich gehe mich anziehen."

Vom Hochbett ist nur ein gedämpftes Kichern und Flüstern zu hören. Magdalena und Klara haben sich bestimmt wieder eine Höhle aus Decken gebaut.

Michael steht mit hängenden Armen unbeholfen in der Küche. „Wasser habe ich aufgesetzt, wo finde ich eine Kanne?"

„Rechts oben im Schrank, Kräutertee ist darunter in dem großen Glas." Ich stelle die Teller auf den Tisch und nehme Butter, Käse und Marmelade aus dem Kühlschrank.

„Wo soll ich denn das Ostgeld hintun?" fragt Michael. „Nicht, dass ich es heute Abend immer noch in meiner Tasche habe."

„Schau mal, in der Schublade im Tisch liegt ein großes, schwarzes Portemonnaie."

Michael pfeift anerkennend durch die Zähne, als er seinen Pflichtumtausch zu den gebündelten Geldscheinen legt.

„Magdalena bringt es nächste Woche wieder zur Sparkasse. Sie hat ja ein Sparbuch für mich angelegt."

„Wie viel ist da schon drauf?" fragt Michael.

„Fast 2000 Mark. Ich suche nach einer gebrauchten MZ. Ich will ja nicht gleich mit einem West-Motorrad auffallen. Wie war es am Grenzübergang?"

„Ganz okay. Du hattest schon Recht, man gewöhnt sich daran, ich meine, die Kontrollen selbst sind weniger nervenaufreibend geworden. Aber Klara und ich haben den ganzen Weg hierher wieder darüber gesprochen, weshalb es die Mauer gibt und was hier alles anders ist als drüben und warum."

Michael hält inne und sieht mich ernsthaft entschlossen durch seine Nickelbrille hindurch an. „Ich finde, du solltest ihr demnächst sagen, dass du bald auch hier wohnen wirst."

Ein eisiger Schreck durchfährt mich. „Jetzt schon? Nein, ich denke, das ist noch viel zu früh."

„Ist es nicht", widerspricht Michael nachdrücklich. „Dein Antrag ist bestimmt schon so gut wie bewilligt, ansonsten würden die doch nicht bereits solche Details mit dir besprechen. Klara braucht Zeit, um Abschied von dir zu nehmen."

„Aber in zwei Wochen beginnt die Schule für sie, da wird sowieso so vieles anders. Mehr Veränderungen würden sie nur überfordern." Das ist eine Ausrede, ich weiß, nichts anderes als eine faule Ausrede.

Michael streicht sich über die Stirn und seufzt. „Das stimmt auch wieder. Okay, sagen wir, in den Herbstferien. Da hat sich die erste große Aufregung um die Schule gelegt und Klara hat noch etwa vier bis fünf Monate Zeit, sich damit auseinander zu setzen, dass du gehst."

Mein Mund und meine Kehle sind ganz trocken. „Gut." Es klingt mehr nach einem Krächzen als nach einer gesprochenen Antwort.

Schweigend verteilen wir das Besteck und die Tassen.

„Wir hatten so ein gutes Versteck und ihr habt uns gar nicht gesucht", beschwert sich Klara, die mit Magdalena die Küche betritt.

„Guten Morgen." Magdalena begrüßt Michael freundlich und gibt ihm die Hand.

„Guten Morgen, Magdalena", antwortet Michael mit einem schüchternen Lächeln. „Soll ich rausgehen? Ich meine, wenn ihr euch waschen wollt?"

Er hat sich gemerkt, dass wir uns hier an der Spüle waschen, und achtet von sich aus darauf, Abstand zu wahren. Das mag ich so an ihm. Magdalena winkt ab. „Ich putze mir jetzt nur kurz die Zähne und wasch mir Gesicht und Hände."

„Warum putzt du dir die Zähne in der Küche?" fragt Klara mit großen, staunenden Augen.

„Wo soll ich sie denn sonst putzen?"

„Im Bad", meint Klara. „Ach so, hier ist ja gar kein Bad. Und wo badest du?"

„Bei meiner Mutter, die hat eine Badewanne", erklärt ihr Magdalena. „Aber meistens dusche ich." Sie zeigt auf die Duschkabine in der Ecke.

„Ich will auch mal in der Küche duschen."

„Das kannst du bestimmt einmal tun", verspricht Magdalena.

„Heute?"

„Nein, heute wollen wir doch ....", sie senkt ihre Stimme und zwinkert Klara verstohlen zu. Klara strahlt über ihr ganzes kleines Gesicht und flüstert: „Nicht verraten."

„Michael, hol doch mal den Klavierhocker", bitte ich ihn, „dann können wir nämlich mit dem Frühstück beginnen."

Ich fülle alle Tassen mit Tee. Wir sitzen dichtgedrängt um den kleinen Küchentisch. Es ist gemütlich. Ich genieße es, meine Liebsten alle nahe bei mir zu haben.

„Und? Wie lebt es sich mit den neuen Reiseerleichterungen?" Magdalena wendet sich an Michael, der ihr gegenüber sitzt.

„Na ja. Mich betrifft nur der Mehrfachberechtigungsschein, mit dem ich die Einreiseerlaubnis nun direkt an der Grenze bekomme." Michael hat Magdalenas ironischen Unterton nicht mitbekommen. „Das erspart uns einen Behördengang pro Besuch. Das ist ja schön, vor allem für Franka, aber die Mitnahme von Fahrrädern hätte Honecker ruhig auch gestatten können."

„Fürs Fahrradfahren sind die Straßen in der DDR leider nicht geeignet. Das hat unser Staatsratvorsitzender selbst gesagt", meint Magdalena mit strenger Miene.

Michael sieht erstaunt auf und grinst sie dann an. „Ich habe heute daran gedacht, dass mittlerweile auch Klara die Strecke zu dir mit dem Rad fahren könnte. Es sind nur etwa sechs Kilometer und die Straßen waren heute Morgen so schön frei."

„Stattdessen braucht man mit Bahn und Umsteigen und zu Fuß gehen über eine Stunde", werfe ich ein, „mich ärgert es auch immer, wenn ich mein Fahrrad oder Motorrad am Grenzübergang stehen lassen muss."

„Aber dafür darfst du jetzt Hunde und Katzen mitbringen", spottet Magdalena, „und sogar Brieftauben!"

„Was für Hunde und Katzen?" fragt Klara aufgeregt und sieht mich mit großen, überraschten Augen an. „Woher hast du die? Und wo sind die jetzt?"

„Ich habe gar keine. Magdalena hat das nur so gesagt."

„Ach so." Klara wendet sich wieder ihrem Marmeladenbrot zu.

„Nun mal im Ernst", meint Magdalena, „natürlich kann man schwer dagegen sein, wenn Honecker und euer Bürgermeister regelmäßige Treffen und Reiseerleichterungen für euch vereinbart haben. Selbst im *ND* wurden die beiden dafür gelobt, sogar auf der Titelseite. Alle Medien jubeln deshalb, im Osten, wie im Westen. Aber mir wird übel dabei." Sie stellt ihre Tasse mit einem harten, kurzen Klang auf den Tisch zurück. „Honecker hat für das Massaker an den protestierenden Studenten in China in den letzten Wochen immer wieder Verständnis gezeigt, die DDR ist einer der ganz wenigen Staaten, der das Blutbad rechtfertigt. Gut, euer Momper hat in der Pressekonferenz auch kurz erwähnt, dass er da anderer Meinung ist, aber damit zeigt er nur, dass er es sowohl Honecker als auch den West-Alliierten recht machen will." Magdalenas Stimme wird lauter, nachdrücklicher; ihre herausfordernden Blicke nehmen nicht nur meine, sondern auch Michaels Aufmerksamkeit gefangen. „Wenn er stattdessen auch die Einladung für einen Abstecher in die Umweltbibliothek angenommen hätte, wäre das ein wirkliches Zeichen gewesen. Er hätte damit denjenigen, die wie er das Massaker verurteilen, den Rücken gestärkt und die Arbeit der ganzen oppositionellen Gruppen und auch der Reformkräfte aufgewertet. In China werden nach wie vor Demonstranten hingerichtet und wir jubeln wegen diesen kleinlichen Reiseerleichterungen! Es ist so provinziell und gleichzeitig so makaber!"

Magdalenas Wangen sind vor Zorn gerötet. Ich habe nur selten erlebt, dass sie sich bei politischen Themen so in Rage redet. Auch Ulli spricht in den letzten Monaten häufiger darüber, mit weniger distanzierter Gelassenheit, vielleicht weniger resigniert. Auch als wir gestern in der Eckkneipe Frikassee gegessen haben, wurde am Nebentisch und am Tresen lautstark diskutiert, selbst in der Bahn habe ich es neulich erlebt. Es brodelt überall und es scheint, als würde dieser Aufruhr das ganze Land erfassen.

„Da hast du natürlich Recht", erwidert Michael nachdenklich, „und es ist verdammt bitter."

„Ja, bitter war es vor allem für die dreißig Leute, die bei der Chinesischen Botschaft in Pankow ein Protestschreiben gegen die Hinrichtungen übergeben wollten", fährt Magdalena aufgebracht fort. „Sie wurden von Vopos mit Gewalt auf Lastwagen verladen und erst in der Nacht wieder freigelassen. Das war drei Tage, nachdem euer Momper die Sache mit den Hunden und Katzen geregelt hat."

„Das waren dreißig Leute von Friedens- und Menschenrechtsgruppen", werfe ich ein.

„Also diejenigen, denen Momper durch seine Ausgrenzung in den Rücken gefallen ist", fährt Magdalena fort und schüttelt sich mit einer energischen Kopfbewegung die Haare aus dem Gesicht.

„Dabei steht im Koalitionsvertrag ausdrücklich, dass der Dialog mit der DDR nicht nur auf der staatlichen Ebene, sondern mit allen gesellschaftlichen Gruppen geführt werden soll." Michael rückt seine Brille zurecht.

„Wenn Momper auch die UB, also die Umweltbibliothek, besucht hätte, wäre natürlich der ganze Besuch geplatzt", meint Magdalena und schiebt den Klavierhocker so nach hinten, dass sie sich an den Küchenschrank anlehnen kann.

„Aber das wäre besser gewesen als dieser Jubel", stellt Michael fest. Ich nicke und schiebe die Teller zusammen.

„Streitet ihr euch?" fragt Klara und sieht uns nacheinander unsicher an.

„Nein!" versichern Magdalena und ich wie aus einem Munde.

„Wir diskutieren, also reden, über schlimme Sachen, die passiert sind", erklärt Michael.

Klara nickt beruhigt und nutzt die Gunst des Augenblicks, um ihre andere Frage zu stellen: „Gehen wir jetzt endlich los?"

Einzelne trockene Blätter treiben auf der träge dahinziehenden Spree. Es ist doch erst Anfang August. Ich wünsche, ich könnte diesen Sommer anhalten.

„Müssen wir noch lange laufen?" quengelt Klara.

„Wir sind erst vor fünf Minuten aus der Straßenbahn ausgestiegen", erwidert Michael gereizt. „Nach zwei Stunden Naturkundemuseum brauche ich jetzt frische Luft und Sonne."

Magdalena nimmt Klara an die Hand und zieht sie sachte mit sich. Michael und ich schlendern hinter den beiden her.

„Was hat dir denn am besten gefallen?" hören wir Magdalena fragen. Klara senkt den Kopf und überlegt. „Der Dino mit dem ganz langen Hals. Nein, doch der große Edelstein, der rosarote, der so schön geglitzert hat. Und dir?"

„Der kleinere Dinosaurier, der hinter dem mit dem langen Hals stand."

„Weißt du was?" fragt Klara unvermittelt. „Verena zieht bei uns ein."

„Und, wie findest du das?"

Klara zuckt mit den Schultern. „Mir egal. Die ist jetzt sowieso oft bei uns zu Hause."

Michael und ich wechseln einen raschen Seitenblick.

„Verena ist doch Michaels neue Freundin, nicht wahr?"

„Die sind verknallt", erklärt Klara ernsthaft. Als sie Magdalenas amüsiertes Lächeln auffängt, legt sie nach. „Doch, ehrlich. Das sieht man sofort. Immer gucken die sich an und lachen. Wenn du mal bei uns zu Hause bist ..." Klara hält inne und schaut erschreckt zu Magdalena hoch. „Ach so, geht ja nicht. Du darfst uns ja nicht besuchen. Das ist so gemein."

„Das finde ich auch gemein", antwortet Magdalena, „aber so oder so glaube ich dir, dass dein Papa und Verena verknallt sind."

Ein paar gurrende Tauben picken am Straßenrand. Klara rennt los, um sie aufzuscheuchen.

Magdalena dreht sich zu Michael um. „Ich wusste gar nicht, dass ihr zusammenzieht."

„Das ist auch ganz neu, wir haben gestern erst Klara gefragt, was sie davon hält", antwortet Michael und lächelt, ein wenig stolz und ein bisschen verlegen. „Ich habe es ja noch nicht einmal mit dir besprochen, Franka. Aber da du sowieso nur noch ein paar Monate bleibst ..."

„Schon klar", winke ich ab. Ich will nicht zeigen, wie sehr es mir ins Herz schneidet.

„Ist hier in der Nähe ein Intershop?" fragt Michael. „Ich will für Verena Zigaretten kaufen."

„In der Invalidenstraße ist einer, fast neben dem Naturkundemuseum", antworte ich ein wenig schadenfroh, „aber hier in der Gegend nicht."

„Bei einem Tagesvisum musst du wieder beim gleichen Grenzübergang ausreisen, nicht wahr?" fragt Magdalena nach.

„Ja, wir sind über die Oberbaumbrücke eingereist, und da gibt es ja keinen Intershop", meint Michael gelassen, „aber dann fahre ich eben morgen zur Friedrichstraße. Übrigens, ich wollte so zurückfahren, dass Klara um sieben im Bett ist. Bleibst du dann noch hier, Franka?"

„Das habe ich mir auch schon überlegt. Vernünftiger ist es, wenn ich mitkomme und früh schlafen gehe. In der Werkstatt wird morgen wieder viel los sein."

Magdalena zieht ein langes Gesicht.

„Dann könnten wir ja jetzt zu dir, Magdalena", schlägt Michael vor. „Ihr habt ja erzählt, dass ihr gestern Abend bereits vorgekocht habt."

„Gute Idee, mir knurrt schon der Magen", antwortet Magdalena und wendet sich Klara zu, die gedankenversunken die Erde absucht. „Klara, hast du auch schon Hunger? Und was hast du mit den beiden Stöcken vor?"

„Ich sammle Holz", antwortet Klara, „daraus baue ich dann eine ganz große Leiter."

„Aha. Und wofür ist dann die Leiter?"

Klara schaut mit großen, ernsten Augen zu Magdalena auf. „Für dich. Damit kannst du dann über die Mauer klettern."

„Schläft Klara?"

Michael nickt und schließt leise unsere Küchentür. „Es war ein sehr schöner Tag." Er setzt sich zu mir an den Tisch und nippt an der Tasse Tee, die ich ihm hingeschoben habe.

„Ja, und zum Schluss noch die orangerot untergehende Sonne über der Spree. Es war schön, mit euch über die Oberbaumbrücke zu gehen. Wenn ich sonst zurückgehe, bin ich dort immer alleine, höchstens mal ein oder zwei Fremde, die im Scheinwerferlicht an mir vorbeihuschen."

„Franka, ich will dir einen Vorschlag machen." Michael lehnt sich mit den Unterarmen auf den Tisch und hält mich mit seinem Blick fest. „Nämlich, dass du zwei Monate ausschließlich drüben lebst. Als Wessi, mit einem Touristenvisum. Bevor du deine Einbürgerung drüben festmachst. Ich habe mich erkundigt, es wäre möglich." Er sieht mich fragend an. „Dann könntest du wirklich erleben, wie du damit zurechtkommst, nicht zurückzugehen", fährt er fort, als ich nicht reagiere. „Es wäre sozusagen eine Generalprobe. Was meinst du dazu?"

„Eine gute Idee. Eine sehr gute Idee. Aber es wird nicht gehen. Sechzig Tage Pflichtumtausch. Kannst du dir vorstellen, was das kostet?"

„60 mal 25 DM ergibt 1500 DM", antwortet Michael ungerührt. „900 habe ich schon zusammen?"

„Was? Wie kommst du denn an so viel Geld?"

„Ich habe gesammelt. Ich habe immer wieder mit Leuten über deine Pläne geredet. Irgendwann war der Vorschlag mit den zwei Monaten geboren und ich brauchte das Geld nur noch einzusammeln."

„Ich fass es nicht. Das gibt es doch gar nicht. Ich weiß gar nicht, was ich dazu sagen soll. Ich bin total gerührt. Dass ich so gute ..."

„Lass mal gut sein", unterbricht er mich grinsend, „alle hatten ihre eigenen egoistischen Motive dafür."

„Erzähle." Ich beuge mich neugierig vor. „Na los, los, los."

Michael wird wieder ernst. „Anna geht es vor allem um Klara. Sie hat gesagt, weil du gleich nach uns beiden Klaras nächste Bezugsperson bist, will sie verhindern, dass Klara dich verliert. Den Löwenanteil haben übrigens meine Eltern dazu gegeben ..."

„Deine Eltern?" staune ich.

„Ja", antwortet Michael schlicht, „du weißt ja, dass sie brave CDU-Wähler sind. Die DDR ist für sie der Vorort zur Hölle. Sie können deine Entscheidung dafür nur in Verbindung mit deiner Kindheit sehen. Indem sie dir jetzt Geld geben, können sie ein wenig ihre Schuldgefühle beruhigen, dass sie dir damals nicht geholfen haben. Seit ich es ihnen erzählt habe, machen sie sich heftige Vorwürfe. Wenn das Gespräch auf dich kommt, sagt meine Mutter immer ‚Ich hab doch gesehen, dass das Mädchen sich ganze Haarbüschel herausgerissen hat, dass sie immer dünner wurde, das ist doch nicht normal. Warum habe ich bloß nie nach den Gründen geschaut.' Und mein Vater erzählt dann immer die Geschichte von dem Tisch."

„Welche Geschichte von welchem Tisch?"

„Mein Vater hat bei eurem Umzug geholfen. Da hat er auf der Unterseite eines umgedrehten Tischs gesehen, was da dutzende Male in krakeliger Kinderschrift stand: *Ich will nicht mehr leben* und *Wenn ich doch endlich tot wäre*, und immer ein anderes Datum daneben."

„Ach ja, der Tisch." Es tut mir gut, wenn Michael meine Erinnerungen bestätigt.

„Meine Eltern gehen nun ja schon auf die siebzig zu, und jetzt stellen sie sich die gleiche Frage wie nach dem Krieg: ‚Warum haben wir nichts bemerkt?' Als ich sie nach Geld für die beiden Monate gefragt habe, haben sie sofort 500 DM vom Sparbuch abgehoben."

Ich bin sprachlos. Noch mehr als das Geld wiegt für mich die Tatsache, dass die beiden alten Leute mir glauben und sich nicht in dem Lügennetz meines Vaters fangen ließen. Und dass es ihnen Leid tut, dass sie mir damals nicht helfen konnten.

„Und Nesrin ...", Michael eilt mit seinen Gedanken so schnell voran, dass ich ihm kaum folgen kann.

„Du hast mit Nesrin gesprochen? Wann?" Ich habe sie immer noch nicht besucht. Mein schlechtes Gewissen nagt an mir.

„Das war erst diese Woche." Das jungenhafte Lächeln erscheint wieder auf seinem Gesicht. „Sie hält dich derzeit für total bekloppt und findet die Idee mit den beiden Monaten deshalb sehr gut. Sie wünscht, dass die beiden Tage, die sie finanziert, deine scheußlichste Zeit drüben sind, damit du endlich wieder weißt, wo du hingehörst."

Michael sieht mich herausfordernd an.

„Weißt du jetzt, was ich mit den ‚egoistischen Motiven' meine? Oder soll ich noch mehr Beispiele bringen?"

„Nein, lass mal. Das muss jetzt alles erst einmal sacken. Ich gehe jetzt ins Bett. Deinen Vorschlag werde ich mir durch den Kopf gehen lassen, Michael. Danke für das Angebot, und dafür, dass du dir so viel Gedanken über mich machst."

Michael winkt ab, ein wenig verlegen.

„Schlaf gut, Franka."

„Gute Nacht."

Tiefschwarze Holunderbeeren hängen träge in ihren schweren Dolden. Der Sommer ist reif. Auf den Hochspannungsleitungen entlang des Bahnsteigs sammeln sich die Schwalben, bevor sie in den Süden ziehen. Magdalena und ich warten auf die S-Bahn, die uns zurück nach Berlin bringen wird.

Drei junge Männer stellen ihre großen Rucksäcke auf einer Bank ab.

„Die wollen bestimmt nach drüben", meint Magdalena und steckt die beiden Fahrkarten in ihr Portemonnaie. „Seit Ungarn offen ist, sieht man die bepackten jungen Leute mit ganz anderen Augen. Jetzt sind es keine Studenten mehr, die in ihren Ferien im Land herumziehen."

Ich sehe sie fragend an. Ihre Augenbrauen sind besorgt zusammengezogen. Magdalena fängt meinen Blick auf.

„Ja, natürlich frage ich mich, was aus ihnen im Westen werden wird. Es sind so viele. Dass unser Staat sie einfach so gehen lässt … die eigenen Leute."

„Das hört sich so an, als würde der Staat seiner Fürsorgepflicht nicht nachkommen", erwidere ich überrascht, „aber es ist doch ihre freie Entscheidung, ihr eigenes Risiko."

Das schrille Bremsen der Bahn unterbricht unser Gespräch. Wir steigen ein. Die drei jungen Männer bleiben auf dem Bahnsteig. Sie warten auf den entgegenkommenden Zug.

„Du hast ja Recht", murmelt Magdalena nachdenklich, als die Bahn wieder anfährt. „Ich weiß auch nicht, weshalb mich das so in Unruhe versetzt. Vielleicht ist es mein eigenes Fernweh."

Einen Augenblick lang stelle ich mir vor, Magdalena würde auch über Ungarn ausreisen. Gerade jetzt, da meine Einbürgerung schon fast bewilligt ist. Natürlich habe ich noch keine offizielle Zusage. Heute habe ich meinen achten Gesprächstermin.

„Meine Mutter hat mir neulich gesagt, wie froh sie ist, dass du in den Osten ziehst. Damit ich nicht in den Westen gehe", raunt mir Magdalena zu. Sie flüstert immer, wenn sie im Beisein anderer über uns redet. Ich schaue in ihr Gesicht und hole tief Luft, um sie entrüstet darauf hinzuweisen. Ihr schiefes Lächeln mit dem Grübchen auf der linken Wange nimmt mir den Wind aus den Segeln. Ich atme aus.

„Und? Stimmt das?"

„Nein", entgegnet Magdalena bestimmt, „ich würde auf jeden Fall hier bleiben. Allein schon wegen Mutter."

Zwei alte Frauen neben uns steigen aus; wir setzen uns auf ihre Plätze.

„Schau mal, da sind wieder welche." Magdalena zeigt auf zwei schwer bepackte Jugendliche auf dem Bahnsteig. „Wenn ich das sehe, frage ich mich auch, was aus unserem Land werden wird. Die fehlen uns doch."

„Du meinst, längerfristig und gesellschaftlich betrachtet?"

„Ach was", versetzt Magdalena ärgerlich mit einer wegwerfenden Handbewegung, „jetzt schon! Was glaubst du, wie viel mehr Arbeit ich zu erledigen habe, seit Erika abgehauen ist! Sie hat einfach keinen Grund zu bleiben, hat sie gesagt. Klar kann ich das verstehen. Aber für uns Zurückgebliebene wird es noch schwieriger, das muss ich nicht verstehen, das erlebe ich jeden Tag am eigenen Leib. Deshalb gehe ich ja auch heute schon ein paar Stunden ins Büro, obwohl ich eigentlich bis morgen Urlaub habe."

Die Bahn rattert vor sich hin. Die gegenüberliegenden Plätze sind frei geworden.

„Wann hast du den Termin? Um 10 Uhr?" Magdalena wechselt abrupt das Thema.

„Ja. Ich habe also noch genug Zeit."

Magdalena starrt aus dem Fenster. In einiger Entfernung sind Hochhäuser West-Berlins zu erkennen, davor die Mauer, immer gleich, scheinbar endlos.

„Der Westen." Ihre Stimme hat einen sehnsuchtsvollen Klang. Ich sehe verblüfft in ihr Gesicht. Auch die junge Frau neben ihr hat einen verlangenden Blick in die Weite.

„Das ist Gropiusstadt, ein Stadtteil, den ich eher bedrückend finde", sage ich, als könnte ich ihr Fernweh dadurch lindern, „ein ähnlicher Stadtteil wie hier Marzahn."

„Das ist mir egal", erwidert Magdalena rau, „und wenn es dort die Hölle wäre. Tatsache ist, dass ich es mir die nächsten dreißig Jahre nicht ansehen darf."

Mit grimmigem Blick schaut sie wieder in die Weite. Plötzlich hellt sich ihre Miene auf. „Weißt du, was mir gefallen würde? Wenn du mich heute nach deinem Termin im Büro besuchen kommen würdest!"

„Wie bitte?" frage ich verblüfft. „Aber das geht nicht. Du darfst doch keine Westkontakte haben."

„Ja, und das geht mir mittlerweile auf die Nerven. Wir sind jetzt seit zweieinhalb Jahren zusammen, und du bist noch nie an meinem Arbeitsplatz gewesen, hast noch nie einen meiner Kollegen gesehen. Weißt du was, ich sage nachher an der Pforte Bescheid, dass eine Kollegin aus Rostock kommt, die sie zu mir hochschicken sollen. Wenn du angemeldet bist, wollen sie in der Regel auch keinen Ausweis sehen."

Der vergnügte Funke in Magdalenas Augen springt auf mich über.

„Es sollte eine Kollegin aus Leipzig sein, du weißt, dass mein alter schwäbischer Akzent manchmal ein wenig durchbricht, wenn ich aufgeregt bin. Das fällt bei einer aus Leipzig weniger auf als bei einer Norddeutschen."

Magdalena kichert. „Einverstanden. Falls sie dich nach deinem Namen fragen, sagst du einfach, Bettina Gerke."

„Warum gerade Bettina Gerke?"

„Warum nicht Bettina Gerke? Wenn dein Termin nicht so lange dauert, können wir in der Betriebskantine mittagessen gehen. Sag mal ohne schwäbischen Akzent: Guten Tag, mein Name ist Bettina Gerke, ich habe einen Termin bei Magdalena Meissner."

Ich wiederhole den Satz in perfektem Hochdeutsch.

„Wunderbar, für diesen Zweck jedenfalls. Ansonsten finde ich deinen leicht schwäbischen Tonfall ja entzückend."

„Ich mag ihn nicht. Er ist so …", ich suche nach dem richtigen Begriff, „… so unerotisch."

„Unerotisch? Wie kommst du denn darauf?"

„Als ich mit Biggy zusammen war", erzähle ich nach kurzem Nachdenken, „Biggy war ja meine erste Freundin, wir waren süße siebzehn, und eines Tages lagen wir auf ihrem Bett und haben wild herumgeknutscht und dann zum ersten Mal miteinander geschlafen. Doch plötzlich hörte sie auf, schaute mir in die Augen, liebevoll, aber auch total erstaunt. Und dann hat sie gesagt: ‚Du schnaufsch wie a Dampflogomodiv!'"

Magdalena bricht in ein schallendes Lachen aus.

„Da verging bei mir von einer Sekunde zur anderen die ganze Lust", fahre ich fort. „Dampflogomodiv heißt Dampflokomotive."

„Das dachte ich mir", gluckst Magdalena und wischt sich die Tränen aus den Augenwinkeln.

„Himmel, ich muss aussteigen." Ich springe auf. „Bis nachher!"

Erst auf dem Bahnsteig fällt mir auf, dass Magdalena gar nicht mehr darauf geachtet hat, ihre Stimme zu senken. Vielleicht steht sie eines Tages ja doch zu mir.

Das bürgerliche Einfamilienhaus in Pankow. Ulli, die am Bahnhof bereits auf mich gewartet hat, geht leichten Schritts vor mir durch den kleinen Vorgarten. Ich klingele.

„Guten Tag, gehen Sie gleich durch." Der Pförtner wirkt heute nervös. Im kalten Neonlicht des Vorraums steht ein älteres Paar, der Mann im Hawaiihemd trägt eine Aktentasche unter dem Arm, während die Frau im zu eng gewordenen Kostüm mit beiden Händen den Henkel einer großen Handtasche festhält. Sie reagieren nicht auf meine neugierigen Blicke. Nach ihren angespannten, beinahe trotzigen Mienen zu urteilen, scheinen sie die unerwartete Pause eher zum Nachdenken zu nutzen.

Es ist das erste Mal, dass ich in diesem Haus auf Menschen treffe, die offensichtlich nicht hier arbeiten. Ob die beiden auch einen Einbürgerungsantrag stellen? Wenn ja, aus welchem Grund?

„Kommen Sie, kommen Sie!" Der Pförtner hält uns die Tür zu dem Raum auf, in dem auch die vorherigen Gespräche stattgefunden haben. Ulli und ich gehen an ihm vorbei.

„Setzen Sie sich. Es dauert nur noch fünf Minuten." Der Pförtner will die Tür schließen, doch das Schloss schnappt nicht richtig ein, die Tür bleibt angelehnt. Wir hören seine davoneilenden Schritte und gleich darauf die schrille Stimme der Frau: „Wissen Sie, so viel Zeit haben wir nicht. Unsere Oma braucht uns jetzt. Sie muss nicht ins Feierabendheim, wenn wir für sie sorgen."

„Ich sage Ihnen noch einmal, dass ich keinerlei Befugnis habe. Ein Kollege wird das mit Ihnen besprechen. Ich habe ihm bereits Bescheid gesagt. Bitte folgen Sie mir."

„Meine Frau kann sich um die Oma kümmern und ich mich um das große Haus und den Garten." Eine männliche Stimme ist zu vernehmen. „Wir sind doch beide Rentner."

„Besprechen Sie das bitte mit dem verantwortlichen Kollegen."

Die Stimmen werden leiser, anscheinend folgt das Paar dem Pförtner jetzt durch den Flur in die andere Richtung.

„Und? Was meinst du?" Ulli grinst mich mit hochgezogenen Augenbrauen an. „Worum geht es den beiden?"

„Um die Oma."

Ulli schüttelt den Kopf. „Du glaubst immer an das Gute im Menschen, Franka. Ich schätze, die Chancen für die Oma stehen höchstens dreißig zu siebzig, die Mehrheit hat das große Haus."

„Vielleicht, vielleicht auch nicht."

Es ist wie immer seltsam, mit Ulli hier auf der Couch zu sitzen. Der tiefsitzende Groll auf Magdalena nagt wieder an mir. Sie müsste jetzt bei mir sein.

„Danke, Ulli", sage ich unvermittelt, „du weißt schon, wofür." Ohne sie wäre es gar nicht möglich.

Sie schaut mich verdutzt an. Dann nickt sie und hebt lauschend den Kopf. Auf dem Flur nähern sich Schritte, ich hoffe, sie gehören zu dem Gutmütigen. Der andere, den ich in Gedanken „Fuchs" nenne, war nicht bei jedem Gespräch in den vergangenen Monaten dabei gewesen.

Der Fuchs kommt herein, schüttelt zuerst mir und dann Ulli jovial die Hand und legt eine Akte vor uns auf den niedrigen Couchtisch. „Ich habe heute eine Bitte an Sie." Er macht eine bedeutungsvolle Pause. „Würde es Ihnen etwas ausmachen, noch zehn Minuten auf mich zu warten?"

Wir schütteln ergeben die Köpfe. Mit einer nicht ganz kaschierten Überheblichkeit lächelt er auf uns herab. „Ich danke Ihnen für Ihr Entgegenkommen. Mein Kollege ist heute nicht da und leider ist etwas Unvorhergesehenes dazwischengekommen. Es wird nicht länger als zehn Minuten dauern. Höchstens eine Viertelstunde. Ich bin dann gleich bei Ihnen."

Ulli und ich nicken brav. Der Fuchs schließt fest die Tür hinter sich.

„Ich habe gehofft, er verschont uns mit seiner Anwesenheit", seufzt Ulli. „Übrigens ist deine Akte mittlerweile ganz schön dick geworden."

„Das habe ich auch gerade gedacht. Es würde mich ja sehr interessieren, was da alles drinsteht. Und weshalb er sie so offensichtlich vor uns hinlegt und sagt, er kommt erst in zehn Minuten wieder."

Ulli sieht überrascht auf. „Meinst du, wir werden jetzt beobachtet?"

Ich zucke mit den Schultern. Wenn es so wäre, sollten wir jetzt am besten ruhig dasitzen und den Mund halten. Ulli hat mich anscheinend verstanden, sie wendet sich ab. Gelangweilt betrachtet sie die wallenden Gardinen und den in verschiedenen Brauntönen gemusterten Teppichboden. Auch mein Blick streift nur ab und zu den Pappordner mit der Aufschrift *Franziska Huber*. In Gedanken gehe ich alle Unterlagen durch, die ich bereits eingereicht habe: einen Lebenslauf mit familiären, schulischen und beruflichen Einzelheiten, sämtliche Zeugnisse und Arbeitsbescheinigungen, eine Auflistung aller Familienangehöriger und einen Bericht über meine bisherigen gesellschaftlichen und kirchlichen Aktivitäten. War das alles? Ach, und natürlich noch eine ausführliche Begründung für meinen Einbürgerungsantrag.

Doch alles in allem wird das nicht einmal die Hälfte der Akte ausmachen. Was mag da wohl alles über mich drinstehen?

Die Tür geht schwungvoll auf; der Fuchs kommt voller Elan herein. Er trägt heute wie gewöhnlich einen gutsitzenden Anzug, auf eine Krawatte hat er allerdings verzichtet, der oberste Knopf seines Hemds ist offen. Er setzt sich lässig in den Sessel und schnappt sich die Akte, blättert hin und her, als müsste er nachschlagen, um was es hier eigentlich geht. „Ah ja", stellt er ab und zu mit einem leicht arroganten Lächeln fest.

Ulli und ich werfen uns einen kurzen Seitenblick zu. Wir kennen bereits dieses Spielchen, mit dem er uns zeigen will, dass er hier die Oberhand hat.

„Ich habe letzte Woche Alice Schwarzer im Fernsehen gesehen", sagt er plötzlich und schaut auf, „eine interessante Frau, wirklich, eine sehr interessante Frau."

Worauf will er hinaus? Will er wissen, was ich von Alice Schwarzer halte? Ob Ulli sie kennt? Wie wir zum Feminismus stehen? Oder ob sich Ulli West-Fernsehen anschaut?

„Ich habe die Sendung nicht gesehen", antworte ich ausweichend. „Ich habe gar keinen Fernseher."

„Sie haben keinen Fernseher?" ruft er erstaunt aus und legt die Akte auf den Tisch zurück. „Und wie informieren Sie sich?"

„Über Tageszeitungen."

„Welche?"

Jetzt keinen Fehler machen. „Das ist unterschiedlich. Ich habe keine abonniert. Meistens lese ich den *Tagesspiegel* oder die *taz*, manchmal das *Spandauer Volksblatt*, und wenn ich hier bin, die *Berliner Zeitung*." Das dürfte eine ausgewogene Antwort sein.

Eine Weile geht es nun hin und her über die verschiedenen Arten der Berichterstattung in der westlichen Presse und es wird deutlich, dass er sehr gut darüber informiert ist. Doch ich bin es auch, ich lasse mich von ihm in eine Diskussion treiben, die er dann abrupt abbricht. „Wir sollten noch einmal über Ihre beruflichen Möglichkeiten sprechen. Sie sagten, Sie möchten auf jeden Fall im Bereich Fahrzeugtechnik arbeiten." Er nimmt sich wieder die Akte vom Tisch und zieht einen Kugelschreiber aus der Innentasche seines Jacketts.

„Ich möchte als Motorradmechanikerin arbeiten."

„Wie Sie sicher wissen, haben wir das MZ-Werk in Zschopau." Er wirft mir einen fragenden Blick über den Rand der Akte zu.

„Ich will in Berlin wohnen!" rufe ich entsetzt aus. „Auf jeden Fall in Berlin!"

„Ja, und zwar in Prenzlauer Berg", stimmt mir Ulli energisch zu. „Schließlich will sie ja zu mir."

Der Fuchs blättert in der Akte und legt sie dann aufgeschlagen auf den Couchtisch. Mit einem langen Blick kann ich die Überschrift eines Absatzes entziffern: *Homosexuelle Familienzusammenführung.*

„Dass Sie deshalb auch in Berlin wohnen wollen, haben Sie uns noch nicht mitgeteilt", stellt der Fuchs ungerührt fest. „Sie könnten auch die Woche über in Zschopau arbeiten und sich dann am Wochenende sehen."

„Das will ich auf gar keinen Fall", widerspreche ich ihm bestimmt.

„Dann ist es ja fast so wie jetzt", begehrt Ulli auf.

„Sie würden dann zumindest in einem Staat leben und könnten sich gegenseitig besuchen", schlägt er unbeeindruckt vor. „Das wäre schon ganz anders als jetzt."

Ich werfe Ulli einen kurzen Seitenblick zu, um zu sehen, welche von uns noch besser in der Lage ist, angemessen auf diese Provokationen zu reagieren. In Ullis Augen liegt ein unterdrücktes, aber gefährliches Blitzen.

„Das wollen wir auf gar keinen Fall!" antworte ich schnell, um einen Wutausbruch von ihr zu verhindern. „Hören Sie, ich werde ganz bestimmt nicht in Zschopau arbeiten! Ich habe mich bereits umgesehen und weiß, dass es Motorradwerkstätten im Berlin gibt – zum Beispiel in der Lychener Straße in Prenzlauer Berg."

„Es ist nicht gesagt, dass wir gerade dort einen Mechaniker brauchen. Wenn Sie auf Berlin als Wohnort bestehen, könnte es sein, dass Sie bei Ihrer Arbeitsstelle Abstriche machen müssen."

„Was heißt das?"

„Wie wäre es für Sie, in einem anderen Bereich zu arbeiten?" fragt er in sachlichem Tonfall. „Beispielsweise als Maschinist für Schwimmbadtechnik?"

Ich lehne mich seufzend zurück.

„Sie müssen nicht gleich antworten. Überlegen Sie sich es bis zum nächsten Mal", schlägt er mit einem gönnerhaften Lächeln vor. „Für den nächsten Termin bitte ich Sie, in die Heinrich-Heine-Straße 10 zu kommen. Das ist ganz in der Nähe vom Bahnhof Jannowitzbrücke, da haben Sie es auch nicht so weit. Bitte klingeln Sie bei L. K. Als Termin hatten wir ja bereits den 15. November um 11 Uhr abgesprochen." Er wendet sich an Ulli. „Frau Weiss, Sie werden von nun an nicht mehr dabei sein müssen. Alle Sie betreffenden Fragen sind geklärt. Falls neue auftreten, werden wir Sie das über Ihre ... über Frau Huber wissen lassen. Ich danke Ihnen für die Zusammenarbeit. Alles Gute und auf Wiedersehen!"

Ulli gibt ihm verblüfft die Hand.

„Und wir sehen uns am 15. November, Frau Huber. Auf Wiedersehen!"

„Wiedersehen."

Verdutzt sehen wir ihm nach, wie er mit schwungvollen Schritten den Raum verlässt.

„Das gibt mir schon zu denken", meint Ulli, als wir wieder auf der Straße sind.

„Dass die dich nicht mehr dabei haben wollen?"

„Das auch. Und die Sache mit deiner Arbeitsstelle. Ich kann mir nicht vorstellen, dass es in Berlin keine Arbeitsstelle für eine Motorradmechanikerin gibt."

„Ich denke, das ist einfach wieder eins seiner Machtspielchen. Er will mich kleinkriegen. Bloß – mit welchem Ziel?"

„Ja", grübelt Ulli, „genau das frage ich mich auch."

„Guten Tag, mein Name ist Bettina Gerke, ich habe einen Termin bei Magdalena Meissner."

„Ja, Magdalena hat schon Bescheid gesagt", sagt die junge Frau an der Pforte freundlich und zeigt zur Treppe. „Vierter Stock, dann rechts den Flur runter, letzte Tür links."

„Herein", ertönt Magdalenas Stimme kurz darauf nach meinem Klopfen.

Sie sitzt hinter einer elektrischen Schreibmaschine und grinst mich an. Aus dem Kassettenrekorder neben ihr dudelt leise ein klassisches Klavierstück.

„Bist du alleine?"

„Ja, seit Erika weg ist, kommt nur ab und zu eine Kraft aus dem Schreibbüro. Sieh dich erst einmal um." Sie breitet die Arme aus. „In diesem Zimmer arbeite ich nun seit über zwölf Jahren. Willst du etwas trinken?"

„Gerne."

Magdalena bückt sich, um aus dem unteren Fach des Aktenregals eines der beiden Gläser und die Flasche Club-Cola herauszunehmen. Durch die großen Fenster wirkt der Raum geräumiger, als er eigentlich ist. Das Zyperngras und die anderen kleinen Grünpflanzen auf der Fensterbank lassen die Helligkeit ungehindert herein. Das Aquarell, das einen bunten Herbstbaum zeigt, ist eindeutig von Ullis Hand. Die beiden einfachen Schreibtische sind aneinandergerückt, auf Magdalenas steht eine kleine Schale mit Bonbons und Pralinen, daneben ein hölzerner Bilderrahmen. Das Foto darin zeigt Ulli und mich, jede mit einem von Magdalenas kleinen Neffen auf dem Schoß, alle vier lachend im Sonnenlicht, hinter uns nur blaues Wasser. Magdalena hat es letzten Sommer am Scharmützelsee aufgenommen. Ein handgeschriebener Spruch klebt an der hellen Tapete: „Niemand hat das Recht, zu gehorchen – Hannah Arendt".

„Magst du Kekse dazu? War dein Termin in Ordnung?"

Sie stellt mir das Glas auf den leeren Schreibtisch, der einmal Erikas gewesen war. Ich setze mich auf den Stuhl davor.

„Na ja, dieses Mal nicht so. Der Fuchs war heute da. Ich erzähle es dir nachher in Ruhe. Kekse will ich nicht, wir essen ja gleich warm." Ich trinke das Glas in einem Zug leer.

Magdalena sieht mich besorgt an. „Sag mir wenigstens in zwei, drei Worten, worum es geht."

„Um meine zukünftige Arbeitsstelle. Aber es ist noch gar nichts entschieden. Ich habe auch noch Zeit zu überlegen", wiegele ich ab, auch, um mich selbst zu beruhigen.

Magdalena wirft mir einen langen, prüfenden Blick zu, dann nickt sie beruhigt.

„Ist dieser Schreibtisch nicht der schönere Arbeitsplatz?" frage ich. „So mit dem herrlichen Blick in die Wolken?"

Magdalena lacht. Sie genießt es sichtlich, dass ich hier bin. „Schon. Aber ich habe lieber die Helligkeit von hinten auf das Blatt Papier. Weißt du, ich verbringe hier mehr Zeit mit Schreiben als damit, aus dem Fenster zu schauen."

Mein Blick bleibt auf einem alten oval gerahmten Mozart-Portrait hängen.

„Das hat mir Mutter geschenkt", erklärt Magdalena. „Es hing schon in ihrer Kinderzeit über dem Klavier. Und ich dachte, ich nehme mir den Mozart lieber mit zur Arbeit. Am Klavier habe ich ihn ja ohnehin."

„Man sieht, dass dies mehr als ein Arbeitsplatz ist. Es ist auch ein Stück Zuhause für dich, nicht wahr?"

Magdalena sieht mich erstaunt an. „Ja, natürlich", antwortet sie, als wäre das selbstverständlich. „Aber jetzt lass uns gehen.

Ich bin urst hungrig. Für die Kantine ist es schon reichlich spät, aber wir werden schon noch etwas bekommen. Dann kannst du mir in Ruhe von deinem Gespräch berichten."

Es klopft. Bevor Magdalena antworten kann, kommt ein magerer Mittfünfziger in Anzug und Krawatte herein. „Ich habe hier noch etwas", fängt er an, dann sieht er mich und stutzt. „Ach, du hast jemanden hier." Er nimmt den Bogen Papier in seine andere Hand und streckt mir seine Rechte entgegen. „Rudolf Mayer. Guten Tag."

Das muss Magdalenas Vorgesetzter sein. „Guten Tag." Er wendet sich Magdalena zu und hält ihr das Papier hin. „Schaffst du diesen Brief heute noch?"

Magdalena wirft einen kurzen Blick darauf, ohne das Papier zu nehmen. „Nein. Mensch, Rudolf, ich hab doch heute noch frei. Aber morgen früh gleich als Erstes."

„Das reicht nicht. Ich bring ihn dann ins Schreibbüro. Bis Morgen, Magdalena. Tschüss." Er nickt beim Hinausgehen auch mir noch einmal freundlich zu.

„Deinen Chef habe ich mir ganz anders vorgestellt."

„Ja? Wie denn?" fragt Magdalena neugierig.

„Groß und dick und ruhig. Du hast gesagt, er wäre so ein ganz gemütlicher Typ."

„Ist er auch. Oder meinst du, dünne, kleine Menschen können nicht gemütlich sein?" Magdalena lacht. „Rudolf ist jedenfalls der beste Chef, den ich je hatte. Na los, jetzt. Sonst kriegen wir nicht einmal mehr eine Suppe."

Die mürrische Frau im weißen Kittel schiebt uns wortlos zwei Teller durch die Luke. Wir balancieren unsere Tabletts zu einem Fensterplatz.

„Noch zu heiß." Magdalena pustet auf ihren dampfenden Eintopf.

„Mahlzeit!" Eine ältere Frau stützt ihre Handflächen auf unseren Tisch und sieht erst mich und dann Magdalena lächelnd an. „Was denn, Magdalena, so spät heute? Sonst bist du doch immer die Erste, wenns um's Essen geht!"

„Ja, ich fühle mich auch schon ganz schwach! Aber heute habe ich Besuch!"

Die Frau reicht mir die Hand. „Tag. Gertrud Belzer. Ich habe mein Mittag leider schon hinter mir. Sonst würde ich mich jetzt dazu setzen."

„Franka Huber. Guten Tag", antworte ich, als ich ihren freundlichen Blick erwidere. Sie ist etwa so alt wie meine Mutter. Und wieder dieser kurze, scharfe Schmerz.

„Morgen bist du wieder da, nicht wahr, Magdalena? Dann kannst du mir ja erzählen, wie dein Urlaub war. Bist du nun weggefahren?"

„Wir waren ein paar Tage in Dresden. Ganz spontan. War ja auch überraschend, dass ich die Woche doch noch frei kriege. Unterkunft hatten wir bei der Schwiegermutter meiner Schwester."

„Na denn, haut mal rein." Die Frau nimmt ihr Tablett, das sie auf dem leeren Tisch daneben abgestellt hatte. „Guten Appetit!"

„Danke!"

Ich sehe ihr nach, wie sie zwischen den langen Tischreihen in Richtung Tür geht. Nur noch einige wenige Menschen sitzen in der geräumigen Kantine.

„Verflixt. Ich habe gerade meinen richtigen Namen genannt."

Magdalena winkt ab. „Ist mir auch aufgefallen. Macht bei ihr aber nichts. Es war nur an der Pforte wichtig."

Der Eintopf schmeckt wunderbar.

„Nun erzähle", fordert mich Magdalena auf. „Wie war es?"

Die Straßenbahn hält mit ihrem hässlichen Kreischen; ich springe hinaus und laufe durch die nächtlichen leeren

Straßen. Außer Atem erreiche ich den Tränenpalast gerade noch rechtzeitig, keine Minute zu früh. Ich bin wieder einmal eingeschlafen, Magdalena auch, und das, obwohl wir nicht einmal die Lampe und das Radio ausgeschaltet hatten. Der Grenzer betrachtet ungerührt meine Papiere, als wüsste er nicht auch, dass ich die letzte Bahn bekommen möchte. Beim Zoll werde ich wie gewohnt durchgewunken, ich haste durch die düsteren Flure, die Treppen hinunter. Die letzten Stufen springe ich, mein Blick sucht angestrengt den menschenleeren Bahnsteig ab, die abgeschaltete Anzeigetafel, das schwarze Loch des Tunnels, als gäbe es noch irgendein Anzeichen dafür, dass doch noch ein Zug kommt. Aus dem Schatten des Intershops löst sich ein älterer Araber, schaut mich freundlich an und hebt bedauernd die Schultern. „Letzte Bahn schon lange weg", sagt er mit weichem Akzent.

„Können Sie mir sagen, wann die nächste kommt?"

„Halb fünf", antwortet er, „letzte S-Bahn auch schon weg. Müssen warten." Er hebt wieder bedauernd die Schultern.

Ich bedanke mich und gehe langsam zu einer Bank. Ich habe nicht einmal etwas zu lesen dabei. Morgen früh muss ich in die Werkstatt.

Klackernde Schritte hallen durch die stillen Flure. Ein junges, elegantes Paar kommt die Treppen herunter. Auch sie sprechen mit dem Araber, drehen dann aber wieder um. Vermutlich wollen sie sich auf den anderen Bahnsteigen versichern, dass wirklich kein Zug mehr vor dem Morgen fährt, vielleicht suchen sie nach einem Bahnbediensteten. Es gibt aber keinen mehr.

Wenigstens ist es warm und trocken. Mein Blick wandert die hohen Wände mit ihren schmutziggelben Kacheln hinauf und wieder herunter. Der Araber schlendert am anderen Ende des Bahnsteigs langsam ein Stückchen hin und her. Das elegante Paar kommt zurück und setzt sich auf eine andere Bank. Sie unterhalten sich leise, dennoch hallt ihr Geflüster in der Stille. Dann ist alles ruhig.

Wir können nicht nach Ost-Berlin zurück, weil wir zuvor in West-Berlin kein Visum für den gerade begonnenen Tag beantragt haben. Wir können aber auch nicht nach West-Berlin, weil die nächste Bahn erst in ein paar Stunden fahren wird. Ich habe gehört, dass in jeder Nacht ein paar Leute auf dieser unterirdischen Insel festsitzen.

Die Gestrandeten warten auf ihre Rettung. Bei diesem Gedanken muss ich leise lachen. Als ich in meine Jackentasche greife, spüre ich etwas, das heute Nachmittag noch nicht darin gewesen war, in der Größe und Form einer Zigarettenschachtel. Verwundert ziehe ich es heraus. Es ist eine rote Schachtel mit Mokkabohnen, die ich so gerne nasche. Magdalena muss sie mir vorhin hineingetan haben. Es wird mir ganz warm ums Herz.

6.

Warum müssen Kinder eigentlich immer rennen? Und dazu noch laut polternd und morgens um sieben? Ich muss erst um neun Uhr in der Werkstatt sein.

Klara stürmt herein und stellt sich zu mir ans Bett. „Ich bin wieder gesund", verkündet sie freudestrahlend, und als ich nicht sofort reagiere, folgt ein nachdrückliches „Hat Papa gesagt."

„Schön", antworte ich gähnend, „gehst du heute wieder zur Schule?"

„Heute darf ich noch nicht. Weil ich mich erholen soll und weil es Freitag ist und weil es draußen so kalt ist. Aber morgen!"

„Du meinst bestimmt Montag. Klara, ich bin noch nicht richtig wach. Lass mich bitte alleine, bis ich in die Küche komme, einverstanden?"

„Na gut." Klara zieht die Worte widerwillig in die Länge. An der Tür hält sie inne. *H-a-ll-o Mi-cha-el*, entziffert sie mühsam den Zettel, den ich seit gestern Abend außen an meine Zimmertür geklebt habe. „Franka! Was ist das für ein Buchstabe?"

„Was? Welcher denn?"

„Der hier!"

„Klara, ich seh das doch nicht!"

Klara reißt das Blatt Papier ab und läuft schnell wieder an mein Bett.

„Das ist ein K."

„Ein K? Franka, du schreibst gar nicht schön! Was steht denn da noch?"

Hallo Michael, lese ich vor, *Klara hat bis jetzt durchgeschlafen und Fieber hat sie auch nicht mehr bekommen. Ich glaube, sie ist über'n Berg.*

Hoffentlich musst du heute Nacht nicht so lange arbeiten, die letzten Nächte waren ja nicht gerade erholsam.

Sei bitte ganz leise, wenn du noch duschst, ich habe ganz fürchterliche Kopfschmerzen und will nicht geweckt werden. Das Telefon und die Klingel habe ich deshalb leise gestellt. Nur für den Fall, dass ich morgen früh vergesse, es wieder laut zu stellen.

Schlaf gut.

Franka.

„Warum bin ich über'n Berg?" fragt Klara erstaunt.

Erst jetzt fällt mir auf, dass Klara die Grenzen, die ich ihr gesetzt habe, wieder einmal ignoriert hat. „Klara, nun lass mich doch erst einmal in Ruhe. Bis ich in die Küche komme!"

„Dann höre ich mit Papa Kassette", ruft sie fröhlich und rennt polternd aus dem Zimmer.

Ich schlage entschlossen die Decke zurück. Wenn ich nun schon wach bin, kann ich die Zeit zum Duschen nutzen. Beim Öffnen des Fensters werfe ich einen Blick auf das kleine Stück Himmel. Er ist bleigrau. Die frierende Krähe auf dem kahlen Straßenbaum zieht missmutig das Genick ein. Novemberstimmung. Eigentlich mag ich das. Bloß nicht vor dem Wachwerden.

Das warme Wasser versöhnt mich mit dem Morgen. Ich stelle es so heiß ein, dass ich es gerade noch aushalten kann. Meine Schultern entspannen sich, die Muskeln im Nacken werden weich. Klaras aufgeregte Stimme und ihre hüpfenden Schritte im Flur lasse ich ebenso an mir abgleiten wie das Wasser an meinem Körper. Zehn Minuten für mich ganz alleine.

„Franka!" kreischt Klara.

Ich habe ihr doch gesagt, sie soll warten, bis ich in die Küche komme. Ich werde jetzt nicht antworten. Sie muss lernen, meine Grenzen zu respektieren. Grimmig verteile ich das Shampoo auf meinem Haar.

„Franka!"

Die Badezimmertür wird aufgerissen.

„Franka, die Frau da will zu dir!"

Ich schiebe den Duschvorhang ein wenig zur Seite. Ulli. Es ist Ulli. Es ist tatsächlich Ulli.

„Ach, du bist noch im Bad?" lacht sie. Ein kalter Luftzug lässt mich erschaudern. Was macht Ulli hier?

„Franka, warum guckst du so komisch?" fragt Klara, die auch im Türrahmen steht.

Ullis Lächeln wird allmählich schmaler. „Soll ich woanders warten, vielleicht in der Küche?" fragt sie schließlich.

Langsam begreife ich.

„Ungarn", sage ich leise, ohne den Blick von Ulli zu nehmen, „du bist über Ungarn gekommen."

„Kriegst du denn überhaupt nichts mit?" platzt es laut aus Ulli heraus und sie strahlt wieder über ihr ganzes Gesicht. „Die Mauer ist offen!"

„Was?"

„Ja! Seit gestern Abend schon!"

Meine Knie werden weich, mir wird schwindelig, ich muss mich auf den Rand der Badewanne setzen.

„Wieso weißt du das nicht? Gestern hat die *Aktuelle* übertragen, wie Schabowsky ..."

Was redet Ulli da? Ich verstehe ihren Wortschwall nicht.

„... ganz viele unserer Leute auf die Grenzübergänge zu ..."

Wahrscheinlich werde ich gleich aufwachen. Plötzlich durchzuckt mich ein Gedanke, der mich aufspringen lässt.

„Was ist mit Magdalena?"

„Gestern Abend war sie ja mit ihrer Mutter bei irgendeiner Familienfeier. Heute früh klebte ein Zettel für mich an ihrer Tür, dass sie sich vor der Arbeit noch ihren Personalausweis abstempeln geht. Dieser Stempel wurde als Voraussetzung für den Grenzübertritt bekannt gegeben, aber inzwischen sind die Rathäuser so überfüllt, dass es auch ohne Stempel geht."

Ich steige aus der Badewanne. „Ich ruf sie an."

Das Telefon mit dem langen Kabel steht heute zum Glück im Flur. Die Wählscheibe dreht sich langsamer als gewöhnlich. Nach der letzten Ziffer höre ich das Besetztzeichen. Magdalena versucht bestimmt gerade bei mir anzurufen. Ich lege schnell den Hörer auf. Nein, es klingelt nicht. Ich wähle noch einmal. Und wieder bloß das Besetztzeichen.

„Das versuchen heute bestimmt viele", meint Ulli vom anderen Ende des Flurs, „da sind die Leitungen überlastet."

„Du machst alles nass", quietscht Klara vergnügt und schaut auf die Fußbodendielen, „und voller Schaum!"

Erst jetzt werde ich mir meiner Nacktheit bewusst. Schnell flüchte ich ins Bad. „Ich dusche mich erst einmal ab", sage ich noch rasch, bevor ich die Tür hinter mir schließe.

„Möchtest du Kaffee?" fragt Michael, an Ulli gewandt.

„Nein, danke. Ich werde sonst noch zappelig."

Michael nimmt die Teekanne aus dem Schrank. „Und ich habe es gestern so erfahren: Plötzlich ist einer hereingekommen und hat gebrüllt, dass die Grenze offen ist. Ich habe gerade die leeren Flaschen zusammengepackt. Es hat dann ein großes Durcheinander gegeben, manche sind gleich losgezogen, zur Grenze, andere haben diskutiert, was das jetzt für Folgen haben wird, und wieder anderen war es demonstrativ egal. Ich hab erst mal die Musik leiser gemacht und dann zu Hause angerufen. Immer wieder. Ich bin dann erst um vier hier gewesen, und als ich deinen Brief gelesen habe, dachte ich, jetzt lohnt es sich auch nicht mehr, dich zu wecken und dir Bescheid zu sagen."

„Das war gut so", antworte ich und greife wieder zum Telefon. Schon nach der Vorwahl höre ich wieder das Besetztzeichen. „Ich habe es jetzt schon hundert Mal versucht. Vielleicht sitzt Magdalena in ihrem Büro und probiert es auch. Was soll ich bloß tun? Ich muss gleich zur Arbeit."

„Ich kann dich hinfahren", schlägt Ulli vor. „Ich bin mit dem Trabbi meiner Eltern hier."

„Das erspart mir nur ein paar Minuten."

„Ich werde dich trotzdem hinfahren."

„Und ich werde versuchen, Magdalena zu erreichen", verspricht Michael mit einem Lächeln, das mich sofort beruhigt. „Und dich dann gleich in der Werkstatt anrufen, ob und wann sie kommt."

„Wunderbar. Danke."

„Jetzt, da Klara im Bad ist, kann ich dir ja sagen, was mein erster Gedanke heute Nacht war." Michael hält die Stimme gesenkt. „Nämlich, wie froh ich bin, dass Klara nicht erleben muss, dass du hinter die Mauer ziehst. Und wie froh ich bin, dass du so feige warst und es ihr bis heute nicht gesagt hast. Alter Feigling."

Er greift über den Tisch und zieht mich lachend am Ohr, so, wie wir es als Kinder manchmal miteinander getan haben. Seit langem habe ich Michael nicht mehr so gelöst erlebt. Ich schubse seine Hand weg und erwidere sein Lachen; seine Erleichterung kann ich jedoch nicht nachfühlen. Ich empfinde überhaupt nichts.

Wie unwirklich, gemeinsam mit Ulli meine Wohnung zu verlassen, meinen Hinterhof zu durchqueren, die Straße entlangzugehen. Ich muss endlich aufwachen. Aber warum nur träume ich heute, Ulli wäre bei mir, hier im Westen, warum nicht Magdalena? Ich muss aufwachen, vielleicht passiert das jetzt, wenn ich die Tür des Trabbis schließe.

„He, das ist kein Mercedes." Ulli wirft mir einen schelmischen Seitenblick zu. „Das sagt doch Magdalena immer, nicht wahr?"

Wir umfahren den Kreisverkehr am Kottbusser Tor. Ulli hält, noch während die Ampel auf Gelb umspringt. Ein älteres Paar an der Fußgängerampel betrachtet Ullis Auto, dann nicken sie uns beide lächelnd zu, bevor sie die Straße überqueren. Ich grüße freundlich zurück.

„Die nächste rechts rein, Ulli."

„Hier?"

„Ja."

Am Kottbusser Damm bleiben einige Jugendliche stehen und winken uns begeistert zu. „Als wäre ich die englische Königin bei einer Ausfahrt." Ich hebe lächelnd die Hand.

Ulli kichert.

„Dahinten kommt noch ein Trabbi", meint sie nach einem Blick in den Rückspiegel. „Im Laufe des Tages werden es bestimmt noch ganz viele werden."

„Wieso ganz viele? Daran habe ich noch gar nicht gedacht", stammele ich und bin froh, jetzt eine bodenständige Anweisung äußern zu können. „Die nächste Straße links und dann noch fünfzig Meter. Da ist dann die Werkstatt."

„Hier?"

„Ja."

Ulli hält in der Einfahrt und macht den Motor aus. „Schreib mir bitte noch deine Telefonnummer auf. Und ich gebe dir die von meiner Oma. Ich bin jetzt erst einmal dort."

Sie kramt Stift und Zettel aus dem Handschuhfach. Während sie schreibt, hupt es zwei Mal kurz hinter uns. Giovanni möchte mit seinem Golf auf den Parkplatz. Ulli und ich tauschen die Zettel und nehmen uns kurz in den Arm. „Bis bald."

„Ja, bis bald." Ich steige aus und winke den beiden nacheinander zu.

Auf dem Parkplatz steht Giovanni an seinen Golf gelehnt und sieht mir grinsend entgegen. „War sie das?"

„Nein, das war Ulli, eine Freundin."

Giovanni nickt. „Ich kann es noch gar nicht fassen. Elisa und ich haben gestern in den Fernseher geglotzt und konnten es einfach nicht fassen."

„So geht es mir auch. Ich glaube die ganze Zeit, ich werde gleich aufwachen."

Der Chef öffnet die Werkstatttür und hält sie uns ungeduldig auf. „Morgen. Es ist gleich neun."

„Guten Morgen", grüßt Giovanni, „hast du schon mitgekriegt, dass die Mauer offen ist?"

Es trifft ihn ein eisiger Blick aus den stahlblauen Augen. „Ja."

Der Chef schließt die Tür hinter uns und zeigt auf einen Stapel flacher neuer Kartonpappen in verschiedenen Größen. „Die Kartons sind für die Vergaser und Zylinderköpfe in den Kisten ganz hinten im Lager. Die werden sortiert und einzeln in die Kartons verpackt. Hier auf diesen Etiketten wird der Hersteller und das Modell vermerkt. Giovanni, du gibst das an und Franka schreibt. So geht es am schnellsten." Er dreht sich um und geht in sein Büro.

Giovanni sieht mich an, zuckt mit den Schultern und schüttelt seinen grauen Kopf. „Was in der Welt auch immer passieren mag, hier drinnen bleibt alles beim Alten."

Die Kisten sind schwer, es tut mir gut, die Kraft in meinen Armen zu spüren, das Zupacken meiner Hände. Ich stelle sie auf meine Werkbank und beginne mit dem Falten der Kartons.

„Ich denke, das reicht fürs Erste", meint Giovanni nach einer Weile. Fangen wir mit dem Verpacken an."

Ich nehme mir die Etiketten und einen Kugelschreiber.

„Vierziger Bing Gleichdruckvergaser." Er nimmt einen Karton, lässt den Vergaser hineingleiten, verschließt ihn und schiebt ihn zu mir.

Ich klebe das beschriftete Etikett darauf. „Das ist die richtige Arbeit für heute."

„Stimmt. Man muss dabei nicht so viel denken. Aber trotzdem, ich muss mich jetzt endlich konzentrieren."

Mit einer nachdrücklichen Handbewegung greift er sich den nächsten Vergaser.

„Zweiunddreißiger Bing Gleichdruckvergaser."

Was Magdalena jetzt wohl macht? Vielleicht ist sie schon auf dem Weg hierher. Ich schaue aus dem Fenster auf den Hof. Nein, gerade kommt sie nicht durch den Torbogen.

„Sechsunddreißiger Dell'Orto Schiebervergaser."

Wenn sie zuerst noch ihren Personalausweis abstempeln geht, kann es natürlich dauern. Aber dadurch weiß ich zumindest sicher, dass sie vorhat zu kommen. Es wäre ja auch möglich gewesen, dass sie erst einmal abwartet. Ob sie den Weg hierher findet? Eher den zur Wohnung, den habe ich ihr schon oft genug beschrieben, da hat sie auch die Fotos.

„Vierziger Bing Gleichdruckvergaser. Und gleich noch einmal der gleiche."

Ich sehe in Giovannis abwesendes Gesicht. „Das ist kein Vierziger, das ist ein Zweiunddreißiger."

„Ach, stimmt ja."

Das Klingeln des Telefons lässt mich zusammenzucken. Durch die geschlossene Bürotür ist die Stimme des Chefs zu hören. Es kann nicht Michael oder Magdalena sein, dafür dauert das Gespräch zu lange.

„Sechsunddreißiger Dell'Orto Schiebervergaser."

Der Chef kommt in die Werkstatt und wirft einen kontrollierenden Blick auf unsere Arbeit. „Ich muss weg. Geht ans Telefon." Er legt den Terminkalender neben unser Werkstatttelefon und verschwindet.

„In Ordnung. Vierziger Bing Gleichdruckvergaser."

Plötzlich habe ich Angst. Davor, dass sich jetzt viel zu schnell viel zu viel verändert, für Magdalena und mich, und dass der Osten vom Westen einverleibt wird, gerade jetzt, da sich so vieles in der DDR hoffnungsvoll verändert. Dass ich nicht mehr drüben leben und arbeiten kann, so wie ich das wollte. Himmel, ich schäme mich. Ich sollte mich freuen, dass die jahrzehntelange Isolierung zu Ende geht. Ich weiß doch, wie schwer das für Magdalena und Ulli und all die anderen ist.

„Dell'Orto Schiebervergaser, nein, das ist natürlich ein Bing Schiebervergaser." Giovanni seufzt und sieht mich mit seinen dunklen Augen ratlos an. „Weißt du, Francesca, ich muss die ganze Zeit an die Mauer denken. Und ich frage mich immer nur, warum jetzt? Warum gerade jetzt?"

Das Telefon schrillt. Ich springe auf, stoße gegen die Werkbank, ein paar der leeren, bereits gefalteten Kartons purzeln herunten.

„Motorrad-Wegener, Franka Huber, guten Tag!"

„Tag, mein Name ist Klaus Ehrenfried, ich hätte mal gern jemanden aus der Werkstatt."

Ich atme enttäuscht aus. „Am Apparat. Sie sind bereits mit der Werkstatt verbunden."

Ein joviales Lachen am anderen Ende der Leitung. „Nein, ich meinte, ich will mit einem Mechaniker sprechen."

„Ich bin Mechanikerin."

Mein Gegenüber stutzt. „Als Frau? Ach so, macht ja nichts, es ist eben etwas ungewöhnlich. Ich dachte, Sie sind die Sekretärin, die die Termine macht."

„Um was geht es denn?"

„Um mein Motorrad. Der Motor läuft zu heiß. Ich weiß ja nicht, ob Sie sich damit auskennen?"

„Ich kenne mich damit aus", antworte ich so gelassen wie möglich. „Was ist es denn für ein Modell?"

„Eine BMW R65. Sagt Ihnen das etwas?"

„Selbstverständlich. Wann wurde der Motor zum letzten Mal eingestellt?"

„Na, das ist schon etwas länger her. Ich würde dann gern mal dafür vorbeikommen."

„Der nächste freie Termin ist am 14. November um neun Uhr."

„Na gut. Bis dann."

„Tschüss."

„Du bist höflich geblieben", stellt Giovanni grinsend fest, „aber es ist dir richtig schwer gefallen, nicht wahr?"

Statt einer Antwort verdrehe ich nur die Augen. „Wo sind wir stehen geblieben?"

„Vier Mal Zweiunddreißiger Bing." Er stellt die leere Blechkiste auf den Boden und schiebt eine volle zu uns heran. „Wo ist eigentlich unser Lehrling?"

„In der Berufsschule. Heute ist doch Freitag."

„Stimmt. Was bin ich durcheinander."

Erst kurz vor drei Uhr kommt der Anruf von Michael.

„Franka, ich habe Magdalena erreicht", brüllt er ins Telefon. „Sie macht sich jetzt auf den Weg zur Oberbaumbrücke. Klara und ich holen sie ab."

Meine Knie werden weich. Ich lehne mich an die Werkbank. „Gut", antworte ich matt. Das ist das Einzige, was ich sagen kann.

„Franka, was ist los?"

„Nichts, ich bin nur aufgeregt. Aber warum schreist du so?"

„Ich rufe von einer Telefonzelle aus an. Franka, du kannst dir nicht vorstellen, was hier los ist."

„Warte mal." Ich stelle den Lautsprecher an, damit Giovanni gleich mithören kann. „Jetzt. Also, was ist los?"

„Die ganze Stadt ist voller Ostler", hallt Michaels Stimme durch die Werkstatt. „Der Ku'damm und der Siebzehnte Juni sind gesperrt, Trabbis, wohin man nur sieht. Gerade waren wir bei Hertie am Halleschen Tor, da steht ein Schild davor, *Wegen Überfüllung geschlossen* steht darauf, auch andere Kaufhäuser haben bereits dichtgemacht. Vor den Sparkassen ewig lange Schlangen wegen dem Begrüßungsgeld, an der Mauer laute Musik und tanzende Leute. Es ist der absolute Wahnsinn!"

Michael holt hörbar Luft, dann redet er in der gleichen Schnelligkeit weiter: „Es drängen immer mehr Menschen an die Grenzübergänge, von der Spree aus sieht man, dass die Oberbaumbrücke total dicht ist, nur Leute, Leute, Leute. Deshalb habe ich mit Magdalena ausgemacht, dass sie in die Wohnung kommen soll, falls wir uns verpassen. Ich habe ihr den Weg erklärt. Es kann gut sein, dass es ein paar Stunden dauert, bis sie hier ist. Klara und ich gehen nachher zur Oberbaumbrücke und versuchen, sie zu finden. Falls es früher klappt, kommen wir alle zu dir in die Werkstatt, aber wahrscheinlicher ist es, dass wir uns dann zu Hause sehen."

„Okay", antworte ich, „ich komme dann nach der Arbeit gleich nach Hause! Sag Magdalena ... sag ihr bitte ... ach nein, sag ihr nichts. Tschüss, bis nachher!"

„Bis dann!"

Ein Knacken im Lautsprecher. Dann ist es entsetzlich still in der Werkstatt.

„Da draußen brennt die Luft und wir falten hier Kartons", sagt Giovanni nach einer Weile, „aber ich glaube, das ist mir lieber so."

„Mir auch. Ich würde da draußen jetzt verrückt werden."

Giovanni schaut besorgt zu mir herüber. „Du bist leichenblass, Francesca. Ich koche uns jetzt erst einmal einen starken Espresso."

Feierabend. So schnell bin ich noch nie zur U-Bahn gerannt, habe mich noch nie so unverschämt an den Wartenden vorbeigedrängelt, um als Erste aus dem Waggon zu springen. Noch nie bin ich so rasch die Bahnhofstreppe hinauf und die Straße entlanggerannt, ohne nach links und rechts zu schauen. In jedem Fenster unserer Wohnung brennt Licht; ich nehme zwei Stufen auf einmal, den Schlüssel schon in der Hand.

Ich schließe die Tür auf. Auf dem Boden direkt vor mir stehen Magdalenas Winterstiefel. Ich hocke mich auf die Dielen und fasse sie an. Dunkelbraunes, festes Leder, ihre Lieblingsstiefel, zum Schnüren. Magdalena trägt sie, seit ich sie kenne. Ich muss weinen. Aus der Küche kommen gedämpft aufgeregte Stimmen. Ich schlüpfe in ein zweites Paar Wollsocken, hänge meine Jacke auf. Dann wische ich die Tränen weg und öffne die Küchentür.

Augenblicklich verstummen alle, selbst Klara. Magdalena an unserem Küchentisch, auf dem Platz an der vorderen Ecke, ich kann sie ganz sehen. Sie sitzt aufrecht, strahlend, ihre Wangen sind gerötet.

„Franka!" Ein Funkeln in ihren Augen, ein Funkensprühen sogar. Sie springt auf und schüttelt energisch ihre roten Locken aus dem Gesicht. Feuerfrau. So verstörend schön. Ich stehe immer noch an der Tür, sie kommt mir glücklich lachend entgegen. Ich nehme sie in meine Arme und verstecke mein Gesicht in ihrem Haar. Es gibt keine Worte, die diesem Augenblick gerecht werden könnten. Stattdessen halte ich Magdalena lange fest, als könnte sie sich vielleicht doch wieder in Luft auflösen.

„Franka, Magdalena ist über eine Leiter geklettert, wie ich es ihr gesagt habe!" kräht Klara.

„Was?" Ich drehe mich verwundert zu ihr um.

„Ja." Klaras kleines Gesicht glüht vor Stolz. „Aber keine Holzleiter. Eine aus Schnur."

Ich lasse mich von Magdalena auf den freien Stuhl ziehen.

„Klara hat Recht", sagt sie. „Ich erzähle es dir jetzt von Anfang an: Die Oberbaumbrücke war so voller Leute, dass ich über eine Dreiviertelstunde gebraucht habe, um rüberzukommen. Eine Dreiviertelstunde, die Zeit in der Grenzbaracke nicht mitgerechnet! Wie lange brauchst du für gewöhnlich?"

„Ein oder zwei Minuten."

„Na, dann kannst du dir vorstellen, was da los war." Magdalena redet schneller als gewöhnlich. „Und weil die Leute von hinten nachdrängten und auf der Westseite die Maueröffnung schmaler als die Brücke ist, wurde ich mit einigen anderen zur Seite geschoben. Immer wieder habe ich versucht, zum Ausgang zu kommen, aber das wollten ja alle. Wir drängten uns also zwischen Spree und zweiter Mauer und wir wurden immer mehr. Ich dachte schon, es gibt eine Panik. Ich wusste, dass hinter der Mauer Menschen waren, ich hörte Stimmengewirr und Musik. Und plötzlich, ich stand an die Mauer gedrückt, in der aufgebrachten Menschenmenge etwa zehn, fünfzehn Meter vom Ausgang entfernt, da flog eine Strickleiter über die Mauer, direkt zu mir. Und eine tiefe Stimme brüllte: ‚Klettert rüber, wir halten fest!' Es muss also eine sehr lange Strickleiter gewesen sein. Und ich wusste, das ist meine einzige Chance und oben, auf der Mauer sah ich dann die vielen Leute im Westen und die Männer, die die Strickleiter hielten und einer von ihnen brüllte: ‚Spring! Da klettert schon der Nächste!' Ich sah, sie konnten kaum noch halten, hinter mir mussten schon zwei, drei Mann auf der Leiter hängen und so bin ich nur noch ein paar Sprossen heruntergeklettert und dann gesprungen."

„Und ich hab geschrien: ‚Magdalena, Magdalena!' Ganz laut. Ich hab dich nämlich zuerst gesehen!" ruft Klara stolz und klettert auf Magdalenas Schoß. Magdalena drückt sie glücklich an sich.

„Ja, das stimmt", lächelt Michael, „und Klara hat mich dann in deine Richtung gezogen."

„Und ich war dann so froh, euch zu sehen, unter diesen vielen Menschen, und nachdem ich fünf Minuten vorher nicht gedacht hätte, überhaupt rüberzukommen."

„Himmel, was für ein Wahnsinn!" staune ich.

„Ja, und dann waren wir erst zehn Minuten hier, als du gekommen bist", schließt Magdalena ihre Erzählung.

„Du bist dann ja sozusagen über die Mauer gesprungen."

„Ich will auch mal drüber klettern!" ruft Klara. „Mit Magdalena!"

„Heute aber nicht mehr", sagt Michael entschieden, „wir beide haben schon genug erlebt und gesehen. Aber an eurer Stelle würde ich nachher noch einmal rausgehen, die Stimmung einfangen. Es ist ja eine ganz besondere Nacht."

„Ich bin aber noch gar nicht müde", protestiert Klara und reißt ihre bereits schläfrigen Augen auf.

„Jetzt gibt es erst einmal Abendessen." Michael steht auf und holt zwei Töpfe aus dem Kühlschrank, einen großen und einen kleinen. „Ich habe zweimal Chili gekocht, einen scharfen und einen für die, die Chili nur ohne Fleisch und Pfeffer, ohne Paprika, Peperoni und Zwiebeln mögen." Er blinzelt Klara verschwörerisch zu.

Ich wasche den letzten Teller ab, als Verena hereinkommt, die Wangen von der kühlen Nachtluft gerötet.

„Hallo", sagt sie träge.

„Hallo." Ich wische meine Hände ab. „Verena, das ist Magdalena, Magdalena, das ist Verena."

Magdalena schließt die Besteckschublade und dreht sich mit einem offenen Lächeln zu meiner Mitbewohnerin um. „Hallo, Verena."

Verena nickt ihr kurz zu und wendet sich dann wieder an mich: „Ist noch etwas zu essen da? Ach nein, Chili mag ich nicht. Ich hole mir dann später einen Döner."

Sie schließt die Küchentür hinter sich.

„Was war das?" fragt Magdalena verblüfft. „Das ist doch die Verena gewesen, die hier wohnt, Michaels Freundin?"

„Ja. Es ist … wie soll ich sagen, die Umgangsformen sind hier unverbindlicher als drüben."

„Unverbindlicher? Ich habe den Eindruck, sie will mich nicht hier haben. Weiß sie, wer ich bin, also, dass wir zusammen sind, dass heute mein erster Abend hier ist und dass ich nun öfters hier sein werde?"

„Ja", antworte ich etwas kleinlaut.

„Dann finde ich sie kalt und arrogant." Magdalena verschränkt die Arme vor ihrer Brust, auch ihr Gesicht wirkt verletzt und verschlossen.

„Verena ist erst einmal zurückhaltend, aber wenn man sie näher kennen gelernt hat, ist sie ganz nett."

„Wie soll ich sie näher kennen lernen, wenn sie nicht einmal zurückgrüßt?"

Ich seufze. „Ich mag es ja auch nicht, dieses coole Getue. Aber nimm es bitte nicht persönlich. In manchen Szenen hier gehört es zum guten Ton."

Magdalena schüttelt verständnislos den Kopf.

Ich wünsche, sie würde diese Begegnung vergessen. „Hast du dir schon die Wohnung angesehen?"

„Michael hat mir alles gezeigt, bis auf dein Zimmer." Sie lächelt nun wieder ein wenig.

„Komm." Ich nehme sie an der Hand, ihre weiche und zugleich kräftige Hand, und gehe mit ihr durch den langen, schmalen Flur. In meinem Türrahmen bleibt sie abrupt stehen und sieht sich um.

„Auf dem Foto ist es mir ganz anders vorgekommen."

Ich führe sie herein, um die Tür hinter uns zu schließen. „Wie anders?"

„Nicht so geräumig." Sie nimmt auf der Kante des Futonbetts Platz, meiner einzigen Sitzgelegenheit. Magdalena auf meinem Bett. Wie unwirklich. Ich stehe mitten im Zimmer, ungläubig staunend. Vielleicht werde ich gleich aufwachen. Mit einer Fußspitze streicht Magdalena einen Halbkreis über die abgezogenen Fußbodendielen. „Der Holzboden ist wunderschön."

Ihre Blicke schweifen über die kahlen, weißen Wände. „Es wirkt aber nicht so, als wäre es dein Zimmer. Es gibt so wenig Persönliches." Ihre großen grünen Augen sehen enttäuscht zu mir hoch. „Und kein einziges Foto von mir."

„Das würde ich einfach nicht aushalten, es hätte mich nur traurig gemacht", antworte ich leise. Ich nehme die Hände aus den Hosentaschen und lächle ihr zu. „Aber das kann sich ja jetzt ändern."

Magdalena gibt mir ein bezauberndes, kleines Lächeln zurück.

„Und dass mein Zimmer so karg eingerichtet ist – ich mag es halt eher praktisch. So muss ich nicht aufpassen, ob ich irgendetwas umstoße, und Staub wischen muss ich auch nur auf dem Bücherregal."

Magdalena nickt. „Ich werde mich schon daran gewöhnen. Was ist, hast du Lust, noch rauszugehen?"

„Eigentlich nicht. Aber ich habe das Gefühl, etwas zu verpassen, wenn wir nicht gehen."

„So geht es mir auch. Wir schauen einfach mal kurz. Willst du dich nicht umziehen?"

„Wieso?" Erst als ich an mir herunterschaue, fällt mir auf, dass ich immer noch meinen ölverschmierten Monteursanzug trage. Vor Aufregung habe ich vergessen, mich nach der Arbeit umzuziehen.

Magdalena und ich gehen schweigend an der Mauer entlang. Aufgeregte, fröhliche Gesichter, manche auch ergriffen und still. Eine halbvolle Sektflasche wird uns gereicht. Wir geben sie weiter, ohne einen Schluck zu nehmen. Ich greife nach Magdalenas Hand, sie entzieht sie mir sofort wieder. Vielleicht werde ich gleich aufwachen. Staunend, hilflos lachend lassen wir es geschehen, dass uns die Menschenmasse weiterschiebt. Magdalena geht neben mir, das Gesicht rotgefroren, die Hände tief in den Jackentaschen. Ihre wachsamen Augen nehmen alles auf.

Wir gehen lange; die Menge lichtet sich ein wenig. Aufatmen.

Das gelbliche Licht aus den hohen Scheinwerfern. Nur selten waren wir gemeinsam dem Grenzstreifen so nahe gewesen, dieser Grenze zwischen uns. Erst jetzt kann ich den Schmerz zulassen; er kommt zugleich mit einem heftigen Glücksgefühl.

„Diese Grenze", bricht es aus mir heraus, „nie wieder wird sie so viel Macht über uns haben! Stell dir das einmal vor: nie wieder!" Ich umarme Magdalena heftig und drücke sie fest an mich, küsse ihre Augen, ihre Wangen, ihren Mund. Magdalena schiebt mich bestimmt von sich. „Ich mag das nicht in der Öffentlichkeit."

„Aber hier kennt dich doch niemand?"

„Weißt du das sicher?" Magdalenas Blick flattert über die fremden Gesichter. Dann legt er sich wieder beruhigt auf mich.

Ich schließe meinen Mund, der vor Verblüffung offen gestanden haben muss. „Aber hier im Westen … und außerdem umarmen sich heute doch viele auf offener Straße."

„Ich nicht."

Wut zieht sich in meinem Bauch zusammen, um sich gleich darauf unkontrolliert Luft zu verschaffen.

„Warum nicht?" schreie ich sie an. „Was ist denn so schlimm daran? Sag mir einen einzigen Grund!"

Magdalena sieht mich bestürzt an. „Weil ich es nicht mag. Das weißt du doch, Franka. Das heißt nicht, dass ich nicht zu dir stehe."

Der Boden unter mir schwankt. Nun kann sich das doch ändern zwischen uns, nun muss sich das doch ändern. Jetzt ist es doch offensichtlich, dass sie Westkontakt hat, und es ist auch nichts Ungewöhnliches mehr. Plötzlich weiß ich, dass sie nie zu mir stehen wird. Sie schämt sich dafür, mit mir, mit einer Frau, zusammen zu sein. Ich hatte die Hoffnung nicht aufgegeben. Bis jetzt.

„Das glaube ich dir nicht mehr."

„Es ist aber so", beharrt Magdalena.

Wir gehen schweigend weiter.

Die Straßen werden wieder voller, wir nähern uns dem Grenzübergang.

Es kommen immer noch Leute, die lautstark von der wartenden Menge empfangen werden. Volksfeststimmung, viele sind mittlerweile betrunken. Zwei davon bewerfen die Ankommenden mit Bananen. Ich schäme mich, warum nur, ich habe mit den Bananenwerfern nichts gemein. Eine junge Frau schüttelt eine Flasche Sekt und versprüht sie kreischend auf den Köpfen am Brückenende.

„Mir wird gleich schlecht", sagt Magdalena leise.

„Mir auch. Lass uns nach Hause gehen."

Magdalena liegt neben mir. Ich drehe mich wieder zur anderen Seite. Es ist eng in meinem Bett. Es ist zu schmal für zwei Frauen, aber Magdalenas Bett ist auch nicht breiter.

Hier schlafe ich sonst immer alleine. Es ist mein Bett.

Himmel, was denke ich da? Fast drei Jahre lang hat Magdalena ihr Bett mit mir geteilt. Und genau so lange habe ich mir gewünscht, sie wäre hier bei mir. Und nun das.

Ich schaue auf meinen Wecker. Halb zwei. Von draußen immer noch grölende Stimmen.

Ich kann nicht gehen. Wenn ich bei ihr bin, habe ich immer die Möglichkeit, zu gehen, wenn es zu eng werden würde. Hier könnte ich nicht gehen, es ist mein Bett, mein Zimmer, mein Zuhause.

Was denke ich da eigentlich? Bisher war es in Magdalenas Bett kein einziges Mal so eng, dass ich gegangen wäre. Aber ich hätte die Möglichkeit gehabt. Das ist der Unterschied.

Michael hat einmal gesagt, ich brauche wohl die Mauer, um mich auf diese Nähe mit Magdalena einlassen zu können. Ich würde die Zerrissenheit meiner Kindheit damit nachleben. Seit er Psychologie studiert, sagt er manchmal so seltsame Sachen.

Nun ist die Mauer offen und ich halte es nicht aus, dass Magdalena neben mir liegt. Einer guten Fee würde ich jetzt antworten, ich wünsche mir, alleine zu sein.

Ich schäme mich. Ich schäme mich sehr deshalb. Aber es ist so.

Nur einmal angenommen, Michael hätte Recht und ich habe die Mauer als sicheren Distanzhalter gebraucht, um meine Liebe zu Magdalena leben zu können. Was passiert dann jetzt mit meiner Liebe?

Magdalena atmet schwer auf. Vielleicht schläft sie auch nicht. Sie ist die erste Nacht bei mir. Wir haben uns nicht einmal geküsst.

Ein Fenster wird ruckartig geöffnet. Ich blinzele verschlafen in die Richtung, aus der das Geräusch gekommen ist. Es dämmert bereits. Magdalena lehnt sich aus dem Fenster und schaut hinunter auf die Straße. Dann dreht sie sich mit staunenden Augen zu mir herum. „Es ist also doch wahr. Ich habe nicht geträumt." Schlotternd schlüpft sie wieder unter die Bettdecke und kuschelt sich in meine Arme. „Was machen wir heute?"

„Wir hatten mit deiner Mutter verabredet, wandern zu gehen."

Magdalena lacht. „Sie wartet heute sicher nicht auf uns."

Ich überlege. Ich wünsche uns einen möglichst schönen, harmonischen Morgen, damit wir wieder zueinander finden. Dazu ist es zunächst einmal wichtig, Verena auszuweichen.

„Wir könnten zur Feier des Tages erst einmal schön frühstücken gehen."

Durch Magdalenas fragenden Blick fällt mir ein, sie kennt die reichhaltigen Frühstücksbuffets gar nicht, die in vielen Cafés bis in die Nachmittagsstunden aufgebaut sind. Es ist jetzt für sie das gleiche Schauen und Staunen wie für mich vor knapp drei Jahren im Osten.

„Dir Genießerin wird das sehr gut gefallen." Ich zwicke sie sanft in die Wange. „Und Klara wird ohnehin gleich von Anna abgeholt, also wird sie nicht enttäuscht sein, wenn wir nicht gemeinsam frühstücken. Michael ist auch verabredet."

„Gut, dann machen wir das."

Satt und zufrieden lassen wir uns von der fröhlich aufgekratzten Menschenmenge in Richtung Kottbusser Tor schieben. Die kalte Wintersonne strahlt unbarmherzig und grell. Vor der Sparkasse stehen die Leute in einer langen Schlange an.

„Du kannst dein Begrüßungsgeld ja auch nächste Woche abholen", schlage ich vor, „wenn der große Andrang vorbei ist."

Magdalena nickt. „Hat die Sparkasse immer am Sonnabend geöffnet?"

„Nein, normalerweise nicht."

Viele der Menschen, die mit einem Hundertmarkschein aus der Sparkasse kommen, kaufen sich bei den fliegenden

Händlern davor ein paar Bananen. Für den fünffachen Preis. Ich sage Magdalena nichts davon.

„Ich würde gern ein wenig mehr ins Stadtinnere fahren", schlage ich ihr vor, „hier in Mauernähe wird es mir allmählich zu anstrengend. Gleich da vorne ist der Eingang zum Bahnhof."

„Einverstanden." Magdalena streicht sich mit einer anmutigen Geste eine Locke hinters Ohr.

Auf der anderen Straßenseite hält ein Lastwagen, zwei Männer springen heraus und öffnen die hintere Luke. Sie stellen sich darauf und werfen Schokoladentafeln in die Menge. Aus einem Lautsprecher auf dem Lastwagen dröhnt: „Ganz Berlin ruft jetzt im Chor: Sarotti Mohr! Sarotti Mohr!"

Magdalena hebt erstaunt die Augenbrauen, sagt aber nichts.

„Komm jetzt." Ich ziehe sie leicht am Ärmel, um schneller Abstand zu dieser grotesken Szene zu gewinnen. Wir fahren die Rolltreppe zur Hochbahn hinauf. „Ganz Berlin ruft jetzt im Chor: Sarotti Mohr! Sarotti Mohr!" schallt es zu uns herüber. Obwohl die ankommende Bahn bereits überfüllt ist, drängen wir noch hinein, froh, dass sich die Türen hinter uns schließen.

In den Schöneberger Straßen sind viele Menschen aus dem Osten unterwegs, fast alle paarweise oder als Familien, manche in kleinen Gruppen. Ich erkenne sie an ihren glücklichen, offenen Gesichtern, den neugierigen Blicken und den Schneejeans, die mit vielen weißen Flecken durchsetzten blauen Hosen, die es im Westen nicht gibt. Es ist hier ruhiger als in der Nähe der Mauer und es gibt bisher keine peinliche Begebenheit, vor der ich Magdalena gern bewahren möchte.

Auch der Winterfeldtmarkt wirkt nicht anders als sonst, lediglich noch etwas voller. Magdalena betrachtet verstohlen den afrikanischen Händler und seine schönen, bunten Tücher, die ihr unbekannten Früchte am türkischen Gemüsestand und den handgefertigten Silberschmuck. Sie möchte nicht auffallen, fragt nichts, passt ihr Verhalten dem meinen an. So kenne ich sie nicht.

„Wie wäre es, wenn wir Salat und Tomaten für das Abendbrot mitnehmen?" Ich weiß doch, wie groß ihre Lust auf Frisches im Winter ist.

Magdalena zuckt mit den Schultern und lächelt zurück. „Wenn du möchtest."

Ich kaufe auch roten Paprika, Oliven und Schafskäse. „Dir ist kalt, nicht wahr?"

Magdalena steckt ihre Hände noch tiefer in die Jackentaschen. „Ein bisschen."

„Wie wäre es mit einem Milchkaffee?"

Magdalena nickt. Wir gehen die kurze Seitenstraße hindurch zur *Begine*. Ich bin gespannt, wie ihr ein Café gefällt, in dem ausschließlich Frauen verkehren.

„Seltsam ungewohnt", antwortet sie auf meine Nachfrage, während sie ihre Hände an der dampfenden Schale wärmt. Still beobachtet sie die wenigen Anwesenden, auch mich, als ich mit einer alten Bekannten ein paar Belanglosigkeiten austausche.

„Sollen wir jetzt erst einmal nach Hause?" frage ich sie.

„Du bist anders hier", stellt Magdalena fest.

„Wie anders?"

„Ich weiß nicht."

Autokolonnen in Kreuzberg, auch die Gehwege und Plätze sind immer noch so voll.

„Franka, was heißt das auf deutsch?" Magdalena zeigt auf die Brandmauer schräg gegenüber dem Haus, in dem ich wohne. Ich hatte gehofft, dass sie die großen, weißen Buchstaben nicht beachten würde.

„Das haben irgendwelche Idioten hingesprüht", erwidere ich und seufze, „*Ossi, go home* heißt ‚Ossi, geh heim'."

Magdalenas Gesicht zeigt keine Regung. „Gestern Abend stand es noch nicht dort."

„Mensch, Franka!"

Eine zierliche kleine Gestalt löst sich aus der Menschenmenge.

„Hallo, Nesrin! Schön, dich zu sehen!" Ich freue mich.

„Spar dir solche Bemerkungen. Das hättest du längst haben können", schimpft Nesrin lachend. Ihre weißen Zähne blitzen im Dämmerlicht, ihre schwarzen Augen mustern Magdalenas Gesicht unverhohlen neugierig. „Und du bist bestimmt die Frau, die unsere Franka entführen wollte, was? Die ihr solange den Kopf verdreht hat, bis sie nicht mehr wusste, wohin sie gehört, stimmt's?" Sie küsst Magdalena herzlich links und rechts auf die Wange.

„Ja." Magdalena lacht. Endlich wieder einmal.

„Ich wünsche euch, dass ihr lange glücklich bleibt." Es klingt feierlich. „Ich freue mich wirklich sehr für euch."

Ein Lastwagen hält scharf bremsend direkt neben uns. Wir zucken alle drei zusammen. Zwei junge Männer springen heraus und öffnen die hintere Lade.

„Ich muss los." Nesrin dreht sich zum Gehen und winkt. „Tschüss!"

„Tschüss!"

Die jungen Männer am Lastwagen reichen mit hektischen Bewegungen Kaffeepäckchen zu uns herunter, ich habe drei im Arm, Magdalena zwei. Von allen Seiten laufen die Leute zusammen, um Kaffee in Empfang zu nehmen. Hintereinander schlüpfen wir durch die Menge.

„Jetzt aber endlich nach Hause."

„Hier war vielleicht etwas los", empfängt uns Verena mürrisch im Flur.

Ich stelle meinen Rucksack auf den Boden und dehne meine Schultern nach hinten.

„Ständig kamen irgendwelche Leute, die nach dir fragten. Einmal sogar eine ganze Familie."

„Eine Familie?" frage ich nach.

„Ja, mit einer Oma, Eltern und zwei kleinen Kindern. Die Oma fragte, wann ihr beide wieder da seid."

Magdalena und ich sehen uns an.

„Das war bestimmt Magdalenas Mutter und ihre Schwester. Hast du sie hereingelassen?"

„Ich kenn die doch gar nicht", antwortet Verena gelangweilt, „und eine Ulli war da. Sogar zwei Mal. Ich soll ausrichten, sie will sich morgen Nachmittag mit euch treffen. Und dann noch eine einzelne und einmal zwei Frauen, die alle morgen noch einmal kommen wollen." Ihre Augen werden schmal, als sie mich ansieht. „Ich bin zum Glück morgen nicht da. Ich hab echt kein Nerv auf so was."

„Himmel, wenn wir das geahnt hätten, wären wir natürlich hier geblieben." Ich kann meinen Zorn nur noch mühsam unterdrücken. „Aber kannst du denn das nicht nachvollziehen? Es ist das erste Wochenende nach der Maueröffnung und ..."

„Mich nervt's", unterbricht mich Verena und dreht sich um. „Ich sag's ja bloß."

Ihre Zimmertür schließt sich hinter ihr.

„So eine arrogante Kuh." Die Worte zischen leise und hasserfüllt aus mir heraus. „Da fällt mir echt nichts mehr dazu sein."

Magdalena starrt verschlossen vor sich hin. Sie beißt ihre Zähne so fest aufeinander, dass die Kiefergelenke deutlich hervortreten.

„Komm mit in die Küche", bitte ich sie.

Ich stelle meinen Rucksack mit dem Einkauf auf den Tisch. Magdalena steht mit hängenden Armen am Fenster und schaut hinaus.

„Magdalena, es tut mir so Leid. Ich weiß nicht, was in Verena gefahren ist, weshalb sie sich so unmöglich verhält. Aber sie hat auch ganz andere Seiten."

Magdalena zuckt mit den Schultern.

„Ich will sie überhaupt nicht verteidigen, aber ich will uns nicht von ihr den Abend verderben lassen."

Magdalena dreht sich zu mir um und verschränkt die Arme vor der Brust. „Und was schlägst du vor?"

„Wir gehen zu Verena rüber, schlagen sie zusammen und dann machen wir uns ein schönes Abendbrot."

Magdalena muss lachen. Es ist nur ein kurzes, aber ein tiefes, ehrliches Lachen. „Dem dritten Punkt stimme ich zu. Aber lass uns in deinem Zimmer essen."

Magdalena zieht sich die Decke über die Schultern und kuschelt sich an mich. Mir bleibt fast die Luft weg, so eng wird mir davon. Ich will es ihr nicht zeigen, will sie nicht verletzten. Sie bemerkt es trotzdem. Ich bin anders als sonst.

Sie fragt nicht. Auch sie ist anders als sonst.

Ich liege zwar angespannt, aber bemüht ruhig und warte, bis sie einschläft. Es dauert sehr lange. Dann drehe ich mich vorsichtig weg, rutsche an den Rand des Betts, mit dem Rücken zu ihr. Ausatmen, leise. Warum ist das so? Warum kann ich ihre Nähe plötzlich nicht mehr ertragen? Ob es anders wäre, wenn wir jetzt in ihrem Bett liegen würden?

Ich glaube nicht. Die Grenze ist offen, meine Sicherheit ist weg. Das darf ich niemals laut sagen, schon gar nicht zu Magdalena oder Ulli oder all denen, die sich eingesperrt fühlen. Gefühlt haben. Die Mauer ist ja jetzt offen. Mein ganz persönlicher Schutzwall hat Löcher bekommen und alle können jetzt ungehindert in den Osten fahren, auch mein Vater und seinesgleichen.

Natürlich konnten sie das vorher auch, aber nicht so einfach, und schon gar nicht, um ihre dreckigen Geschäfte durchzuführen.

Waren da nicht Schritte im Flur? Ich lausche angestrengt in die Dunkelheit. Doch nur Straßenlärm dringt von draußen in unsere Stille.

Möglicherweise wird der Westen dieses Land auffressen, das sich in den letzten Monaten so hoffnungsvoll entwickelt hat. Dann wird auch im Osten alles zur Ware werden, selbst die Körper von kleinen Kindern.

Und alles wird umsonst gewesen sein.

Nein, nicht alles ist umsonst gewesen. Etwas bleibt, für mich zumindest: Ich habe fast drei Jahre lang gespürt, wie ich ohne diese Angst leben kann. Ohne diese Angst vor ihm und seinesgleichen.

Magdalena tastet im Schlaf nach mir, ihre Hand patscht schwerfällig auf den Futon. Wie sehr habe ich diese Geste geliebt, bin dann immer zu ihr hingerutscht, habe sie umarmt. Jetzt rühre ich mich nicht von der Stelle. Magdalena stöhnt leise auf und atmet dann wieder ganz gleichmäßig.

Ich bin verunsichert, verwirrt. Mir bleibt erst einmal nur die Flucht nach innen. Und was dann?

Magdalena geht. Am nächsten Morgen schon.

„Warum?" frage ich sie. Da zieht sie bereits ihre Stiefel an.

„Es geht nicht."

„Das ist unser erstes Wochenende bei mir zu Hause", entgegnete ich matt. Nun kann sich doch noch vieles ändern zwischen uns, nun kann doch alles gut werden.

Aber das sage ich nicht mehr. Ich weiß, dass es nicht stimmt. Stattdessen wiederhole ich noch einmal meine Frage.

„Warum?"

„Weil es nicht geht." Ihr Tonfall ist schneidend. Sie zerrt so fest an ihrem Schnürsenkel, dass er reißt. Sie knüpft ihn wieder zusammen, dann sieht sie zu mir hoch. Ihr Gesicht verliert langsam an Härte, ihr Blick bekommt allmählich wieder seine gewohnte Tiefe. Er reißt mich mit sich.

„Ich fühle mich hier nicht wohl", sagt sie schließlich, „hier im Westen nicht, in deiner Wohnung nicht, mit deinen Leuten nicht." Leise fügt sie hinzu: „Und mit dir nicht."

Meine Kehle ist trocken. „Ja. Ich weiß."

Sie steht auf, nimmt ihre Jacke von der Garderobe, zieht sie an. Ich greife nach meiner. „Ich bring dich zum Grenzübergang."

„Baumschulenweg", sagt sie, „ich fahre zu Mutter."

„Ja."

Der Bus ist noch leer. Die Straßen sind von der langen Nacht erschöpft. Magdalena schaut auf der einen Seite aus dem Fenster, ich auf der anderen. Wir schweigen. Ein Hundebesitzer schlurft verschlafen zur erstbesten Laterne. An der Tür eines kleines Sanitärgeschäfts klebt ein großes, handgeschriebenes Schild: *Wir führen keine Fliesen!* Eine Familie mit zwei halbwüchsigen Kindern betrachtet die Auslagen eines Schaufensters, schlendert dann zum nächsten. Man kann ihnen ansehen, dass sie die ganze Nacht unterwegs gewesen sind. Ein Trabant knattert vorbei. Noch einer.

Die Fahrt erscheint endlos. Der Bus biegt in die Sonnenallee ab. Noch etwa zwei Kilometer.

Magdalena wendet sich zu mir. „Weißt du, Franka …"

„Was?"

Sie seufzt. „Ach, nichts."

Auch am Grenzübergang herrscht noch Ruhe. Magdalena kramt nervös nach ihren Papieren.

„Warte, bis ich durch bin", bittet sie mich. „Ich bin mir nicht sicher, ob die mich jetzt so ohne Weiteres wieder einreisen lassen."

Ich nicke. Natürlich ist sie deshalb aufgeregt. Bis jetzt habe ich nicht daran gedacht. Doch Ausbürgerungen hat es in der DDR immer wieder gegeben und nach den unerwarteten Geschehnissen der letzten Tage zieht sie auch das in Erwägung.

Ich werde warten, bis sie die Kontrollen hinter sich hat und an der anderen Seite des flachen Gebäudes wieder herauskommt. Sie wird sich umdrehen und ich werde selbst aus dieser Entfernung die Erleichterung in ihrem Gesicht sehen. Wir werden uns noch einmal zuwinken, so wie wir es an dieser Stelle schon ein paar Mal getan haben. Doch dieses Mal fühlt sich der Abschied anders an. Endgültiger.

„Na denn", sagt Magdalena leise.

„Na denn", sage ich nach einer Weile und berühre mit den Fingern leicht ihren Handrücken.

Magdalena dreht sich langsam um und geht. Ich lasse sie gehen.

Das Brot ist so frisch, dass die Scheiben sehr dick geraten. Klara mag sie gerade deswegen gerne. Ich schneide noch zwei Brotscheiben ab und lege sie auf ihren Teller.

„Weißt du, was Magdalena richtig gut kann?" fragt Klara.

Küssen, sie kann wunderbar küssen. Genießerisch und dennoch verhalten. Nie zeigte sie mir ihre Lust sofort und auch wenn ich längst wusste, dass es vor allem meine Küsse waren, durch die sie sich für mich öffnete, hätte es gerade in diesem Augenblick auch anders sein können. Und so ist mir immer die Zeit geblieben, mein Begehren deutlich zu spüren.

„Weißt du, was Magdalena richtig gut kann?" Klaras Tonfall wird drängender. Zögernd reiße ich mich von meinen Träumen los und sehe über den Küchentisch zu ihr hinüber. Klara bestreicht gerade umständlich ihr drittes oder viertes Marmeladenbrot. Einen Moment lang bin ich versucht, das verklebte Messer aus ihrer kleinen Hand zu nehmen und die verschmierten Finger und ihr Gesicht mit dem Lappen abzuwischen. Doch ich verkneife mir auch eine bissige Bemerkung über Kinder, die schon in der ersten Klasse sind und immer noch alles vollkleckern. Diese traurige Ruhe in mir bewirkt wirklich auch Gutes. Sieben Tage sind bereits vergangen, seit Magdalena mich verlassen hat. Und ich sie.

„Jetzt sag doch mal, was Magdalena so gut kann."

„Also", beginnt Klara, sichtlich zufrieden über meine Aufmerksamkeit. „Magdalena kann gut Blumenvasen putzen."

„Wirklich?"

„Ja." Klara schluckt ihren Bissen herunter und sieht mich ernsthaft an. „Sie rollt das Geschirrtuch zusammen – so", sie zeigt es mir an dem Lappen, der noch auf dem Tisch liegt, „dann bohrt sie das Geschirrtuch ganz in die Vase hinein. Sie hat dann nur noch den Zipfel in ihren Fingern. Dann dreht sie das Geschirrtuch darin herum. Und dann war die Vase ganz sauber. Die war nämlich aus Glas und ich hab's genau gesehen!" Sie schaut mich mit großen Augen erwartungsvoll an.

„Toll", stimme ich ihr etwas zaghaft zu.

„Bestimmt zeigt sie es dir auch einmal", schlägt Klara unbekümmert vor. „Du musst sie bloß fragen!"

Ich muss lächeln. Klara versucht, zwischen Magdalena und mir zu vermitteln. Es ist wirklich an der Zeit, dass wir nocheinmal miteinander reden.

„Ja. Vielleicht mache ich das. Vielleicht."

Bis vor kurzem gab es kein Vielleicht in mir. Es gab nur wilde Entschlossenheit. Ich wollte Magdalena. Ich wollte sie ganz. Nichts konnte mich daran hindern. Auch nicht die Mauer, die unsere Stadt geteilt hatte.

Ich hätte nicht gedacht, dass die anderen Mauern noch höher sind.

Epilog

Die ruhige, kopfsteingepflasterte Allee gibt es nicht mehr. Auf einer Seite sind die hohen Linden gefällt worden, die Straße wurde verbreitert. Der Feierabendverkehr donnert über den Asphalt. Ich biege in den einstigen Sandweg ein, der nun als geteerte Straße zum Haus von Magdalenas Mutter führt.

Klaras Frage nach meiner großen Liebe hat mich tagelang aufgewühlt. Auch wenn ich die romantischen Vorstellungen ihrer einundzwanzig Jahre nicht mehr teilen kann, so muss ich doch zugeben, dass mir als Antwort nur Magdalenas Name in den Sinn gekommen ist.

Die Holunderbüsche sehe ich schon von weitem. Auch der alte schmiedeeiserne Gartenzaun ist noch derselbe, nur ist er inzwischen fast völlig zugewachsen. Das Holzhaus leuchtet in einem warmen Rot durch die Fliederhecke. Früher war es grau gestrichen. Die Tannen sind nun so hoch, dass der langgestreckte Schuppen nicht mehr zu erkennen ist. In der Einfahrt steht ein weißer Opel.

Magdalena liegt in einem Liegestuhl, zusammengerollt wie ein Katze.

Mein Herz beginnt laut zu pochen. Magdalena öffnet die Augen, vielleicht hat sie es gehört. Verschlafen blinzelt sie zu mir herüber.

„Du? Schon?"

„Ich bin zu früh gekommen."

„Komm. Setz dich", sie zeigt auf den freien Liegestuhl neben sich. Das moosfarbene Hemd steht ihr gut. Ihr Lächeln erscheint durch das Grübchen in ihrem linken Mundwinkel nach wie vor etwas schief. Ich lege mich hin und lasse meinen Blick im hellen Grün der Birke ruhen. Erst einmal entspannen und so tun, als würde ich einfach vorbeischauen. Seit Michael nicht weit von hier ein kleines, altes Bauernhaus für Praxisräume renoviert, verbinde ich des Öfteren den einen mit dem anderen Besuch.

Bis mich der Mauerfall nicht mehr ausschließlich verwirrt hat, musste eine lange Zeit vergehen. Es hat Jahre gedauert, bis Magdalena und ich uns aus unserer Sprachlosigkeit lösen konnten.

Auch jetzt muss ich mir mühsam jedes Wort für sie zusammensuchen. Jedoch aus einem anderem Grund. Klara hat keine Ahnung davon, wie schwer es auszusprechen ist.

„Na, was hast du auf dem Herzen?" fragt Magdalena nach einer Weile.

Ich schaue überrascht auf. „Wie kommst du darauf, dass ich etwas auf dem Herzen habe?"

Statt einer Antwort zeigt sie lächelnd auf meinen nervös wippenden Fuß. Sie kennt mich gut. Ihre großen, grünen Augen sehen mich ruhig abwartend an. Ich hole tief Luft.

„Magdalena, ich möchte dir etwas sagen."

Claudia Breitsprecher
Vor dem Morgen liegt die Nacht
Roman